村上春樹 Haruki Murakami *Kafka on the Shore* 新潮社

海辺のカフカ 下

海辺のカフカ（下）

第24章

神戸を出発したバスが徳島駅前に停まったとき、時刻は既に夜の8時をまわっていた。

「さて、ここはもう四国だよ、ナカタさん」

「はい。とても立派な橋でありました。ナカタはあんなに大きな橋を見たのは初めてであります」とナカタさんは言った。

二人はバスを降り、駅のベンチに座って、しばらく何をするともなくあたりの風景を眺めていた。

「それで、これからどこに行って何をするか、お告げみたいなのはあったのかい?」と青年は尋ねた。

「いいえ。ナカタには相変わらず皆目わかりません」

「それは困ったね」

ナカタさんは何かを考えるように手のひらで長いあいだ頭をさすっていた。

「ホシノさん」と彼は言った。

「なんだい？」

「申し訳ありませんが、ナカタは眠りたいと思います。ひどく眠いのです。ここでこのまま眠り込んでしまいそうなくらいであります」

「ちょっと待ちなよ」と青年はあわてて言った。「ここで眠り込まれると、俺としても困るんだ。すぐに泊まるところを探すからさ、ちと我慢してくれよ」

「はい。ナカタは少し我慢して眠らないようにします」

「よう、メシはどうする？」

「食事はいりません。眠りたいだけであります」

　星野青年は急いで観光案内を調べ、朝食つきのあまり値段の高くない旅館をみつけ、電話で部屋の空きがあることをたしかめた。旅館は駅から少し離れたところにあったので、二人はタクシーを拾ってそこに行った。そして部屋に入るとすぐに女中さんに布団を敷いてもらった。ナカタさんは風呂にも入らず、服を脱いで布団の中に潜り込み、次の瞬間には既に安らかな寝息をたてていた。

「ナカタはたぶん長く眠ると思いますが、気になさらないでください。ただ眠っておるだけですので」と寝る前にナカタさんは言った。

「ああ、邪魔はしねえからさ、好きなだけ眠りなよ」と青年はあっという間もなく熟睡しているナカタさんに声をかけた。

　星野青年はゆっくりと風呂に入り、そのあと一人で街に出た。しばらくあたりをあてもなく散

第24章

歩をして、町の感じをだいたいつかんでから目についた寿司屋に入り、ビールを一本飲み、食事をした。青年はあまり酒に強い方ではなく、ビールの中瓶一本で気持ちが良くなり、頬が赤くなった。それからパチンコ屋に入り、一時間ほどかけて３０００円使った。そのあいだずっと中日ドラゴンズの帽子をかぶっていたので、何人もの人が珍しそうに彼の顔を見た。徳島で中日ドラゴンズの帽子をかぶって表を歩いているのはたぶん俺くらいのものなのだろうなと青年は思った。

旅館に戻ると、ナカタさんは最後に見たときと同じ姿勢で熟睡していた。部屋には明かりがついていたが、そんなものは寝ることの邪魔にはまったくならないようだった。この人は気楽でいいや、と青年は思った。それから帽子をとり、アロハシャツを脱ぎ、ジーンズを脱ぎ、下着だけになって布団の中に潜り込んだ。そして明かりを消す。しかし場所が変わって気が高ぶっているのか、なかなか寝つけなかった。やれやれ、これなら風俗にでも行って女の子に一発抜いてもらえばよかったかなと、彼は思った。でも暗がりの中でナカタさんの立てる安らかで規則的な寝息を聞いているうちに、性欲を抱いたりすることがきわめて不適切な行為であるように思えてきた。何故かは自分でもよくわからないけれど、風俗店に行けばよかったなどという考えを起こしたこと自体を、青年は恥じた。

眠れないまま部屋の暗い天井を眺めていると、素性のわからない奇妙な老人と二人で徳島市内の安旅館に泊まっている自分という存在に、だんだん確信がもてなくなってきた。本来なら今夜は東京行きの帰りの便を運転しているところだった。今頃はたぶん名古屋あたりを走っているはずだ。彼は仕事が嫌いではなかったし、東京には電話をかければ会ってくれる女友だちもいる。

でも彼はデパートに品物の納入を済ませたあと、ほとんど衝動的に神戸にいる仕事仲間に連絡を取り、今夜の東京行きの運転を代行してもらった。会社に電話を入れて、強引に3日ばかりの休暇をとり、その足でナカタさんと一緒に四国までやってきた。小さなバッグにはとりあえずの着替えと洗面用具が入っているだけだ。

そもそも星野青年がナカタさんに興味を持ったのは、彼の風貌(ふうぼう)やしゃべり方が死んだじいちゃんに似ていたからだった。でもしばらくすると、じいちゃんと似ているという印象はどんどん薄れていき、青年はむしろナカタさんという人間そのものに好奇心を抱くようになった。ナカタさんのしゃべり方はたしかにかなりずれていたし、しゃべる内容はそれ以上にずれていた。しかしそのずれ方には、何かしら人の心を引きつけるものがあった。彼はナカタさんという人間がこれからどこに行って何をするのか、知りたいと思った。

星野青年は農家の生まれで、男ばかりの五人兄弟の三男だった。中学校までは比較的まともだったのだが、工業高校にあがってから悪い友だちとつきあい始め、ろくでもないことばかりやるようになった。何度か警察沙汰(ざた)にもなった。なんとか卒業だけはさせてもらったが、卒業したところでまともな勤め先もなく、女とのごたごたもあり、しょうがなくて自衛隊に入った。ほんとうは戦車の運転がしたかったのだが、資格試験ではねられ、自衛隊にいるあいだは主に輸送用大型車両の運転をやっていた。3年で自衛隊をやめ、運送会社に職を見つけた。そしてそれ以来6年間、長距離トラックを運転し続けてきた。

第 24 章

大型トラックを運転するのは性に合っていた。機械にかかわること自体がもともと好きだったし、トラックの高い運転席に座って大きなハンドルを握っていると、自分の城にたてこもっているような気持ちになれた。もちろん仕事はきつい。労働時間もむちゃくちゃだ。でも毎朝けちな会社に出勤して、上司に見張られながらけちな仕事をするような生活にはとても耐えられそうにない。

　昔から喧嘩（けんか）っぱやい性格だった。小柄でひょろりとやせているので、喧嘩が強そうには見えないのだが、力はある。それに一度切れてしまうと抑えがきかなくなり、目が狂気じみてくるので、実戦になるとたいていの相手はそれでひるんだ。自衛隊にいるときも、運転手になってからも、ずいぶん喧嘩をした。もちろん勝つこともあり、負けることもあった。しかし喧嘩に勝ったところで負けたところで、それで何かがどうなるというものでもないのだ。そのことがわかってきたのはつい最近だった。まあ今まで、よく大きな怪我（けが）をしなかったものだと自分でも感心する。

　気持ちがすさんで荒れていた高校時代、警察の厄介になったときには、決まってじいちゃんが迎えに来てくれた。警官に頭を下げ、身柄を引き受けてくれた。帰り道にはいつも食堂に寄っておいしいものを食べさせてくれた。そういうときでも、説教じみたことはいっさい口にしなかった。両親が彼のために足を運んでくれたことは一度もない。貧乏で食べていくのがやっとだったし、ぐれた三男坊にかまっているような余裕はなかった。もしじいちゃんがいなかったら、俺はいったいどうなっていただろうなと彼はときどき思う。じいちゃんだけは少なくとも彼がそこに生きていることをちゃんと覚えていてくれたし、気にかけてくれていたもんな。

にもかかわらず、そのころ彼は一度も祖父に感謝したことはなかった。感謝の仕方もわからなかったし、その前にまず自分が生き延びることで頭がいっぱいだったのだ。自衛隊に入ってしばらくして、祖父は癌で亡くなった。最後は頭がぼけて、彼の顔を見分けることもできなかった。祖父が亡くなって以来、一度も実家には帰っていない。

　星野青年が翌朝8時に目をさましたとき、ナカタさんはまだ同じかっこうで熟睡していた。寝息の大きさもその律儀なリズムも、昨夜と同じだった。青年は下に降りて、広い部屋でほかの客と一緒に朝ご飯を食べた。質素な朝食だったが、みそ汁とご飯だけは食べ放題だった。

「お連れさん、朝御飯は？」と女中が声をかけた。

「まだぐうぐう寝てんだ。どうも朝飯はいらないみたいだ。悪いけど布団はしばらくそのままにしといてくれるかな」と彼は言った。

　お昼前になってもナカタさんは依然として眠り続けていたので、青年は旅館の宿泊を一日のばすことにした。それから外に出てそば屋に入り、親子丼を食べた。食事のあとしばらくあたりを散歩し、喫茶店に入って、コーヒーを飲み、煙草を吸い、そこに置いてあった漫画週刊誌を何冊か読んだ。

　旅館に戻るとナカタさんはまだ眠っていた。時刻は午後2時に近くなっている。青年は少し心配になってナカタさんの額に手をあててみた。とくに変わったところはない。熱くもなく、冷たくもない。寝息は相変わらず安らかで規則正しく、頬にはいかにも健康そうな赤みがさしている。

どこか具合が悪いところがあるようにも見えなかった。ただただ静かに睡眠をとっているだけなのだ。寝返りひとつうたない。

「こんなに長い時間寝ちゃって大丈夫なんかね。身体（からだ）に悪くないのかしらねえ」と様子を見に来た女中が心配そうに言った。

「けっこう疲れていたんだよ」と星野さんは言った。「寝たいだけ寝かせておけばいいさ」

「はあ。でもこんなにぐっすり寝る人って初めて見たねえ」

夕食の時間になってもナカタさんは相変わらず眠っていた。青年は外に出てカレー屋に入り、ビーフカレーの大盛りとサラダを食べた。昨日と同じパチンコ屋に行って、また1時間ほどパチンコをした。今度は１０００円も使わずにマールボロのカートンを二箱とることができた。そのカートン・ボックスを持って旅館に戻ったのが9時半だった。驚いたことに、ナカタさんはまだ眠っていた。

青年は時間を計算してみた。これでナカタさんはもう24時間以上眠っていることになる。長く眠るから気にしないでいいとは言われたけど、これはあまりにも長すぎる。彼は珍しく心細くなってきた。このままナカタさんが目を覚まさなかったら、いったいどうすればいいんだろう？

「参ったな」と彼は言って首を振った。

しかし翌日の朝の7時に青年が目をさましたとき、ナカタさんはもう起きあがって窓の外を眺めていた。

「よう、おじさん、やっと起きたんだ」、青年はほっとして言った。

「はい。さきほど目が覚めました。どれくらいかはわかりませんが、ナカタはずいぶん長く眠ったような気がします。生まれ変わったような気がするくらいです」

「ずいぶんなんて生やさしいもんじゃねえよ。おとといの9時過ぎからずっと寝てるんだぜ。34時間くらいぶっつづけに寝たんじゃねえかな。まったく白雪姫じゃあるまいし」

「はい。ナカタはおなかがすきました」

「そりゃそうだろう。だって2日近く何も食べてないんだぜ」

二人は階下の広間に行って、朝食をとった。ナカタさんは女中がびっくりするくらいいっぱいご飯を食べた。

「この人はよく寝るけど、いったん起きるとご飯もよく食べるねえ。2日分は食べているよ」と女中は言った。

「はい。ナカタはしっかりとご飯を食べなくてはなりません」

「健康なんですねえ」

「はい。ナカタは字こそ読めませんが、虫歯は一本もありませんし、眼鏡が必要になったこともありません。お医者にかかったこともありません。肩こりもしませんし、毎朝ウンコもしっかりと出ます」

「はあ、たいしたもんだ」と女中は感心して言った。「ところで今日一日何をなさるんですかね」

「西に向かいます」とナカタさんはきっぱりと宣言した。

「はあ、西にねえ」と女中は言った。「こっから西というと、高松の方になるかね」

「ナカタは頭が悪くて、地理のことはよくわかりません」

「とにかく高松まで行ってみようや、おじさん」と星野さんは言った。「あとのことはそれからまた考えればいいやな」

「はい。とにかく高松まで行ってみます。あとのことはそれから考えます」

「あんたがた、わりにユニークな旅行しているみたいだねえ」と女中が言った。

「実を言うとそうなんだ」と青年は言った。


部屋に戻ると、ナカタさんはすぐに便所に行った。そのあいだ星野さんは浴衣(ゆかた)姿で畳の上にうつぶせになって、テレビのニュースを見ていた。たいしたニュースはなかった。中野区で有名な彫刻家が刺し殺された事件はまだ捜査の進展がない。目撃者もいないし、遺留品も手がかりを与えてくれない。その事件のしばらく前から行方がわからなくなっている15歳の息子の行方を警察は調査している。

「やれやれ、また15歳かよ」と星野さんは思った。どうして最近こう15歳の少年ばかりが凶悪犯罪を起こすのだろう。15歳のときには彼は駐車してあるバイクを盗んで無免許で乗りまわしていた。だから他人のことをとやかく言えた義理ではない。もちろんバイクを拝借するのと、父親を刺し殺すのとでは話が違う。とはいえ、自分が何かのなりゆきで父親を刺し殺さずにすんだのは、むしろ幸運なことだったのかもしれないと彼は思う。なにせよくなぐられたものな。

　ニュースがちょうど終わったところで、ナカタさんが便所から戻ってきた。

「あの、ホシノさん。ひとつうかがってよろしいでしょうか」

「なんだよ？」

「ホシノさん。ひょっとして腰が痛くありませんか？」

「ああ、長いこと運転手やってるからな、そりゃ腰は痛えさ。長距離のドライバーで腰を痛めてないやつはまずいねえよ。肩を痛めないピッチャーがいねえのと同じだ」と青年は言った。「で、なんでとつぜんそんなこと訊くの？」

「ホシノさんの背中を見ておりますと、ふとそういう気がしたものですから」

「ふうん」

「ちょっとナカタがさわってみてもよろしいでしょうか？」

「べつにいいけどさ」

　ナカタさんはうつぶせになったままの青年の腰の上に馬乗りになった。両手を腰骨の少し上にあて、そのままじっとしていた。青年はそのあいだテレビのワイドショーの芸能ゴシップを見ていた。有名な女優が、それほど有名ではない若手の小説家と婚約していた。そんなニュースには興味はなかったが、ほかに見るものもないので、彼はそれを見ていた。女優の収入は作家の収入の十倍以上あるということだった。小説家はべつにハンサムでもないし、とくに頭がよさそうにも見えなかった。青年は首をひねった。

「よう、こういうのってまずうまくいかねえよな。たぶんなんか思い違いみてえなのがあるんだよ」

「ホシノさん、ホシノさんの骨はいささかずれております」

「長いあいだ、ずれた人生を送ってきたんだ。それくらいのことはあるだろうよ」と青年はあくびをしながら言った。

「このままほうっておくとひどいことになるかもしれません」

「そうかい」

「頭も痛くなりますし、ウンコも出にくくなりますし、ぎっくり腰にもなります」

「うーむ、そりゃ困ったね」

「ちょっと痛みますが、よろしいでしょうか」

「かまわねえよ」

「正直に申し上げますと、かなり痛みます」

「よう、おじさん、俺っちは生まれてこの方、家でも学校でも自衛隊でも、ぼこぼこに殴られて生きてきたんだ。自慢じゃねえけど、殴られなかった日なんて、指折って数えられるくらいのもんだ。今さら痛いも熱いも痒(かゆ)いもくすぐったいも甘いも辛いもあるもんか。好きにしなって」

ナカタさんは目を細め、意識を集中し、星野さんの腰骨にあてた二本の親指の位置を注意深く確かめた。位置が定まると、最初は様子を見ながらゆっくりと徐々に力を加えていった。それからはっと息を吸い、冬の鳥のような短い声をあげ、満身の力を込めて、骨と筋肉のあいだに思い切り指を押し込んだ。そのとき青年を襲った痛みは、道理を超えてすさまじいものだった。頭の中を巨大な閃光が走り、意識がそのまま真っ白になった。息が止まった。高い塔のてっぺんから地獄の奈落に向けて一挙に投げ落とされたような気分だった。悲鳴を上げることさえできない。あまりの痛みに、何を考えることもできなかった。すべての思考が焼けてはじきとび、すべての感覚は痛みの中に集約された。身体の枠組みがいったんばらばらに分解されてしまったような気がした。死でさえもこれほど破壊的ではないはずだ。目を開けることもできない。うつぶせになったまま、なす術もなく畳の上によだれを垂らした。涙もぼろぼろとこぼれた。そういうひどい状態がたぶん30秒近く続いた。

それから青年はようやく息を吸い込み、肘をついてよろよろと身を起こした。畳が嵐の前の海のようにゆらゆらと不吉に揺れていた。

「痛かったでしょうか」

青年はまだ自分が生きていることを確かめるみたいに、頭をゆっくりと何度か振った。「よう、痛いなんてものじゃねえよ。皮を剝かれて、串で刺されて、すりこぎでのされて、その上を腹を立てた牛の大群が走ってったみたいな気分だ。何をやったんだ、いったい」

「ホシノさんの骨のかみあわせをもとのようにしておきました。これで当分大丈夫であります。腰は痛みません。ウンコもちゃんと出ます」

たしかに潮が引くみたいに激痛が去ると、腰のあたりがずいぶん軽くなっていることに青年は気がついた。いつものどろんとした気だるい感じが消えてなくなっている。こめかみのあたりもすっきりして、呼吸が楽になっていた。気がつくと便意もあった。

「しかしそれにしても痛かったぜ」と星野さんは言ってため息をついた。

「はい。すべては腰の骨が問題であったのです」とナカタさんは言った。

「うん、たしかになんか、あちこちで調子がよくなったような気がするな」


二人は徳島駅からＪＲの特急に乗って高松に向かった。宿泊代も、電車の料金も星野青年が自分の金で払った。ナカタさんは自分が払うと主張したが、青年は言うことをきかなかった。

「俺がとりあえず出しておくから、あとで精算すりゃあいい。大の男が金の払いのことでぐしゃぐしゃするのは好きじゃねえんだ」

「はい。ナカタはお金のことはよくわかりませんので、ホシノさんにお任せいたします」とナカタさんは言った。

「でもな、ナカタさん、あんたの指圧のおかげで俺はずいぶん楽になった。少しくらいのお礼はさせてくれ。こんなに気持ちいいのは久しぶりのことだよ。なんか新しい人間になれたみてえだ」

「それはほんとうによかったです。シアツというのがどういうものなのか、ナカタにはよくわかりませんが、骨というのはとかく大事なものであります」

「指圧だか整体だかカイロなんとかだか、呼び方は俺にもうひとつよくわからんけど、どうやらあんたこういうのにずいぶん才能があるみたいだ。これを商売にしたら、うんともうかるぜ。そいつは保証するよ。俺の運転手の仲間を紹介するだけでも一財産作れるもんなあ」

「ホシノさんの背中を見ておりますと、骨がずれているのがわかりました。何かがずれておりますと、ナカタはこう、もとに戻したくなります。長いあいだ家具を作っておりましたので、そのせいもありまして、目の前に曲がっているものがありますと、なんでもまっすぐにしたくなります。それはナカタの前からの性分であります。しかし骨をまっすぐにしたのは初めてのことであります」

「才能ってのはきっとそういうものなんだろうな」と青年は感心して言った。

「その前は猫さんと話をすることができました」

「ほう」

「しかし少し前から急に猫さんと話ができなくなりました。それはたぶんジョニー・ウォーカーさんのせいであります」

「なるほど」

「ご存じのようにナカタは頭がよくありませんので、むずかしいことはよくわかりません。しかしここのところ、とかくむずかしいことが起こります。たとえば魚やヒルが空からたくさん降ってきます」

「ふうん」

「しかしホシノさんの腰の具合がよくなって、ナカタはとてもうれしいです。ホシノさんの気持ちのよさは、ナカタの気持ちのよさでもあります」

「俺もたいへんうれしいよ」

「よかったです」

第 24 章

「よう、でもさ、このまえの富士川サービスエリアのヒルのことだけどさ」

「はい、ヒルのことはナカタもよく覚えております」

「ひょっとして、あれはナカタさんが関係してるのかい」

ナカタさんは珍しく少しのあいだ考え込んだ。「それはナカタにもよくわからないのでありま す。しかしナカタがこうして傘をさしますと、たくさんのヒルが空から降って参りました」

「ふうん」

「なんといっても、人を殺すのはよくないことであります」とナカタさんは言った。そしてきっぱりとうなずいた。

「それはそうだ。人を殺すのはよくないことだ」と青年も同意した。

「はい」、ナカタさんはもう一度きっぱりとうなずいた。


高松駅で二人は降りた。駅前にあるうどん屋に入り、二人で昼食にうどんを食べた。うどん屋の窓からは港の大きなクレーンが何本か見えた。クレーンにはかもめがたくさんとまっていた。ナカタさんは律儀に一本一本味わいながらうどんを食べた。

「とてもおいしいうどんであります」とナカタさんは言った。

「そりゃよかった」と星野さんは言った。「どうだい、ナカタさん、場所はこのへんでよさそうかい」

「はい。ホシノさん、どうやらここでよいようであります。ナカタにはそのように思えます」

「場所はよしと。で、これから何をするの？」

「入り口の石をみつけようと思います」

「入り口の石？」

「はい」

「ふうん」と青年は言った。「きっとそこには長い話があるんだろうね」

ナカタさんは丼（どんぶり）を傾けて、うどんの出し汁を最後の一滴まで飲んだ。「はい。長い話があります。しかし長すぎて、ナカタには何がなんだかよくわかりません。実際にそこにいけばたぶんわかるのではないかと思いますが」

「例によって、そこにいけばわかるわけだ」

「はい。そのとおりであります」

「そこに行くまではわからねえと」

「はい。そこに行くまではナカタにもかいもくわかりません」

「まあいいや。俺も正直言って、長い話は苦手だ。とにかくその入り口の石を見つければいいんだな」

「はい。そのとおりであります」

「で、それはどのへんにあるの？」

「ナカタには見当もつきません」

「聞くまでもなかったね」と青年は首を振りながら言った。

第25章

短く眠って目を覚まし、また短く眠って目を覚ます、というのを何度も繰りかえす。彼女のあらわれる瞬間をとらえたいと僕は思う。でも気づいたときには、少女はすでに昨夜と同じ椅子の上にいる。枕もとに置いた時計の夜光針は3時少し過ぎをさしている。ベッドに入る前にまちがいなく閉めたはずの窓のカーテンは、やはりいつのまにか開いている。昨夜と同じだ。でも月は出ていない。それだけがちがっている。雲は厚く、雨も少し降っているかもしれない。部屋の中は昨夜よりずっと暗く、遠くの庭園灯の光が、庭の木立のあいだを抜けてかすかに届くだけだ。その暗さに目がなれるまでに時間がかかる。

少女は机の上に頬杖をつき、壁にかかった油絵を見ている。着ている服も昨夜と同じだ。部屋の暗さのせいで、目を凝らしても顔を見わけることはできない。しかしそのぶん、身体と顔の輪郭が不思議なほどくっきり、奥ゆきをもって薄闇の中に浮かびあがっている。そこにいるのが少女時代の佐伯さんであることに疑問の余地はない。

少女はなにかについて深く思いをめぐらせているように見える。それともただ長く深い夢を見ているだけかもしれない。いや、彼女自身が佐伯さんの長く深い夢そのものなのかもしれない。なににせよ、僕はその場所の均衡を乱すことがないようにじっと息をひそめている。身動きひとつしない。ときどき時計に目をやって時刻をたしかめるだけだ。時間はゆっくりと、しかし均一に確実に過ぎていく。

予告もなにもなく出し抜けに、僕の心臓が烈しく音をたてはじめる。誰かがたてつづけにドアをノックしているような、硬く乾いた音だ。その音はある種の決意を持って静かな夜更(よふ)けの部屋にしっかりと響きわたる。誰よりもまず僕自身がその音に驚いて、あやうくベッドから飛び起きそうになる。

少女の黒いシルエットがわずかに揺らぐ。彼女は顔をあげ、暗がりの中で耳を澄ませる。僕の心臓がたてる音は彼女の耳に届いている。森の中の動物が聞き覚えのない物音に神経を集中するように、少女は軽く首をかしげている。それから彼女は僕のいるベッドに顔をむける。でもその目には僕の姿はうつっていない。僕にはそれがわかる。僕は彼女の夢の中には含まれていないのだ。僕とその少女は、目に見えない境界線によってふたつのべつべつの世界に分割されている。

やがて僕の激しい心臓の鼓動は、やってきたときと同じように急速におさまっていく。呼吸ももとどおりになる。僕は気配を殺した存在に戻る。そして少女は耳をそばだてるのをやめる。もういちど『海辺のカフカ』に視線を戻す。前と同じように机の上に頬杖をつき、その心は絵の中にいる夏の少年へと戻っていく。

おおよそ20分ばかりそこにとどまったあとで、その美しい少女は去っていく。昨日と同じように裸足で椅子から立ちあがり、音もたてずにドアのほうに移動し、ドアを開けることなくその向こう側に消えてしまう。僕は同じ姿勢のまましばらく時間をやり過ごしてから、起きあがってベッドを出る。明かりはつけず、夜の暗闇の中で、少女がさっきまで座っていた椅子に腰をおろす。机の上に両手を載せ、彼女が部屋に残していった余韻の中に身をひたす。目を閉じて、そこにある少女の心の震えをすくいとり、僕自身の心にしみこませる。僕は目を閉じる。

その少女と僕とのあいだには少なくともひとつの共通点がある。僕はそのことに思いあたる。そう、僕らは二人ともこの世界からすでに失われてしまった相手に恋をしているのだ。

少しあとで僕は眠りにつく。しかしそれは安定を欠いた眠りだ。身体は深い眠りを求め、その一方で意識は眠るまいとしている。僕はそのあいだを振り子のように揺れる。しかし夜が明けるか明けないかのうちに、庭の鳥たちがにぎやかに活動を始め、その声をきっかけに僕はすっかり目覚めてしまう。

僕はジーンズをはき、Tシャツの上に長袖のシャツを着て外に出る。朝の5時過ぎ、近所にはまだ人どおりはない。古い町並みを抜け、防風林になっている松林を抜け、防潮堤をこえて海岸に出る。風はほとんど肌に感じられない。空は一面の灰色の雲に覆われているが、雨が降りそうな気配は今のところない。静かな朝だ。雲が吸音材のようになって、地上の様々な音を吸いこんでしまっている。

しばらく海岸沿いの歩行者道路を歩きながら、あの絵の中の少年も、おそらくこの砂浜のどこかにキャンバスの椅子を持ちだして座っていたのだろうと想像する。しかしそれがどの場所であるかを特定することはできない。絵の中に描かれていた背景は、砂浜と水平線と空と雲だけだ。そして島。でも島はいくつもあるし、僕は絵の中の島のかたちをはっきり思いだすことができない。僕は砂浜に腰をおろし、海に向かって指で適当に絵のフレームを切りとってみる。そこに椅子に座った少年の姿を置いてみる。風のない空を、白いかもめが一羽、心をきめかねるように横切っていく。小さな波が規則正しく打ち寄せ、砂浜に柔らかな曲線を描き、小さな泡を残して引いていく。

僕は自分が絵の中の少年に嫉妬(しっと)していることに気がつく。

「君は絵の中の少年に嫉妬しているんだ」、カラスと呼ばれる少年が僕にそう耳うちする。

20歳になるかならないかで誰かべつの人間とまちがえられて意味もなく殺されてしまうことになる——それも今からもう30年くらい前のことなんだぜ——その気の毒な少年に対して、君は嫉妬している。胸が息苦しくなるくらい激しく。君が誰かに対して嫉妬めいた感情を抱くなんて、生まれて初めてのことだ。君は嫉妬というのがどういうものなのか、今ようやく理解することになる。それは野火のように君の心を焼く。

君は生まれてこのかた、誰かをうらやましいと思ったことは一度もなかったし、ほかの誰かになりたいと考えたこともない。でも君は今、その少年のことを心からうらやましいと思う。もしできることなら、その少年になりかわりたいと考えている。たとえ20歳で拷問(ごうもん)にあって、そのまま鉄パイプで殴り殺されることが前もってわかっていたとしてもかまわない。それでもいいから君はその少年になって、15歳から20歳までの生身の佐伯さんを無条件で愛したいと思うし、彼女から無条件で愛されたいと思う。彼女と心おきなく抱きあい、何度も何度も交わりたいと思う。彼女の身体の隅から隅まで指を触れてみたいと思う。君の身体の隅から隅まで、彼女の指に触れてほしいと思う。そして死んでからも、ひとつの物語として映像として、彼女の心の中に焼きつけられたい。思い出の中で夜ごと彼女に愛されたいと思う。

そう、君はひどく奇妙な場所に立たされている。君はすでに失われてしまったはずの少女の姿に恋をして、すでに死んでしまった少年に嫉妬しているわけだ。にもかかわらずその想いは、今まで君が現実に体験したどんな感情よりもはるかにリアルで、切ないものだ。そしてそこには出口がない。出口を見つけられる可能性すらない。君は時の迷宮の中に迷いこんでしまっている。なによりもいちばん大きな問題は、そこから出ていきたいという気持ちを君がまったく抱けないでいることだ。そうだね?

大島さんは昨日よりも遅い時刻にやってくる。僕はその前に一階と二階の床に掃除機をかけ、机と椅子を水拭きし、窓を開けて拭き、洗面所を掃除し、ゴミ箱を空にし、花瓶の水を換えておいた。部屋の明かりをつけ、検索コンピュータのスイッチを入れる。あとは門を開けるだけだ。大島さんはひとつひとつ点検し、満足そうにうなずく。

「君はなかなか覚えがいいいし、仕事も手早い」

僕はお湯をわかし、大島さんのためにコーヒーをつくる。僕は昨日と同じようにアールグレイの紅茶を飲む。外では雨が降り始めていた。かなり強い雨だ。遠くに雷鳴さえ聞こえる。まだ昼前だというのに、あたりは夕方のように暗い。

「大島さん、ひとつお願いがあるんだけど」

「どんなこと?」

「『海辺のカフカ』の楽譜をどこかで手に入れることはできないかな」

大島さんは少し考える。「もしインターネットの楽譜出版社のサイトのカタログの中に入っていれば、いくらか料金を払ってダウンロードすることは可能だろう。あとで検索してみよう」

「ありがとう」

大島さんはカウンターの端っこに腰をかけ、コーヒーカップの中にすごく小さな角砂糖をひとつ入れ、スプーンで注意深くかきまわす。「どう、曲は気に入った?」

「とても」

「僕もあの曲は好きだよ。美しいのと同時に、ユニークだ。素直でありながら、奥ゆきがある。作り手の人柄のようなものがじかに伝わってくる」

「歌詞はずいぶん象徴的なものだけれど」と僕は言う。

「詩と象徴性は古来、切り離すことのできないものだ。海賊とラム酒のように」

「佐伯さんには、そこにある言葉がなにを意味するかわかっていたと思う?」

大島さんは顔をあげて遠い雷鳴に耳を澄ませ、距離を測り、それから僕の顔を見る。そして首を振る。

「そうとはかぎらない。象徴性と意味性とはべつのものだからね。彼女はおそらく意味や論理といった冗長な手続きをパスして、そこにあるべき正しい言葉を手に入れることができたんだ。宙を飛んでいる蝶々(ちょうちょう)の羽をやさしくつまんで捕まえるみたいに、夢の中で言葉をとらえるんだ。芸術家とは、冗長性を回避する資格を持つ人々のことだ」

「つまり佐伯さんは、その歌詞の言葉をどこかべつの——たとえば夢の——空間で見つけてきたのかもしれないということ？」

「優れた詩というのは、多かれ少なかれそういうものだからね。もしそこにある言葉が、読者とのあいだに預言的なトンネルを見つけられなかったなら、それは詩としての機能を果たしていないことになる」

「でもそういうふりをしているだけの詩もたくさんある」と僕は言う。

「そのとおり。そういうふりをするのは、コツさえ呑(の)みこんでしまえばむずかしいことじゃないからね。それらしく象徴的な言葉を使えば、いちおう詩のように見える」

「でも『海辺のカフカ』の詩にはなにかとても切実なものが感じられる」

「僕も同じ意見だ。そこにある言葉は表層的なものじゃない。もっとも僕の頭の中では、その詩はすでにメロディーと一体化してしまっているので、純粋に詩のかたちだけを取りあげて、そこにどれほどの独立した言語的説得力があるのか、正確に判断できなくなってしまっているわけだけど——」と大島さんは言う。そして首を小さく振る。「いずれにせよ彼女は豊かで自然な才能に恵まれていたし、音楽的なセンスもあった。巡ってきたチャンスをつかみとるだけの現実的な才覚も備わっていた。あの気の毒な事件が起こって、彼女が人生からステップアウトしてしまわなかったら、その才能はもっと自由に発揮されていたはずだ。それはいろんな意味で残念な出来事だった」

「その才能はいったいどこに行ってしまったんだろう？」と僕は質問する。

大島さんは僕の顔を見る。「君が尋ねているのは、恋人が死んだあと、佐伯さんの中にあった才能はどこに行ってしまったのか、ということ？」

僕はうなずく。「もし才能が自然なエネルギーのようなものだとしたら、それはどこかに出口をみつけていくものじゃないの？」

「僕にはわからない」と大島さんは言う。「才能とは行く先の予測がつかないものなんだ。ただ単にすっと消えてしまうこともある。あるいは地下水のように地中深いところにもぐりこんで、そのままどこかへ流れていってしまうこともある」

「それとも佐伯さんは、そういう能力を音楽にではなく、べつのことに集中して使うことにしたのかもしれない」と僕は言う。

「べつのこと？」、大島さんは興味深そうに眉（まゆ）を寄せる。「たとえばどんなことに？」

僕は言葉に詰まる。「わからない。そんな気がしただけだよ。たとえば――かたちにならないことに」

「かたちにならないこと？」

「つまり、他人の目にはうつらない、自分のためだけの追求のようなものに。内的な作業っていえばいいのかな」

大島さんは額に手をのばして、額に落ちた前髪を後ろにやる。細い指のあいだから髪がこぼれる。「興味深い意見だ。たしかに佐伯さんはこの街を出たあと、僕らの知らないところで、君の言うかたちにならないなにかに、才能なり能力なりをふり向けてきたのかもしれない。でもあの人はなにしろ25年くらいのあいだ姿を消していたわけだし、本人に尋ねでもしなくちゃ、どこでなにをしていたのか知りようがない」

僕は少し迷ってから、思い切って口に出す。

「ねえ、ものすごく馬鹿げたことをたずねてもいいかな?」

「ものすごく馬鹿げたこと?」

僕の顔は赤くなる。「とんでもなく」

「かまわないよ。とんでもなく馬鹿げたことは僕もけっして嫌いじゃない」

「ねえ大島さん、こんなことを誰かに向かって口にするなんて、自分でも信じられないくらいなんだ」

大島さんは首を軽く傾げる。

「佐伯さんが僕のお母さんであるという可能性はないかな?」と僕は言う。

大島さんは沈黙する。カウンターにもたれかかったまま、時間をかけて言葉を探す。そのあいだ僕はただ時計の音に耳をすませている。

　彼は言う、「君の言いたいことをざっと要約すると、つまり佐伯さんは20歳のときに絶望して高松を去り、どこかでひっそりと暮らしていたが、たまたま君のお父さんである田村浩一氏と知りあって結婚し、めでたく君を出産し、その4年後になんらかの事情があって君を置きざりにして家を出て、そのあとしばしミステリアスな空白があり、しかるのちに再び故郷の四国に帰ってきた――ということになるのかな」

「そう」

「可能性がないとは言えない。というか、とりあえず今の段階では君のその仮説を否定すべき根拠はない、ということだ。彼女の人生は長い期間にわたって謎に包まれているんだ。東京で暮らしていたという噂はある。そして彼女は君のお父さんとだいたい同年齢だ。ただし、高松に戻ってきたときにはひとりだった。もちろん娘はいても、独立して別のところで暮らしているという可能性はある。えーと、君のお姉さんはいくつっていったっけ？」

「21歳」

「僕と同じ歳だな」と大島さんは言う。「でも僕は君のお姉さんではないみたいだ。僕にはちゃんと両親がいて、兄がいる。どちらも血を分けた人々で、僕には出来過ぎた人々だ」

　大島さんは腕組みをして、しばらく僕の顔を見ている。

「ところで僕のほうからひとつ君にたずねたいことがある」と大島さんは言う。「君はこれまで自分の戸籍を調べたことはある？　そうすれば、お母さんの名前も年齢も簡単にわかるはずじゃないのかな」

「調べてみたよ、もちろん」

「お母さんの名前はどうなっていた？」

「名前はなかった」と僕は言う。

大島さんはそれを聞いて驚いたようだった。「名前がない？　そんなことはあり得ないはずだけどね」

「でもなかったんだ。本当に。どうしてないのか、僕にもわからない。でもとにかく戸籍から見れば、僕には母親がいないんだ。姉もいない。戸籍簿の中には父親の名前と僕の名前しか記載されていない。つまり僕は法律的には庶子っていうことになる。要するに私生児だよ」

「しかし現実には、君にはちゃんとお母さんとお姉さんがいた」

僕はうなずく。「4歳になるまで、僕にはじっさいに母親と姉がいたんだ。僕ら4人は家族としてひとつの家の中に暮らしていた。僕はそのことははっきり覚えている。ただの想像とか、そういうんじゃないよ。僕が4歳になってすぐに、二人は家を出ていった」

僕は財布の中から僕と姉が海辺で二人で遊んでいる写真を出す。大島さんはその写真をしばらく眺め、微笑(ほほえ)みを浮かべ、僕に返す。

「『海辺のカフカ』」と大島さんは言う。

僕はうなずいて、その古い写真を財布に戻す。風が舞い、雨がときおり窓ガラスにあたって音をたてる。天井の明かりが僕と大島さんの影を床に落としている。そのふたつの影は、裏返しの世界で不吉な密談をしているみたいに見える。

「君はお母さんの顔を覚えていないの？」と大島さんはたずねる。「4歳になるまでお母さんといっしょに暮らしていたんだから、どんな顔だったか少しくらいは覚えているものじゃないかな」

僕は首を振る。「どうしても思いだせないんだ。どうしてかはわからないけれど、僕の記憶の中では、母の顔の部分だけが暗く、影みたいに塗りつぶされている」

大島さんはそれについてしばらく考えている。

「ねえ、君が佐伯さんを君のお母さんじゃないかと推測する根拠を、もう少し詳しく話してくれないか」

「もういいよ、大島さん」と僕は言う。「その話はやめよう。きっと僕は考えすぎているんだと思う」

「かまわないから、頭の中にあることをなんでも話してごらん」と大島さんは言う。「君が考えすぎているかどうかは、そのあとで二人で判断すればいいことだ」

床の上の大島さんの影が、彼のちょっとした動きにあわせて動く。その動きは本物より少しだけ誇張されているように見える。

僕は言う、「僕と佐伯さんとのあいだには、符合（ふごう）するものがびっくりするほどたくさんある。どれもがパズルの欠けていたピースみたいにぴったりかみあう。『海辺のカフカ』を聴いていて、そのことがはっきりわかったんだ。ねえ、まずだいいちに僕はまるでなにかの運命にひきつけられるように、この図書館にやってきた。中野区から高松まで、ほとんど一直線に。それは考えてみるとすごく不思議なことだよ」

「たしかにギリシャ悲劇の筋書きみたいだ」と大島さんは言う。

　僕は言う、「そして僕は彼女に恋をしている」

「佐伯さんに？」

「そう。たぶんそうだと思う」

「たぶん？」と大島さんは言って眉をしかめる。「それは**たぶん佐伯さんに**恋をしている、ということ？　それとも佐伯さんに**たぶん恋をしている**ということ？」

　僕はまた赤くなる。「うまく説明することができないんだ」と僕は言う。「とても入り組んでいて、僕にもいろんなことがまだよくわかっていない」

「でも君はたぶん佐伯さんにたぶん恋をしている？」

「そう」と僕は言う。「とても強く」

「**たぶん**だけれど、とても強く」

　僕はうなずく。

「同時に、彼女が君のお母さんかもしれないという可能性も残されている」

　僕はもう一度うなずく。

「君はまだ髭（ひげ）もはえていない15歳の少年にしては、いろんなことをひとりで背負いこみすぎる」、大島さんはコーヒーを注意深くひとくち飲み、カップをソーサーに戻す。「それがいけないと言っているわけじゃない。しかしすべてのものごとには臨界点というものがある」

　僕は黙っている。

大島さんはこめかみに指をあてて、しばらく考えごとをしている。それから両手の細い指を胸の前で組み合わせる。

「なるべく早く『海辺のカフカ』の楽譜を手に入れてあげよう。あとの仕事は僕がやるから、自分の部屋に戻っていたほうがいい」

昼食の時間に僕は、大島さんのかわりにカウンターに座る。雨が降りしきっているせいで、図書館の利用客はいつもより少ない。大島さんは休憩から戻ってきたときに、僕に楽譜のコピーが入った大型の封筒を手渡してくれる。コンピュータからプリントアウトしたものだ。

「便利な世の中だ」と大島さんは言う。

「ありがとう」と僕は礼を言う。

「よかったら、コーヒーを二階に持っていってくれないか。君はコーヒーをつくるのがなかなかうまい」

僕は新しいコーヒーをつくり、それをトレイに載せて二階の佐伯さんのところにもって行く。砂糖もクリームもなし。いつものようにドアは開け放しになっている。彼女は机に向かって書き物をしている。僕がコーヒーを机に置くと、彼女は顔をあげて微笑む。それから万年筆にキャップをかぶせて紙の上に置く。

「どう、少しはここになれたかしら」

「少しずつ」と僕は言う。

第 25 章

「今は時間はある？」

「時間はあります」と僕は言う。

「じゃあそこに座って」と佐伯さんは机のそばにある木の椅子を指さす。「少しお話をしましょう」

雷がまた鳴り始めている。まだ遠くだが、少しずつこちらに近づいているみたいだ。僕は言われたとおり椅子に腰をおろす。

「ところであなたはいくつだっけ。16歳？」

「ほんとうは15歳です。このあいだ15歳になったばかり」と僕は答える。

「家出をしてきたのね？」

「そうです」

「家出をしなくてはならない、はっきりした理由のようなものはあったの？」

僕は首を振る。いったいなんと言えばいいのだろう？

佐伯さんはカップを手に取り、僕の返事を待つあいだコーヒーをひとくち飲む。

「そこにいると、自分があとに引き返せないくらい損なわれていくような気がしたんです」と僕は言う。

「損なわれる？」と佐伯さんは言って目を細める。

「はい」と僕は言う。

彼女は少し間を置いて、それから言う。「あなたくらいの歳の男の子が損なわれるっていうような言葉を使うのは、私にはなんとなく不思議な気がするのよ。興味をひかれると言ってもいいんだけど……。それで、もっと具体的に言うとどういうことなのかしら。あなたの言う損なわれるってことは？」

　僕は言葉を探す。僕はまずカラスと呼ばれる少年の姿を求める。でも彼はどこにもいない。僕は自分で言葉を探す。それには時間がかかる。でも佐伯さんはじっと待っている。稲妻が光り、それからしばらくあって遠い雷鳴が聞こえてくる。

「自分があるべきではない姿に変えられてしまう、ということです」

　佐伯さんは興味深そうに僕を見る。「でも時間というものがあるかぎり、誰もが結局は損なわれて、姿を変えられていくものじゃないかしら。遅かれ早かれ」

「たとえいつかは損なわれてしまうにせよ、引き返すことのできる場所は必要です」

「引き返すことのできる場所？」

「引き返す価値のある場所のことです」

　佐伯さんは正面から僕の顔をじっと見ている。

　僕は赤くなる。でも勇気を出して顔をあげる。佐伯さんはネイビーブルーの半袖のワンピースを着ている。彼女は様々な色合いのブルーのワンピースをもっているようだ。銀の細いネックレスと、黒い革の小さな腕時計、それだけが装身具だ。僕は彼女の中に15歳の少女の姿を探しもとめる。その姿はすぐに見つかる。少女はその心の森の中にだまし絵みたいに潜み、こっそりと眠っている。でも目をこらせばその姿が見える。僕の心臓がまた乾いた音をたてる。誰かがハンマーを使って、僕の心の壁に長い釘を打ちつけている。

「あなたは15歳になったばかりにしてはとても筋がとおったしゃべりかたをするのね」

どう返事をすればいいのか僕にはわからない。僕は黙っている。

「私も15歳のころは、どこかべつの世界に行ってしまいたいといつも思っていた」と佐伯さんは微笑んで言う。「誰の手も届かないところに。時の流れのないところに」

「でもこの世界にはそんな場所はありません」

「そのとおりね。だから私はこうして生きているのよ。ものごとが損なわれつづけ、心が移ろいつづけ、時が休みなく流れていく世界で」、彼女は時の流れを暗示するように、ひとしきり口をつぐむ。それからまたつづける。「でも15歳のときには、そういう場所が世界のどこかにきっとあるように私には思えたの。そういうべつの世界に入るための入り口を、どこかで見つけることができるんじゃないかって」

「佐伯さんは孤独だったんですか。15歳のときに?」

「ある意味では、そう。私は孤独だった。ひとりぼっちではなかったけれど、それでもひどく孤独だった。どうしてかといえば、自分がこれ以上幸福になれっこないということがわかっていたから。それだけははっきりわかっていたの。だからそのときのかたちのまま、私は時の流れのない場所に入ってしまいたかった」

「僕は少しでも早く歳をとりたいと思っています」

佐伯さんは少し距離を置いて僕の表情を読む。「あなたはきっと私より強いし、独立心があるのよ。そのころの私はただ現実逃避の幻想を抱いているだけだった。でもあなたは現実に立ち向かって闘っている。そこには大きなちがいがある」

　僕は強くもないし、独立心があるわけでもない。ただ現実によっていやおうなく前に押しだされているだけなのだ。しかし僕はなにも言わない。

「あなたを見ていると、ずっと昔に15歳だった男の子のことを思いだすわ」

「その人は僕に似ている？」と僕は尋ねる。

「あなたのほうが背は高いし、体つきもがっしりしている。でも似ているかもしれない。彼は同年代の子どもたちとは話があわなくて、いつもひとりで部屋にこもって、本を読んだり音楽を聴いたりしていた。むずかしい話をするときには、あなたと同じように眉のあいだにしわが寄った。あなたもよく本を読むということだけれど」

　僕はうなずく。

　佐伯さんは時計を見る。「コーヒーをありがとう」

　僕は立ちあがって部屋を出ていこうとする。佐伯さんは黒い万年筆を手にとり、ゆっくりとキャップをはずし、また書き物を始めようとする。窓の外でまた稲妻がきらめき、部屋を一瞬不思議な色に染める。少し間を置いて雷鳴が届く。前よりもその間隔は短かくなっている。

「ねえ田村くん」と佐伯さんは僕に声をかける。

　僕は敷居の上で立ち止まり、振りかえる。

「ふと今思いだしたんだけど、私は昔、雷についての本を書いたことがあるの」

　僕は黙っている。雷についての本？

「落雷に打たれてたすかった人を探して、全国をインタビューして歩いたのよ。何年もかけて。インタビューはけっこう集まったし、どれもなかなか興味深い話だった。本は小さな出版社から出版されたんだけど、でもほとんど売れなかった。そこには結論というものがなかったの。そして結論がないような本を誰も読みたがらなかった。結論がないのは私にはとても自然なことに思えたんだけれど」

小ぶりなハンマーが僕の頭の中で、引き出しのどれかをこつこつと叩(たた)いている。とても執拗(しつよう)に叩いている。僕はなにかとても重要なことを思いだそうとしている。しかし自分がなにを思いだそうとしているのか、それがわからない。佐伯さんはまた書きものに戻り、僕はあきらめて部屋に戻る。

激しい雷雨が1時間ばかり続いた。図書館のガラスというガラスが粉々に砕けてしまうんじゃないかと思えるくらいの激しい雷だった。稲妻が走ると、階段の踊り場にあるステンドグラスがそのたびに古い幻のような光を白い壁に投げた。しかし2時前には雨もあがり、いろんなものごとがようやく和解に達したみたいに、黄色い陽光が雲間からこぼれ始める。そんな優しい光の中で雨だれの音だけがいつまでもつづいている。やがて夕方がやってきて、僕は閉館の支度をする。佐伯さんが僕と大島さんにさよならを言って帰っていく。彼女のフォルクスワーゲン・ゴルフのエンジン音が聞こえてくる。僕は彼女が運転席に座ってキイをまわしている姿を思い浮かべる。僕は大島さんにあとの片づけはひとりでできるから大丈夫だよと言う。大島さんはオペラのアリアを口ずさみながら洗面所で手と顔を洗い、そして帰っていく。彼のマツダ・ロードスターのエンジン音が聞こえ、それが小さくなり消えていく。そして図書館は僕ひとりのものになる。いつもより深い静寂がそこにはある。

部屋に戻って、大島さんがプリントアウトしてくれた『海辺のカフカ』の楽譜を見る。思ったとおりほとんどのコードはシンプルなものだ。そしてブリッジの部分にひどくややこしいコードがふたつある。僕は閲覧室に行ってアップライト・ピアノの前に座り、その音を押さえてみる。指づかいはとてつもなくむずかしい。何度も練習をかさね、手の筋肉を馴らして、なんとかその音を出せるようにする。最初のうちそれはまちがった不適当な和音にしか聞こえない。楽譜のミスプリントじゃないかと僕は思う。あるいはピアノの調律が狂っているんじゃないかと。しかしそのふたつの和音の響きを交互に何度も、注意深く聴いているうちに、『海辺のカフカ』という曲のよりどころはまさにこのふたつの響きにあるんだと僕は納得する。そのふたつの和音があるおかげで、『海辺のカフカ』はありきたりのポップソングにはないとくべつな深みのようなものを獲得している。でもいったいどうやって佐伯さんには、こんな普通じゃない和音を思いつけたのだろう?

僕は自分の部屋に戻り、電気ポットで湯を沸かし、お茶を入れて飲む。それから納戸からもってきた古いレコードを順番にターンテーブルの上に載せる。ボブ・ディランの『ブロンド・オン・ブロンド』、ビートルズの『ホワイト・アルバム』、オーティス・レディング『ドック・オブ・ザ・ベイ』、スタン・ゲッツの『ゲッツ/ジルベルト』。どれも60年代後半に流行った音楽だ。この部屋にいた少年は――そしてそのとなりにはきっと佐伯さんがいたはずだ――今の僕と同じようにこれらのレコードをターンテーブルに載せ、針を落とし、スピーカーから出てくる音に耳を澄ませていたのだ。その音は僕をふくめて、部屋ぜんたいを異った時間の中にはこんでいくみたいに感じられる。僕がまだ生まれてもいなかった世界に。僕はそれらの音楽を聴きながら、今日の昼に二階の書斎で佐伯さんと交わした会話を、頭の中にできるだけ正確に再現してみる。

「でも15歳のときには、そういう場所が世界のどこかにあるように私には思えたの。そういうべつの世界に入るための入り口を、どこかで見つけることができるんじゃないかって」

僕は彼女の声を耳もとに聴くことができる。なにかがまた頭の中にあるドアをノックする。強く執拗に。

「入り口」？

僕は『ゲッツ／ジルベルト』から針をあげる。そして『海辺のカフカ』のシングル盤をとりだし、ターンテーブルに載せる。針を落とす。彼女は歌う。

「溺(おぼ)れた少女の指は
入り口の石を探し求める。
蒼(あお)い衣の裾(すそ)をあげて
海辺のカフカを見る」

この部屋を訪れる少女はおそらく入り口の石を探しあてることができたのだ、と僕は思う。彼女は15歳のままべつの世界にとどまり、夜になるとそこからこの部屋にやってくる。淡いブルーのワンピースを身にまとい、彼女は海辺のカフカを見つめる。

それからなんのきっかけもなく、とつぜん僕は思いだす。父親がいつか、自分は雷に打たれたことがあると語っていたことを。直接その話を聞いたわけじゃない。どこかの雑誌のインタビューでたまたま目にしたのだ。父はまだ美術大学の学生だったころ、ゴルフ場でキャディーのアルバイトをしていた。ある7月の午後、客のあとをついてコースをまわっているときに突然空の色が変わり、激しい雷雨がやってきた。そしてたまたま雨宿りしていた木に雷が落ちた。大きな木がまんなかからふたつに割れ、いっしょにいたゴルファーが命を落としたが、父はその直前になにか予感のようなものを感じて木の下から飛びだし、命を取りとめた。軽いやけどを負い、髪が焼け、ショックではじき飛ばされたときに石に強く顔をぶっつけて失神しただけだった。そういう話だった。そのときの傷はまだ額に小さく残っている。それが今日の昼下がりに佐伯さんの部屋の入り口に立って、雷鳴を聞きながら僕が思いだそうとつとめていたことだった。父親が彫刻家として本格的な活動を始めたのは、その怪我（けが）から回復してからだ。

あるいは佐伯さんは、落雷にあった人々についての本を書くための取材インタビューをしているときに、父に出会ったのかもしれない。その可能性はある。落雷を受けて命を取りとめた人が世の中にそれほどたくさんいるとは思えないから。

僕は息をひそめ、夜が更けていくのを待つ。雲が大きく割れ、月の光が庭の樹木を照らす。あまりにも符合が多すぎる。いろんなものごとが急速にひとつの場所に結集し始めている。

第26章

もう午後も遅くなっていたし、とりあえず泊まる場所を確保しなくてはならなかった。星野青年は高松駅の観光案内所に行って適当な旅館を予約してもらった。駅まで歩いていけるというのが取り柄の、あまりぱっとしない旅館だったが、青年もナカタさんもとくに不満は持たなかった。布団（ふとん）に入って横になって眠ることができれば、どこだってかまわない。前の旅館と同じように朝食だけで夕食はついていない。いつ眠りこんでしまうかもしれないナカタさんにはその方が好都合だった。

部屋に入ると、ナカタさんは青年をもう一度畳の上にうつぶせに寝かせ、その上に乗って腰骨の後ろに両手の親指をあてた。そして腰骨から背骨にかけて関節と筋肉の具合をひとつひとつ細かく点検していった。今回はほとんど指先に力を入れなかった。ただ骨のかたちをなぞり、筋肉の張り具合を調べるだけだ。

「よう、なんか問題あるかい？」と青年は不安そうに尋ねた。また出し抜けに痛い目にあわされるのではないかと怯（おび）えていたのだ。

「いいえ、大丈夫なようです。もう具合の悪いところはひとつも見あたりません。骨もずいぶん良いかたちに復しております」とナカタさんは言った。

「それはよかった。正直言って、もう二度とあんなひどい目にあいたくねえものな」と青年は言った。

「はい。申し訳ありませんでした。しかしホシノさんは痛いのは平気だとおっしゃったものですから、それで、ナカタは力の限り思い切りやりました」

「そりゃまあたしかにそう言ったよ。言ったけどさ、しかしね、おじさん、ものごとにはやっぱし程度ってものがあるんだよ。世間には常識ってものがある。まあ、腰を治してもらったからあれこれ文句は言えないんだけどさ、いや、あの痛さはとくべつだったね。とんでもねえものだった。ちょっと思いつかないくらいの痛みだった。身体がばらばらになっちまった。なんかもう、いったん死んでからあらためて生き返ったみてえな気がするくらいだ」

「ナカタは3週間ばかり死んでいたことがあります」

「ふうん」と青年は言った。そしてうつぶせになったままお茶をひとくち飲み、コンビニエンス・ストアで買ってきた柿の種をぽりぽりと食べた。「そうか、おじさんは3週間死んでたんだ」

「はい」

「で、そのあいだどこにいたの？」

「それが、ナカタもよく覚えておらんのです。どこかずっと遠いところにいて、べつのことをしていたような気がします。しかし頭がふわふわしまして、何を思い出すこともできません。それからこちらに戻って参りまして、頭が悪くなりまして、読み書きもまったくできなくなりました」

「読み書きの能力をあっちに置いてきちまったんだね。きっと」

「そうかもしれません」

二人はそのまましばらく黙っていた。それがどんなに突飛で奇矯なことであっても、星野青年は、この老人が口にすることはいちおうそのまま信じておいた方がいいような気持ちになっていた。しかしその「いったん3週間死んだ」問題をこれ以上深く追究していくと、収拾のつかない混乱の中に足を踏み入れていくことになるのではないかという不安も、心の隅に感じていた。だから話題を変えて、もう少し現実的な目前の問題について語り合うことにした。

「で、ナカタさん、高松に着いてこれからどうするつもりなの？」

「わかりません」とナカタさんは言った。「何をすればいいのか、ナカタにはよくわからんのです」

「あの、俺たち、〈入り口の石〉ってのをみつけるんじゃなかったっけね？」

「はい。そうです。そのとおりです。ナカタはそれをすっかり忘れておりました。石をみつけなくてはなりません。しかしどこに行けばその石が見つかるのか、ナカタにはまだ皆目わかりません。ここにこうふわふわがありまして、うまく晴れません。頭がもともと良くない上に、そういうものまで出てきておりますので、これはどうしようもありません」

「そりゃ困ったな」

「はい。けっこう困ります」

「かといって、二人で顔をつきあわせてここにじっとしていても、面白くねえし、話は始まらねえしなあ」

「おっしゃるとおりであります」

「で、俺は思うんだけどさ、とりあえずいろんな人に訊いてまわったらどうだろう。このへんにそういう石はありませんかって」

「ホシノさんがそうおっしゃるのであれば、ナカタもそれをやってみようと思います。いろんな人に尋ねてまわります。誇るわけではありませんが、ナカタは頭が良くないものですから、ものを尋ねるのには馴れております」

「うん。聞くはいっときの恥、聞かぬは一生の恥、てのが俺のじいちゃんの口癖だったね」

「まったくそのとおりであります。死んでしまえば知っていることも全部なくなって消えてしまいます」

「あの、そういう意味でもないんだけどさ」と青年は頭をかきながら言った。「まあいいや……で、だいたいのところでいいんだけどさ、それがどんな石だか、大きさとかかたちとか色合いとか、それともどんな効能があるだとか、頭の中に何かイメージってない？　そういうのがある程度わかってないと、誰かに尋ねるにも尋ねづらいからさ。『このへんに入り口の石ってありませんか』ってだけじゃ、なんのことだか誰にもわからないだろうし、こっちの頭がおかしいんじゃないかって思われるかもしれない。そうだろ？」

「はい。ナカタは頭が良くありませんが、頭がおかしいわけではありません」

「なるほど」

「ナカタが探しておりますのはとくべつな石であります。それほど大きいものではありません。色は白く、匂（にお）いはありません。効能のことはよくわかりません。こういう、丸いお餅（もち）のようなかたちをしております」

　ナカタさんは両手の指でＬＰレコードくらいの大きさの円を作った。

「ふうん。それってさ、ナカタさんが目の前で見たらわかるのかい。おお、これがその石だって」

「はい。一目見ればナカタにはわかります」

「それは由緒（ゆいしょ）とか伝統とか、そういうものがあるいわくつきの石なのかね。有名なもので、特別展示物みたく神社に飾ってあるとかさ」

「どうでしょうか。ナカタにはよくわかりませんが、あるいはそういうこともあるかもしれません」

「それともどっかの家で漬け物樽（だる）の重しに使われているかもしれない」

「いいえ。そのようなことはありません」

「どうしてわかるの？」

「それは誰にでも動かせるというものではないからです」

「でもナカタさんには動かせる」

「はい。ナカタにはたぶん動かせます」

「動かすとどうなるの？」

ナカタさんは珍しく考え込んだ。あるいは考え込むような顔をしていた。短く刈り込んだ白髪混じりの頭を、手のひらでごしごしとこすっていた。

「そこのところは、なかなかよくわかりません。ナカタにわかっておりますのは、誰かがそろそろそれをやらなくてはならないということです」

青年も考え込んだ。

「そしてその誰かというのはナカタさんのことなんだね。今のところ」

「はい、そのとおりであります」

「その石ってのは高松にしかないものなのかね？」と彼は尋ねた。

「いいえ、そういうことではありません。場所はどこでもかまわないような気がします。今はたまたまここにある、というだけのことであります。これが中野区であればもっと近くて便利であったのですが」

「しかしさ、ナカタさん、そんな特別な石を勝手に動かしたりして、ひょっとして危険じゃないのかね？」

「はいホシノさん。こういってはなんですが、なかなか危険であります」

「参ったなあ」と言って、星野青年はゆっくりと首を振りながら中日ドラゴンズの帽子をかぶり、後ろの穴からポニーテールを外に出した。「なんだかインディ・ジョーンズの映画みてえになってきたぜ」

翌日の朝、二人は駅の観光案内所に行って、高松市内かあるいはその近郊になにか有名な石のようなものはないかと尋ねた。

「石ですか」とカウンターにいた若い女性は、かすかに顔をしかめて言った。彼女はそういう専門的な質問をされて、明らかに困惑しているようだった。とおり一遍の名所旧跡を案内する訓練しか受けていないのだ。

「石って、いったいどんな石でしょうか?」

「これくらいの大きさの丸いかたちの石なんだけどさ」と青年は言って、ナカタさんがやったのと同じように、両手でＬＰレコードくらいの大きさを作った。「で、『入り口の石』っていう名前で呼ばれているんだ」

「『入り口の石』」

「そう。そういう名前がついているの。わりに有名な石なんだと思うよ」

「入り口って、どこの入り口なのですか?」

「それがわかったら苦労はしないんだけどね」

カウンターの女性はひとしきり考えこんだ。星野さんはそのあいだじっと彼女の顔を見ていた。顔立ちは悪くないのだが、目と目のあいだが少し開きすぎている。そのせいで、用心深い草食動物みたいに見えなくもない。彼女は何カ所かに電話をかけて、入り口の石について何か知っている人はいないか聞いてまわった。でも役に立つ情報は得られなかった。

「すみませんが、誰もそういう名前の石の話は聞いたことないみたいです」と彼女は言った。

「ぜんぜん？」

女性は首を振った。「申しわけありません。失礼ですが、みなさんはその石を探して、わざわざ遠くからお見えになったのでしょうか？」

「うん、わざわざというか何というか、俺は名古屋から来た。このおじさんははるばる東京の中野区から来たんだ」

「はい。ナカタは東京都中野区からまいりました」とナカタさんは言った。「いろんなトラックに乗せていただいて、途中でウナギまでごちそうになりました。一銭もつかうことなくここまでまいりました」

「はあ」と若い女性は言った。

「まあいいや。誰もその石のことを知らないんなら、それはしょうがねえよ。お姉さんのせいじゃない。でもさ、『入り口の石』という名前じゃないにしても、このへんに何か有名な石はないのかな。由緒のある石とか、伝説伝承のある石とか、御利益（ごりやく）のある石とか、なんだっていいんだけどさ」

カウンターの若い女性は距離の開いた一対の目で、青年のかぶっている中日ドラゴンズの帽子と、ポニーテールの髪と、緑色のサングラスと、ピアスと、レーヨンのアロハシャツをおそるおそるひととおり観察した。

「あの、申しわけありませんが、もしよろしかったら道順をお教えしますので、市立図書館にでも行ってご自分で調べていただけませんでしょうか。石のことって、私よくわからないものですから」

図書館でも収穫はなかった。市立図書館には、高松市近辺の石について専門的に書かれた本は一冊もなかった。リファレンス担当の司書は「どこかに石についての記述があるかもしれませんから、ご自分で内容をあたってみてください」と言って、『香川県の伝承』とか『四国における弘法大師伝説』とか『高松の歴史』といったたぐいの本を一山置いていった。星野青年がため息をつきながら、それを夕方までかけて読んだ。そのあいだ字の読めないナカタさんは『日本の名石』といった写真集を、1ページ1ページ丹念に食い入るように眺めていた。

「ナカタはなにしろ字が読めませんので、図書館に来たのははじめてであります」とナカタさんは言った。

「俺なんか自慢じゃないけどね、字が読めても、図書館に来たのははじめてだよ」と星野青年は言った。

「来てみますと、なかなかたのしいところであります」

「そりゃよかった」

「中野区にも図書館があります。これからはちょくちょく行ってみようと思います。入場無料というのがなによりであります。読み書きができなくても図書館に入れるとは、ナカタは知りませんでした」

「俺のイトコはさ、生まれつき目が見えないんだけど、それでもよく映画館にいくよ。なにが面白いのか、俺にはさっぱりわからねえけどさ」

「そうですか。ナカタは目は見えますが、映画館というところにまだいったことがありません」

「そうかい。じゃあ今度一度連れていってやろう」

二人の座っているテーブルに司書がやってきて、図書館内ではあまり大きな声で話をしないでくださいと注意した。それで二人はしゃべるのをやめて、それぞれの読書に集中した。ナカタさんは『日本の名石』を見終えると、それを書架に返し、今度は『世界の猫』にとりかかった。

青年はぶつぶつ文句を言いながら、一山の本になんとかひととおり目を通した。石についての記述は残念ながらそれほど多くはなかった。高松城の石垣について書かれた書物はいくつかあったが、石垣の石はもちろんナカタさんの手で持ち上げられるような生やさしい大きさのものではない。それから弘法大師には石に関する伝説がいくつかあった。弘法大師が荒れ野の石をどかしたらそこから水がこんこんと湧いてきて、豊かな水田になったというような話だ。どこかのお寺に〈子宝の石〉という有名な石があったが、それは約1メートルの高さがあり、男根のかたちをしていたから、ナカタさんの言う〈入り口の石〉ではあり得ない。

青年とナカタさんはあきらめて図書館を出て、近くの食堂に入って夕食を食べた。二人は天丼（てんどん）を食べた。青年はその上にかけうどんを一杯注文して食べた。

「図書館は面白かったであります」とナカタさんは言った。「世界にはじつにいろんな顔かたちの猫さんがいるものです。ナカタは知りませんでした」

「石についてはあんまり収穫がなかったみたいだけど、しょうがない、まだ始めたばかりだ」と青年は言った。「一晩ゆっくり眠って明日に期待をしようや」

　翌日も朝から二人は同じ図書館に行った。星野青年は昨日と同じように、石にかかわりがありそうな本を選んで机に積み上げ、片端から読んでいった。そんなにたくさんの本を読んだのは生まれてはじめてのことだった。おかげで四国の歴史にもずいぶん詳しくなったし、古来多くの石が信仰の対象になってきたこともわかった。でも肝心の入り口の石についての記述はまったく見つからなかった。午後にはさすがに字の読み過ぎでだんだん頭が痛くなってきた。二人は図書館を出て、公園の芝生の上に寝ころび、長いあいだ雲の流れるのを眺めていた。星野青年は煙草(たばこ)を吸い、ナカタさんは魔法瓶から熱いほうじ茶を飲んだ。

「明日は雷さんがたくさんやってきます」とナカタさんは言った。

「よう、それってさ、またナカタさんがわざわざ呼ぶんじゃないよな?」

「いいえ、ナカタは雷さんを呼んだりしません。ナカタにはそんな力はありません。ただ雷さんが自分からやってくるだけです」

「よかった」と青年は言った。

　旅館に戻って風呂(ふろ)に入ると、ナカタさんは布団に入ってすぐに眠ってしまった。青年はテレビの野球中継を小さな音でつけてみたが、巨人が広島相手に大量点差で勝っていたので、不愉快な気持ちになってスイッチを切った。まだ眠くなかったし、喉が渇いてビールを飲みたかったので、外に出ることにした。目についたビヤホールに入って生ビールを注文し、オニオン・リングをつまみにとった。近くの女の子に軽く声をかけてみようかとも考えたが、そんな気楽なことをしている場合ではないと思ってやめた。明日は朝からまた石探しの作業をしなくてはならない。

ビールを飲み終えると店を出て、中日ドラゴンズの帽子をかぶって、あてもなく散歩をした。それほど面白い街には見えない。しかし見知らぬ都会を一人で足の向くままさまようのは、悪くない気分だった。もともと歩くのは好きだ。マールボロを口の端にくわえ、ポケットに両手を突っ込み、大通りから大通りへ、路地から路地へと青年は歩を運んだ。煙草を吸っていないときには、口笛を吹いた。にぎやかな地域があり、しんとした人気のない地域があった。しかしそれがどんな道であっても、おかまいなく同じ歩調でどんどん先に進んでいった。彼は若くて自由で健康であり、恐れなくてはならないようなものもなかった。

小さなカラオケ・バーやスナック（どれも半年ごとに名前が変わってしまいそうな店だ）が何軒か並んでいる細い裏通りを抜け、人通りが途絶えて少し暗くなったあたりで、後ろから誰かに声をかけられた。「ホシノちゃん、ホシノちゃん」とその相手は大きな声で彼の名前を呼んでいた。

青年は最初のうち、自分が呼ばれているとは思わなかった。高松に彼の名前を知っている人間がいるはずがない。たぶんべつの星野さんが呼び止められているのだろう。それほどよくある名前でもないが、とくに珍しいというほどでもない。だから振り向きもせずにそのまま歩き続けた。

しかしその誰かは、あとを追いかけるようなかっこうで、執拗に彼の背中に向かって呼びかけつづけた。「ホシノちゃん、ホシノちゃん」

青年はやっと歩を止めて、後ろを振り向いた。そこには真っ白なスーツをきた小柄な老人が立っていた。白髪で、律儀そうな眼鏡をかけ、やはり白くなった髭をはやしている。口髭と小さな顎髭。白いシャツに黒いストリング・タイを締めていた。顔立ちからすると日本人みたいだが、かっこうはアメリカ南部の田舎紳士を思わせる。身長は150センチくらいしかなくて、全体のバランスを見ると、小柄と言うよりは、むしろ縮尺を計算してつくったミニチュア版の人間みたいに見えた。両手はお盆でも持つみたいに揃えてまっすぐ前に差し出されていた。

「ホシノちゃん」とその老人は呼んだ。よくとおるきんきんとした声だった。少し訛がある。

星野青年は呆然としてその男の顔を見ていた。「あんたは――」

「そうだ。サンダーズ大佐だ」

「そっくりだ」と青年は感心して言った。

「そっくりではない。わしがカーネル・サンダーズだ」

「あのフライド・チキンの」

老人は重々しくうなずいた。「そのとおり」

「よう、しかしあんた、どうして俺の名前を知ってんの？」

「わしは中日ドラゴンズのファンにはいつもホシノちゃんと呼びかけることにしている。たとえ何があろうと、巨人といえばナガシマ、中日といえばホシノじゃないか」

「でもさ、おじさん、俺の本名はたまたまホシノっていうんだ」

「そんなものは偶然の一致だ。わしのせいじゃない」とカーネル・サンダーズは傲然と言った。

「で、何か俺に用なの？」

「いい女の子がいるよ」

「ふうん」と星野さんは言った。「なるほど。おじさん客引きなんだ。それでそういう格好をしてんだ」

「ホシノくん、何度も言うが、わしは扮装をしているのではない。わしがカーネル・サンダーズなんだ。誤解せんでくれ」

「よう、でもさ、もしあんたが本物のカーネル・サンダーズだったらさ、なんで高松の裏通りで女の子の客引きなんてしているわけ？　あんたくらい世界的に有名になったら、ライセンス料だってがぽがぽ入ってきて、今頃はアメリカのどっかのお屋敷のプールサイドで悠々と楽隠居だろうに」

「君、世の中にはねじれというものがある」

「はあ」

「君にはわからんだろうが、ねじれというものがあって、それでようやくこの世界に三次元的な奥行きが出てくるんだ。何もかもがまっすぐであってほしかったら、三角定規でできた世界に住んでおればよろしい」

「よう、おじさん、あんたも言うことがけっこう変わっているね」と青年は感心して言った。

「まったくたいしたもんだ。ここんところ俺はどうも異色のおじさんたちに巡り合う星まわりにあるみてえだ。いつまでもこんなこと続けてたら、そのうちに世界観が変わっちまいそうだ」

「そんなことはどうでもよろしい。で、ホシノちゃん、どうなんだ、女の子ほしいのか、ほしくないのか」

「それってファッション・ヘルスなの？」

「ファッション・ヘルスってなんだ？」

「つまりさ、本番はやらないやつ。なめなめして、すりすりして、イッパツ抜いてくれるやつ。入れ入れはなし」

「違う」とカーネル・サンダーズは苛立たしそうにかぶりを振った。「違う、違う。そういうんじゃない。なめなめすりすりだけじゃない。なんでもやれる。入れ入れもありだ」

「じゃあソープなの？」

「ソープってなんだ？」

「よう、おじさん、人をからかうのはいい加減にしてくれよ。俺は連れがいるし、明日の朝は早いんだ。だからね、わけのわからない夜遊びなんかしていられないの」

「じゃあ女の子はほしくないのか」

「今夜は女の子もフライド・チキンもいらない。そろそろ帰って寝るよ」

「そんなに簡単に眠れるだろうか？」とカーネル・サンダーズは意味ありげな声で言った。「探しものがうまくみつからないときには、人は熟睡はできないものだよ、ホシノちゃん」

星野さんはぽかんと口を開けて相手の顔をみつめた。

「探しもの？　なあおじさん、なんで俺が探しものをしてるってわかるんだい？」

「ちゃんと顔に書いてあるもの。ホシノちゃんは根っから正直な人なんだよ。そんなこと、なにもかもぜんぶ顔に書いてある。見る人が見れば、ホシノちゃんの頭の中身なんぞアジの開きみたいにべろっとまるわかりだ」

星野青年は反射的に右手をあげて頬をこすった。そして手のひらを広げて見た。でもそこにはなにもなかった。顔に書いてある？

「それでだ」とカーネル・サンダーズは指を一本空中に立てて言った。「ホシノちゃんの探しているのは、ひょっとして硬くて丸いものじゃないのかな？」

星野青年は顔をしかめた。「なあおじさん、あんたいったい誰なんだ？　なんでそんなことまでわかるんだ？」

「だから顔に書いてあるって言っただろうが。まったく、わからんやつだな」とカーネル・サンダーズは指を振りながら言った。「だてに長年こんな商売をやってるわけじゃないんだ。で、ほんとうに女はいらないのかい？」

「ねえ、俺っちはある石を探しているんだよ。入り口の石って呼ばれている石なんだけどさ」

「うん。入り口の石のことならよく知っている」

「ほんとに？」

「わしは嘘（うそ）はつかない。冗談も言わない。生まれてこのかた、一貫して虚飾（きょしょく）のないストレートな性格だ」

「その石がどこにあるかもおじさんにはわかるのかい？」

「ああ、それがどこにあるかもちゃんと知っている」

「あの、それで、その場所を教えてもらうことはできるのかな？」

カーネル・サンダーズは黒い縁の眼鏡を指で触り、咳（せき）払いをひとつした。「なあホシノちゃん、ほんとは女の子がほしいんじゃないのかね？」

「石のことを教えてくれるなら、考えてみてもいいけどさ」と星野青年は半信半疑で言った。

「よろしい。ついてきたまえ」

カーネル・サンダーズは返事も聞かず、すたすたと路地を歩き始めた。星野さんはあわててそのあとをついていった。

「よう、おじさん、大佐……、俺っち今は2万5000円しか財布に手持ちがないんだけどね」

カーネル・サンダーズは早足で歩きながら、舌打ちした。「それだけあれば上等だ。相手はぴちぴちの美女で19歳、ホシノちゃんとくべつ昇天大サービス、なめなめ・すりすり・入れ入れ、なんでもありだ。おまけに石のこともあとで教えてやる」

「参ったな」と青年は言った。

第27章

少女がやってきたことに気がついたのは2時47分だった。枕もとの時計に目をやって時間を記憶にとめる。昨夜より少し早い。今夜、僕はずっと眠らず彼女があらわれるのを待っていた。まばたきするほかには一度も目を閉じなかった。それなのに少女があらわれた正確な一瞬をとらえることはできない。気がついたとき、彼女はすでにそこにいる。僕の意識の死角になった場所をすりぬけるように、彼女はやってくる。

彼女はいつものように淡いブルーのワンピースを着ている。そして机に頬杖(ほおづえ)をついて『海辺のカフカ』の絵をひっそりと眺め、僕は息をひそめてじっとその姿を眺める。絵、少女、僕、その三つの点が、部屋の中に静止した三角形をつくりあげる。少女が絵を見飽きることがないのと同じように、僕も彼女の姿を見飽きることはない。三角形はそこに固定され揺らぐことはない。でもそのとき思いもよらないことが起きる。

「佐伯さん」と僕は知らないうちに声に出してしまう。僕には彼女の名前を呼ぶつもりはなかった。ただ心の中の想(おも)いがあふれ、こぼれ出て、そのまま声になってしまっただけだ。それもとても小さな声だ。しかしその声は少女の耳に届く。そして不動の三角形の一角が崩れる。それが僕のひそかに求めていたことであったにせよ、なかったにせよ。

彼女はこちらを見る。目をこらして深く見るというのではない。机に頬杖をついたまま、ただ静かに顔を向ける。なにかはよくわからないけれど、そこにかすかな空気の震えを感じたみたいに。少女に僕の姿が見えているのかどうかはわからない。でも僕は彼女に、僕の姿を目にしてほしいと思う。僕が生きてここに存在していることに気づいてもらいたいと願う。

「佐伯さん」と僕は繰りかえす。彼女の名前を声に出したいという強い思いをどうしてもおさえることができない。少女はその声におびえ、あるいは警戒し、部屋から出ていってしまうかもしれない。そしてもう二度と戻ってこないかもしれない。そんなことになったら、僕はひどくがっかりすることだろう。いや、がっかりするというようなものじゃない。僕はあらゆる方向と、あらゆる意味ある情景を失ってしまうかもしれない。それでもなお、彼女の名前を口にしないわけにはいかない。僕の舌と唇は僕の思いとは無関係に、ほとんど自動的に彼女の名を何度もかたちづくることになる。

少女はもう絵を見てはいない。僕を見ている。少なくともその視線は僕がいる空間に向けられている。こちらからは彼女の表情を読みとることはできない。雲が移動し、それにあわせて月明かりが揺れる。風は吹いているはずなのだけれど、その音は耳には届かない。

「佐伯さん」と僕はもう一度言う。僕はひどく切迫したなにかに押し流されている。

少女は頬杖をつくのをやめ、右手を口の前にもっていく。「なにも言わないで」というように。

でもそれがほんとうに彼女の言おうとしていることなのだろうか？　その瞳を、すぐそばからまっすぐのぞきこむことができたらなと僕は思う。彼女が今なにを考え、なにを感じているのかがそこに読みとれたらなと思う。彼女がその一連の動作で僕になにを伝えようとしたのか、なにをほのめかしたのか、それが理解できたらなと思う。しかしすべての意味は、午前3時前の重い闇にからめとられてしまっているようだ。急にひどく息苦しくなって、僕は目を閉じる。胸の中に硬い空気のかたまりがある。まるで雨雲をそのまま呑みこんでしまったみたいに。数秒後に目を開けたとき、少女の姿はもう消えている。あとには無人の椅子が残されているだけだ。机の上を雲の影がこっそりと横切っていく。

　僕はベッドを出て、窓際に行って夜の空を見あげる。そして戻ることのない時間について思う。川について思い、潮について思う。森について思い、わき出る水について思う。雨について思い、雷について思う。岩について思う。影について思う。それらはみんな僕の中にある。

　翌日の昼過ぎに私服刑事が図書館にやってくる。僕は自分の部屋にひっこんでいたので、そのことを知らなかった。刑事は20分ばかり大島さんに質問をして、それから帰っていった。大島さんがあとで僕の部屋に来て、その話をする。

「地元の警察署の刑事だよ。君のことをたずねていた」、大島さんは冷蔵庫を開けてペリエの瓶を出し、キャップをひねって開け、グラスに注いで飲む。

「どうしてここがわかったのかな」

「君は携帯電話を使っただろう。お父さんの持ち物の」

僕は記憶をたどる。そしてうなずく。神社の森に倒れてシャツに血がついていた夜、僕は携帯電話をつかってさくらに電話をかけた。

「一度だけ」と僕は言う。

「警察はその通話記録から、君が高松に来ていることを知った。ふつう警察はそんなことまでいちいち説明してはくれないんだけど、世間話のついでに教えてくれた。なんというか、僕は愛想よくなろうと思えばとても愛想よくなれるんだ。どうやら話の流れからすると、君がかけた相手の電話番号は、持ち主がはっきりしなくてたどれなかったみたいだ。プリペイドの携帯電話だったのかもしれないね。しかしとにかく君が高松市内にいたということがわかって、地元の警察が宿泊施設を片端からあたった。それでYMCAと特約を結んでいる市内のビジネス・ホテルに、しばらくのあいだ田村カフカという名前の、君によく似た少年が滞在していたことをつきとめた。5月28日、つまり君のお父さんがなにものかに殺害されたその日まで」

警察が電話番号からさくらの身もとを割りだせなかったのがせめてもの救いだ。僕としては彼女にこれ以上迷惑をかけるわけにはいかない。

「ホテルのマネージャーは、君についてうちの図書館に問い合わせをしたことを記憶していた。君がほんとうに毎日ここに来て調べものをしているかどうか、電話をかけてたしかめた。そのことは覚えているね?」

僕はうなずく。

「だから警察がここにやってきたわけだ」

大島さんはペリエをひとくち飲む。「もちろん僕は嘘をついておいた。28日からあと、君の姿は一度も見かけていないってね。それまでは毎日のようにここにかよっていたけれど、その日を境に姿を見せなくなった」

「警察に嘘をつくとまずいことになるよ」と僕は言う。

「しかし僕が嘘をつかないと、君がもっとまずいことになる」

「でも僕としては大島さんにまで迷惑をかけたくない」

大島さんは目を細めて笑う。「君はよくわかってない。君はすでに僕に迷惑をかけているんだ」

「もちろんそうだけど――」

「だから迷惑についての議論はやめよう。それはすでにあるものだ。今さらそんなことについて話しても僕らはどこにも行けない」

僕は黙ってうなずく。

「とにかくその刑事は、名刺を置いていった。君がまたここに姿を見せるようなことがあったら、すぐに電話をかけてくれって」

「僕は事件の容疑者になっているの？」

大島さんはゆっくりと何度か首を振る。「いや、君が容疑者になっているわけじゃないと思う。ただ君が、お父さんの殺人事件に関する重要参考人になっていることはまちがいない。僕はずっと新聞で経過を追っているんだけど、捜査はほとんど進展していないみたいだし、警察はかなり焦(あせ)っているようだ。指紋もない。遺留品もない。目撃者もいない。あと残っている手がかりといえば君くらいのものだ。だから彼らはどうしても君をみつけたがっている。なにしろ君のお父さんは有名人だし、テレビでも週刊誌でも大きくとりあげられている。警察もこのまま手をこまねいてるわけにはいかない」

「でも、もし大島さんが刑事に嘘をついたことがわかって、そのせいで証人として認められないようなことになったら、僕にはその日のアリバイがなくなってしまう。僕は犯人にされてしまうかもしれない」

　大島さんはもう一度首を振る。「田村カフカくん、日本の警察はそんなに馬鹿(ばか)じゃない。彼らの想像力はたしかにあまり潤沢とは言えないかもしれないけれど、少なくとも無能ではない。警察はすでに四国・東京間の飛行機の搭乗者名簿をしらみつぶしにチェックしているはずだ。それに、君は知らないかもしれないけれど、空港のゲートにはビデオ・カメラが取りつけられて、乗客の出入りを逐一記録している。君がその前後に東京に戻っていないということは確認されているはずだ。日本という国はそこまで細かく情報管理されているんだ。だから警察も君が犯人だとは考えていない。もし君のことを犯人だと考えていたら、地元の刑事ではなく、警視庁の刑事が直接乗りこんでくる。そうなれば向こうも真剣だし、僕だってそんなに簡単には言い抜けられない。今のところ彼らはただ君の口から事件前後の事情を知りたいだけなんだ」

　考えてみればたしかに大島さんの言うとおりだ。

「いずれにせよ、しばらくのあいだ人前には出ないほうがいいだろうね」と彼は言う。「ひょっとしたら、警官がこのあたりを巡回して目を光らせているかもしれない。彼らは複製した君の写真を持っていた。中学校の生徒名簿からコピーした写真で、あまり実物に似ているとは言えなかったな。君はなんだか……すごく腹を立てているような顔をしていた」

それは僕が残してきた唯一(ゆいいつ)の写真だった。僕は写真を撮られる機会をあらゆる手を尽くして避けてきた。でもクラス写真の撮影だけはどうしても逃れられなかった。

「君は学校で一種の問題児だったと警官は言っていたよ。同級生とのあいだに暴力的な事件を起こして、三度ばかり停学処分をくらっているって」

「二度だよ、それに停学じゃなく、自宅謹慎だ」と僕は言う。僕は大きく息を吸いこみ、ゆっくり吐きだす。「僕にはそうなってしまうときがあるんだ」

「自分ではおさえがきかなくなる」と大島さんは言う。

僕はうなずく。

「そして人を傷つけてしまうんだね?」

「そんなつもりはないんだ。でもときどき自分の中にもうひとりべつの誰かがいるみたいな感じになる。そして気がついたときには、僕は誰かを傷つけてしまっている」

「どれくらい?」と大島さんは尋ねる。

僕はため息をつく。「たいした怪我(けが)ってわけじゃないんだ。骨折するとか歯が折れるとか、そこまでひどいことじゃない」

大島さんはベッドに座って足を組んでいる。手をあげて前髪をうしろにやる。紺のチノパンツに、白いアディダスのシューズ。そして黒いポロシャツ。

「どうやら君は数々の乗り越えるべき課題を抱えこんでいるみたいだね」と彼は言う。

乗り越えるべき課題、と僕は思う。それから顔をあげる。「大島さんには乗り越えなくてはならない課題はないの？」

大島さんは両手を宙にあげる。「乗り越えるもなにも、僕がやるべきことはたったひとつしかない。この僕の肉体という、なににも増して欠陥だらけの入れものの中で、なんとか日々を生きのびていくことだけだよ。単純といえば単純だし、むずかしいといえばむずかしい課題だ。いずれにせよ、うまくそれができたからって、偉大な達成と見なされるわけでもない。誰かが立ちあがって温かく拍手してくれるわけでもない」

僕はしばらく唇を噛(か)んでいる。

「その入れものから出ていくということについては考えない？」と僕は質問する。

「つまり僕が僕の肉体から外に出ていくっていうこと？」

僕はうなずく。

「それは象徴的な意味で、それともあくまで具体的に？」

「なんでも」と僕は言う。

大島さんは手で前髪をずっとうしろに押さえつけている。白い額がむき出しになり、その奥で思考の歯車がフルスピードで動いているのが見える。

「君はそうしたいと考えてるのかな？」、大島さんは質問には答えず、逆に僕に質問する。

僕は息を一度吸いこむ。

「大島さん、ほんとうにありのままに言って、僕は自分という現実の入れものがぜんぜん好きじゃないんだ。生まれてからただの一度も好きになったことがない。むしろ僕はそれをずっと憎んできた。この僕の顔や、僕の両手や、僕の血や、僕の遺伝子や……とにかく僕が両親から譲り受けたものすべてが呪(のろ)わしく思えるんだ。できたらこんなものからすっかり抜けだしてしまいたいと思う。家を出ていくみたいにね」

大島さんは僕の顔を眺め、それから微笑(ほほえ)む。「君は立派に鍛えあげられた肉体を持っている。誰から譲り受けたものであれ、顔だってなかなかハンサムだ。まあハンサムというにはいささか個性的すぎるかもしれないけれど、ぜんぜん悪くない。少なくとも僕は好きだ。頭もちゃんと回転している。おちんちんだって素敵だ。僕にもそういうのがひとつあればいいのにと思う。これから先、少なくない数の女の子が君に夢中になるはずだ。そういう現実の入れ物のいったいどこが不満なのか僕にはわからないけどね」

僕は赤くなる。

大島さんは言う、「まあいいや。きっとそういう問題でもないんだろうね。でもね、僕だってこの自分という現実の入れ物が決して気に入っているわけじゃない。当たり前の話だ。どう考えたってまともとはいえない代物だものね。便利か不便かという文脈でいえば、はっきりいってひどく不便だ。しかしそれにもかかわらず僕は内心こう考えている。外殻(がいかく)と本質を逆に考えれば——つまり外殻を本質だと考え、本質を外殻だと考えるようにすれば——僕らの存在の意味みたいなものはひょっとしてもっとわかりやすくなるんじゃないかってね」

僕はもういちど自分の両手を見る。そこについていたたくさんの血について思う。僕はそのべっとりと粘りつく感触をありありと思いだす。僕は自分の本質と外殻について考える。僕という外殻に包まれた僕という本質について。でも僕の頭には血の感触しか浮かんでこない。

「佐伯さんはどうなんだろう」と僕は言う。

「どうっていうと？」

「彼女には乗り越えなくてはならない課題のようなものがあるんだろうか？」

「それは、君が佐伯さんに直接きいてみればいい」と大島さんは言う。


2時に僕は佐伯さんのところに、トレイに載せたコーヒーをもっていく。佐伯さんは二階の書斎の机の前に座っている。ドアは開いている。机にはいつものように原稿用紙と万年筆が置かれている。しかし万年筆のキャップは閉められたままだ。彼女は机に両手を載せ、宙を眺めている。なにかを見ているわけではない。彼女が眺めているのはどこでもない場所だ。彼女はいくぶん疲れているように見える。彼女の背後で窓は開け放たれ、初夏の風が白いレースのカーテンを揺らしている。その情景は美しく描かれた寓意(ぐうい)的な絵のように見えなくもない。

「ありがとう」、僕が机の上にコーヒーを置くと彼女は言う。

「疲れているみたいに見えます」

彼女はうなずく。「そうね。疲れると、ずいぶん歳(とし)をとって見えるでしょう」

「そんなことはありません。佐伯さんはいつもと同じようにとても素敵です」と僕は正直に言う。

佐伯さんは笑う。「あなたは歳のわりに、女性の扱いがなかなかうまいのね」

僕は赤くなる。

佐伯さんは椅子(いす)を指さす。昨日座ったのと同じ椅子が、まったく同じ場所にある。僕はそこに腰をおろす。

「でもね、私は疲れることにけっこうなれているの。あなたはたぶんなれていないと思うけれど」

「なれていないと思います」

「私ももちろん15歳のときにはなれてはいなかった」

彼女はコーヒーカップの取っ手を持って、静かにコーヒーを飲む。

「田村くん。窓の外になにが見える?」

僕は彼女の背後の窓の外を見る。「木と空と雲が見えます。枝に鳥がとまっているのが見えます」

「普通のどこにでもある風景。そうよね?」

「そうです」

「でももしそれが明日にはもう見られないかもしれないとしたら、それはあなたにとってすごく特別で貴重な風景になるんじゃないかしら?」

「そうなると思います」

「そんなふうにものごとを考えたことはある？」

「あります」

彼女は意外そうな顔をする。「どんなときに？」

「恋をしているときに」と僕は言う。

佐伯さんは少しだけ微笑む。その微笑みはしばらくのあいだ彼女の口もとに残っている。それは小さな窪みに乾き残った夏の朝の打ち水を想像させる。

「あなたは恋をしている」と彼女は言う。

「はい」

「つまり彼女の顔や姿はあなたにとって、一日いちにちそのたびにとくべつであり、貴重なものなのね」

「そうです。それはいつ失われてしまうかもしれない」

佐伯さんはしばらく僕の顔を見る。そこにはもう微笑みは浮かんでいない。

「一羽の鳥が細い枝にとまっているとする」と佐伯さんは言う。「その枝は風で大きく揺れている。するとその揺れにあわせて鳥の視野も大きく揺れることになる。そうよね？」

僕はうなずく。

「鳥はそういうときどうやって、視覚情報を安定させると思う？」

僕は首を振る。「わかりません」

「枝の揺れにあわせて頭を上下させるの。ひょいひょいと。今度風の強い日によく鳥を観察してみるといいわ。私はよくこの窓から覗(のぞ)いて見ているの。そういう人生ってすごく疲れそうだと思わない。自分のとまっている枝の揺れにあわせていちいち首を揺すって生きているような人生って」

「思います」

「でも鳥はそれになれているの。彼らにとってはとても自然なことなの。意識しないでできることなの。だから私たちが想像するほどは疲れないのね。でも私は人間だから、場合によっては疲れる」

「佐伯さんはどこかの枝にとまっているのですか？」

「考えようによっては」と彼女は言う。「そしてときどき強い風が吹く」

彼女はカップをソーサーに戻し、万年筆のキャップをはずす。引きあげるタイミングだった。僕は椅子から立ちあがる。

「佐伯さん。ひとつだけどうしてもあなたにたずねたいことがあるんです」と僕は思いきって言う。

「それは個人的なことかしら？」

「個人的なことです。そして失礼なことかもしれない」

「でも大事な質問なのね？」

「そうです。僕にとっては大事なことです」

彼女は万年筆をもういちど机の上に置く。彼女の目にはどことなく中立的な光が浮かんでいる。

みたいに。

「いいわよ。質問してみて」

「佐伯さんには子どもがいますか？」

彼女は息を吸いこみ、少し間を置く。彼女の顔から表情がゆっくりと遠くに退いていく。それからまた戻ってくる。まるでちょっと時間をおいてパレードが同じ通りを行進して戻ってくるみたいに。

「どうしてあなたはそれを知りたいの？」

「個人的な問題があるんです。思いつきでたずねたわけじゃありません」

彼女は太いモンブランを手に取り、インクの量を確認する。その太さと手触りを確かめる。万年筆をまた机の上に置き、顔をあげる。

「ねえ田村くん、悪いとは思うんだけど、そのことについてはイエスともノオとも言えない。少なくとも今は。私は疲れているし、風も強いし」

僕はうなずく。「すみません。そんなことをきくべきじゃなかったんですね」

「いいのよ。べつにあなたが悪いんじゃない」と佐伯さんは優しい声で言う。「コーヒーをありがとう。あなたのつくるコーヒーはとてもおいしいわよ」

僕は戸口を出て階段をおりる。そして自分の部屋に戻る。ベッドに腰をかけて本のページを開く。でも文章は頭の中に入ってこない。僕はそこに並んだ字をただ目で追っているだけだ。乱数表を眺めているのと変りない。本を置き、窓際にいって庭を眺める。樹木の枝に鳥たちの姿が見える。しかしあたりには風はない。僕が恋をしている相手が15歳の少女としての佐伯さんなのか、それとも現在の50歳を過ぎた佐伯さんなのか、だんだんわからなくなってくる。そのふたつのあいだにあるはずの境界線が揺らぎ、薄れてうまく像を結ばなくなってくる。そのことが僕を混乱させる。僕は目を閉じ、気持ちの中にある軸のようなものを探し求める。

でも、そう。佐伯さんの言うとおりだ。彼女の顔や姿は僕にとって、一日いちにちそのたびにとくべつであり、貴重なものなのだ。

第28章

カーネル・サンダーズは年齢のわりに身が軽く、足取りは速かった。まるで年期の入った競歩選手のようだ。おまけに街の隅から隅までを熟知しているらしい。近道をするために暗く細い階段を上り、身体を斜めにして家のあいだを抜けた。溝を跳び越え、生け垣の中から吠える犬を簡潔な声でたしなめた。小振りな白いスーツの背中が、行き場を探し求めているせっかちな魂のように、都会の裏通りを迅速に移動していった。星野さんはその姿を見失わないようについていくのがやっとだった。そのうちに息が切れて、汗が脇の下ににじんだ。カーネル・サンダーズは青年があとからちゃんとついてきているのかどうか、一度としてたしかめなかった。

「よう、おじさん、まだ遠いのかい？」と星野さんは耐えきれなくなって背後から声をかけた。

「いい若い者が何を言うか。これくらいは歩いたうちにはいらん」とカーネル・サンダーズは相変わらず後ろも向かずに言った。

「でもさ、おじさん、俺はいちおう客だぜ。こんなにいっぱい歩かされたら、へとへとになって性欲だってなくなっちまうよ」

「まったく情けないやつだ。それでも男か。これくらいでなくなるような頼りない性欲なら、はじめからない方がましだ」

「やれやれ」と青年は言った。

カーネル・サンダーズは路地を抜け、信号を無視して大きな通りを渡り、またしばらく歩いた。それから橋を渡り、神社の中に入っていった。かなり大きな神社だったが、夜も遅く、境内に人影はない。カーネル・サンダーズは社務所の前にあるベンチを指さし、そこに座るように指示した。ベンチのそばには大きな水銀灯が立っていて、あたりは昼のように明るかった。青年が言われたとおりにベンチに座ると、カーネル・サンダーズもその隣に腰を下ろした。

「よう、おじさん、まさかこのへんのどっかでやれって言うんじゃないよね」と星野青年は不安そうな声で言った。

「馬鹿(ばか)を言うんじゃない。宮島の鹿(しか)じゃあるまいし、神社の境内で入れ入れをするわけがないだろうが。まったく何を言うか。人をなんだと思っているんだ」、カーネル・サンダーズはポケットから銀色の携帯電話をとりだし、三桁(けた)の短縮番号を押した。

「ああ、わしだ」、相手が出るとカーネル・サンダーズは言った。「いつものところだ。神社だ。隣にホシノちゃんという男がいる。そう……。そうだ。いつものとおりだ。わかっておる。いいからすぐに来なさい」

カーネル・サンダーズは携帯電話のスイッチを切って、それを白い上着のポケットにしまった。

「あんたいつもこうやって神社に女の子を呼ぶの?」と星野青年は尋ねた。

「悪いか？」

「いや、べつに悪くないけどさ、でももっと適当な場所があるでしょうが。常識的な場所というか……。たとえば喫茶店とかさ、あるいはホテルの部屋でそのまま待ち合わせるとかさ」

「神社の方が静かでいい。空気もきれいだ」

「そりゃまあ、そうだけどね。夜中に、神社の社務所前のベンチで女の子を待つのってさ、あまり落ち着かないんだ。なんかキツネに化かされそうな気がしてさ」

「何を言うか。四国を馬鹿にするんじゃない。高松は県庁所在地の、れっきとした都会だ。キツネなんぞ出るもんか」

「まあキツネのことは冗談だけどさ、でもおじさんもいちおうサービス業なんだからさ、もうちょっと雰囲気ってものを考えた方がいいと思うけどな。ゴージャスに盛り上げるってことも必要だよ。余計なお世話かもしれないけどね」

「ああ、余計なお世話だ」とカーネル・サンダーズは毅然とした声で言った。「で、石のことだ」

「うん。石のことが知りたい」

「しかしまず入れ入れをしなさい。話はそれからだ」

「入れ入れが大事なんだ」

カーネル・サンダーズは重々しく何度かうなずいた。そしてあご髭を意味ありげに撫でた。

「そうだ。まず入れ入れが大事なんだ。儀式みたいなもんだ。まずは入れ入れ。石のことはそのあとで話そう。ホシノちゃん、この子はきっと気に入ると思うね。うちの掛け値なしのナンバーワンだ。おっぱいむちむち、肌はつるつる、腰はくねくね、あそこはぐしょぐしょ、ばりんばりんのセックス・マシンだ。車にたとえるならば、まさにベッドの四輪駆動、踏み込めば愛欲のターボ、指が包むは怒濤のシフトノブ、さあコーナーだ、とろけるギアチェンジ、よしきた追い越し車線まっしぐら、行くぞ、行くぞ、ホシノちゃん見事に大昇天だ」

「おじさん、けっこうユニークなキャラクターしてるね」と青年は感心して言った。

「だてにこの業界でメシを食ってはおらんぞ」


15分後に女が現れた。カーネル・サンダーズが言ったとおり、素晴らしい体つきの美人だった。ぴったりとした黒いミニのドレスを着て、黒いハイヒールを履いて、黒いエナメルの小さなショルダーバッグを肩にかけていた。モデルをしていてもおかしくないくらいだ。胸はかなり大きく、大きな襟ぐりから、その片鱗をはっきりと観察することができた。

「これでいいか、ホシノちゃん？」とカーネル・サンダーズは尋ねた。

星野さんは呆然とした顔で、何も言わずにうなずいた。何を言えばいいのか、言葉が浮かんでこなかった。

「とびっきりのセックス・マシンだぜ、ホシノちゃん。うりうりうり、お楽しみだ」とカーネル・サンダーズは言った。そこで初めてにっこり笑い、星野青年のお尻をつねった。

その女は星野青年をつれて、神社を出て、近くにあるラブホテルに入った。女は風呂にお湯をため、自分がまずするすると裸になり、それから星野さんを裸にした。風呂の中で彼の身体をきれいに洗い、舐めまわし、それから見たことも聞いたこともないような超弩級の芸術的なフェラチオをした。星野青年は何を考える余裕もなく射精してしまった。

「やれやれ、こんなすげえの、初めてだよ」、星野さんは浴槽にゆっくりと身を沈めて言った。

「こんなの、まだ手始めなんだから」と女は言った。「これからもっともっとすごいやつがあるんだよ」

「でも気持ちよかったよ」

「どれくらい？」

「過去のことも未来のことも考えられないくらい」

「『純粋な現在とは、未来を喰っていく過去の捉えがたい進行である。実を言えば、あらゆる知覚とはすでに記憶なのだ』」

　青年は顔をあげ、口を半分あけて、女の顔を見た。「それ、何？」

「アンリ・ベルグソン」と彼女は亀頭に唇をつけ、精液の残りを舐めてとりながら言った。「うっひふほひおふ」

「よく聞こえない」

「『物質と記憶』。読んだことないの？」

「ないと思う」と星野青年は少し考えてから言った。自衛隊時代に「陸自特殊車両操作教本」をみっちりと読まされたのをべつにすれば（そして図書館で2日にわたって四国の歴史と風土を調べたのをべつにすれば）、漫画週刊誌以外にまともな本を読んだ記憶がない。

「君は読んだの？」

女はうなずいた。「読まないわけにいかないよ。大学で哲学を専攻しているからね。試験が近いんだ」

「うん、学費を払わなくちゃならないもんね」

「なるほど」と青年は感心して言った。「これはアルバイトなんだ」

それから彼女は青年をベッドに連れて行き、指先と舌で身体を優しくなで回し、すぐにもう一度勃起（ぼっき）させた。謝肉祭の季節を迎えたピサの斜塔みたいに前向きで、しっかりとした勃起だった。

「ほら、ホシノちゃんったら、もう元気なんだ」と女は言った。そしてゆっくりと次の一連の動作に取りかかった。「ねえ、何かリクエストみたいなものある？　こんなこと私にしてもらいたいとかさ。サンダーズさんから言われているんだよ。たっぷりサービスしてあげなさいって」

「リクエストと言われてもとくに思いつかないけど、もっと何か哲学みたいなのを引用してくれないかな。何がなんだかよくわからないけど、射精を遅らせられるかもしれないから。この調子でいくと、またすぐにいっちまいそうだ」

「そうだねえ。ちょっと古いけど、ヘーゲルでいいかしら？」

「なんだってかまわない。好きなのでいい」

「ヘーゲルはおすすめよね。ちっと古いけど、ちゃんちゃかちゃん、オールディーズ、バット・グッディーズ」

「いいね」

「『〈私〉は関連の内容であるのと同時に、関連することそのものでもある』」

「ふうん」

「ヘーゲルは〈自己意識〉というものを規定し、人間はただ単に自己と客体を離ればなれに認識するだけではなく、媒介としての客体に自己を投射することによって、行為的に、自己をより深く理解することができると考えたの。それが自己意識」

「ぜんぜんわからないな」

「それはつまり、今私があなたにやっていることだよ、ホシノちゃん。私にとっては私が自己で、ホシノちゃんが客体なんだ。ホシノちゃんにとってはもちろん逆だね。ホシノちゃんが自己で、私が客体。私たちはこうしてお互いに、自己と客体を交換し、投射しあって、自己意識を確立しているんだよ。行為的に。簡単に言えば」

「まだよくわからないけど、なんか励まされるような気がする」

「それがポイントだよ」と女は言った。


すべてを終えて女と別れ、一人で神社に戻ると、前と同じベンチにカーネル・サンダーズが同じように座って彼を待っていた。

「よう、おじさん、あれからずっとここで待っていたのかい？」と星野さんはきいた。

カーネル・サンダーズは腹立たしげに首を振った。「何をとぼけたことを言うか。わしがそんな長い時間、こんなところでじっと待っているわけがないだろう。そんなに暇そうに見えるか？

ホシノちゃんがどこかのベッドで愉しく昇天しておるあいだ、何の因果か路地裏でこつこつと仕事をしておったわい。さっきコトが終わったという連絡が入って、駆け足でここに戻ってきたんだ。どうだ、うちのセックス・マシンはなかなかのものだったただろう？」

「うん、よかったよ。文句ないよ。あれはたいしたもんだ。行為的に言って、三度もいっちまったよ。身体が2キロくらい軽くなったような気がするくらいだ」

「それはなにより。で、さっき話してた石のことだ」

「うん。それが大事なんだ」

「実はな、石はこの神社の林の中にある」

「〈入り口の石〉だよ」

「そうだ。〈入り口の石〉だ」

「おじさん、それってひょっとしていい加減なことを言っているんじゃないよね？」

カーネル・サンダーズはそれを聞いて毅然と顔を上げた。「何を言うか。たわけものが。わしがこれまでひとつでも嘘をついたか？　口からでまかせを言ったか？　ぴちぴちのセックス・マシンだと言ったら、たしかにぴちぴちのセックス・マシンだっただろうが。それも大出血サービス料金、1万5000円ぽっきりで厚かましく三回も射精しやがって、それでもまだ人のことを疑うか」

「いや、もちろん信用してないわけじゃないよ。だからそんなに怒らないでよ。そうじゃなくてさ、あまりにも話がとんとんとはこびすぎるから、ちょっと首をひねっただけだよ。だってさ、たまたま道を歩いていたら妙な格好をしたおじさんが声をかけてきて、石のことを教えてやると言って、ついていったらすげえ女といっぱつやれて……」

「三発だ」

「なんでもいいや、まあ三発やれて、おまけにすぐそこに探してた石があるってんだもの、そりゃ誰だって戸惑うでしょうが」

「お前もわからんやつだな。啓示というのはそういうものなんだ」とカーネル・サンダーズは舌打ちして言った。「啓示とは日常性の縁を飛び越えることだ。啓示なしになんの人生だ。ただ観察する理性から行為する理性へと飛び移ること、それが大事なんだ。わしの言ってることがわかるか、このメッキしゃちほこボケ」

「自己と客体との投射と交換……」と星野さんは恐る恐る言った。

「そうだ。それがわかっておればよろしい。それがポイントだ。ついてきなさい。その大事な石を実際に拝ませてやる。大サービスだぜ、ホシノちゃん」

第29章

僕は図書館の公衆電話からさくらに電話をかける。考えてみれば、アパートの部屋に泊めてもらってから一度も彼女に連絡をとっていない。簡単な書き置きをのこしてそこを出てきたままだ。僕はそのことを恥ずかしく思う。アパートを出てからすぐ図書館に来て、大島さんの車で彼のキャビンにつれていかれ、電話の通じない山奥でひとりで何日かを過ごした。それから図書館に戻ってそこで暮らして仕事をするようになり、佐伯さんの生き霊（りょう）（のようなもの）を毎晩目にした。そして僕はその15歳の少女にどうしようもないほど深く恋をしてしまった。たてつづけにいろんなことが起こった。でももちろんそんなことは言いわけにはならない。

電話をかけたのは夜の9時前だった。6回目のコールで彼女が電話に出る。

「いったいどこでなにをしていたのよ？」とさくらはかたい声で言う。

「まだ高松にいるよ」

彼女はしばらくなにも言わない。ただじっと黙っている。電話の背後ではテレビの音楽番組がかかっている。

「なんとか生きのびている」と僕はつけくわえる。

また少し沈黙があり、それから彼女はあきらめたようにため息をつく。

「でもさ、あんなふうにばたばたと私のいないときに出ていくことはないんじゃない。私だっていちおう心配して、その日はいつもより早く帰ってきたんだからさ。余分な買い物なんかもしてて」

「うん。悪かったと思うよ、ほんとうに。でもあのときは出ていかないわけにはいかなかったんだ。僕もずいぶん混乱していたし、体勢を立てなおすというか、ゆっくりものを考えたかったんだ。でもさくらさんといっしょにいると、なんていうのかな……うまく言えないんだけど」

「刺激が強すぎる？」

「うん。僕はこれまで女の人のそばにいたことっていちどもなかったし」

「そうなんだ」

「女の人の匂いとか、そういうもの。ほかにもいろいろ……」

「若いのっていろいろと大変なんだ」

「そうかもしれない」と僕は言う。「さくらさん、仕事は忙しい？」

「うん。すごい忙しいよ。ま、今は働いてお金を貯めようと思っているから、それはそれでべつにいいんだけどね」

僕は少し間を置く。それから言う。「ねえ、じつを言うと、ここの警察が僕の行方を捜しているんだ」

さくらは少し黙って、それから用心深い声でたずねる。「ひょっとしてあの血のことと関係があるの？」

僕はとりあえず嘘をつくことにする。「いや、そういうんでもない。血のこととは関係なく、僕が家出少年だから探しているんだ。みつかったら保護されて東京に連れ戻される。ただそれだけだよ。で、ひょっとしたら、さくらさんのところにも警察から連絡がいくかもしれないと思ったんだ。この前、泊めてもらった夜に、僕の携帯からさくらさんの携帯の番号に電話かけたんだけど、電話会社の記録で僕が高松にいることがわかってしまった。さくらさんの携帯の番号もね」

「そうか」と彼女は言う。「でもこっちの番号のことなら心配ないよ。プリペイドだから、持ち主をたどりようがないんだ。もともとが彼氏のものだし、それを拝借してきたから、私の名前とも居場所とも結びつかないよ。だから安心していいよ」

「よかった」と僕は言う。「僕としてはさくらさんにこれ以上迷惑をかけたくなかったからさ」

「優しい思いやりに涙が出そうだわね」

「ほんとにそう思っているんだよ」と僕は言う。

「わかってるよ」と彼女は面倒くさそうに言う。「それで家出少年は今、どこに寝泊まりしているの？」

「知り合いのところに住まわせてもらっているんだ」

「君はこの町に知り合いなんていなかったはずだけど」

第 29 章

僕は彼女の質問にうまく答えることができない。この何日かのあいだに起こったことを、いったいどう要約して説明すればいいのだろう？

「長い話なんだ」と僕は言う。

「君の場合は、長い話がけっこうたくさんあるみたいだね」

「うん。どうしてかはわからないけど、いつもそうなってしまうんだ」

「傾向として？」

「たぶんね」と僕は言う。「いつか時間のあるときにゆっくり話すよ。べつに隠しているわけじゃないんだ。ただ電話ではうまく説明できないっていうだけなんだ」

「べつに説明してもらわなくてもいいんだけどさ、でもそれ、ヤバイところじゃないわよね？」

「ぜんぜんヤバイところじゃない。大丈夫だよ」

彼女はまたため息をつく。「君の独立独歩の性格はよくわかってるけどね、なるべくなら法律と喧嘩(けんか)するのだけはよしたほうがいいよ。まず勝ち目はないからね。ビリー・ザ・キッドみたいにあえなく10代で死ぬことになるよ」

「ビリー・ザ・キッドは10代で死んでない」と僕は訂正する。「21人殺して、21歳で死んだ」

「ふうん」と彼女は言う。「まあいいや。で、なにか用事があるの？」

「ただお礼を言っておきたかったんだ。あんなにお世話になったのに、ちゃんとあいさつもせずに出てきてしまったから、気になっていたんだ」

「それはよくわかったよ。だからもう気にしないでいいよ」

「それからさくらさんの声を聞きたかったんだ」と僕は言う。

「そういってもらえるのは嬉しいけど、私の声がなにかの役に立つのかしら？」

「なんて言えばいいのかな……。変な言いかただとは思うけど、さくらさんは現実の世界に生きていて、現実の空気を吸っていて、現実の言葉をしゃべっている。さくらさんと話していると、自分がとりあえず現実の世界にちゃんと結びついているんだということがわかる。僕にとってそれはけっこう大事なことなんだ」

「君のまわりにいるほかの人はそうじゃないの？」

「そうじゃないかもしれない」と僕は言う。

「よくわからないけど、君はつまり現実離れした場所で、現実離れした人たちと一緒にいるってことなの？」

僕はそれについて考えてみる。「言いかたによってはそう言えるかもしれない」

「ねえ田村くん」とさくらは言う。「もちろんそれは君の人生だから、いちいち私が口出しすることじゃないとは思う。でもね、話の感じからしてちょっと思うんだけど、君はそこを出たほうがいいんじゃないかな。どんなところだかは知らないけど、なんとなくそういう気がするね。予感みたいなものとして。だからすぐにこっちにおいで。私のところに好きなだけ泊まっていいから」

「さくらさん。どうしてそんなに僕に親切なの？」

「君、ひょっとして馬鹿じゃないの？」

第 29 章

「どうして？」

「だって君のことが好きだからにきまってるじゃないか。私はたしかにかなり物好きではあるけど、誰にだってこんなことをやってるわけじゃないよ。君のことが好きだし、気に入ってるから、ここまでやってるんだよ。なんかさ、うまく言えないけど、本当の弟みたいな気がしてるんだ」

僕は電話口で黙りこんでしまう。いったいどうすればいいのか、一瞬わからなくなってしまう。僕は軽いめまいのようなものにおそわれる。僕は生まれてこのかた、ただの一度も、誰かからそんなことを言われた経験がなかったのだ。

「もしもし」とさくらは言う。

「聞いているよ」と僕は言う。

「聞いてたらなにか言えば」

僕は体勢をたてなおす。そして深呼吸をする。

僕は言う、「ねえ、さくらさん、そうできたらいいと思うよ。ほんとうにそう思ってるんだ。心からそう思っている。でも今はそれができないんだ。さっきも言ったように、僕はここを離れることができない。ひとつには恋をしているから」

「あまり現実的とは言えないややこしい相手に恋をしているのね？」

「そう言えるかもしれない」

さくらは電話口でまたため息をつく。とても深い根本的なため息だ。「あのさ、君くらいの年の子が恋をすると、だいたいにおいてかなり非現実的になる傾向があるのに、その相手が現実離れしているとなると、これはけっこう面倒なことだよ。それはわかってるの?」

「わかっているよ」

「ねえ、田村君」

「うん」

「なにかあったら、またここに電話をしておいで。べつに何時だってかまわないからさ、遠慮しないで」

「ありがとう」

　僕は電話を切る。それから部屋に戻り、『海辺のカフカ』のシングル盤をプレイヤーに載せ、針を置く。そしてまたいやおうなく僕はその場所に引き戻される。そしてその時間に。


　人の気配を感じて目を覚ます。あたりは暗い。枕もとの時計の夜光針は3時過ぎを指している。僕は知らないうちに眠りこんでしまっていた。窓からさしこむ庭園灯のかすかな明かりの中に、彼女の姿が見える。少女はいつもと同じように机の前に座り、いつもと同じ姿勢で壁の絵を見ている。机に頬杖をつき、身動きひとつしない。僕もいつものようにベッドの中に横になったまま、息をころし、薄く目を開けてそのシルエットを眺める。窓の外では、海からの風が窓際のハナミズキの枝を静かに揺らしている。

　でもやがて僕は、空気の中にいつもとちがったなにかがふくまれていることに気づく。異質ななにかが、完璧でなくてはならないその小さな世界の調和をわずかに、しかし決定的に乱しているのだ。僕は薄闇の中でじっと目を凝らす。いったいなにがちがっているのだろう？　一瞬夜の風が強くなり、僕の血管を流れる血がどろりとした不思議な重みを持ちはじめる。ハナミズキの枝がガラス窓に神経質な迷路を描く。やがて僕は気づく。そこにあるシルエットはあの少女のシルエットではないのだ。とてもよく似ている。ほとんど同じと言ってもいいくらいだ。でもまったく同じじゃない。わずかに似せ損なったふたつの図形を重ね合わせたときのように、ところどころで細部がずれてしまっている。たとえば髪型がちがっている。洋服がちがっている。そしてなによりも、そこにある気配のようなものがちがっている。僕にはそれがわかる。僕は思わず首を振る。あの少女ではない誰かがそこにいるのだ。なにかが起こっている。なにか重要なことが持ちあがっているのだ。知らないうちに僕は布団の中で、両手をしっかりと握りしめている。やがて心臓が耐えかねたように硬く乾いた音をたてはじめる。それは異なった時制を刻みはじめる。

その音を合図として、椅子の上のシルエットは動きをみせる。大きな船が舵を切るときのように、身体がゆっくりと角度を変える。彼女は頬杖をつくのをやめ、僕のほうに顔を向ける。それが佐伯さんであることに僕は気づく。僕は息を呑んだまま、吐きだすことができない。そこにいるのは、現在の佐伯さんなのだ。べつの言いかたをするなら、それは現実の佐伯さんなのだ。しばらくのあいだ彼女は僕を見ている。『海辺のカフカ』の絵を見つめているときと同じように、静かに意識を集中して。僕は時間の軸について考える。おそらく僕の知らないどこかで、時間に関してなにかの異変が起こっているのだ。そのせいで現実と夢が混じりあってしまったのだ。海の水と河の水が混じりあうみたいに。僕の頭はそこにあるはずの意味を求めて動きまわる。でもどこにもたどりつけない。

　やがて彼女は立ちあがり、ゆっくりとこちらにやってくる。いつもの背筋を伸ばした姿勢の良い歩きかただ。靴ははいていない。裸足（はだし）だ。彼女が歩くと床がかすかに軋（きし）む。彼女はベッドの端に静かに腰かけ、しばらくそこにじっとしている。その身体にはたしかな密度と重みがある。佐伯さんは白い絹のブラウスに、紺色の膝までのスカートをはいている。彼女は手をのばし、僕の髪に手を触れる。指が僕の短い髪のあいだをまさぐる。それはまちがいなく現実の手だ。現実の指だ。それから彼女は立ちあがり、外から射しこむ淡い光の中で、ごく当たり前のことのように服を脱ぎはじめる。急いではいないけれど、そこにはためらいもない。とても滑らかな自然な動作でブラウスのボタンをひとつひとつはずし、スカートを脱ぎ、下着をとる。服が順番に、音もなく床の上に落ちていく。柔らかな布地は音もたてない。彼女は眠っている。僕にはそれがわかる。たしかに目は開いている。でも佐伯さんは眠っているのだ。彼女はすべての動作を眠りの中でおこなっている。

　彼女は裸になると、狭いベッドの中に入ってくる。白い腕が僕の身体にまわされる。僕は彼女の温かい息を首に感じる。太腿（ふともも）に彼女の陰毛があたるのを感じる。佐伯さんはたぶん僕のことを、ずっと昔に死んでしまった恋人の少年だと思いこんでいる。そしてこの部屋で昔おこなわれたことを、そのまま繰りかえそうとしている。ごく自然に、当たり前のこととして、眠ったまま。夢を見たまま。

　佐伯さんをなんとか起こさなくてはと僕は思う。目を覚まさせなくては。彼女はものごとを取りちがえているのだ。そこにとても大きな行きちがいがあることを教えなくちゃならない。これは夢じゃない。現実の世界なんだ。でもすべてはあまりにも速いスピードで前に進んでいく。僕にはその流れを押しとどめる力はない。僕はひどく混乱しているし、そして僕自身、時間の歪(ゆが)みの中に呑(の)みこまれていく。

　そして君自身、時間の歪みの中に呑みこまれていく。

　彼女の夢が君の意識をあっというまもなく包んでいく。羊水のように柔らかく温かく包んでいく。佐伯さんは君の着ているTシャツを脱がせ、ボクサーショーツをとる。君の首に何度も口づけし、それから手をのばしてペニスを手に取る。それは既に陶器のようにかたく勃起(ぼっき)している。彼女は君の睾丸(こうがん)をそっと手に包む。そしてなにも言わず、君の指を陰毛の下に導く。性器は温かく濡(ぬ)れている。彼女は君の胸に唇をつける。君の乳首を吸う。君の指はまるで吸いこまれるように、ゆっくり彼女の中に入っていく。

　いったいどこから君の責任は始まるのだろう。意識の視野の白濁をぬぐいとりながら、君は懸命に現在の位置を見いだそうとする。流れの方向を見さだめようとする。正しい時間の軸をつかまえようとする。しかし夢と現実の境界線をみつけることはできない。事実と可能性の境界線さえみつからない。君にわかるのは、自分が今とても微妙な場所にいるということだけだ。微妙で、同時に危険な場所だ。君は予言の原理やロジックをつきとめることができないまま、その進行に含まれてしまっている。どこかの川沿いの町が洪水に洗われるように。そこにあるすべての道路標識が今では水面の下に沈んでいる。目に見えるのは家々の無名の屋根だけだ。

やがて佐伯さんはあおむけになった君の身体の上に乗る。そして脚をひろげ、石のように硬直した君のペニスを自分の中に導いて入れる。君にはなにかを選ぶことができない。彼女がそれを選ぶ。図形を描くように深く、彼女は腰をくねらせる。彼女のまっすぐな髪が君の肩の上で、柳の枝のように音もなく揺れる。君は少しずつ柔らかい泥の中に呑みこまれていく。世界のすべては温かく濡れて不分明であり、その中で君のペニスだけがかたく艶(つや)やかな存在だ。君は目を閉じて君自身の夢を見る。時の経過がひどく不明確になる。潮が満ち、月が昇る。ほどなく君は射精する。もちろん君にはそれを押しとどめることはできない。彼女の中に何度も強く射精する。彼女は収縮し、君の精液をやさしく収集する。それでも彼女はまだ眠っている。目を開けたまま眠っている。彼女はべつの世界にいる。君の精液はべつの世界に呑みこまれていく。

長い時間が経過する。僕は動くことができない。僕はまんべんない麻痺(まひ)の中にいる。でもそれが本物の麻痺なのか、それとも僕のほうに身体を動かそうという気持ちが起きないだけなのか、自分でも見分けがつかない。やがて彼女は僕から離れ、しばらく僕のとなりに静かに横になっている。それから立ちあがり、下着をつけ、スカートをはき、ブラウスのボタンをはめる。そっと手をのばして、僕の髪にもう一度触れる。すべては無言のうちにおこなわれる。考えてみれば、彼女はこの部屋に現れてから一度も声を出していない。僕の耳に届くのはかすかな床の軋みと、休みなく吹きつづける風の音だけだ。吐息をつく部屋と、そっと身を震わせるガラス窓。それだけが僕の背後に控えているコロスだ。
彼女は眠ったまま床を横切り、部屋から出ていく。ドアがほんの少しだけ開き、そのすきまから夢を見る細い魚のようにするりと彼女は出ていく。音もなくドアが閉まる。僕はベッドの中から彼女が去っていくのを見まもっている。僕はあいかわらず麻痺の中にいる。ただ一本の指を上げることもできない。唇は封印されたみたいに重く閉ざされている。ことばは時のくぼみで眠りこんでいる。

身動きのできないまま、僕は耳を澄ませる。駐車場のほうから佐伯さんのフォルクスワーゲン・ゴルフのエンジン音が聞こえてくるのではないかと思って。でもいつまでたってもその音は聞こえない。夜の雲が風に流されてやってきて、去っていく。ハナミズキの枝が小刻みに揺れ、多くの刃物が闇(やみ)の中に光る。そこにある窓は僕の心の窓であり、そこにあるドアは僕の心のドアだ。僕はそのまま朝まで目覚めている。そして無人の椅子をいつまでも眺めている。

第30章

二人は低い垣根を越えて、神社の林の中に入っていった。カーネル・サンダーズは上着のポケットから小さな懐中電灯を取り出し、足もとを照らした。林の中には小径（こみち）がついていた。それほど大きな林ではないが、そこにある樹木はどれも古く、大きく、その密生した枝は頭上を暗く覆（おお）っていた。足もとから強い草の匂（にお）いがした。

カーネル・サンダーズが先に立って歩いたが、前と違ってゆっくりとした足どりだった。彼は懐中電灯の明かりで足もとをたしかめながら、用心深く一歩一歩前に進んだ。星野さんはそのあとから従った。

「よう、おじさん、なんかきもだめしみたいだね」と青年はカーネル・サンダーズの白い背中に声をかけた。「オバケだよお」

「いちいちくだらんことを言うんじゃない。ちっとは静かにしておれんのか？」とカーネル・サンダーズは後ろも向かずに言った。

「はいはい」

今頃ナカタさんはどうしているんだろうと、青年はふと思った。たぶん布団の中でまだぐっすりと眠り込んでいるんだろうな。一度寝ちゃったら何があっても目が覚めないってタイプだもんな、あの人は。まったく熟睡って言葉はあの人のためにあるようなもんだ。しかしナカタさんはその長い眠りの中でいったいどんな夢を見るのだろう？　青年には想像もつかなかった。

「おじさん、まだ遠いのかい？」

「もうちょっとだ」とカーネル・サンダーズは言った。

「ねえ、おじさん」と青年は言った。

「なんだ？」

「おじさんはほんとにカーネル・サンダーズなの？」

カーネル・サンダーズは咳払いをした。「ほんとは違う。とりあえずカーネル・サンダーズのかっこうをしておるだけだ」

「そうだと思ったよ」と青年は言った。「それでおじさん、ほんとは何なんだよ？」

「名前はない」

「名前がないと困らないかい？」

「困らん。もともと名前もないし、かたちもない」

「屁みたいだね」

「そう言えなくもない。かたちのないものだから何にでもなれる」

「はあ」

「とりあえず、カーネル・サンダーズという、資本主義社会のイコンとでも言うべき、わかりやすいかたちをとっているだけだ。ミッキーマウスだってよかったんだが、ディズニーは肖像権にうるさい。訴訟されるのはごめんだ」

「まあ俺もあんまり、ミッキーマウスに女を紹介されたくないね」

「まあそうだろうな」

「それにおじさんはカーネル・サンダーズの格好に、キャラクターがうまくあっているような気がするよ」

「私にはキャラクターなんてものはない。感情もない。『我今仮に化(かたち)をあらはして語るといへども、神にあらず仏にあらず、もと非情の物なれば人と異なる慮(こころ)あり』」

「なんですかい、それは?」

「上田秋成の『雨月物語』の中の一節だ。どうせ読んだことはあるまい」

「自慢じゃないけどありませんね」

「今私は仮に人間のかたちをしてここに現れているが、神でもない仏でもない。もともと感情のないものであるから、人間とは違う心の動きを持っている。そういうことだ」

「はあ」と青年は言った。「よくわからないけど、とにかくおじさんは人でもないし、神でも仏でもないんだね」

「『我もと神にあらず仏にあらず、只(ただ)これ非情なり。非情のものとして人の善悪を糺(ただ)し、それにしたがふべきいはれなし』」

「わからないなあ」

「神でも仏でもないから、人間の善悪を判断する必要もない。また善悪の基準に従って行動する必要もない、ということだ」

「つまりおじさんは、善悪を超えた存在なんだ」

「ホシノちゃん、それは褒めすぎだ。べつに善悪を超えてはおらん。ただ関係ないだけだ。何が悪で何が善か、それは私の知ったことではない。私が求めているのはただひとつ、私の扱っている機能を完遂させることだ。私はとてもプラグマティカルな存在なんだ。いうなれば中立的客体だ」

「機能をカンスイさせるってどういうこと?」

「お前、学校に行かなかったのか?」

「いちおう高校までは行ったけど、工業高校だし、バイクばっか乗ってたからさ」

「ものごとがもともとの役割を果たすように管理することだ。私の役目は世界と世界とのあいだの相関関係の管理だ。ものごとの順番をきちんと揃えることだ。原因のあとに結果が来るようにする。意味と意味が混じり合わないようにする。現在の前に過去が来るようにする。現在のあとに未来が来るようにする。まあ多少の前後はあってかまわない。世の中に完璧なものなんてありゃしないんだ、ホシノちゃん。結果的に帳尻さえちょんちょんとあえば、私だっていちいちうるさいことは言わない。私はこう見えて、けっこうアバウトなところもある。アバウトというか、もっと専門的に言えば『継続情報の感知処理の省略』ということになるんだが、これを言い出すと話が長くなるし、どうせホシノちゃんには理解できないだろうから、端折る。とにかく私が言いたいのは、私はなんでもかんでもうるさく言うというわけではないということだ。しかし帳尻があわないとなると、これは困る。責任問題になってくる」

「よくわからねえけど、そんなに偉い役目の人なのに、おじさんはなんで高松の裏通りでポンビキなんかしているんだろう」

「私は人じゃない。何度言えばわかるんだ」

「なんでもいいけどさ」

「私がポンビキをしていたのは、ホシノちゃんをここまで連れてくるためだ。ちょっと手を貸してもらいたいことがある。だからそのお駄賃（だちん）に楽しい思いをさせてやろうと思ったんだ。一種の儀式としてな」

「手を貸す？」

「いいか、さっきも言ったように、私にはかたちというものがない。純粋な意味でメタフィジカルな、観念的客体だ。どんなかたちにもなれるが、実体はない。現実的な作業をするにはどうしても実体というものが必要になる」

「それで今のこの場合、俺っちが実体なんだ」

「そういうこと」とカーネル・サンダーズは言った。

暗い林の中の小径をそろそろと進んでいくと、太い樫（かし）の木の下に小さな祠（ほこら）があった。朽ちかけた古びた祠で、供え物もなく飾りもなく、ただそこに打ち捨てられ、雨ざらしにされ、すべての人々に忘れられているように見えた。カーネル・サンダーズは懐中電灯でその祠を照らした。

「石はその中にある。扉を開けなさい」

「いやだよ」と星野青年は言って首を振った。「神社のこういうものって勝手に開けちゃいけねえんだ。そんなことしたらきっと祟りがある。鼻が落ちたり、耳が落ちたりする」

「かまわん。この私がいいと言うんだ。開けなさい。祟りなんかない。鼻も落ちないし、耳も落ちない。妙なところに古風なやつだな」

「じゃあおじさんが自分で開けりゃいいじゃねえか。俺はそんなことにかかわり合いたかないね」

「わからんやつだな、お前も。さっきも言ったはずだが、私には実体というものがないんだ。私は抽象概念に過ぎない。自分では何もできない。だからわざわざお前をここまで連れてきてるんじゃないか。そのためにサービス料金で三回もやらせてやったんじゃないか」

「まあたしかに気持ちはよかったけどさ……。しかしどうも気が進まねえな。何があっても神社にだけは悪さをするなって、小さい頃からずっとじいちゃんにきつく言われてたからなあ」

「じいちゃんのことは忘れろ。ややこしいときに岐阜県の土着的なモラルを持ち出すな。時間がないんだ」

　星野さんはぶつぶつ文句を言いながら、それでもおそるおそる祠の扉を開けた。カーネル・サンダーズは懐中電灯でその中を照らした。そこにはたしかに古びた丸い石が入っていた。ナカタさんの言ったとおり、丸い餅のようなかたちをした石だ。大きさはＬＰレコードくらいで、白くのっぺりとしている。

「これがその石なんだね」と青年は尋ねた。

「そうだ」とカーネル・サンダーズは言った。「取り出しなさい」

「ちょっと待ってよ、おじさん。それじゃ泥棒になるぜ」

「かまわん。こんな石がひとつなくなったところで誰も気がつかないし、誰も気にしない」

「でもさ、この石っていちおう神様の持ちものでしょうが。勝手に持っていったらきっと怒られるよ」

カーネル・サンダーズは腕組みをして、星野さんの顔をじっと見た。「神様ってなんだ？」

そう言われて、青年は考え込んでしまった。

「神様ってどんな顔をして、どんなことをしているんだ？」とカーネル・サンダーズはなおも追及した。

「俺はそういうこと、よく知らねえけどさ。でも神様は神様だよ。いたるところに神様はいて、俺たちがやることを見ていて、良いか悪いか判断するんだ」

「それじゃまるでサッカーの審判員じゃないか」

「そういう風に言えるかもしれない」

「じゃあ何か、神様ってのは半ズボンをはいて、口に笛をくわえて、ロスタイムを計っておるのか？」

第30章

「しつこいね、おじさんも」と星野青年は言った。

「日本の神様と外国の神様は親戚(しんせき)どうしなのか、それとも敵なのか？」

「知らねえよ、そんなこと」

「いいか、ホシノちゃん。神様ってのは人の意識の中にしか存在しないんだ。とくにこの日本においては、良くも悪くも、神様ってのはあくまで融通無碍(ゆうずうむげ)なものなんだ。その証拠に戦争の前には神様だった天皇は、占領軍司令官ダグラス・マッカーサー将軍から『もう神様であるのはよしなさい』という指示を受けて、『はい、もう私は普通の人間です』って言って、１９４６年以後は神様ではなくなってしまった。日本の神様ってのは、それくらい調整のきくものなんだ。安物のパイプをくわえてサングラスをかけたアメリカ軍人にちょいと指示されただけでありかたが変わっちまう。それくらい超ポストモダンなものなんだ。いると思えばいる。いないと思えばいない。そんなもののことをいちいち気にすることはない」

「はあ」

「とにかくその石をとり出しなさい。私がすべての責任をとってやる。私は神でも仏でもないが、多少のコネクションがないではない。ちゃんとホシノちゃんには祟りがないようにしてやる」

「ほんとに責任とってくれるよな？」

「二言はない」とカーネル・サンダーズは言った。

　星野青年は手を伸ばして、まるで地雷でも扱うように、その石をそっと上に持ち上げた。

「ずいぶん重いね」

「石は重いもんだ。豆腐とは違う」

「いや、石にしてもこいつはずいぶん重いぜ」と星野青年は言った。「で、これをどうするんだい」

「持って帰って、枕(まくら)もとに置いておけばよろしい。あとのことは勝手になんとでもなる」

「あの、これ、旅館まで持って帰るの？」

「重ければタクシーに乗ればいいだろうが」とカーネル・サンダーズは言った。

「でもいいのかなあ、勝手にそんな遠くまで持っていっちゃってさ」

「いいか、ホシノちゃん。すべての物体は移動の途中にあるんだ。地球も時間も概念も、愛も生命も信念も、正義も悪も、すべてのものごとは液状的で過渡的なものだ。ひとつの場所にひとつのフォルムで永遠に留まるものはない。宇宙そのものが巨大なクロネコ宅急便なんだ」

「はあ」

「石はただ今のところ、仮に石としてそこにあるというだけだ。ホシノちゃんがその移動を少し手伝ったからといって、それで何かが変わるわけではない」

「しかし、おじさん、この石がどうしてそんなに大事なんだい？　たいして立派なものには見えねえんだけどね」

「正確な言い方をするなら、この石自体には意味はない。状況にとって何かが必要であって、それがたまたまこの石だったんだ。ロシアの作家アントン・チェーホフがうまいことを言っている。『もし物語の中に拳銃(けんじゅう)が出てきたら、それは発射されなくてはならない』ってな。どういうことかわかるか?」

「わからないよ」

「まあ、わかるまい」とカーネル・サンダーズは言った。「わかるわけないとは思ったけど、礼儀としていちおう訊(き)いてみたんだ」

「ありがとさん」

「チェーホフが言いたいのはこういうことだ。必然性というのは、自立した概念なんだ。それはロジックやモラルや意味性とはべつの成り立ちをしたものだ。あくまで役割としての機能が集約されたものだ。役割として必然でないものは、そこに存在するべきではない。役割として必然なものは、そこに存在するべきだ。それがドラマツルギーだ。ロジックやモラルや意味性はそのもの自体にではなく、関連性の中に生ずる。チェーホフはドラマツルギーというものを理解しておった」

「俺っちにはぜんぜん理解できねえよ。話がむずかしすぎる」

「お前の抱えている石は、チェーホフの言うところの『拳銃』なんだ。それは発射されなくてはならない。そういう意味ではそれは大事な石だ。とくべつな石だ。しかしそこには神聖性なんてものはない。だからホシノちゃんは祟りなんてものについて気にすることはないんだ」

星野青年は顔をしかめた。「この石が拳銃なの?」

「あくまでメタフォリカルな意味あいにおいてだ。ほんとうに弾丸が出るわけじゃない。安心しなさい」

カーネル・サンダーズは上着のポケットから大きな風呂敷（ふろしき）を取り出して、星野青年に渡した。

「これで石をくるむんだ。やはりあまり人目にはつきたくない」

「ほら、結局泥棒じゃねえか」

「何を言うか。人聞きの悪い。泥棒なんかじゃない。大事な目的のために、ちょっとのあいだ拝借するだけだ」

「はいはい。わかりましたよ。ドラマツルギーに従って物質を必然的に移動させているだけなんだね」

「そういうこと」とカーネル・サンダーズはうなずいて言った。「ちゃんとわかってるじゃないか」

　星野青年は紺色の風呂敷に包んだ石を抱えて林の中の小径を戻った。カーネル・サンダーズは懐中電灯で青年の足もとを照らした。石は見かけよりもずっと重く、何度か途中で休んで息を整えなくてはならなかった。二人は林を出ると、誰かに見つからないように明るい境内を急いで横切り、大きな通りに出た。カーネル・サンダーズは手をあげてやってきたタクシーを止め、石を抱えた青年を乗せた。

「これを枕もとに置けばいいんだね？」と青年はきいた。

「そうだ。それだけでよろしい。余計なことは考えなくてもいい。石がそこにあることが大事なんだ」とカーネル・サンダーズは言った。

「おじさんにお礼を言うべきなんだろうね。石のある場所を教えてくれたことで」

カーネル・サンダーズはにっこりと笑った。「礼なんてものはいらん。私はやるべきことをやっておるだけだ。機能を完遂させているだけだ。しかしいい女だっただろうが、ホシノちゃん」

「うん。たいしたものだったよ、おじさん」

「それはなにより」

「でもさ、あの女の人は本物だよね。キツネだとか、抽象なんとかだとか、そういう面倒なものじゃねえよな？」

「キツネでもないし、抽象なんとかでもない。実物のセックス・マシンだ。混じりけなしの愛欲の四輪駆動だ。けっこう苦労してみつけてきたんだ。安心しなさい」

「よかった」と青年は言った。

星野さんが風呂敷に包んだ石をナカタさんの枕もとに置いたのは、もう夜中の1時過ぎだった。自分の枕もとに置くより、ナカタさんの枕もとに置いておいたほうが祟りがなさそうに思えたのだ。ナカタさんは予想したとおり丸太のように熟睡していた。青年は風呂敷を解き、石が見えるようにした。それから寝間着に着替えて隣に敷かれた布団の中に潜り込み、あっという間に眠りに就いた。半ズボンをはいて毛臑（けずね）を出した神様がフィールドを走りまわって笛を吹いている短い夢を見た。

ナカタさんは翌朝の5時前に目を覚まし、枕もとにあるその石を目にした。

第31章

1時過ぎに僕は、つくったばかりのコーヒーを二階の書斎に運ぶ。ドアはいつものように開かれたままだ。佐伯さんは窓際(まどぎわ)に立って外を見ている。片方の手が窓枠の上に置かれている。なにか考えごとをしていたのだろう。もう片方の手はブラウスのボタンを、たぶん無意識にいじっている。机の上には万年筆もなく、原稿用紙もない。僕は机にコーヒーカップを置く。空は薄い雲に覆(おお)われ、鳥の声も聞こえない。

佐伯さんは僕の姿を見ると、ふと気がついたように窓際を離れ、机の前の椅子(いす)に戻ってコーヒーをひとくち飲む。そして僕に昨日と同じ椅子をすすめる。僕はそこに腰をおろす。机をあいだにはさんで、彼女がコーヒーを飲むのを眺める。佐伯さんは昨夜のできごとを少しでも覚えているのだろうか？　なんとも言えない。彼女はすべてを承知しているようでもあり、まったくなにも知らないようにも見える。僕は彼女の裸体を思いだす。彼女の身体(からだ)のいろんな部分の感触を思いだす。でもそれがほんとうにこの佐伯さんの身体であったのかどうか、それすらたしかではない。そのときはすごくたしかな気がしたのだけれど。

第 31 章

佐伯さんは艶のある淡いグリーンのブラウスを着て、ベージュのタイトなスカートをはいている。襟のあいだから細い銀のネックレスがのぞいている。とてもシックだ。彼女のほっそりとした十本の指が机の上に、細工されたもののように美しく組みあわされている。

「どう、この土地のことは好きになれた？」と彼女は僕に尋ねる。

「高松のことですか？」と僕はききかえす。

「そう」

「わかりません。まだほとんどどこも見ていないようなものだから。僕がここで見てきたのは、たまたま通り過ぎてきたものだけです。この図書館とか、体育館とか、駅とか、ホテルとか……そんなものだけ」

「退屈そうなところだと思わない？」

僕は首を振る。「よくわからないな。僕の場合、正直いって退屈しているような暇はなかったし、都会というのはだいたい同じように見えるものだから……。ここは退屈なところなんですか？」

彼女は小さく肩をすくめるような動作をする。「少なくとも若いころはそう思ったわ。出ていきたいと思った。ここを出て、もっとべつなものがあって、もっと興味深い人々がいるところに行きたいと思った」

「興味深い人々？」

佐伯さんは軽く首を振る。「若かったのよ」と彼女は言う。「若いときにはだいたいにおいてそういう考えかたをするものなの。あなたの場合はどう？」

「僕はそんなふうに思ったことはありません。どこかべつのところに行けば、なにかべつの興味深いものがある、というふうには思わなかった。ただ僕はよそに行きたかっただけです。ただそこにいたくなかっただけです」

「そこ？」

「中野区野方です。僕が生まれて育った場所です」

その地名を耳にしたときに、彼女の瞳の中をなにかが横切ったような気配がある。でも僕には確信がもてない。

「そこを出てからどこに行くかというのは、とくに大きな問題ではなかったのね」と佐伯さんは言う。

「そうです」と僕は言う。「それはとくに問題じゃなかった。とにかくそこを離れないことにはだめになってしまうと思った。だから出てきたんです」

彼女は机の上に置かれた自分の両手を眺める。とても客観的な目つきで。それから静かに言う。

「私もあなたと同じようなことを思ったわ。20歳のとき、ここを出ていくときにはね」と彼女は言う。「ここを出ていかなければ、とても生きのびてはいけないと思った。そして二度とこの土地を目にすることはないとかたく信じていた。戻ることなんて考えもしなかった。でもいろんなことが起こって、やはりここに帰ってこないわけにはいかなかった。ふりだしに戻るみたいに」

佐伯さんは後ろを振り向いて、開いた窓の外に目をやる。空を覆う雲のトーンにはまったく変化がない。風も吹いていない。そこに見えるものは映画撮影用の背景画みたいにぴくりとも動かない。

「人生にはいろんな思いもよらないことが起こるのよ」と佐伯さんは言う。

「だからいつか僕もまたもとの場所に戻るかもしれない、ということ？」

「それはもちろんわからない。それはあなたのことだし、たぶんもっと先のことだから。でも私は思うんだけど、生まれる場所と死ぬ場所は人にとってとても大事なものよ。もちろん生まれる場所は自分では選べない。でも死ぬ場所はある程度まで選ぶことができる」

彼女は顔を窓の外に向けたまま静かに話す。まるで外にいる架空の誰かに語りかけているみたいに。それから思いだしたように僕のほうに向きなおる。

「どうして私はあなたにこんなことをうちあけているのかしら？」

「僕がこの土地とは関係のない人間で、歳（とし）も離れているから」と僕は言う。

「そうね、たぶん」と彼女は認める。

それから少し沈黙がおりる。20秒か30秒くらい。そのあいだ僕らはたぶんべつべつのことを考えている。彼女はカップを手にとってコーヒーをひとくち飲む。

僕は思いきって口を開く。「佐伯さん、僕のほうにもあなたにうちあけなくてはならないことがあると思うんです」

彼女は僕の顔を見る。そして微笑（ほほえ）む。「つまり私たちはそれぞれの秘密を交換しているわけね？」

「僕のほうはとくに秘密というんじゃありません。ただの仮説です」

「仮説？」と佐伯さんは聞きかえす。「仮説をうちあけるの？」

「そうです」

「面白そうだわ」

「さっきの話のつづきだけど」と僕は言う。「つまり佐伯さんは、死ぬためにこの街に戻ってきたということになるんですか？」

　彼女は静かな微笑みを、明け方の白い月のように口もとに浮かべる。「そういうことになるかもしれない。でもどちらにしても、じっさいの日々の生活をとりあげてみれば、それほどの変わりがないのよ――生きのびるためにせよ、死ぬためにせよ、やっていることはだいたい同じ」

「佐伯さんは死ぬことを求めているんですか？」

「どうかしら」と彼女は言う。「それは自分でもよくわからない」

「僕の父は死ぬことを求めていました」

「お父さんは亡くなったの？」

「少し前に」と僕は言う。「ほんの少し前です」

「どうしてあなたのお父さんは死ぬことを求めていたのかしら？」

　僕は大きく息を吸いこむ。「僕にはその理由がずっと理解できなかった。でも今では、その理由がわかるようになりました。ここに来てからやっとそれがわかったんです」

「どうしてなの？」

「父はあなたのことを愛していたんだと思います。でもどうしてもあなたを自分のところに連れ戻すことはできなかった。というか、そもそも最初から、あなたをほんとうには手に入れることはできなかったんだ。父にはそれがわかっていた。だからこそ死ぬことを求めたんです。それも自分の息子でもあり、あなたの息子でもある僕の手にかかって殺されることを求めた。そして父は僕があなたと姉を相手に交わることを求めました。それが彼の予言であり、呪(のろ)いです。彼はそれを僕の身体の中にプログラムとしてセットした」

佐伯さんは手に持っていたコーヒーカップをソーサーに戻す。かたんというとても中立的な音がする。彼女は僕の顔を正面から見る。でも彼女は僕を見ているのではない。彼女はどこかにある空白を見ている。

「私はあなたのお父さんのことを存じあげているのかしら?」

僕は首を振る。「さっきも言ったように、これは仮説です」

彼女は机に両手をかさねて置く。微笑みはまだ彼女の口もとにかすかに残っている。

「その仮説の中では、私はあなたのお母さんなのね」

「そうです」と僕は言う。「あなたは僕の父と暮らし、僕を産み、それから僕を捨てて出ていった。僕が四つになったばかりの夏に」

「それがあなたの仮説」

僕はうなずく。

「だからあなたは昨日、私に子どもはいるかって質問したのね」

僕はうなずく。

「そして私はそれには答えられないって言った。イエスでもノオでもなく」

「そうです」

「だから仮説は仮説としてまだ機能している」

僕はもう一度うなずく。「機能しています」

「それで……お父さんはどのようにして亡くなったの？」

「誰かに殺されたんです」

「あなたが殺したわけじゃないんでしょう？」

「僕が殺したわけじゃありません。僕は手をくだしてはいない。事実としてみれば、僕にはアリバイがあります」

「でもあなたにはそれほど確信がもてない？」

僕は首を振る。「僕には確信がもてません」

佐伯さんはもう一度コーヒーカップを手にとり、ひとくち小さく飲む。でもそこには味がない。

「なぜあなたのお父さんは、そんな呪いをあなたにかけなくてはならなかったのかしら？」

「たぶん自分の意志を僕に引き継がせたかったからだと思います」と僕は言う。

「つまり、私を求めることを？」

「そうです」と僕は言う。

佐伯さんは手に持ったコーヒーカップの中を見て、それからまた顔をあげる。

第 31 章

「それで――あなたは、私を求めているの？」

僕は一度だけはっきりとうなずく。彼女は目を閉じる。僕はずっとその閉じられた瞼(まぶた)を見つめている。僕はその瞼をとおして、彼女の見ている暗闇(くらやみ)を見ることができる。そこにはいろんな奇妙な図形が浮かんでいる。浮かんでは消えていく。やがて彼女はゆっくり目を開く。

「仮説にしたがって、ということ？」

「仮説には関係なく、です。僕はあなたを求めているし、それはすでに仮説をこえたものです」

「あなたは私とセックスをしたいの？」

僕はうなずく。

佐伯さんは眩(まぶ)しいものを見るときのように両方の目を細める。「あなたはこれまでに女の人とセックスをしたことがあるの？」

僕はもう一度うなずく。昨夜、あなたと、と僕は思う。でもそれを口にだすことはできない。彼女はなにも覚えていないのだ。

佐伯さんはため息のようなものをつく。「田村くん、わかっていると思うけれど、あなたは15歳で、私はもう50をこえているのよ」

「それほど単純な問題でもないんです。僕らはそういう時間のことを話しているわけじゃない。僕は佐伯さんが15歳のときを知っています。僕は15歳のときのあなたに恋をしたんです。とても深く。それから彼女をとおして、あなたに恋をした。その少女は今もあなたの中にいます。いつもはあなたの中で眠っている。でもあなたが眠ると、彼女は動きはじめる。僕にはそれが見えるんです」

佐伯さんはもう一度目を閉じる。僕はその瞼がかすかに震えているのを見る。

「僕はあなたに恋をしているし、それはとても大事なことです。佐伯さんにもそれはわかるはずです」

彼女は海の底から浮かびあがってきた人のように、大きくひとつ息をする。そして言葉を探す。でも言葉はみつからない。

「田村くん、悪いけど出ていってくれる？　しばらくのあいだひとりになりたいの」と彼女は言う。「出ていくときにドアを閉めていって」

僕はうなずいて椅子から立ちあがり、部屋を出ていこうとする。でもなにかが僕を引き戻す。戸口で立ちどまり、後ろを振りかえり、部屋を横切って彼女のところに行く。そして佐伯さんの髪に手を触れる。僕の指が髪のあいだから彼女の小さな耳に触れる。そうしないわけにはいかない。佐伯さんは驚いたように顔をあげ、ちょっと迷ってから僕の手に手をかさねる。

「いずれにせよあなたは、あなたの仮説は、ずいぶん遠くの的を狙って石を投げている。そのことはわかっているわよね？」

僕はうなずく。「わかっています。でもメタファーをとおせばその距離はずっと短くなります」

「でも私もあなたもメタファーじゃない」

「もちろん」と僕は言う。「でもメタファーをとおして、僕とあなたとのあいだにあるものをずいぶん省略していくことができます」

第31章

彼女は僕の顔を見あげたまま、またかすかに微笑む。「それは私がこれまでに耳にした中ではいちばん風変わりな口説き文句だわ」

「いろんなことが少しずつ風変わりです。でも僕は真実に近づいていると思う」

「メタフォリカルな真実に向かって実際的に？　それとも実際的な真実に向かってメタフォリカルに？　それともそれは相互的に補完的に働きあうものなのかしら」

「いずれにせよ僕はこれ以上、今ここにある哀しい気持ちに耐えられそうにないんです」と僕は言う。

「それは私も同じよ」

「だからあなたはこの街に戻ってきて、死のうとしている」

彼女は首を振る。「べつに死のうとしているわけじゃないのよ。ほんとうのところ。私はここで、死がやってくるのをただ待っているだけ。駅のベンチに座って列車を待っているみたいに」

「その列車がやってくる時刻はわかっているんですか？」

彼女は僕の手を離し、指の先で瞼に触れる。

「田村くん、私はこれまでずいぶん人生をすり減らしてきたのよ。自分自身をすり減らしてきた。生きることをやめるべきときにやめなかった。無意味であることがわかっていながら、なぜかそれをやめることができなかった。その結果、ただそこにある時間をやりすごすために、筋のとおらないことをつづけてきた。そのようにして自分を傷つけ、自分を傷つけることで他人を傷つけてきた。だから私は今その報いを受けているの。呪いと言っていいかもしれない。私はある時期にあまりに完全なものを手に入れてしまった。だからそのあとはただ自分をおとしめていくしかなかったの。それが私の呪い。生きている限りその呪いから逃れることはできない。だから死は怖くない。そしてあなたの質問に答えるなら、その時刻はだいたいわかっている」

僕はもう一度彼女の手をとる。秤（はかり）は揺れている。わずかな力の加減で、それはどちらかに振れてしまうことになる。僕は考えなくてはならない。僕は判断しなくてはならない。僕は足を踏みださなくてはならない。

「佐伯さん、僕と寝てくれませんか？」と僕は言う。

「私があなたのその仮説の中で、あなたのお母さんであるとしても？」

「僕にはなにもかもが移動している最中で、なにもかもが二重の意味をもっているみたいに見えるんです」

彼女はそれについて考える。「でも私にとってはそうではないかもしれない。ものごとはぜんぜん段階的ではなくて、ゼロ・パーセントか百パーセントか、そのどちらかかもしれない」

「そのどちらなのか、あなたにはわかっている」

彼女はうなずく。

「佐伯さん、ひとつ質問してかまいませんか？」

「どんなこと？」

「あなたはあの二つのコードをどこでみつけたんですか？」

「二つのコード？」

「『海辺のカフカ』のブリッジのコード」

彼女は僕の顔を見る。「あのコードは好き？」

僕はうなずく。

「私はあの二つのコードを、とても遠くにある古い部屋の中で見つけたの。そのときにはその部屋のドアは開いていたの」と彼女は静かに言う。「とてもとても遠くにある部屋」

そして佐伯さんは目を閉じて記憶の中に戻っていく。

「田村くん、出ていくときにドアを閉めていって」と彼女は言う。僕はそのとおりにする。

図書館を閉めたあと、大島さんは僕を車に乗せ、少し離れたところにあるシーフード・レストランに食事に連れていってくれる。レストランの大きな窓からは夜の海がみえる。そこにいる生きものたちのことを僕は思う。

「たまには外に出て、滋養のあるまともな食事をしたほうがいい」と彼は言う。「警官がここを見張っている気配もなさそうだしね。今のところそれほど神経質になる必要もないだろう。ちょっと気分転換をしよう」

僕らは大盛りのサラダを食べ、パエリアを注文して二人で分ける。

「いつかスペインに行きたい」と大島さんは言う。

「どうしてスペインなの？」

「スペイン戦争に参加するんだ」

「スペイン戦争はずっと前に終わったよ」

「知ってるよ。ロルカが死んで、ヘミングウェイが生き残った」と大島さんは言う。「でも僕にだってスペインに行ってスペイン戦争に参加する権利くらいはある」

「メタフォリカルに」

「もちろん」と彼は顔をしかめて言う。「四国からほとんど出ることもない血友病をかかえた性別不明の人間が、実際にスペインまで戦争しに行けるわけがないだろう」

僕らはペリエを飲みながら大量のパエリアを食べる。

「父の事件についてなにか進展はあった？」と僕はたずねる。

「とりたてて進展はないみたいだ。少なくともここのところ、新聞にはほとんど事件の情報は載っていない。芸術欄の取り澄ました追悼記事みたいなのをべつにすればね。おそらく捜査は手詰まりなんだろうね。残念なことに日本の警察の検挙率はここのところどんどん低下している。平均株価並みに下がっている。なにしろ行方不明になっている息子だって探しあてることができないくらいだ」

「15歳の少年」

「15歳の、暴力的傾向のある、オブセッションを抱えた家出少年」と大島さんは補足する。

「空からなにかが降ってくる事件のほうは？」

大島さんは首を振る。「そっちもどうやら小休止だね。あれ以来妙なものはなにも空から降ってきてはいない。一昨日(おととい)のすさまじい国宝級の雷をべつにすれば」

「状況は落ちついてきた？」

「そういうふうにも見える。それとも僕らはただ、台風の眼の中にいるだけなのかもしれないけれど」

僕はうなずいて貝を手に取り、フォークで中身をとって食べる。殻を殻入れの容器に入れる。

「君はまだ恋をしているのかな？」と大島さんは質問する。

僕はうなずく。「大島さんは？」

「僕が恋をしているか、ということ？」

僕はうなずく。

「つまり君は、性同一障害者にして同性愛者としてのゆがんだ僕の私生活を彩（いろど）る反社会的なロマンスについて、あえて立ちいった質問をしているんだね？」

僕はうなずく。彼もうなずく。

「パートナーはいるよ」と大島さんは言う。そしてむずかしい顔をして貝を食べる。「プッチーニのオペラに取りあげられるような激しい恋をしているというのではない。なんというか、つかず離れずというところだね。たまにしか会うこともない。でも僕らは基本的にお互いを深く理解しあっていると思う」

「理解しあっている？」

「ハイドンは作曲するとき、いつも立派なかつらをかぶって正装した。髪粉までまぶして」

僕はちょっと驚いて大島さんの顔を見る。「ハイドン？」

「そうしないことには、彼はうまく作曲できなかった」

「どうして？」

「どうしてだかは知らない。それはハイドンとかつらとのあいだの問題なんだ。他人にはわからない。たぶん説明もできない」

僕はうなずく。

「ねえ大島さん、ひとりでいるときに相手のことを考えて、哀しい気持ちになることはある？」

「もちろん」と彼は言う。「おりにふれてある。とくに月が蒼く見える季節には。とくに鳥たちが南に渡っていく季節には。とくに——」

「どうしてもちろんなの？」と僕は尋ねる。

「誰もが恋をすることによって、自分自身の欠けた一部を探しているものだからさ。だから恋をしている相手について考えると、多少の差こそあれ、いつも哀しい気持ちになる。ずっと昔に失われてしまった懐かしい部屋に足を踏み入れたような気持ちになる。当然のことだ。そういう気持ちは君が発明したわけじゃない。だから特許の申請なんかはしないほうがいいよ」

僕はフォークを置いて顔を上げる。

「遠くにある古い懐かしい部屋？」

「そのとおり」と大島さんは言う。そしてフォークを宙に立てる。「もちろんメタファーだけど」

夜の９時過ぎに佐伯さんが僕の部屋にやってくる。僕が椅子に座って本を読んでいると、フォルクスワーゲン・ゴルフのエンジン音が駐車場から聞こえ、それが止まる。車のドアが閉まる音が聞こえる。ゴム底の靴音がゆっくりと駐車場を横切る。やがてドアにノックの音が聞こえる。ドアを開けると、そこに佐伯さんが立っている。今日の彼女は眠っていない。ピン・ストライプの綿のシャツに、薄い生地のブルージーンズ。白いデッキシューズ。彼女がズボンをはいている姿を見るのは初めてだ。

「懐かしい部屋」と彼女は言う。そして壁にかかった絵の前に立って、それを眺める。「懐かしい絵」

「その絵に描かれた場所はこのあたりなんですか?」と僕は尋ねる。

「この絵が好き?」

僕はうなずく。「誰が描いたんですか?」

「その年の夏のあいだ甲村家に寄宿していた若い画家よ。たいして有名な画家じゃなかった。少なくともその当時はね。だから名前も忘れてしまった。でもいい人だったし、この絵はとてもよく描けていると思う。ここにはなにかしら力強いものがある。その人がこれを描くところを私はずっとそばで見ていたの。そばで見ていて、冗談半分でいろんな注文をつけたわ。私たちは仲が良かったの。私とその絵描きさんと。ずっと昔の夏。そのとき私は12歳だった」と彼女は言う。

「そしてそこに描かれている男の子も12歳だった」

「場所はこの近くの海岸みたいだ」

「いらっしゃい」と彼女は言う。「散歩をしましょう。そこに連れていってあげる」

僕は彼女と一緒に海岸まで歩く。松林を抜け、夜の砂浜を歩く。雲が割れて、半分残った月の光が波を照らしている。かすかに持ちあがり、かすかに砕ける小さな波だ。砂浜のある場所に彼女は腰をおろす。僕もそのとなりに座る。砂はまだかすかな温かみを残している。彼女はそこから角度をはかるようにして波打ち際のある場所を指さす。

「あそこよ」と彼女は言う。「この角度から、あの場所を描いたの。デッキチェアを置いて、男の子を座らせて。このあたりにイーゼルを立てて。よく覚えているわ。島の位置も絵の構図にあっているでしょう?」

僕は彼女の指の先を見る。たしかに島の位置はあっているようだ。でもどれだけ眺めても、それは絵に描かれた場所のようには見えない。僕はそう言う。

「すっかり変わってしまったのよ」と佐伯さんは言う。「なにしろもう40年も昔のことだもの。地形だって当然変わってしまう。波や風や台風や、いろんなものが海岸のかたちを変えてしまう。砂を削ったり、砂を運びこんだり。でもまちがいない。ここよ。私はそのときのことを今でもはっきりと覚えているの。それからその年の夏には初潮があった」

僕も佐伯さんもなにも言わずに風景を見つめている。雲がかたちを変え、月の光をまだらなものにする。松林をときおり風が抜け、たくさんの人がほうきで地面を掃いているような音をたてる。僕は手に砂をすくい、それを指のあいだからゆっくりとこぼす。砂は下に落ちて、見失われてしまった時間のように、ほかの砂とひとつに混じりあう。僕は何度もそれを繰りかえす。

「あなたは今なにを考えているの?」と佐伯さんは僕に尋ねる。

「スペインに行くこと」と僕は言う。

「スペインに行ってなにをするの？」

「おいしいパエリアを食べる」

「それだけ？」

「スペイン戦争に参加する」

「スペイン戦争は60年以上前に終わったわよ」

「知ってる」と僕は言う。「ロルカが死んで、ヘミングウェイが生き残った」

「でも参加したいのね」

僕はうなずく。「橋を爆破する」

「そしてイングリッド・バーグマンと恋に落ちる」

「でも実際には僕は高松にいて、佐伯さんと恋に落ちている」

「うまくいかないものね」

僕は彼女の肩に手をまわす。

君は彼女の肩に手をまわす。

彼女は君に身体をもたせかける。それからまた長い時間が流れる。

「ねえ知ってる？　ずっと前に私はこれとまったく同じことをしていたわ。まったく同じ場所で」

「知ってるよ」と君は言う。

「どうして知っているの？」と佐伯さんは言う。そして君の顔を見る。

「僕はそのときそこにいたから」

「そこにいて橋を爆破していたのね」

「そこにいて橋を爆破していた」

「メタフォリカルに」

「もちろん」

君は両手で彼女を抱き、抱き寄せ、唇をかさねる。君の腕の中で彼女の身体から力が抜けていくのがわかる。

「私たちはみんな夢を見ているんだわ」と佐伯さんは言う。

みんな夢を見ている。

「あなたはどうして死んでしまったの？」

「死なないわけにいかなかったんだ」と君は言う。

君と佐伯さんは砂浜を歩いて図書館に戻る。そして部屋の明かりを消し、窓のカーテンを引き、なにも言わずベッドの中で抱きあう。昨夜とほとんど同じことが、ほとんど同じように繰りかえされる。でもちがうところがふたつだけある。セックスが終わったあとで彼女は泣く。それがひとつ。枕に顔を埋めて、長いあいだ声を出さずに泣く。君はどうしていいのかわからない。君は彼女の裸の肩にそっと手を置く。なにかを言わなくてはならないと思う。でもなにを言えばいいのか、君にはわからない。ことばは時のくぼみの中で死んでしまっている。暗い火口湖の底に音もなく積っている。それがひとつ。それから彼女が帰っていくときに、フォルクスワーゲン・ゴルフのエンジン音が今度は聞こえる。それがふたつめ。彼女はエンジンをスタートさせ、それを停め、考えごとをするようにしばらく間を置き、もう一度エンジンをかけ、駐車場から出ていった。エンジンを停めてからもう一度かけなおすまでの空白が、君をひどく哀しい気持ちにさせる。その空白は海からの霧のように君の心に入りこんでくる。長いあいだそれは君の心にとどまっている。そしてやがて君の一部になる。

　佐伯さんがいなくなったあとには涙に濡(ぬ)れた枕が残されている。君はその湿り気に手をあてながら、窓の外で空がしだいに白んでいくのを眺めている。遠くのほうでカラスの鳴き声を耳にする。地球がゆっくりと回転をつづけている。そしてそれとはべつに、みんな夢の中で生きている。

第32章

ナカタさんは朝の5時前に目を覚まし、枕もとに大きな石が置いてあるのを目にした。星野さんは隣の布団でぐっすりと眠っていた。口を半分開け、髪はくしゃくしゃになっている。枕もとには中日ドラゴンズの帽子が転がっていた。青年の寝顔には「なにがあっても目は覚まさないぞ」というたしかな決意のようなものがうかがえた。ナカタさんはそこに石があることに驚きもしなかったし、とくに不思議だとは思わなかった。彼の意識は枕もとに石が存在するという事実に即座に順応し、そのまま受け入れ、「何故そんなものがそこにあるのか」という方向には向かわなかった。ものごとの因果関係を考慮するのは、多くの場合ナカタさんの手に余ることだった。

ナカタさんは枕もとに正座をし、しばらくのあいだ熱心にその石を眺めていた。やがて手を伸ばし、まるで眠っている大きな猫にさわるときのようにそっと石に触れた。最初は恐る恐る指先をつけ、大丈夫だとわかると大胆に丹念に手のひらで表面を撫でた。石を撫でながら彼は終始何かを考えていた。あるいは何かを考えるような表情を顔に浮かべていた。彼の手は地図を読むときのように、そのざらざらとした石の感触を隅々まで記憶し、そのへこみやでっぱりをひとつひとつ具体的に記憶していった。それからふと思いついたみたいに自分の頭に手をやって、短い髪をごしごしとこすった。まるで石と自分の頭とのあいだにあるはずの相関関係を探し求めるかのように。

やがて彼はため息のようなものをひとつついて立ちあがり、窓を開けて外に顔を突き出した。部屋の窓からは隣のビルの裏側しか見えない。とてもうらぶれたビルだ。うらぶれた人々がその中でうらぶれた仕事をしてうらぶれた日々を送っているうらぶれた建物だ。どんな都会の通りにもそのような、遥か恩寵から遠ざけられた建物がある。チャールズ・ディケンズならそういう建物について、10ページくらい描写を続けることができただろう。ビルの上に浮かんだ雲は、長いあいだ取り出されなかった真空掃除機のほこりの硬い塊みたいに見えた。あるいは第三次産業革命が生み出した社会的諸矛盾を、いくつかのかたちに凝縮してそのまま空に浮かべたもののようでもある。いずれにせよ今にも雨が降り出しそうだ。ナカタさんが見おろすと、痩せた一匹の黒猫がビルとビルのあいだの狭い塀の上を、尻尾を立てて巡回していた。

「今日は雷さんがきます」とナカタさんは猫に向かってそう声をかけた。しかしその言葉は猫の耳には届かなかったようだった。猫は振り返りもせず、歩をとめることもなく、そのまま優雅に歩き続け、建物の陰に消えていった。

彼は洗面用具をいれたビニールの袋を持って、廊下の先にある共同洗面所に行き、石鹸で顔を洗い、歯を磨き、安全剃刀で髭を剃った。ひとつひとつの作業に時間がかかった。たっぷり時間をかけて丁寧に顔を洗い、たっぷり時間をかけて丁寧に歯を磨き、たっぷり時間をかけて丁寧に髭を剃った。はさみで鼻毛を切り、眉毛を整え、耳の掃除をした。もともと何をするにも時間がかかる性格だが、今朝の場合はとくにゆっくりとやった。そんな朝早くから顔を洗う人はほかにいなかったし、朝食の支度ができるまではまだ時間がある。星野さんも当分は目を覚ましそうにない。ナカタさんは誰に遠慮することもなく、鏡に向かってのんびりと身支度を整えながら、一昨日図書館の本で見たいろんな猫の顔を思い出した。字は読めないから猫の種類はわからない。しかしそこにあった猫たちの顔のひとつひとつを彼はよく覚えていた。

「世界にはほんとにいろんな猫さんがいるものであります」と、耳搔きをつかって耳掃除をしながらナカタさんは考えた。生まれて初めて図書館に行ったことで、自分がどれくらいものを知らないかをナカタさんは痛切に認識した。世界には自分が知らないことがそれこそ無限にあるのだ。しかし無限について考えだすとナカタさんの頭はかすかに痛んだ。当然といえば当然のことだが、無限には限りがないのだ。それで彼は無限について考えるのを中止し、もう一度写真集『世界の猫』に出ていた猫たちのことを思い出した。そんな猫たちの1匹1匹と話ができたらいいだろうなと彼は思った。世界にはいろんな考え方をし、いろんなしゃべり方をする、いろんな猫がいるのだろう。それから「外国の猫さんはやはり外国の言葉をしゃべるのだろうか」とナカタさんは考えた。しかしそれもまたむずかしい問題であり、ナカタさんの頭は再び痛み始めた。

　身支度が終わると、彼は便所に行っていつものように用を足した。こちらの方はそれほど時間はかからない。ナカタさんは洗面用具を入れた袋を持って部屋に戻った。星野さんはさっきと寸分違わない格好で熟睡していた。ナカタさんは床に脱ぎ捨てられたアロハシャツとブルージーンズを拾い上げ、隅を揃えてきれいに畳んだ。そしてそれを重ねて青年の枕もとに置き、集積されたいくつかの概念にひとつのタイトルをつけるみたいに、その上に中日ドラゴンズの帽子を載せた。それから浴衣を脱ぎ、いつものズボンとシャツに着替えた。ごしごしと両手をこすりあわせ、大きく深呼吸をした。

もう一度石の前に正座して座り、それをしばらく眺め、恐る恐る手を伸ばして表面に触れた。

「今日は雷さんがやってきます」とナカタさんは誰に言うともなく言った。あるいはその石に向かって言った。そして何度か自分でうなずいた。

ナカタさんが窓際で体操をしているときに、青年はやっと目を覚ました。ナカタさんはラジオ体操のメロディーを自分で小さく口ずさみながら、それに合わせて身体を動かしていた。星野青年は目を細く開けて腕時計を見た。時刻は8時を少しまわっていた。それから彼は首を曲げて、ナカタさんの布団の枕もとに石があることをたしかめた。石は暗い中で見たときより、ずっと大きくざらざらしているように見えた。

「夢じゃなかったんだ」と青年は言った。

「なんのことでありましょうか？」とナカタさんは尋ねた。

「石のことだよ」と青年は言った。「石はちゃんとそこにある。夢じゃなかったんだ」

「石はあります」、ナカタさんはラジオ体操をつづけながら、簡潔にそう言った。その言葉はまるで19世紀のドイツ哲学の大事な命題のように響いた。

「あのね、その石が**どうしてそこにあるか**についてはものすごく長い話があるんだよ、おじさん」

「はい。ナカタにも、あるいはそうではないかという気がしました」

「まあいいや」と青年は言って布団の上に身を起こし、深いため息をついた。「なんだっていいや。とにかくそこに石はある。長い話を短くしちまえば」

「石はあります」とナカタさんは言った。「それがとても大事なことです」

星野さんはそれについて何か言おうかとも思ったが、ひどく空腹であることに気がついた。

「よう、おじさん、なんでもいいけど朝飯を食いに行こうぜ」

「はい。ナカタもお腹が減りました」

朝食のあとで、青年はお茶を飲みながらナカタさんに尋ねた。

「あの石をこれからどうするんだい？」

「どうしたらいいでしょうか？」

「おい、よしてくれよ」と星野青年は首を振りながら言った。「おじさんがあの石をみつけなくちゃいけねえっていうから、俺っちがなんとか昨日の夜のうちにみつけてきたんじゃないか。それを今更（いまさら）『どうしたらいいでしょうか』なんて俺に訊（き）かれても困っちまうよ」

「はい。じつにホシノさんのおっしゃるとおりなのですが、正直に申し上げまして、ナカタにもどうしていいものかまだよくわからんのです」

「それは困ったね」

「はい困りました」とナカタさんは言ったが、顔の表情はそれほど困っているようには見えなかった。

「それって、時間をかけて考えればだんだんわかることなのかね？」

「はい。そうではないかと、ナカタも思います。ナカタは何をするにもほかの人より時間がかかりますので」

「しかしね、ナカタさん」

「はい、ホシノさん」

「誰がつけたかは知らないけど、〈入り口の石〉という名前がついているからには、あれはきっとその昔、どっかへの入り口になっていたんじゃねえのかな。あるいはそういったたぐいの言い伝えとか、能書きみたいなのがあるとかさ」

「はい。おそらくそうなのだろうとナカタも思います」

「でも何の入り口なのかはわからねえ、と」

「はい。ナカタにはまだよくわかりません。猫さんとはよく話しましたが、石さんと話したことはまだありませんから」

「石と話すのはむずかしそうだね」

「はい。猫さんとはずいぶん違います」

「しかしいずれにせよ、そんな大事なものを神社の祠(ほこら)から勝手にもってきちまって、祟(たた)りはほんとにないのかな。俺っちもだんだん心配になってきたよ。持ってきたのはともかくとしても、あとの始末にだって困っちまうよな。カーネル・サンダーズは祟りはないって言っていたけど、あいつもなんか今ひとつ信用しきれないところがあるもんな」

「カーネル・サンダーズ？」

「そういう名前のおっさんがいるんだよ。ケンタッキー・フライド・チキンの店の前によく立っている看板のおっさんだよ。白いスーツを着て、髭をはやして、ぱっとしない眼鏡をかけて……知らない？」

「申し訳ありませんが、ナカタはその方を知らないと思います」

「そうか、ケンタッキー・フライド・チキンを知らねえんだ。今どき珍しいねえ。でもまあいいや。もっともそのおっさん自体は抽象概念なんだよ。人でもなく、神でもなく、仏でもない。抽象概念だからかたちはない。でも何か外見が必要だから、たまたまそういう格好をしているんだ」

ナカタさんは困った顔をして、手のひらで白髪混じりの短い髪をごしごしとこすった。「何のことだか、ナカタにはよくわかりません」

「実を言うと何のことだか、言ってる俺っちにもよくわからねえんだ」と青年は言った。「しかしとにかく、そういうちょっとユニークなおっさんがどこからともなく出てきてさ、そんなことをあれこれと俺に向かって並べたてたわけだよ。で、長い話を短くしてとりあえず結論から言っちまうとさ、何やかやあって、そのおっさんの助けを借りたりもして、俺っちはあるところでその石をみつけて、よっこらしょとここまで持って帰ってきた。同情を引こうとは思わねえけど、それなりに苦労の多い夜だったんだ。だからさ、できることならこの石はナカタさんに引きわたして、あとのことはお願いしますとまかせちまいたいんだよ。正直な話」

「はい、ナカタは石をまかせられました」

「うん」と星野青年は言った。「話が早くていいや」

「ホシノさん」とナカタさんは言った。

「なんだい?」

「これから雷さんがたくさんやってきます。雷さんを待ちましょう」

「何かい、雷さんが石のことで何かの役に立つのかい?」

「詳しいことはナカタにもまだよくわかりませんが、少しずつそういう気がしてきました」

「雷か……まあいいや。面白そうだ。雷を待とう。それで何が起こるかを見てみよう」

部屋に戻ると、星野さんは畳の上にうつ伏せに寝ころんで、テレビのスイッチをつけた。どのチャンネルも主婦向けのバラエティー・ショーしかやっていなかった。星野さんはそんなものを見たくはなかったのだが、ほかに時間のつぶし方が思いつけなかったので、内容についてあれこれと文句を言いながらテレビを見ていた。

そのあいだナカタさんは石の前に座って、それを眺めたりいじくりまわしたりしていた。ときどき何かひとり言のようなことをぶつぶつと口にした。しかし何を言っているのか、青年には聞き取れなかった。たぶん石と会話をしているのだろう。

昼頃になってやっと雷が鳴り始めた。

星野さんは雨が降り出す前に近所のコンビニエンス・ストアに行って、菓子パンと牛乳を袋にいっぱい買ってきた。二人はそれを昼食として食べた。食べているときに、旅館の女中が部屋の掃除をするために顔を見せたが、青年は「このままでいいから」と言って断った。

「あんたたち、どこにも行かないの？」と女中は尋ねた。

「うん、どこにもいかないよ。ここにいてやることがあるんだ」と青年は返事をした。

「雷さんが来ますから」とナカタさんは言った。

「雷さんねえ」と女中は胡散臭（うさんくさ）そうな顔をして行ってしまった。この部屋にはできるだけかかわり合いにならないほうがいいと思ったようだった。

やがて遠くに鈍い雷鳴が聞こえ、それを合図として雨がぽつぽつと降り出した。太鼓の上で不精なこびとが足摺（あしずり）をしているような感じの、あまりぱっとしない雷鳴だった。でも雨粒はあっと言う間に大きくなり、土砂降りになった。世界はむっとする雨の匂（にお）いに包まれた。

雷が鳴りだすと、二人は友好のパイプを交換するインディアンみたいな格好で、その石をはさんで向かい合って座った。ナカタさんは相変わらずぶつぶつとひとり言を言いながら、石を撫（な）でたり、自分の頭をこすったりしていた。青年はそれを見ながらマールボロを吸っていた。

「ホシノさん」とナカタさんは言った。

「なんだい？」

「しばらくのあいだナカタのそばにいてくれますか？」

「ああ、いるよ。だいいちどっかに行ってくれと言われても、こんな降りじゃどこにも出れねえしな」

「ひょっとして変なことが起こるかもしれませんが」

「俺っちの正直な意見を言わせてもらえればだね」と青年は言った。「すでにもう変なことばっかり起こってるよ」

「ホシノさん」

「なんだい？」

「ふと思うのですが、このナカタという人間はいったい何だったのでしょう？」

星野さんは考え込んでしまった。「よう、おじさん、そいつはむずかしい問題だよ。急にそんなこと質問されても困るんだ。だいたいホシノっていう人間がいったい何かも、俺にはよくわかってねえんだ。そんな人間にひとさまのことがわかるわけないだろう。自慢じゃないけどさ、考えることは大の苦手なんだ。でもさ、俺の感じることをそのまま言えば、ナカタさんはまともな人だよ。かなり大きくずれているにせよ、信頼はできる。だからこうやって四国くんだりまで一緒についてきてるんじゃないか。俺は頭の出来はかなりよくねえけどさ、人を見る目はなくはないんだ」

「ホシノさん」

「なんだい？」

「ナカタは頭が悪いばかりではありません。ナカタは空っぽなのです。それが今の今よくわかりました。ナカタは本が一冊もない図書館のようなものです。昔はそうではありませんでした。ナカタの中にも本がありました。ずっと思い出せずにいたのですが、今思い出しました。はい。ナカタはかつてはみんなと同じ普通の人間だったのです。しかしあるとき何かが起こって、その結果ナカタは空っぽの入れ物みたいになってしまったのです」

「でもさ、ナカタさん。そんなこと言い出したら、俺たちはみんな多かれ少なかれ空っぽなんじゃないのかい。メシ食って、クソして、ろくでもない仕事をして安い給料をもらって、ときどきオマンコするだけじゃないか。それ以外に何があるんだい。でもまあ、そんなこと言いながらも、こうやってそれなりに面白おかしく生きてる。なんでかは知らねえけどさ……。うちのじいちゃんがよく言ってたよ。世の中ってのは自分の思い通りにならねえから面白いんだって。それも一理あるよな。もし中日ドラゴンズが全部の試合に勝ってたら、誰が野球なんて見る？」

「ホシノさんはじいちゃんが好きなのですね」

「ああ、好きだよ。もしじいちゃんがいなかったら、俺なんかどうなっていたかわかんねえものな。じいちゃんがいたから、それでもなんとかまともに生きていこうって気になれた。うまく言えないけど、何かにつなぎ止められているような気がしたんだ。それで暴走族やめて自衛隊に入った。知らねえうちにそんなに悪さもしなくなった」

「しかしホシノさん、ナカタには誰もいません。何もありません。つなぎ止められてもおりません。字も読めません。影だってふつうの半分しかありません」

「誰にも欠点はあるよ」

「ホシノさん」

「なんだい？」

「もしナカタが普通のナカタであったなら、ナカタはもっとぜんぜんべつの人生を送っていただろうと思います。ナカタの二人の弟と同じように、たぶん大学を出て、会社につとめて、結婚して子どもをつくって、大きな車に乗って、休みの日にはゴルフをしていたのではないでしょうか。しかしナカタは普通のナカタではなかったので、今のようなナカタとして生きてまいりました。やりなおすにはもう遅すぎます。それはよくわかっております。それでも、たとえほんの短いあいだでもかまいませんから、ナカタは普通のナカタになりたいと思います。ナカタは、正直に申し上げまして、これまで何かをやりたいと思ったことはありません。まわりからやれと言われたことをそのまま一生懸命やってきただけです。あるいはたまたまそうなったことを、そうであるようにやってきただけです。でも今は違います。ナカタははっきりと普通のナカタに戻りたいと願うのです。自分の考えと自分の意味を持ったナカタになりたいのです」

星野青年は溜息（ためいき）をついた。「もしそれがナカタさんの望みなら、そうすればいいさ。普通に戻ればいい。もっとも普通のナカタさんになったナカタさんというのがいったいどういうナカタさんなのか、俺っちにはちょっと見当もつかねえけどさ」

「はい。ナカタにも見当がつきません」

「でもうまくいくといい。俺も及ばずながら、ナカタさんが普通の人になれるように祈っているよ」

「しかし普通のナカタに戻ります前に、ナカタはいろんなことを片づけなくてはなりません」

「たとえばどんなことを？」

「ジョニー・ウォーカーさんのことです」

「ジョニー・ウォーカー？」と青年は言った。「そう言えばおじさん、前にもそんなこと言ってたよな。ジョニー・ウォーカーってあのウィスキーのジョニー・ウォーカーかい？」

「はい。ナカタはすぐに交番に参りまして、ジョニー・ウォーカーさんの話をしたのです。知事さんにご報告しなければならんと思ったものですから。でもとりあっていただけませんでした。ですから自分の力で解決するしかありません。そのような問題を片づけて、それからできることならナカタは普通のナカタになろうと思います」

「なんのことだかよくわからんけど、つまりそうするにはこの石が必要なんだ」

「はい。そうであります。ナカタはあと半分の影をとり戻さなくてはならないのです」

雷鳴は今では耳を聾(ろう)さんばかりに大きくなっていた。稲妻が様々なかたちをとって空を走り、間髪をいれず、それに覆(おお)い被(かぶ)さるように雷鳴が轟(とどろ)きわたった。空気が震え、ゆるくなった窓ガラスがかたかたという神経質な音を立てた。暗雲が蓋(ふた)のように空を覆い、部屋の中は相手の表情も見分けられないほど暗くなっていた。しかし二人は明かりをつけなかった。彼らは相変わらず石をあいだにはさんで向かい合って座っていた。窓の外では雨が見ているだけで息苦しくなるくらい激しく降りしきっていた。稲妻が走ると、部屋の中がいっとき明るく照らし出された。しばらくのあいだ二人は口をきくこともできなかった。

「でもさ、どうしてナカタさんがその石を扱わなくちゃならないんだろう？　どうしてそれはナカタさんじゃなくちゃいけないんだろう？」、星野青年は雷鳴が一段落したときに尋ねた。

「ナカタは出入りをした人間だからです」

「出入りをした？」

「はい。ナカタは一度ここから出ていって、また戻ってきたのです。日本が大きな戦争をしておりました頃のことです。そのときに何かの拍子で蓋があいて、ナカタはここから出ていきました。そしてまた何かの拍子に、ここに戻ってきました。そのせいでナカタは普通のナカタではなくなってしまいました。影も半分しかなくなってしまいました。そのかわり、今はうまくできませんが、猫さんと話をすることもできました。おそらくは空からものを降らせることもできました」

「このあいだの、ヒルとかのことだね」

「はい、そうであります」

「誰にでもできるこっちゃねえよな」

「はい。誰にでもできることではありません」

「それはナカタさんがずっと昔に、出入りをしたからできるようになったことなんだ。そういう意味では普通の人ではない」

「はい、そのとおりです。ナカタは普通のナカタではなくなったのです。そのかわりナカタは字が読めなくなりました。女の人にさわったこともありません」

「たまげたね」

「ホシノさん」

「なんだい？」

「ナカタは怖いのです。さきほども申し上げましたように、ナカタはまったくの空っぽです。まったくの空っぽというのがどういうことか、ホシノさんにおわかりになりますか？」

青年は首を振った。「いや、たぶんわかんねえと思うな」

「空っぽということは、空き家と同じなのです。鍵のかかっていない空き家と同じなのです。入るつもりになれば、なんだって誰だって、自由にそこに入ってこられます。ナカタはそれがとても恐ろしいのです。たとえばナカタには空からものを降らせることができます。しかし次にナカタが何を空から降らせるのか、それはだいたいの場合ナカタにもさっぱりわかりません。もし次に空から落ちてくるものが一万本の包丁であったら、大きな爆弾であったら、あるいは毒ガスであったら、ナカタはいったいどうすればいいのでしょう。ナカタがみなさんに謝ってすむことではありません」

「うん。そう言われてみれば、そのとおりだ。簡単に謝ってすむことじゃない」と星野さんも同意した。「ヒルだって、それなりにけっこう大変だったけど、そういうもっとおっかないものが空から落ちてきたら、大変どころじゃない」

「ジョニー・ウォーカーさんはナカタの中に入ってきました。ナカタが望んだことではないことをナカタにさせました。ジョニー・ウォーカーさんはナカタを利用したのです。でもナカタにはそれに逆らうことができませんでした。ナカタには逆らえるだけの力がありませんでした。なぜならばナカタには中身というものがないからです」

「だから普通のナカタさんに戻りたいってわけだ。中身がちゃんとある自分に」

「はい、そのとおりであります。ナカタはたしかに頭はよくありませんが、家具を作ることだけはできましたので、来る日も来る日も家具を作っておりました。机や椅子(いす)やたんすを作ることは、ナカタは好きでありました。かたちあるものを作るというのはいいことであります。その何十年かのあいだ、普通のナカタに戻りたいというようなことは、ちっとも考えませんでした。そしてまた、わざわざナカタの中に入ってこようというような人は、まわりに一人もおりませんでした。何かを怖いと感じたこともありませんでした。ところが今こうしてジョニー・ウォーカーさんが出てきて、それ以来ナカタは怖くてしかたなくなってきたのです」

「で、そのジョニー・ウォーカーはナカタさんの中に入ってきて、いったい何をやらかしたんだい？」

　激しい音が出し抜けに空気を引き裂いた。どこか近くに雷が落ちたみたいだった。星野さんの鼓膜はびりびりと痛んだ。ナカタさんは少し首を傾け、雷の音に耳を澄ませながら、相変わらず両手で石の表面をゆっくりと撫でまわしていた。

「流されてはいけないはずの血が流されました」

「血が流された？」

「はい。でもその血はナカタの手にはつかなかったのです」

青年はそれについてしばらく考えてみた。しかしナカタさんの言っている意味は理解できなかった。

「しかしいずれにせよ、その入り口の石さえいったん開けちまえば、いろんなものごとは落ちつくべき場所にうまく自然に落ちつくのかね。水が高いところから低いところに流れるみたいにさ」

ナカタさんはしばらく考え込んだ。あるいは考え込むような顔をしていた。「そう簡単にはいかないかもしれません。ナカタがやるべきは、この入り口の石を探しだして、それを開けることなのであります。正直に申しまして、あとのことはナカタにはよくわかりません」

「だけどさ、だいたいどうしてその石が四国なんかにあるんだろう？」

「石はどこにでもあるのです。四国にしかないというものではありません、またどうしても石でなくてはならないということもありません」

「よくわからないな。どこにでもあるものなら、中野区でやったってよかったわけじゃないか。そうすれば手間はずいぶん省けたぜ」

ナカタさんはしばらく手のひらで短い髪をごしごしと撫でていた。「むずかしい問題でありますす。ナカタはさっきからずっと石さんの話を聞いているのですが、まだそれほどうまく聞き取ることができません。しかしナカタは思うのですが、ナカタも、ホシノさんも、やはりここまで来なくてはならなかったのではないでしょうか。大きな橋を渡ってくることが必要だったのです。中野区ではたぶんうまくいかなかったと思います」

第 32 章

「もうひとつ尋ねていいかな？」

「はい。なんでしょう？」

「もしナカタさんがここでその入り口の石を開けることができたとしたらだね、それを合図にして、何かすげえことがどかんと持ち上がるのかな。『アラジンと魔法のランプ』みたいにとんでもないなんとかの精みたいなのが現れるとか、カエルの王子がぴょんと飛び出てきて俺たちに強烈なディープ・キスするとか、火星人のエサにされちまうとか」

「何かが起こるかもしれませんし、何も起こらないかもしれません。ナカタもまだそんなものを開けたことがありませんので、よくわからんのです。開けてみないことにはわかりません」

「そしてそれは危険なことかもしれないんだね？」

「はい。そのとおりであります」

「やれやれ」と星野青年は言った。そしてポケットからマールボロを取り出し、ライターで火をつけた。「じいちゃんがよく言ってたよ。『よくものを考えずに、知らない人についていっちまうのがお前のまずいところだ』って。きっと子どもの頃からそういう性格だったんだな。『三つ子の魂百まで』っていうもんな。でもまあいいや。しょうがねえや。せっかく四国まで来て、せっかく石を手に入れたんだ。何もしないでこのままのこのこ帰るっていう法はねえもんな。危険を承知の上でひとつ思いきり開けてみようじゃねえか。何が起こるかしっかりこの目で見てみよう。ずっと先になって、孫に愉快な思い出話ができるかもしれない」

「はい。そこでホシノさんにお願いがあります」

「どんなことだろう?」

「この石を持ち上げてくれますか」

「いいとも」

「来たときよりずいぶん重くなっております」

「アーノルド・シュワルツェネッガーとまではいかないが、こう見えて腕っぷしは強いほうだ。自衛隊にいたときには、部隊の腕相撲の大会で準優勝した。それにこのあいだナカタさんに腰も治してもらったしな」

　星野さんは立ち上がり、石を両手で掴み、そのまま持ち上げようとした。しかし石はぴくりとも動かなかった。

「うん、たしかにこいつはずいぶん重くなってる」と青年はため息まじりに言った。「さっきまでは楽にすっと持てたのにな。まるで釘かなんかで床に打ちつけられたみてえだ」

「はい。これはなにしろ大事な入り口ですから、なかなか簡単には動かないようになっています。簡単に動いてしまうと困ります」

「そりゃまあそうだ」

　そのとき何本もの不揃いな白い光の線が、続けざまに空を裂いた。一連の雷鳴が大地を芯から揺るがした。まるで誰かが地獄の蓋を開けたみたいだな、と星野青年は思った。最後にひとつすぐ近くに落雷があり、そのあと一転して静寂が訪れた。息苦しいくらい濃密な静寂だった。空気は湿気を含んで重く淀み、そこにはかすかな猜疑と陰謀の気配があった。さまざまな大きさの無数の耳がまわりの空中に浮かんで、じっと二人の気配をうかがっているように感じられた。二人は真昼の暗闇に包まれ、何も言わずそのまま凍りついていた。やがて思い出したように突風がやってきて、大きな雨粒を再び窓ガラスにたたきつけ、再び雷が鳴り始めたが、そこにはさっきのような激しさはもうなかった。雷雲の中心は街を通り過ぎてしまったのだ。

星野青年は首を上げて、部屋の中を見渡した。部屋は妙によそよそしく、四方の壁は以前よりももっと無表情になったみたいだ。灰皿の中では吸いかけのマールボロが、そのままのかたちを残して灰になっていた。青年は唾を呑み込み、沈黙の重みを耳から払いのけた。

「よう、ナカタさん」

「なんでしょう、ホシノさん」

「なんだか悪い夢を見ているような気がする」

「はい。しかしもしそうだとしても、少なくとも私たちは同じ夢を見ていることになります」

「なるほど」と星野さんは言った。そしてあきらめたように耳たぶを掻いた。「なるほど、なるへそ、へそのゴマ、ゴマをまぶしてタヌキ汁、ときたね。まったく心強いことだ」

青年はもう一度石を動かすべく立ち上がった。息を大きく吸い込み、止め、両手に力を集中した。そして低いかけ声とともに石を持ち上げた。今度は石は数センチだけ動いた。

「少しだけ動きました」とナカタさんは言った。

「釘で打ちつけられてないことはこれでわかった。でも少し動いたくらいじゃ駄目なんだろうね」

「はい。完全にひっくり返さなくてはなりません」

「ホットケーキをひっくり返すみたいに」

「そのとおりです」とナカタさんはうなずいて言った。「ホットケーキはナカタの好物でありま
す」

「そりゃよかった。地獄でホットケーキ、という言葉もある。もう一度がんばってやってみよう。なんとかこいつをぺろんときれいにひっくり返してやろうじゃないか」

星野青年は目を閉じて意識を深く集中した。身体じゅうの気力をまんべんなくかき集め、出どころを一カ所に定めた。この一回だ、と彼は思った。この一回でなんとか決めるしかない。これでばしっと決めないと、もうあとはないんだ。

彼は石の手頃な場所に両手をあて、注意深くグリップを固定し、息づかいを整えた。最後にひとつ大きく息をして、腹の底から絞り出すようなかけ声とともに、一気に石を持ち上げた。45度の角度で、それは空中に持ち上がった。それが限度だった。しかし彼はその位置になんとか石を保持した。石を支えたまま大きく息を吐くと、全身がみしみしと痛んだ。すべての骨と筋肉と神経が悲鳴をあげているようだった。でもそこでやめるわけにはいかない。もう一度大きく息を吸い込み、ときの声をあげる。しかしその声はもう自分の耳には届かない。何を言っているのかもわからない。彼は目を閉じたまま、限度を超えた力をどこかから引っぱり出してきた。それはもともとは彼の中にあるはずのない力だった。頭の中が酸欠状態になり、真っ白になった。ヒューズが飛ぶみたいに、いくつかの神経が次々に溶解していった。何も見えない。何も聞こえない。

何も考えられない。空気が足りない。しかしそれでも青年はなんとかその石をじりじりと上に持ち上げ、更に大きなかけ声とともに反対側にひっくり返した。あるポイントを越えると、石は急に手応えを失い、それ自体の重みでそのまま反対側に倒れ込んだ。どすんという音がして、部屋が大きく揺れた。建物そのものが揺れたみたいだった。

　青年は反動で後ろにひっくりかえった。畳の上にあおむけになり、激しく喘いだ。頭の中で柔らかな泥のようなものがぐるぐると渦を巻いた。この先俺はもう二度と、こんな重いものを持つことはないだろうと青年は思った。（そのときの青年には知るべくもなかったわけだが、彼の予測が楽観的に過ぎるものであったことがのちに判明する）

「ホシノさん」

「なんだい?」

「おかげさまで入り口が開きました」

「よう、おじさん、ナカタさん」

「なんでしょう?」

　星野青年は仰向けになって目を閉じたまま、もう一度大きく息を吸い込んで、吐いた。「もしそれで開かなかったら、俺っちの立場がないぜ」

第33章

大島さんが来る前に、図書館を開ける準備を済ませておく。館内の床に掃除機をかけ、窓ガラスを拭き、洗面所をきれいにし、ひとつひとつのテーブルと椅子に雑巾をかける。艶出しのスプレーを使って階段の手すりを磨く。踊り場にあるステンドグラスにそっとはたきをかける。庭をほうきで掃いて、閲覧室のエアコンと、書庫の除湿器のスイッチをいれる。コーヒーをつくり、鉛筆を削っておく。誰もいない朝の図書館には、なにかしら僕の心を打つものがある。すべての言葉と思想がそこに静かにやすんでいる。僕はできるかぎりその場所を美しく清潔に静かに保っておきたいと思う。ときどき立ちどまって、書庫に並んでいる無言の本たちを眺める。そのいくつかの背中に手を触れてみる。10時半になると、いつものように駐車場にマツダ・ロードスターのエンジン音がきこえ、少しだけ眠そうな顔をした大島さんがあらわれる。開館時間が来るまで、僕らは軽い話をする。

「もしよかったら、今からしばらく外に出て来たいんだけど」、図書館を開けたあとで僕は大島さんに言う。

第 33 章

「どこに行くんだい？」

「体育館のジムに行って少し身体を動かしたいんだ。しばらくまともな運動もしていないから」

もちろんそれだけじゃない。僕としては昼前に出勤してくる佐伯さんと、できることなら顔をあわせたくなかった。いくらか間をおいて気持ちを落ちつけて、それから会いたい。

大島さんは僕の顔を見て、ひと呼吸置いてからうなずく。「でもなるべく注意をするんだよ。僕はお母さんニワトリじゃないから、うるさいことはあまり言いたくないけれど、君はいくら注意しても注意しすぎることはないっていう立場にいるんだからね」

「大丈夫、気をつけるよ」と僕は言う。

僕はリュックをかついで電車に乗る。高松駅に出て、それからバスでいつもの体育館に行く。ロッカールームでトレーニング用のウェアに着替え、ＭＤウォークマンでプリンスを聴きながらサーキットをまわる。久しぶりだったので、身体は最初のうち悲鳴をあげる。しかし僕はなんとかそれをこなしていく。悲鳴をあげ、負荷を拒否することで、身体は正常な反応をしている。僕がやらなくちゃならないのは、その反応をなだめすかし、組み伏せていくことだ。僕は『リトル・レッド・コーヴェット』を聴きながら、息を吸いこみ、止め、吐きだす。息を吸いこみ、止め、吐きだす。それを規則正しく繰りかえす。筋肉を順番に限界の少し手前まで痛めつけていく。汗が流れ、Ｔシャツが湿って重くなっていく。何度もウォータークーラーのところに行って水分を補給しなくてはならない。

いつもと同じ順番で機械をまわりながら、佐伯さんのことを考える。彼女とのセックスのことを考える。なにも考えまいと思う。しかしそれは簡単なことじゃない。筋肉に意識を集中する。規則性に自分を呑みこませる。いつもの機械、いつもの負荷、いつもの回数。僕の耳の中では、プリンスが『セクシー・マザーファッカー』を歌っている。僕のペニスの先にはかすかな痛みが残っている。小便をすると尿道が痛んだ。亀頭は赤くなっている。包皮がむけたばかりの僕のペニスはまだ若く、感じやすいのだ。僕の頭はセックスについての濃密な妄想と、つかみどころのないプリンスのヴォイスと、あちこちの本からの引用ではちきれそうになっている。

シャワーに入って汗を流し、新しい下着に着替え、またバスに乗って駅に戻る。おなかが減ったので、目についた駅前の食堂に入って簡単な食事をする。食べている途中で、それが高松に着いた最初の日に入ったのと同じ食堂なんだということに気がつく。そういえば、ここに来てからいったい何日になるんだろう。図書館で暮らすようになってから、だいたい1週間が経過している。四国に来てからはたぶん、全部で3週間くらいになるはずだ。リュックから日誌を出して、読みかえしてみればすぐにわかることなのだけど、頭の中で日にちをうまく勘定することができない。

僕は食事を終え、お茶を飲みながら、駅の中を忙しそうに行き来する人々の姿を眺める。みんなどこかに向かっている人々だ。もしそうしたければ、僕もその中のひとりになることができる。今からどれかの列車に乗って、べつの場所に向かうこともできるんだ、と僕は思う。ここにあるなにもかもを捨てて、放りだして、どこか知らない街に行って、もう一度ゼロからやり直すこともできる。ノートのまっさらなページを開くみたいに。たとえば広島に行ってもいい、福岡でもいい。僕はなににも縛りつけられていない。僕は百パーセント自由なんだ。かついだリュックには、とりあえず生きていくために必要なものが詰まっている。着替えも、洗面用具も、寝袋も。父の書斎から持ってきた現金にもまだほとんど手をつけていない。

でも自分がもうどこにも行けないことは、僕にもよくわかっている。

「でも自分がどこにも行けないことは、君にもよくわかっている」とカラスと呼ばれる少年が言う。

君は佐伯さんを抱き、彼女の中で射精した。何度も。彼女はそのたびにそれを受け入れてくれた。君のペニスはまだひりひりしている。それはまだ彼女の膣（ちつ）の感触を覚えている。それも君のための場所のひとつだ。そして君は図書館のことを思う。朝のひそやかな書架に並んだもの言わぬ本たちのことを思う。大島さんのことを思う。君の部屋、壁にかかった『海辺のカフカ』、その絵を見にやってくる15歳の少女。君は首を振る。君はここから出ていくことはできない。君は自由ではない。でも君はほんとうに自由になりたいんだろうか？

駅の構内で何度か巡回中の警官とすれちがう。でも彼らは僕には眼もくれない。リュックをかついだ日焼けした若者がいたるところにいる。僕もたぶんそのうちのひとりとして、風景に溶けこんでいるはずだ。びくびくすることはない。ごく自然に振るまっていればいい。そうすれば誰も僕のことなんて気にとめないんだから。

　僕は二両連結の小さな電車に乗り、図書館に戻る。

「お帰り」と大島さんは言う。それから僕のリュックを見て、あきれたように言う。「やれやれ、君はいつもそんな大きな荷物をかついで歩きまわっているのかい。それじゃまるで、チャーリー・ブラウンの漫画に出てくる男の子が肌身はなさず持っている毛布みたいじゃないか」

　僕は湯を沸かしてお茶を飲む。大島さんはいつものように、削りたての長い鉛筆を手の中でくるくるまわしている（短くなった鉛筆はどこに行くのだろう？）。

「そのリュックは君にとって、自由であることの象徴みたいなものなんだな、きっと」と大島さんは言う。

「たぶん」と僕は言う。

「自由なるものの象徴を手にしていることは、自由さそのものを手にしているよりも幸福なことかもしれない」

「ときには」と僕は言う。

「ときには」と彼は反復する。「もし世界のどこかに『短い受けこたえコンクール』みたいなのがあったら、君はきっとぶっちぎりで優勝できるよ」

「あるいは」と僕は言う。

「あるいは」、大島さんはあきれたように言う。「田村カフカくん、あるいは世の中のほとんどの人は自由なんて求めてはいないんだ。求めていると思いこんでいるだけだ。すべては幻想だ。もしほんとうに自由を与えられたりしたら、たいていの人間は困り果ててしまうよ。覚えておくといい。人々はじっさいには不自由が好きなんだ」

「大島さんも？」

「うん。僕も不自由さが好きだ。むろんある程度までということだけどね」と大島さんは言う。「ジャン・ジャック・ルソーは人類が柵（さく）をつくるようになったときに文明が生まれたと定義している。まさに慧眼（けいがん）というべきだね。そのとおり、すべての文明は柵で仕切られた不自由さの産物なんだ。もっともオーストラリア大陸のアボリジニだけはべつだ。彼らは柵を持たない文明を17世紀まで維持していた。彼らは根っからの自由人だった。好きなときに好きなところに行って好きなことをすることができた。彼らの人生は文字どおり歩きまわることだった。歩きまわることは彼らが生きることの深いメタファーだった。イギリス人がやってきて家畜を入れるための柵をつくったとき、彼らはそれがなにを意味するのかをさっぱり理解できなかった。そしてその原理を理解できないまま、反社会的で危険な存在として荒野に追い払われた。だから君もできるだけ気をつけたほうがいい、田村カフカくん。結局のところこの世界では、高くて丈夫な柵をつくる人間が有効に生き残るんだ。それを否定すれば君は荒野に追われることになる」

僕は部屋に戻って荷物を置く。それからキッチンで新しくコーヒーをつくって、いつものように佐伯さんの部屋にもっていく。金属のトレイを両手に、階段を一段一段注意深くあがる。古い踏み板がかすかに軋（きし）む。踊り場のステンドグラスがそのいくつかの鮮やかな色を床に落としている。僕はその色のたまりの中に足を踏み入れる。

佐伯さんは机に向かって書き物をしている。僕はコーヒーカップを置く。彼女は顔をあげ、僕にいつもの椅子に座るように言う。彼女は黒いTシャツの上に、カフェオレのような色合いのシャツを羽織っている。前髪を髪留めで上にあげ、耳に小さな真珠のピアスをつけている。

彼女はしばらくなにも言わない。自分が今書いたばかりのものをじっと眺めている。顔に浮かんだ表情には、ふだんと変わったところはない。万年筆にキャップをはめ、それを原稿の上に置く。手を広げ、指にインクがついていないことをたしかめる。日曜日の午後の日差しが窓から射しこんでいる。庭で誰かが立ち話をしている。

「大島さんが言ってたけど、ジムに行ってたのね」と彼女は僕の顔を見て言う。

「そうです」と僕は言う。

「ジムでどんな運動をするの?」

「機械とウェイト」と僕は答える。

「そのほかには?」

僕は首を振る。

「孤独なスポーツね」

僕はうなずく。

「あなたはきっと強くなりたいのね」

「強くならないと生き残っていけないんです。とくに僕の場合には」

「あなたはひとりぼっちだから」

「誰も助けてはくれない。少なくともこれまでは誰も助けてはくれなかった。だから自分の力でやっていくしかなかった。そのためには強くなることが必要です。はぐれたカラスと同じです。だから僕は自分にカフカという名前をつけた。カフカというのはチェコ語でカラスのことです」

「ふうん」と彼女は少し感心したように言う。「それで、あなたはカラスなのね」

「そうです」と僕は言う。

そうです、とカラスと呼ばれる少年は言う。

「でもそういう生きかたにもやはり限界があるんじゃないかしら。強さを壁にしてそこに自分をかこいこむことはできない。強さというのは、より強いものによって破られるものなのね。原理的に」

「強さそのものがモラルになってしまうから」

佐伯さんは微笑む。「あなたはとてもわかりがいいのね」

僕は言う、「僕が求めているのは、僕が求めている強さというのは、勝ったり負けたりする強さじゃないんです。外からの力をはねつけるための壁がほしいわけでもない。僕がほしいのは外からやってくる力を受けて、それに耐えるための強さです。不公平さや不運や悲しみや誤解や無理解——そういうものごとに静かに耐えていくための強さです」

「それはたぶん、手に入れるのがいちばんむずかしい種類の強さでしょうね」

「知っています」

彼女の微笑みはもう一段階深くなる。「あなたはきっとなんでも知っているのね」

僕は首を振る。「そんなことはありません。僕はまだ15歳だし、知らないことはいっぱいあります。知っていなくてはならないはずなのに、知らないことが。たとえば僕は佐伯さんのことをなにも知りません」

彼女はコーヒーカップを手にとって飲む。「私について知るべきことなんて、実際にはなにもないのよ。つまり、あなたが知らなくてはならないことなんて、私の中にはひとつもないということ」

「仮説のことはまだ覚えていますか？」

「もちろん」と彼女は言う。「でもそれはあなたの仮説であって、私の持ちだした仮説じゃない。だから私はその仮説に責任を負わなくてもいい。そうよね？」

「そのとおりです。仮説が正しいことを証明しなくてはならないのは仮説を持ちだしたほうです」と僕は言う。「そのことでひとつ質問があります」

「どんなこと？」

「佐伯さんは昔、落雷に打たれた人々についての本を書いて、出版したことがある。そうですね？」

「そう」

「その本は今でも手にはいるんですか？」

彼女は首を振る。「もともとそれほどたくさんの部数が出たわけじゃないし、ずっと前に絶版になって、在庫はたぶんもう断裁されてしまった。私自身も一冊も手もとに持っていない。前にも言ったと思うけど、そもそも落雷に打たれた人のインタビューを集めた本になんて、誰も興味をもたないのよ」

「どうして佐伯さんは興味をもったんですか?」

「さあ、どうしてでしょう。そこになにかしら象徴的なものを感じたからかもしれない。あるいはただ自分を忙しくするために、適当な目的をつくって頭と体を動かしていたかったのかもしれない。直接のきっかけがなんだったか、今となってはもう忘れてしまった。とにかくあるときふと思いついて、リサーチを始めたの。私はそのときものを書く仕事をしていたんだけど、べつにお金には困っていなかったし、時間も好きにとれたから、ある程度自分の好きなことができたの。でも作業自体はとても興味深いものだったわ。いろんな人に会えたし、いろんな話を聞くことができた。もしその仕事をしなかったら、私はどんどん現実から遊離して、自分の内側にこもっていってしまったかもしれない」

「僕の父親も若いころにゴルフ場でキャディーのアルバイトをしていて、雷に打たれました。そして危ういところで生き残った。いっしょにいた人は死んでしまった」

「ゴルフ場で雷に打たれて死ぬ人はけっこう多いのよ。広い平らな場所で、避けるための場所もほとんどないし、ゴルフクラブは雷の好物だから。あなたのお父さんの名前は、やはり田村さんっていうのね?」

「そうです。年齢はたぶん佐伯さんと同じくらいだと思う」

彼女は首を振る。「田村さんという人には覚えがないわね。私がインタビューした中には、田村さんという人はいなかった」

僕は黙っている。

「それも仮説の一部だったのね。つまり落雷についての本を書いている途中で、私とあなたのお父さんが知りあい、その結果あなたが生まれたという」

「そうです」

「じゃあこれで話は終わりね。そういう事実はなかったんだもの。だからあなたの仮説は成立しないということになる」

「そうでもない」と僕は言う。

「そうでもない？」

「僕はあなたの言うことをそのままは信じられないから」

「それはどうして？」

「たとえば——僕が田村という名前を持ちだすと、あなたはすぐにそういう名前の人はいなかったと言った。ろくに考えもしなかった。20年以上も昔に佐伯さんはたくさんの人にインタビューした。その中に田村という名前の人がいたかどうかなんて、そんなにぱっと思いだせないんじゃないかな」

佐伯さんは首を振る。そしてコーヒーをまたひとくち飲む。とても淡い色あいの微笑を口もとに浮かべる。「ああ田村くん、私は……」、そう言いかけて彼女は口を閉じる。彼女は言葉を探す。

僕は彼女が言葉をみつけるのを待っている。

「私のまわりでなにかが変わりはじめているような気がする」と佐伯さんは言う。

「どんなことが？」

「うまく言えない。でも私にはそれがわかるの。気圧や、音の響きかたや、光の反映や、身体の動きや、時間の移りかたが少しずつ変化している。小さな変化のしたたりがちょっとずつ集まって、ひとつの流れができあがっていくみたいに」

佐伯さんはモンブランの黒い万年筆を手にとり、それを眺め、またもとの場所に置く。そして僕の顔を正面から見る。

「昨夜あなたの部屋で、私たちのあいだに起こったことも、たぶんそういう動きの中のひとつだったと思うの。昨夜私たちがやったことが、正しいことだったのかどうか、私にはわからない。でもそのとき、私はもうむりになにかを判断するのはよそうと心をきめたの。もしそこに流れがあるのなら、その流れが導くままにどんどん流されていこうと思ったの」

「佐伯さんについて、僕の思っていることを言ってかまいませんか？」

「いいわよ、もちろん」

「佐伯さんがやろうとしているのは、たぶん失われた時間を埋めることです」

彼女はそれについてしばらく考えている。「そうかもしれない」と彼女は言う。「でも、あなたにはどうしてそれがわかるの？」

「僕もたぶんそれと同じことをしているから」

「失われた時間を埋めることを？」

「そうです」と僕は言う。「僕の子ども時代からはずいぶんたくさんのものが奪いとられてきました。たくさんの大事なものです。僕は今のうちにいくらかでもそれを取りかえさなくてはならない」

「生きつづけるために」

　僕はうなずく。「そうすることが必要なんです。人には戻ることのできる場所みたいなものが必要なんです。今ならまだ間にあうことがある。たぶん。僕にとっても佐伯さんにとっても」

　彼女は目を閉じ、机の上で左右の手の指をあわせる。それからあきらめたようにもう一度目を開ける。「あなたは誰なの？」と佐伯さんはたずねる。「どうしていろんなことをそんなによく知っているの？」


　僕が誰なのか、それは佐伯さんにもきっとわかっているはずだ、と君は言う。僕は『海辺のカフカ』です。あなたの恋人であり、あなたの息子です。カラスと呼ばれる少年です。そして僕らは二人とも自由にはなれない。僕らは大きな渦の中にいる。ときには時間の外側にいる。僕らはどこかで雷に打たれたんです。音もなく姿も見えない雷に。

　その夜、君たちはもう一度抱きあう。君は彼女の中にある空白が埋められていく音を耳にする。それは海岸の細かい砂が月の光の中で崩れていくときのような、もの静かな音だ。君は息をころし、その音に耳を澄ませる。君は仮説の中にいる。仮説の外にいる。仮説の中にいる。仮説の外にいる。息を吸いこみ、止め、吐きだす。息を吸いこみ、止め、吐きだす。プリンスが君の頭の中で軟体動物のように途切れなく歌いつづけている。月が昇り、潮が満ちる。海の水が河に流れこむ。窓際のハナミズキの枝が神経質に揺れる。君は彼女を抱きしめる。彼女は君の胸に顔を埋める。君は彼女の吐息を裸の胸に感じる。彼女は君のひとつひとつの筋肉をたどる。それから彼女は君の赤くなったペニスを癒(いや)すようにやさしく舐(な)めてくれる。君は彼女の口の中にもう一度射精する。彼女はそれを大事なもののように飲みこむ。君は彼女の性器にキスをする。舌先で彼女のあらゆる場所に触れる。君はそこでべつの誰かになり、べつのなにかになる。君はべつのどこかにいる。

「私の中にはあなたが知らなくてはならないようなものなんてなにひとつないのよ」と彼女は言う。月曜日の朝がやってくるまで、君たちは抱きあい、時間が過ぎていく音に耳をすませる。

第34章

巨大な暗黒の雷雲は緩慢な速度で市内を横断し、まるで失われた道義を隅々まで糺すかのように、落とせるだけの稲妻を矢継ぎ早に落としたが、やがては東の空から届くかすかな怒りの残響へと減衰していった。それと同時に激しい雨も唐突にあがった。あとには奇妙な静けさが訪れた。星野青年は床から立ち上がって窓を開け、外の空気を入れた。暗雲はもうどこにもなく、空はもとの薄膜のような淡い色合いの雲に覆われていた。目に映るすべての建物が雨に濡れ、ところどころの壁に走ったひびは年老いた人の静脈のように黒ずんでいた。電線は水滴をしたたらせ、地面のいたるところに新しい水たまりが生まれていた。どこかで雷雨をよけていた鳥たちが外に出てきて、雨上がりの虫たちを求めて鳴き始めていた。

星野青年は何度も首をまわし、骨の具合をたしかめた。それからひとつ大きくのびをした。窓際に座って外の雨上がりの風景をひととおり眺め、ポケットからマールボロを取り出してライターで火をつけた。

「でもさ、ナカタさん。あれだけ苦労して重い石をひっくり返して、〈入り口〉を開けたってえのに、結局のところとくべつなことは何も起こらなかったね。カエルとか大魔神とか、妙なものはなんにも出てこなかった。まあそれに越したことはねえんだろうけどさ、雷とかばんばん鳴って、道具立てが派手だっただけに、なんとなくあっけねえ感じがするよ」

返事はなかった。振り向くと、ナカタさんは正座の姿勢のまま前屈（かが）みになり、両手を床について、目を閉じていた。彼は衰弱した虫のように見えた。

「どうしたんだい。大丈夫かい？」と青年は尋ねた。

「すみませんが、ナカタはいくらか疲れたようであります。あまり気分がよくないのです。できたら少し横になって眠りたいのですが」

たしかにナカタさんの顔は、血の気が引いたように真っ白になっていた。目は落ちくぼみ、手の指先がかすかに震えていた。たった数時間のあいだにずいぶん老いが進行したみたいに見えた。

「わかったよ。今すぐに俺が布団（ふとん）を敷いてやるからさ、横になりな。寝たいだけ寝ればいい」と星野さんは言った。「でも大丈夫かい？　お腹が痛いとか、吐き気がするとか、耳鳴りがするとか、ウンコしたいとか、そういうことはないの？　医者でも呼んでやろうか？　保険証は持っている？」

「はい。保険証は知事さんにいただいて、鞄（かばん）の中に大事に持っております」

「そりゃいい。でもさ、ナカタさん、こんなときにいちいち細かいことを言うみたいだけど、保険証をくれるのは知事じゃないぜ。そいつは国民健康保険だから、日本国政府がくれるんじゃないかな。よく知らねえけど、たぶん。なんでもかんでも知事さんが面倒をみてくれるわけじゃないんだ。知事さんのことはしばらく忘れちまいな」、青年は押入から布団を出して、それを床に敷きながら言った。

「はい。わかりました。保険証は知事さんがくださったものではありません。知事さんのことはしばらく忘れるようにいたします。しかし、ホシノさん、どちらにいたしましても、ナカタには今のところお医者は必要ありません。横になってぐっすり眠りますと、たぶんそれでよくなります」

「よう、ナカタさん、ひょっとしてまた前みたいに長く眠ることになるのかな？ 36時間とかさ」

「申し訳ありませんが、それはナカタにはなんともわかりません。これだけ寝ようと前もって自分で決めて、予定をたてて寝ているわけではありませんので」

「そりゃまあたしかにそうだ」と青年は言った。「予定をたてて寝られるわけはねえよな。いいやいいや、寝たいだけ寝ればいいよ。けっこう大変な一日だった。雷もいっぱい鳴ったし、石とも話をした。なんとかの入り口も開けた。そんなにしょっちゅうあることじゃない。頭も使ったし、きっと疲れただろう。誰にも遠慮せずに、心置きなく寝ればいい。あとのことは何によらず、この星野くんがなんとかしてやろう。心配せずに寝ちまいな」

「ありがとうございます。ホシノさんには何かとご迷惑をおかけします。ナカタはどれだけお礼を申し上げても、申し上げ足りません。ホシノさんがいなかったら、ナカタはきっと途方に暮れていたと思います。ホシノさんには大事なお仕事もおありだと思うのですが」

「ああ、そうだなあ」、星野さんは少し沈んだ声で言った。あまりにも立てつづけにいろんなことが起こったせいで、彼は仕事のことをすっかり忘れてしまっていた。

「そう言われてみれば、そのとおりだ。俺っちもそろそろ仕事に戻らなくちゃな。社長はきっと怒っているだろう。用事があって2、3日休むからって電話を入れて、それっきりだもんね。帰ったらえらい叱（しか）られるだろうな」

彼は新しいマールボロに火をつけた。ゆっくりと煙を吐きだした。そして電柱のてっぺんにとまったカラスに向かって百面相をした。

「でもまあいいんだ。社長が何を言おうが、頭から湯気を出して怒ろうが、俺っちの知ったことじゃない。だってさ、いいかい、俺はこの何年かのあいだ他人のぶんまで引き受けて、アリさんのようにせっせと働いてきたんだ。おい星野、人がいねえんだ、今晩このまま広島まで行ってくれねえか、いいっすよ、社長、俺やりますよとかさ。文句ひとつ言わずにほいほいとやってきた。おかげでごらんのとおり腰だって悪くしちまった。ナカタさんがこのあいだ治してくれたからよかったけど、そうじゃなきゃ大変なことになっていたかもしれない。まだ20代半ばだっていうのに、大した仕事でもないのに、こんなことで身体を壊してちゃしょうがないじゃないか。たまには休んだって罰は当たらねえよ。でもさ、ナカタさん――」

そう言いかけたところで、ナカタさんがもう熟睡状態に入っていることに青年は気づいた。ナカタさんは固く目を閉じ、顔をまっすぐ天井に向け、唇を真横に結び、気持ちよさそうに鼻で呼吸をしていた。枕（まくら）もとには裏返しになった石がそのままのかたちで転がっていた。

「まったくあっと言う間に寝ちまうんだもんなあ」と青年は感心して言った。

暇を持て余して、しばらくのあいだ寝ころんで部屋のテレビを見ていたが、午後のテレビ番組はどれも耐えられないほど退屈だった。とりあえず外に出てみることにした。下着の替えもなくなってきて、そろそろどこかで買い込まなくてはならない。星野青年は洗濯という行為が何よりも苦手だった。いちいちパンツの洗濯をするくらいなら、新しい安いものを買った方がましだ。旅館のフロントに行って翌日ぶんの宿賃を現金で払い、連れは疲れてぐっすり眠っているので、起こさないでそのまま放っておいてくれと頼んだ。

「まあ起こそうとしたところで起きねえとは思うけどさ」と彼は言った。

星野さんは雨上がりの匂いをかぎながらしばらくあてもなく街を歩いた。中日ドラゴンズの帽子に、レイバンの緑のサングラス、アロハシャツというういつもの格好だ。駅に出て売店で新聞を買った。スポーツ欄で中日ドラゴンズの勝敗をチェックし（広島球場で負けていた）、それから映画広告欄に目を通した。ジャッキー・チェンが主演する新しい映画をやっていたので、それを見ることにした。時間もちょうどよさそうだ。交番で映画館の場所を尋ねると、駅からすぐだったので、そこまで歩いた。切符を買って中に入り、バターピーナッツを食べながら映画を見た。

映画を見終わって外に出ると、もう夕方になっていた。それほど腹が減っているわけではなかったが、ほかにやることも思いつかないので、食事をとることにした。目についた寿司屋に入って握り鮨を一人前とビールを頼んだ。思ったより疲労がたまっているらしく、ビールは半分しか飲めなかった。

「そりゃまあ、そうだよな。なにせあんなに重いものを持たされたんだ。疲れもしますぜ」と青年は考えた。「3匹の子豚の兄貴のほうが作った出来そこないの家になったみてえな気分だ。悪い狼さんのひと吹きで、岡山あたりまでひゅうっと飛ばされちまいそうだ」

寿司屋を出てから、目についたパチンコ屋に入った。そこであっという間に2000円を使った。どうも調子が出ない。あきらめてパチンコ屋を出て、またひとしきり街を歩いた。歩いているうちに、下着をまだ買っていないことに気がついた。いけねえいけねえ、それがそもそもの外出の目的だったんじゃないかい。商店街の中にあるディスカウント・ショップに入り、パンツと白いTシャツと靴下を買った。これでやっと汚れたものを捨てることができる。アロハシャツもそろそろ着替えの時期を迎えていたが、店をいくつかのぞいてみたあとで、好みにあった新しいシャツを高松市内で見つけるのはおそらく不可能だという結論に達した。彼は夏でも冬でもほとんどアロハシャツしか着なかったが、アロハシャツであればなんでもいいというわけではない。

やはり商店街の中にあるパン屋に入って、ナカタさんが夜中に目を覚まして腹が減っていたときのためにパンをいくつか買った。オレンジ・ジュースの小さなパックも買った。それから銀行に入って、現金支払機で5万円を引きだして財布に入れた。残金を調べ、まだかなり預金が残っていることを確認した。ここ何年か仕事が忙しすぎて、ろくに給料を使う暇もなかったのだ。

あたりはもうすっかり暗くなっていた。彼は急にコーヒーが飲みたくなった。そう思ってあたりを見まわすと、商店街から少し引っ込んだところに喫茶店の看板が見えた。近頃ではあまり見かけなくなった種類の、古風な喫茶店だった。彼は中に入り、ゆったりとした柔らかい椅子に腰をおろし、コーヒーを注文した。しっかりとしたウォルナット材のボックスに入った英国製のスピーカーからは室内楽が流れていた。ほかに客は一人もいなかった。その椅子に身を沈め、青年は久しぶりにほっとした気持ちになることができた。そこにある何もかもが穏やかで、自然で、身体に心地よく馴染んでいた。運ばれてきたコーヒーはとても上品なカップに入って、濃くてうまかった。彼は目を閉じ、静かに息をしながら、弦とピアノの歴史的な絡み合いに耳を澄ませた。クラシック音楽を聴いたことはほとんどなかったが、その音楽は何故か心を落ちつかせてくれた。内省的にした、と言ってもいいかもしれない。

青年はその柔らかい椅子の中で、目を閉じて音楽を聴きながら、いろんなことを考えた。おもに自分というものの存在について考えた。でも考えれば考えるほど、そこには実体がないみたいに思えてきた。そこにあるのはただの意味のない付属物でしかないという気がしてきた。

たとえば俺はこれまで中日ドラゴンズを熱心に応援してきた。でも俺にとって中日ドラゴンズというのはいったい何なんだ？　中日ドラゴンズが読売ジャイアンツに勝つことで、俺という人間が少しでも向上するのだろうか？　するわけないよな、と青年は思った。じゃあなんでそんなものを、まるで自分の分身みたいに今まで一生懸命応援してきたんだろう？

ナカタさんは自分が空っぽだと言う。そうかもしれない。でもじゃあ俺はいったい何なんだ？　ナカタさんは小さい頃の事故のせいで空っぽになったという。しかし俺なんか事故にあってもいないんだぜ。もしナカタさんが空っぽなら、俺なんてどう考えたって空っぽ以下じゃないか。ナカタさんには少なくとも——ナカタさんには少なくとも、わざわざ四国までついていこうと俺に思わせるような何かがあるんだものな。何かとくべつなものだ。それがどんなものなのか、実際のところは俺にもよくわからんけどね。

青年はコーヒーのおかわりを注文した。

「当店のコーヒーはお気に召しましたか？」と白髪の店主がやってきて尋ねた（もちろん青年が知るわけはないのだが、彼は元は文部省の役人だった。退官後故郷の高松市に帰り、クラシック音楽を流してうまいコーヒーを出す喫茶店を始めた）。

「ああ、とてもうまかったよ。実に香りがいいね」

「豆を自分で煎っているんです。一粒一粒手で選り分けます」

「道理でうまいんだ」

「音楽はお耳ざわりではありませんか？」

「音楽？」と星野さんは言った。「ああ、とてもいい音楽だ。耳ざわりなんかじゃないよ、ぜんぜん。誰が演奏しているの？」

「ルービンシュタイン＝ハイフェッツ＝フォイアマンのトリオです。当時は『百万ドル・トリオ』と呼ばれました。まさに名人芸です。１９４１年という古い録音ですが、輝きが褪せません」

「そういう感じはするよ。良いものは古びない」

「中にはもう少し構築的で古典的で剛直な『大公トリオ』を好む方もおられます。たとえばオイストラフ・トリオとか」

「いや、俺はこれでいいと思う」と青年は言った。「なんというか——優しい感じがする」

「ありがとうございます」と店主は「百万ドル・トリオ」に成り代わって丁寧に礼を言った。店主が引っ込むと、星野青年は二杯目のコーヒーを味わいながら、省察の続きにとりかかった。

でも俺は今のところ少しはナカタさんの役に立っている。ナカタさんの代わりに字を読んでいるし、あの石だって俺がみつけてきたんだ。役に立っているというのはなかなか悪くない気分だ。そんな気持ちになれたのはほとんど生まれて初めてのことだ。仕事をすっぽかして、こんなところまで来ちまって、次から次へわけのわからないことに巻き込まれているけど、俺はこうなったことをべつに後悔しちゃいない。

なんというか、自分が正しい場所にいるっていう実感があるんだな。自分がいったい何かという問題が、ナカタさんの横にいると、もうどうでもいいようなことに思えて来るんだね。比較するのはいささかオーバーかもしれんけど、お釈迦様かイエス・キリストの弟子になった連中も、あるいはこんな具合だったのかもしれないな。お釈迦様と一緒にいるとさ、俺っちなんかこういい気分なんだよな、とかさ。教養とか真理とかむずかしいことを言う以前に、その程度の乗りだったのかもしれない。

小さい頃、じいちゃんがお釈迦様の弟子の話を聞かせてくれたことがあった。弟子の一人に茗荷という名前のものがいた。頭が悪くてのろまで、簡単な経典の文句ひとつ満足に覚えられなかった。それでほかの弟子に馬鹿にされていた。ある日お釈迦様が彼に言った。「よう、茗荷、お前頭わるいから、経典もう覚えなくていい。そのかわりずっと玄関の土間に座ってみんなの靴を磨いてな」とか。茗荷は素直だったので、「ふざけんじゃねえや、お釈迦。てめえのケツでもなめてろ」とは言わなかった。それから10年も20年も言われたとおりみんなの靴をせっせと磨き続けた。そしてある日ぽんと悟りを開き、お釈迦様の弟子たちの中でももっとも優れた人物の一人になった——というような話だったと星野青年は記憶していた。青年がその話をよく覚えていたのは、10年も20年もみんなの靴を磨き続ける人生なんてどう考えてもクソみたいだと思ったからだった。そんなの冗談じゃないぜと。しかし今思い返すと、その話は彼の心にべつの響き方をした。「人生なんてどう転んでもクソみたいなものなんだ」と青年は思った。小さいときはそれを知らなかっただけなのだ。

彼は『大公トリオ』を聴き終わるまでに、それだけのことを考えた。その音楽が彼の思索を助けてくれた。

「よう、おじさん」と彼は店を出るときに店主に声をかけた。「これなんていう音楽だっけね？さっき聞いたけど忘れちまったよ」

「ベートーヴェンの『大公トリオ』です」

「太鼓トリオ？」

「いいえ、太鼓トリオではなく、大公トリオです。この曲はベートーヴェンによってオーストリアのルドルフ大公に捧げられました。それで、正式につけられた名前というのではないのですが、俗に『大公トリオ』という名前で呼ばれております。ルドルフ大公は皇帝レオポルト二世の息子で、要するに皇族です。音楽的資質に恵まれ、16歳の時からベートーヴェンの弟子になり、ピアノと音楽理論を学びました。そしてベートーヴェンを深く尊敬することになりました。ルドルフ大公はピアニストとしても作曲家としてもとくに大成はしませんでしたが、現実的な局面では世渡りの下手なベートーヴェンに援助の手をさしのべ、陰に日向に作曲家を助けました。もし彼がいなかったらベートーヴェンはいっそうの苦難の道を歩んでいたことでしょう」

「世の中にはそういう人もやはり必要なんだな」

「そのとおりです」

「みんなが偉人、天才だと、世の中は困ったことになっちまう。誰かがあちこちに目配りをして、いろんな現実的な始末をしなくちゃならない」

「まったくおっしゃるとおりです。みんなが偉人、天才だと、世の中は困ったことになります」

「なかなかいい曲だね」

「素晴らしい曲です。聴き飽きるということがありません。ベートーヴェンの書いたピアノ・トリオの中ではもっとも偉大な、気品のある作品です。ベートーヴェンは40歳のときにこの作品を書きあげ、これを最後にピアノ・トリオには二度と手をつけませんでした。彼はおそらくこの作品によって、自分はこの様式の頂点をきわめたと感じたのでしょう」

「わかるような気はする。何ごとによらず頂点ってのは必要なんだ」と星野青年は言った。

「またお越しください」

「うん、また来るよ」

部屋に戻ると、予想通りナカタさんは眠り続けていた。二度目のことなので青年はとくに奇異には感じなかった。寝たいだけ寝かせておけばいいのだ。枕もとには石が同じ格好で転がっていた。青年は石の隣にパンの袋を置いた。それから風呂(ふろ)に入って、新しい下着に着替えた。これまで着ていた下着は紙袋に突っ込んでごみ箱に捨てた。布団に入り、そのまますぐに眠った。

翌朝の9時前に青年は目を覚ました。ナカタさんはまだ隣の布団の中で、同じかっこうで眠っていた。寝息は静かだが、安定していた。ぐっすりと眠っている。星野さんは一人で朝食を食べ、旅館の女中に、連れはまだ眠っているから起こさないようにしてくれと頼んだ。

「布団は上げなくていいからね」と彼は言った。

「そんなに長く寝られて大丈夫なんですかね?」と女中は言った。

「大丈夫、大丈夫、死にやしない。安心しなって。寝ることで体力を回復しているんだよ。俺っちはあの人のことには詳しいんだ」

駅で新聞を買い、ベンチに座って映画広告欄を調べた。駅の近くの映画館でフランソワ・トリュフォーの回顧上映をやっていた。フランソワ・トリュフォーがどういう人なのかまったく知らなかったが（だいたい男か女かもわからない）、二本立てだったし、夕方までの時間が潰(つぶ)せそうなので、見に行くことにした。上映されていたのは『大人は判(わか)ってくれない』と『ピアニストを撃て』だった。観客は数えるほどしかいなかった。星野さんは熱心な映画愛好家とはとても言えなかった。たまには映画館に足を運んだが、見るのはカンフー映画とアクション映画に限られていた。だからフランソワ・トリュフォーの初期の作品にはいささか理解しにくい部分や局面が多々あったし、古い映画だからテンポもずいぶんのろかった。しかしそれでもその独特の雰囲気や、画面のトーンや、暗示的な心理描写を楽しむことができた。少なくとも退屈して時間を持て余すようなことはなかった。見終わったとき、この監督の作ったべつの映画を見てもいいと思ったくらいだった。

　映画館を出たあと、商店街まで歩き、昨夜と同じ喫茶店に行った。店主は彼の顔を覚えていた。青年は同じ椅子に座ってコーヒーを注文した。やはりほかに客はいなかった。スピーカーからはチェロ協奏曲が流れていた。

「ハイドンの協奏曲、一番。ピエール・フルニエのチェロです」、コーヒーを運んできたときに店主は言った。

「すごく自然な音がするね」と星野青年は言った。

「ほんとうにそのとおりです」と店主も同意した。「ピエール・フルニエは私のもっとも敬愛する音楽家の一人です。上品なワインと同じです。香りがあり、実体があり、血を温め、心臓を静かに励ましてくれます。私はいつも『フルニエ先生』と呼んでおります。もちろん個人的な親交があったわけではありませんが、私の人生の師匠のような存在になっています」

　フルニエの流麗で気品のあるチェロに耳を傾けながら、青年は子どもの頃のことを思い出した。毎日近所の河に行って魚や泥鰌（どじょう）を釣っていた頃のことを。あの頃は何も考えなくてよかった、と彼は思った。ただそのまんま生きていればよかったんだ。生きている限り、俺はなにものかだった。自然にそうなっていたんだ。でもいつのまにかそうではなくなってしまった。生きることによって、俺はなにものでもなくなってしまった。そいつは変な話だよな。人ってのは生きるために生まれてくるんじゃないか。そうだろう？　それなのに、生きれば生きるほど俺は中身を失っていって、ただの空っぽな人間になっていったみたいだ。そしてこの先さらに生きれば生きるほど、俺はますます空っぽで無価値な人間になっていくのかもしれない。そいつは間違ったことだ。そんな変な話はない。その流れをどこかで変えることはできるのだろうか？

「よう、おじさん」と青年はレジのところにいる店主に声をかけた。

「なんでしょう？」

「もし暇があったら、迷惑じゃなかったら、ここに来てちょっと話さないか。この曲を作ったハイドンというひとについて少し知りたい」

店主はやってきて、ハイドンの人間と音楽について熱心に語った。店主はどちらかといえば内気な人間だったが、クラシック音楽のことになると実に雄弁だった。ハイドンが雇われ音楽家となり、長い一生を通じて多くの君主につかえ、命じられるまま、注文のまま、どれくらいたくさんの数の曲を作ったか。彼がどれほど現実的で、愛想良く、謙虚かつ闊達(かったつ)な人間であったか。そしてそれと同時にどれほど静かな闇(やみ)を自分の中に抱え込んだ複雑な人間であったか。

「ハイドンはある意味では謎(なぞ)の人です。彼が内奥にどれほどの激しいパトスを抱えていたか、それは正直なところ誰にもわかりません。しかし彼が生まれ落ちた封建的な時代にあっては、彼は自我を巧妙に服従の衣で包み、にこやかにスマートに生きて行くしかありませんでした。そうしなければ彼はきっと潰(つぶ)されていたでしょう。多くの人々はバッハやモーツァルトに比べてハイドンを軽く見ます。その音楽においても、その生き方においても。たしかに彼はその長い人生をとおして適度に革新的ではありましたが、決して前衛的ではありませんでした。しかし心をこめて注意深く聞き込めば、近代的自我への秘められた憧憬をそこに読みとることができるはずです。それは矛盾を含んだ遠いこだまとして、ハイドンの音楽の中に黙々と脈打っているのです。たとえばこの和音をお聞きください。ほらね、静かではありますが、少年のような柔軟な好奇心に満ちた、そして求心的かつ執拗な精神がそこにはあります」

「フランソワ・トリュフォーの映画みたいに」

「そのとおりです」と店主は言って、思わず星野青年の肩を叩いた。「実にそのとおりです。それはフランソワ・トリュフォーの作品にも通底するものです。柔軟な好奇心に満ちた、求心的かつ執拗な精神」

　ハイドンの音楽が終わると、青年はもう一度ルービンシュタイン＝ハイフェッツ＝フォイアマンのトリオの演奏する『大公トリオ』を聴かせてもらった。そしてその音楽に耳を傾けながら一人で再び長い省察にふけった。

「俺はとにかくいけるところまでナカタさんについていこう。仕事なんて知ったことか」と星野さんは心をきめた。

第35章

朝の7時に電話のベルが鳴ったとき、僕は深く眠っていた。夢の中で僕は洞窟（どうくつ）の奥のほうにいて、懐中電灯を手に身をかがめて、暗がりの中でなにかを探している。そのとき洞窟の入り口のあたりから、誰かが名前を呼ぶ声が聞こえる。僕の名前だ。遠く、かすかに。大きな声でそちらにむかって返事をする。しかしその誰かには僕の声は聞こえないみたいだ。いつまでもしつこく名前を呼びつづけている。しかたなく僕は立ちあがり、洞窟の入り口に向けて歩きはじめる。そして「もう少しでみつかるところだったのにな」と思う。でも同時に、それがみつからなかったことに内心ほっとしてもいる。そこで目が覚める。僕はあたりを見まわし、ばらばらになった意識をゆっくりと回収する。電話のベルが鳴っていることがわかる。図書館のデスクにある電話が鳴っているのだ。窓のカーテン越しに朝の鮮やかな光が部屋に差しこみ、となりにはもう佐伯さんの姿はない。僕はひとりでベッドの中にいる。

Tシャツとボクサーショーツというかっこうでベッドから出て、電話のあるところまで行く。ずいぶん時間をかけて歩いたのだが、電話のベルはあきらめることなく鳴りつづけている。

「もしもし」

「寝てた？」と大島さんが言う。

「うん、寝ていた」と僕は答える。

「休みの日の朝早くから起こして悪いんだけど、いささか面倒なことになった」

「面倒なこと？」

「詳しい事情はあとで話すけど、君はしばらくそこを離れたほうがいい。これからそちらに行くから、急いで荷物をまとめてくれないか。僕が着いたら、君はすぐに駐車場に出てきて、なにも言わずに車に乗りこむ。わかった？」

「わかった」と僕は言う。

僕は部屋に戻って、言われたように荷物をまとめる。とくに急ぐ必要もない。5分もあればすべてはかたづいてしまう。洗面所で洗濯して乾かしておいた服をとりこみ、洗面用具と本と日誌をリュックに突っこむだけで荷づくりは終わってしまう。服を着て、それから乱れたベッドをなおす。シーツのしわをのばし、枕のへこみをたたいてもとに戻し、掛け布団をきちんとかける。すべての痕跡を消してしまう。それから椅子に腰かけ、つい数時間前までそこにいたはずの佐伯さんのことを思う。

20分後、緑色のマツダ・ロードスターが駐車場に入ってくる前に、僕は牛乳とコーンフレークスで簡単な朝食をすませる。つかった食器を洗ってかたづける。歯を磨き、顔を洗う。鏡で顔を点検する。そのときにちょうど駐車場にエンジンの音が聞こえる。

第35章

車をオープンにするにはもってこいの日和だが、タン色の幌はしっかりと閉じられている。僕はリュックをかついで足早に車まで歩き、助手席に乗りこむ。大島さんは僕のリュックをこの前と同じように後部トランクのラックに手際よくくくりつける。彼はアルマーニふうの濃い色のサングラスをかけ、Vネックの白いTシャツの上に格子柄の麻のシャツをはおっている。白いジーンズに紺色のコンバースのロウカット。カジュアルな休日の身なりだ。彼は僕に紺色のキャップを手わたす。ノース・フェイスのマークがついている。

「君はたしか帽子をどこかでなくしたって言ってたね。それをかぶればいい。顔を隠すのにいくらかは役にたつ」

「ありがとう」と僕は言う。そしてその帽子をかぶってみる。大島さんは帽子をかぶった僕の顔を点検し、承認するようにうなずく。

「サングラスはもっているね」

僕はうなずいて、ポケットから濃いスカイブルーのレヴォのサングラスを取りだし、かける。

「クールだ」と大島さんは僕の顔を見て言う。「そうだな、ちょっと、帽子を後ろ向きにかぶってごらん」

僕は言われたとおり帽子のひさしを後ろのほうにやる。

大島さんはもう一度うなずく。「いいね。育ちのいいラップシンガーみたいだ」

それから彼はギアをロウに入れ、ゆっくりとアクセルを踏みこみ、クラッチをつなぐ。

「どこに行くの？」と僕はたずねる。

「前と同じところだよ」

「高知の山の中？」

大島さんはうなずく。「そう。また長いドライブになる」と言う。そしてカーステレオのスイッチを入れる。モーツァルトの明るい管弦楽曲が流れる。聞き覚えがある。ポストホルン・セレナーデ？

「山の中はもう飽きた？」

「あそこは好きだよ。静かだし、よく本が読める」

「よかった」と大島さんは言う。

「それで、面倒なことって？」

大島さんはバックミラーにむずかしそうな視線を投げかける。それから僕の顔をちらりと見て、また視線を正面に戻す。

「まずだいいちに、また警察から連絡があった。昨日の夜、僕の家に電話がかかってきた。彼らは今度はかなり真剣に君の行方を探しているみたいだ。前とはぜんぜん雰囲気がちがう」

「でも僕にはアリバイがある。そうだよね？」

「もちろん。君にはしっかりとしたアリバイがある。事件のあった日、君はずっと四国にいた。彼らはそのことを疑っているわけじゃない。でも君は誰かと共謀したかもしれない。そういう可能性は残る」

「共謀した？」

「君には共犯者がいるかもしれない。そういうことだよ」

共犯者？　僕は首を振る。「どこからそんな話が出てくるんだろう？」

「警察は例によってたいしたことは教えてくれなかった。彼らは他人にものを訊くことについてはどん欲だけど、教えることについてはとても謙虚だ。だから僕は一晩かけてインターネットを使って情報を収集してみた。知っているかい？　この事件についての専門サイトまでいくつかできているんだよ。そしてそこでは君もけっこうな有名人になっている。事件の鍵を握る放浪のプリンスというわけだ」

僕は小さく肩をすくめる。放浪のプリンス？

「もっとも残念ながらその手の情報の常として、どこまでが真実で、どこからが憶測かは正確にはわからない。しかしいろんな情報を総合すれば、だいたいこういうことになる。警察は今、ひとりの男の行方を追っている。60代半ばの男だ。その男は事件のあった夜、野方の商店街近くの交番にやってきて、自分は今さっき近所で人を殺してきたと告白した。ナイフで刺したって。でも彼は理解不能なことをあれこれ口ばしっていた。それで交番に勤務していた若い警官は、どうせ頭のおかしい年寄りだろうと思って相手にせず、ろくに話も聞かず、そのまま帰してしまった。事件が発覚したとき、もちろんその警官は老人のことを思いだした。そして自分がひどい失敗をしでかしたことを知った。相手の名前も住所も聞かなかったんだ。そんなことが上司に知れたらえらいことになる。だから彼は口を閉ざしていた。しかしなんらかの事情で――どんな事情かまではわからないんだけど――事実が露見してしまった。警官はもちろん懲戒処分になった。気の毒に、一生浮かびあがれないだろうね」

大島さんはシフトダウンし、前を走っていた白いトヨタ・ターセルを追い越し、すばやくもとの車線に戻る。

「警察は全力をあげてその老人の身元を突きとめた。履歴はよくわからないけど、知的障害があるらしい。それほどひどい障害じゃないが、ちとずれている。親戚の援助と生活保護で暮らしていた。ひとり暮らしだ。でも住んでいたアパートにはもういない。警察が足どりをたどっていくと、どうやらヒッチハイクをして四国に向かったらしいことがわかった。長距離バスの運転手が神戸から彼らしい人間を乗せたことを覚えていた。特徴的なしゃべりかたで妙なことを言っていたんで、記憶に残っていたんだ。20代半ばくらいの若い男と一緒だったという。そして二人は徳島駅前でバスを降りた。彼らが泊まった徳島の旅館も特定できた。旅館の女中の話によれば、二人は電車で高松に向かったらしい。そこで彼の足どりと、君の現在の居場所がぴったり重なることになった。君もその老人も、中野区野方からまっすぐ高松に向かっている。偶然の一致にしてはできすぎている。当然、そこにはなにかがあると警察は考える。たとえば君たちが共謀して今回の事件を仕組んだんじゃないかとね。今度は警視庁が出張ってきている。町中を探しまわっている。君がこの図書館で暮らしていることを、これ以上隠しきれないかもしれない。だから山に連れていくことにした」

「中野区に住む知的障害のある老人？」

「なにか覚えはある？」

僕は首を振る。「ぜんぜん」

「住所から言うと、君の家のわりに近くに住んでいたみたいだ。歩いて15分くらいのところらしい」

「ねえ大島さん、中野区にはものすごくたくさん人が住んでいる。僕はうちのとなりに誰が住んでいたかも知らないんだよ」

「そして、いいかい、話にはまだつづきがあるんだ」と大島さんは言う。そして僕のほうにちらっと目をやる。「彼が野方の商店街にアジとイワシを降らせたんだ。少なくとも、大量の魚が空から降ってくることを、その前日に警官に予言した」

「すごい」と僕は言う。

「まったく」と大島さんは言う。「同じ日の夜、大量のヒルが東名高速道路の富士川サービスエリアに降った。そのことは覚えている？」

「覚えてるよ」

「警察ももちろんその一連の出来事には気づいている。それらの不思議な出来事と謎の老人とのあいだになんらかの関連性があるのではないかと推測している。足どりがほぼ一致しているんだ」

モーツァルトの曲が終わり、またべつのモーツァルトの曲が始まる。

大島さんはハンドルを握りながら何度か首を振る。「まったく不思議な展開だ。出だしからかなり奇妙だったけど、話はますます奇妙になっていく。先の予測がつかない。でもひとつだけけたしかなことがある。それは話の流れがだんだんこのあたりに集中し始めているらしい、ということだ。君のラインと、その謎の老人のラインが、このあたりのどこかでクロスしようとしている」

僕は目を閉じてエンジンのうなりに耳をすませる。

「大島さん、僕はこのままどこかべつの町に行ってしまったほうがいいんじゃないかな」と僕は言う。「なにが起ころうとしているにせよ、これ以上大島さんや佐伯さんに迷惑をかけるわけにはいかないから」

「たとえばどこに行くんだい?」

「わからない。駅まで連れていってくれれば、そこで考えるよ。べつにどこでもいいんだから」

大島さんはため息をつく。「それはあまりいい考えとは言えないね。駅にはまずまちがいなく警官がうろうろしていて、背の高い15歳くらいの、リュックとオブセッションを背負ったクールな少年を捜している」

「じゃあ、見張られていない遠くの駅まで送ってくれればいい」

「同じことだよ。いずれどこかで君はみつかる」

僕は黙っている。

「いいかい、君には逮捕状が出ているわけじゃないんだ。指名手配されているわけでもない。そうだね?」と大島さんは言う。

僕はうなずく。

「とすれば、君は今のところまだ自由の身だ。僕が君をどこに連れていこうと、それは僕の勝手だ。法律に抵触してはいない。だいたい僕は君の本名さえしらないんだよ、田村カフカくん。僕のことは気にしなくていい。僕はこう見えて用心深い人間なんだ。簡単にしっぽはつかまれない」

「大島さん」と僕は言う。

「なんだろう?」

「僕は誰とも共謀なんてしていない。もしじっさいに父親を殺すことになったとしても、僕は誰かに頼んだりはしない」

「それはよく知ってるよ」

大島さんは信号で車を停め、バックミラーを調整する。レモンドロップを口に放りこみ、僕にひとつすすめる。僕はひとつ受けとり、口に入れる。

「それから?」

「それからって?」と大島さんは聞きかえす。

「まず第一に、とさっき大島さんは言った。僕が山の中に隠れなくてはならない理由について。第一の理由があるからには、第二の理由があるような気がする」

大島さんはずっと信号機を眺めている。でも信号はなかなか青に変わらない。「第二の理由はたいしたことじゃないんだ。第一にくらべるとね」

「でも聞きたい」

「佐伯さんのことだよ」と大島さんは言う。ようやく信号が青に変わり、彼はアクセルを踏みこむ。「君は彼女と寝ている。そうだよね?」

僕はうまく返事をすることができない。

「べつにそれはいいんだ。気にしなくていい。僕は勘がいいからわかる。それだけのことだ。彼女は素敵な人だし、女性としても魅力的だ。彼女は——とくべつな人だ。いろんな意味でね。たしかに君と年齢はかなり離れているけど、そんなことはべつに問題じゃない。君が佐伯さんにひかれる気持ちはよくわかる。君は彼女とセックスをしたいと思う。すればいい。彼女は君とセックスをしたいと思う。すればいい。簡単なことだ。僕はなんとも思ってはいない。それが君たちにとっていいことなら、それは僕にとってもいいことだ」

大島さんは口の中でレモンドロップを小さく回転させる。

「でも今は、君と佐伯さんは少し離れていたほうがいい。中野区野方の血なまぐさい事件とは関係なくね」

「どうして?」

「彼女は今とても微妙な場所にいる」

「微妙な場所?」

「佐伯さんは——」と大島さんは言って、そのあとの言葉を探す。「話を簡単にしてしまえば、死にかけている。僕にはそれがわかるんだ。僕はここのところずっとそういう気配を感じつづけてきた」

僕はサングラスをあげて、大島さんの横顔を見る。彼はまっすぐ前をむいて運転をしている。高知に向かう高速道路に入ったばかりだ。車は珍しく法定速度で走行車線を走っている。黒いトヨタ・スープラが風切り音をたてて、僕らの乗っているロードスターを追い越していく。

「死にかけているって……」と僕は言う。「それは不治の病のようなこと？　たとえば癌(がん)とか白血病とか」

大島さんは首を振る。「そうかもしれない。そうじゃないかもしれない。僕は彼女の健康状態についてはなんの知識もない。ひょっとしたらそういう病をしょいこんでいるのかもしれない。その可能性はなくはないだろう。でも僕はそれはどちらかといえば精神的な領域に属することじゃないかと考えている。生きる意志——そんなものが関係しているんじゃないかな」

「生きる意志が失われているということ？」

「そうだよ。生きつづける意志が失われている」

「佐伯さんは自殺すると思う？」

「たぶんちがう」と大島さんは言う。「彼女はただ率直に静かに死に向かっているんだ。あるいは死が彼女に向かっている」

「列車が駅に向かっているみたいに？」

「たぶん」、大島さんは言葉を切って、唇をまっすぐに結ぶ。「そして、田村カフカくん、そこに君が現れた。キュウリのごとくクールに、カフカのごとくミステリアスに。そして君と彼女はひかれあい、やがて——クラシックな表現を使わせていただくならば——関係を持つようになった」

「それで？」

大島さんはハンドルから少しのあいだ両手を離す。「それだけだよ」

僕はゆっくりと首を振る。「それで、僕は思うんだけど、大島さんはたぶんこう考えている——僕がその列車なんだって」

大島さんは長いあいだ黙っている。それから口を開く。「そのとおりだ」と彼は認める。「君の言うとおりだ。僕はそう考えている」

「僕が佐伯さんに死をもたらそうとしている、ということだね」

「でも」と彼は言う、「僕はそのことで君を責めているんじゃない。というか、むしろ良いことだったと思っている」

「どうして？」

大島さんはそれに対しては返事をしない。それは君が考えることだ、と彼の沈黙は語っている。あるいはそれは考えるまでもないことだ。

僕はシートに身を沈め、目を閉じる。身体(からだ)の力を抜く。

「ねえ、大島さん」

「なんだい？」

「僕はどうすればいいのか、まったくわからなくなっている。自分がどっちを向いているのかもわからない。なにが正しく、なにがまちがっているのか。前に進めばいいのか、うしろに戻ればいいのか」

　大島さんはやはり黙っている。返事はかえってこない。

「僕はいったいどうすればいいんだろう？」と僕はたずねる。

「なにもしなければいい」と彼は簡潔に答える。

「まったくなにもしない？」

　大島さんはうなずく。「だからこそこうして君を山の中につれていくんだ」

「でも山の中で僕はなにをすればいいんだろう？」

「風の音を聞いていればいい」と彼は言う。「僕はいつもそうしている」

　僕はそのことについて考える。

　大島さんは手をのばして、僕の手に優しくかさねる。

「いろんなことは君のせいじゃない。僕のせいでもない。予言のせいでもないし、呪いのせいでもない。DNAのせいでもないし、不条理のせいでもない。構造主義のせいでもないし、第三次産業革命のせいでもない。僕らがみんな滅び、失われていくのは、世界の仕組みそのものが滅びと喪失の上に成りたっているからだ。僕らの存在はその原理の影絵のようなものに過ぎない。風は吹く。荒れ狂う強い風があり、心地よいそよ風がある。でもすべての風はいつか失われて消えていく。風は物体ではない。それは空気の移動の総称にすぎない。君は耳を澄ます。君はそのメタファーを理解する」

　僕は大島さんの手を握りかえす。柔らかい、温かい手だ。なめらかで、性別がなく、細く優雅だ。

「大島さん」と僕は言う、「僕は今は佐伯さんと離れていたほうがいいんだね？」

「そうだよ、田村カフカくん。君はしばらくのあいだ佐伯さんから離れていたほうがいい。僕はそう思う。彼女をひとりにしておくんだ。頭のいい人だし、強い人だ。長いあいだ激しい孤独に耐えてきたし、重い記憶を背負って生きてきた。彼女はいろんなことをひとりで静かにきめることができる」

「つまり僕は子どもだし、邪魔なんだね」

「そうじゃない」と大島さんはソフトな声で言う、「そういうんじゃない。君はやるべきことをやったし、意味のあることをした。君にとっても意味のあることだし、彼女にとっても意味のあることだ。だからあとは彼女にまかせるんだ。こういう言いかたは冷たく響くかもしれないけれど、今のところ佐伯さんに関して、君にできることはなにもない。君はこれからひとりで山の中に入って、君自身のことをするんだ。君にとっても、ちょうどそういう時期がきている」

「僕自身のこと？」

「耳を澄ませればいいんだ、田村カフカくん」と大島さんは言う、「耳を澄ませるんだ。はまぐりのように注意深く」

第36章

旅館に戻ってみると、予想したとおりナカタさんはまだ眠っていた。彼が枕元に置いておいたパンとオレンジ・ジュースの包みは、そのまま手つかずで残されている。寝返りひとつうっていない。たぶん一度も目を覚まさなかったのだろう。星野青年は時間を勘定してみた。眠りについたのが昨日の午後の2時ごろだから、もう30時間はぶっつづけで眠っていることになる。それにしても今日はいったい何曜日だっけな、と青年は思う。ここのところ日にちの感覚がすっかり失われてしまっている。彼はボストン・バッグから手帳を出して調べてみた。ええと、神戸からバスに乗って徳島についたのが土曜日で、ナカタさんはそのまま月曜日までぐっすり眠った。そして月曜日に徳島から高松に来て、木曜日に石と雷の騒動があり、その午後に眠りについた。それから一夜あけて……となると今日は金曜日だ。しかしそう考えてみると、この人はなんだか熟睡するために四国まで来たみたいだな。

青年は昨夜と同じように風呂に入り、しばらくテレビを見てから、布団に潜り込んだ。ナカタさんはそのときもまだ安らかな寝息を立てていた。ま、いいや、なるようになるさ、と青年は思った。寝たいだけ寝かせておけばいい。あれこれ考えるだけ無駄だ。そして眠りに就いた。それが10時半だった。

朝の5時にバッグの中の携帯電話が鳴り出す。星野さんはすぐに目を覚まして、電話を手に取った。ナカタさんはまだ隣でこんこんと眠っている。

「もしもし」

「ホシノちゃん」と男の声が言った。

「カーネル・サンダーズ」と青年は言った。

「そのとおり。元気かい？」

「まあ元気だけどさ……」と青年は言った。「なあ、おじさん、どうしてこの番号がわかったの？　あんたに番号は教えてないはずだよ。それにさ、俺はここのところずっとケータイの電源を切っているんだ。仕事の連絡が入るのがうっとうしいから。なのにどうしてここにかけることができたんだい？　そんなのずいぶん変だぜ。どうも筋が通らねえよ」

「だから言ったじゃないか、ホシノちゃん。私は神でもないし、仏でもないし、人間でもないんだって。私はとくべつなものなんだ。私は観念なんだ。だからホシノちゃんのケータイをりんりんと鳴らすことくらいお茶の子さいさい、朝飯前だ。電源が入っていても入ってなくても、そんなこと関係ないの。それくらいでいちいち驚くなよ。べつにそっちに直接出向いてもよかったんだけど、目を覚まして、私が出し抜けに枕元に座っていたら、ホシノちゃんだってびっくりするだろうが」

「そりゃまあ、びっくりするわな」

「だからこうやってケータイにかけているんだ。私だってそれくらいの礼儀作法は心得ておる」

「それはなによりだ」と青年は言った。「で、おじさん、この石をどうするんだよ。ナカタさんと俺とで石はひっくりかえして、なんとか入り口は開けたよ。えらい雷の最中で、石は死ぬほど重かったけどさ。ええと、ナカタさんのことはまだ話してなかったっけね。ナカタさんってのは俺っちと一緒に旅行している人で――」

「ナカタさんのことはわかる」カーネル・サンダーズは言った。「別に説明しなくてもよろしい」

「ふうん」と星野さんは言った。「まあいいや。で、そのあとナカタさんは冬眠に入ったみたいにこんこんと眠り込んでいるわけさ。石はまだここにある。そろそろ神社に返した方がいいんじゃないかな。勝手に持ち出して、祟り(たた)が心配だ」

「しつこいやつだな。祟りなんてないって何度言えばわかるんだ」とカーネル・サンダーズはあきれたように言った。「石はそのまましばらく君が持っているんだ。君らはそれを開いた。一度開いたものはまた閉じなくてはならん。閉じてからもとに戻すんだ。今はまだ戻す時期ではない。わかったか？　オーケー？」

「オーケー」と青年は言った。「開いたものは閉じる。持ってきたものはもとのかたちに戻して返す。はいはい、わかりましたよ。やってみましょう。ねえ、よう、おじさん、俺はもうあれこれ考えるのはやめたんだ。わけはわかんねえけど、おじさんの言うとおりにやるよ。俺はゆうべつくづく悟ったんだ。まともじゃねえことをまともに考えたって、考えるだけ無駄だってさ」

「賢明な結論だ。『下手の長考、休むに似たり』という言葉がある」

「いい言葉だね」

「含蓄（がんちく）がある言葉だ」

「『ヒツジ年の執事は手術の必需品だ』という言葉もある」

「それはなんだ、いったい？」

「早口ことばだよ。俺がつくった」

「それをここで今もちだす必然性みたいなものはあるのか？」

「なにもないよ。ただ言ってみただけだ」

「ホシノちゃん、お願いだから、そういうくだらないことを言わんでくれ。だんだん頭がおかしくなってくる。私はその手の方向性のない無意味さに弱いんだ」

「そりゃすみませんね」と青年は言った。「でもさ、おじさん、俺っちになんか用事あるんじゃないの？　用事があるからわざわざ、こんな朝っぱらに電話かけてきたんだろう？」

「そうだそうだ、それをすっかり忘れておった」とカーネル・サンダーズは言った。「肝心なことを言わなくてはならん。なあ、ホシノちゃん、その旅館を今すぐに出るんだ。時間がないから、朝食もとらなくていい。ナカタさんをすぐに起こして、石を持ってそこを出て、タクシーに乗るんだ。タクシーは旅館からじゃなく、通りに出てから流しのを拾うんだよ。そしてこの住所を運転手に言うんだ。紙と書くものは手元にあるかね？」

「はい、ありますよ」と青年は言って、バッグから手帳とボールペンを取り出した。「ほうきとちりとり、用意したよ」

「くだらん冗談を言うなって言っただろうが」とカーネル・サンダーズは電話口で怒鳴った。「こっちは真剣なんだ。一刻を争うことなんだ」

「はいはい、手帳とボールペン、ちゃんとあるよ」

カーネル・サンダーズは住所を言って、青年はそれを書きつけ、電話口で確認のために読み上げた。「＊＊3丁目、16-15、高松パークハイツ308号室。これでいいんだね？」

「よろしい」とカーネル・サンダーズは言った。「ドアの前に黒い傘立てがあって、その下に鍵が置いてある。それを使って中に入るんだ。好きなだけそこにいてよろしい。当分のあいだ外に出なくても済むように、必要なものはだいたい揃っている」

「それはおじさんの持っているマンションなんだ」

「そうだ。私の持っているマンションだ。持っているといっても、賃貸だけどな。だから好きに使っていい。君たちのために用意しておいた」

「よう、おじさん」と青年は言った。

「なんだ？」

「おじさんは神でもなく、仏でもなく、人間でもない。もともとはかたちのないもんだ。たしかそう言っていたよね？」

「そのとおりだ」

「この世のものではない」

「まさに」

「そんなものがどうしてマンションの部屋を借りたりできるんだい。ねえ、おじさん、おじさんは人間じゃないんだから、戸籍だって、住民票だって、所得証明だって、実印だって、印鑑証明だって持ってないんだろう。そういうのがないと部屋は借りられないんだよ。なんかズルしたんじゃないの？　木の葉を印鑑証明に変えて人をだましたとか。これ以上ややこしいことに巻き込まれるのはいやだよ」

「わからんやつだな」とカーネル・サンダーズは舌打ちして言った。「とことんとろい奴だな。ひょっとしてお前の脳味噌は寒天でできてるんじゃないのか。このふぬけういろう野郎が。何が木の葉だ。私はタヌキじゃないんだ。私は観念だ。観念とタヌキじゃぜんぜん成り立ちが違うんだ。まったく、何をくだらんことを言うか。あのな、私がわざわざ不動産屋に出向いていちいちそんなくだらん手続きをすると思うか？　『どうでしょう、家賃もうちょっとまかりませんかね』なんて言うと思うか？　馬鹿ぬかせ。そういう現世的なことはぜんぶ秘書にやらせる。必要な書類は秘書が全部用意する。当たり前じゃないか」

「そうか、おじさんにも秘書がいるんだ」

「当たり前だ。ひとのことをいったい何だと思っているんだ。馬鹿にするにもほどがある。私だって忙しい。秘書の一人くらいいて何がおかしい」

「まあいいや、わかったよ。そう興奮しないでよ。ちょっとからかっただけだから。でもさ、おじさん、なんでまたそんなに急いでここを出なくちゃならないわけ？　朝飯くらいゆっくり食ってったっていいじゃないか。けっこう腹が減ってるんだ。それにナカタさんだってぐっすり眠りこんでいて、起こしたところですぐには目を覚ましそうにないし……」

「いいか、ホシノちゃん。これは冗談ごとじゃないんだ。警察が君らのことを必死に探しておるんだ。連中は今日朝一番で市内のホテルや旅館の聞き込みを始める。ナカタさんとホシノちゃんの人相風体はもうとっくに知れておるんだよ。だから調べれば一発でわかっちまう。何しろ二人ともかなり外見的に特徴があるからね。これは一刻を争う話で……」

「警察？」と青年は声を上げた。「よしてくれよ、おじさん。俺っちはやばいことなんて何もしてないぜ。たしかに高校時代バイクを何度かぱくったことはあるけどさ、それもべつに自分が乗って楽しむだけで、売りさばいたりしたわけじゃない。しばらく乗ったらちゃんともとに返しておいた。それ以来犯罪には手を染めちゃいない。あえていえば、このあいだ神社から石を持ってきたことくらいだ。それもおじさんがやれって言ったから……」

「石は関係ない」とカーネル・サンダーズはぴしゃりと言った。「わからんやつだな。石のことは忘れろって言っただろう。警察は石のことなんて知らないし、知っていても気にしない。少なくともそのくらいのことで朝っぱらから市内の一斉捜査なんてやらない。もっとずっと大きなことだ」

「そのことでナカタさんが警察に追われているんだ」

「もっとずっと大きなこと？」

「でもさ、おじさん、よくわからねえな。ナカタさんって、世界中でもっとも犯罪からは遠いところにいる人みたいじゃないか。大きなことっていったい何だい？　どういう犯罪なの？　どうしてナカタさんがそれに関わってるの？」

「今電話で詳しく話している暇はないんだ。大事なのは、ホシノちゃんがナカタさんを護(まも)って、逃げなくてはならんということだ。すべてはホシノちゃんの双肩(そうけん)にかかっておる。わかったか」

「わからねえよ」と青年は電話にむかって首を振りながら言った。「ぜんぜん話の筋がわからねえ。そんなことしたら、俺は共犯になっちまうじゃないか」

「共犯にはされないが、まあ、取り調べくらいは受けるだろうね。しかし時間がないんだ、ホシノちゃん、むずかしいことはぐっと呑(の)み込んで、今は黙って言われたとおりにしてくれ」

「おいおい、よしてくれよ。俺はね、おじさん、こう言っちゃなんだけど、警察ってのがきらいなんだ。大きらいだ。あいつらはヤクザよりも、自衛隊よりもたちが悪い。やりくちが汚ねえし、すぐエバるし、弱いものいじめが何より好きときてる。高校生のときも、トラックの運転手になってからも、あいつらにはこれまでずいぶんひどい目にあわされてきた。だからさ、俺は警察とだけは喧嘩(けんか)したくねえんだよ。勝ち目はないし、あとに尾を引くんだ。わかるかい？　それがなんでこんなことに巻き込まれるんだよ。だいたいね……」

　電話が切れた。

「やれやれ」と青年は言った。深い溜息(ためいき)をついて携帯電話をバッグにしまい込んだ。それからナカタさんを起こしにかかった。

「よう、ナカタさん。よう、おじさん。火事だよ。洪水だよ。地震だよ。革命だよ。ゴジラがきたよ。しっかり起きてくれよ。頼むよ」

ナカタさんが目を覚ますまでにけっこう時間がかかった。「ナカタはさっき面取りをすませました。余りは焚付け(たきつけ)に使いました。いいえ、猫さんはお風呂には入りません。入ったのはナカタであります」とナカタさんは言った。彼はどこか別の時間の別の世界にいるようだった。青年はナカタさんの肩をゆさぶり、鼻をつまみ、耳をひっぱった。それでやっとなんとかナカタさんは意識を取り戻した。

「ホシノさんではありませんか」とナカタさんは言った。

「ああ、ホシノさんだよ」と青年は言った。「起こして悪いね」

「いいえ、かまいません。そろそろナカタも起きなくてはならないころです。気になさらないでください。焚付けは済ませておきました」

「そりゃよかった。でもさ、ちとまずいことがもちあがって、俺たちはここを急いで引き払わなくちゃならない」

「それはジョニー・ウォーカーさんのことでありましょうか?」

「俺にも詳しい事情はよくわからねえんだ。ある筋からとくべつ情報が入ってきた。ここを引き払うようにってさ。警察が俺たちのことを探している」

「そうでありますか」

「そういう話だった。でも、ジョニー・ウォーカーさんとのあいだに、いったい何があったんだい?」

「ええと、ホシノさんにそのことは申し上げませんでしたっけ?」

「いや、申し上げてないね」

「申し上げたような気がしていたのですが」

「いや、肝心なことは聞いてないよ」

「実を申しますと、ナカタはジョニー・ウォーカーさんを殺しました」

「冗談抜きで？」

「はい。冗談抜きで殺しました」

「やれやれ」と青年は言った。


青年はバッグに荷物を詰め、石を風呂敷に包んだ。石はまたもとの重さに戻っていた。軽くはないが、持てないほどではない。ナカタさんも自分のズックの鞄に荷物をまとめた。青年はフロントに行って、急ぎの用事があるのでもう発つと言った。既に前払いをしていたので、精算にはほとんど時間はかからなかった。ナカタさんはまだ足もとが少しふらついていたが、なんとか歩くことはできた。

「ナカタはどれくらい寝ておりましたでしょうか？」

「そうだな」と言って、青年は頭の中で時間を勘定した。「だいたい40時間ってところだ」

「よく眠ったような気がいたします」

「そうだね。そりゃそうだろう。それでよく眠った気がしなかったら、眠りの立場もなくなっちまうよな。よう、おじさん、腹は減ってないか？」

「かなり減ったような気もいたします」

「もうちょっと我慢できるかい？　俺たちはとにかく急いでここを離れなくちゃならないんだ。食べるのはそのあとだ」

「わかりました。ナカタはまだ我慢ができます」

星野青年はナカタさんを支えるようにして大通りに出て、通りかかったタクシーを停めた。そしてカーネル・サンダーズが教えてくれた住所を運転手に見せた。運転手はうなずいて、そこに二人を連れていった。着くまでに25分ばかりかかった。車は市内を抜け、国道を走り、やがて郊外の住宅地に入った。これまで泊まっていた駅近くの旅館のあたりとはうって変わって、上品で静かな環境だった。

それはどこにでもあるようなごく当たり前の、こぎれいな五階建てのマンションだった。「高松パークハイツ」という名前がついていたが、平地に建っていて、近くに公園があるわけでもなかった。二人はエレベーターで三階まで上がり、星野青年は傘立ての下から鍵をみつけた。部屋はいわゆる2LDKだった。部屋がふたつと居間、それにダイニングキッチン。ユニットバスのついた洗面所。すべてが清潔で、新しい。家具はほとんど使われた形跡がない。大型のテレビと、小さなステレオ装置。ソファのセット。それぞれの居室にベッド。ベッドには寝支度が整えられている。キッチンには調理用具が揃い、食器棚には一通りの食器が並んでいる。壁にはいくつか気の利いた版画がかかっていた。それは高級分譲マンションのディベロッパーが、購入予定客のために用意するモデルルームみたいに見えなくもなかった。

「なかなか悪くないね」と星野さんは言った。「個性的とは言えないが、少なくとも清潔だ」

「きれいなところであります」とナカタさんは言った。

大きなオフホワイトの冷蔵庫を開けると、中には食料品がたっぷりと詰まっていた。ナカタさんはなにごとかをつぶやきながら食品をひとつひとつ点検していたが、やがて卵とピーマンとバターを取り出した。ピーマンを洗って細く切り、それをまず炒めた。それから卵をボウルに割って箸でかき混ぜた。適当な大きさのフライパンを選び、馴れた手つきでピーマン入りのオムレツをふたつ作った。食パンを焼いて二人分の朝食を作り、テーブルに運んだ。湯を沸かして紅茶も作った。

「手際がいいね」と星野青年は感心した。「たいしたもんだ」

「ずっと一人で暮らしておりますので、こういうのは馴れております」

「俺だって一人で暮らしているけど、料理なんてさっぱりだぜ」

「ナカタは元来暇でありまして、ほかにやることがないのです」

二人はパンを食べ、オムレツを食べた。それでもまだ二人とも腹が減っていたので、ナカタさんはベーコンとコマツナの炒めものを作った。そしてまたトーストを2枚ずつ焼いて食べた。それでなんとか人心地がついた。

二人はソファに座って、二杯めの紅茶を飲んだ。

「さて」と星野青年は言った。「おじさんは人を殺したんだ」

「はい。ナカタは人を殺しました」とナカタさんは言った。そして自分がジョニー・ウォーカーを刺し殺した顛末を説明した。

「たまげた」と星野青年は言った。「とんでもない話だ。でもさ、そんな話をしても、いくら正直にありのままを話しても、警察はなんにも信じちゃくれないぜ。俺っちだって今だからまあなんとか信じられるけどさ、ちょっと前だったら相手にしなかっただろうね」

「ナカタにもさっぱりわけがわかりません」

「しかしいずれにせよ人が一人殺されたわけだし、人が殺されるっていうのは、たまげただけじゃすまねえよ。警察は真剣に捜査するし、連中はおじさんのことを追っかけているんだ。四国まで来ている」

「ホシノさんにもご迷惑をおかけします」

「で、自首するって気持ちはないの？」

「ありません」とナカタさんは珍しくきっぱりとした声で言った。「そのときにはありましたが、今ではありません。ナカタにはほかにやらなくてはならないことがあるからです。ナカタが警察に今自首いたしますと、それを成し遂げることができません。となりますと、ナカタが四国まで来た意味がなくなってしまいます」

「開けた入り口はまた閉じなくてはならない」

「はい、ホシノさん、そのとおりであります。開けたものは閉じなくてはなりません。そのあとでナカタは普通のナカタに戻ります。でもその前にいくつかのことをしなくてはなりません」

「カーネル・サンダーズが俺たちの行動を助けている」と青年は言った。「あいつが石のありかを教えてくれたし、こうやって俺たちをかくまってくれた。いったいなんでそんなことをしてくれるんだろう？　カーネル・サンダーズとジョニー・ウォーカーとのあいだにはなにか関係みたいなのはあるんだろうかね？」

しかし考えれば考えるほど青年の頭はこんがらがってきた。筋の通らないことに筋を通そうとしても無駄なんだ、と彼は思った。

「下手の長考、休むに似たり、か」と青年は腕組みをして言った。

「ホシノさん」とナカタさんは言った。

「なんだい？」

「海の匂いがします」

青年は窓際に行って窓を開け、狭いベランダに出て空気を鼻から吸い込んでみた。しかし海の匂いはしなかった。遠くのほうに緑の松林が見えるだけだった。松林の上には白い初夏の雲が浮かんでいた。

「海の匂いなんてしねえな」と青年は言った。

ナカタさんはやってきて、リスのようにくんくんと匂いをかいだ。「海の匂いはいたします。あそこに海があります」。彼は松林の方を指さした。

「ふうん、おじさん、鼻がきくんだ」と青年は言った。「俺っちは蓄膿気味だから、そういうのは苦手だ」

「ホシノさん、海まで歩いて行ってみませんか？」

青年は少し考えてみた。まあ海を散歩するくらいかまわないだろう。「いいよ、行ってみよう」

と彼は言った。

「その前にナカタはウンコをしたいのですが、よろしいでしょうか？」

「とくに急ぐこともねえから、好きなだけ時間をかけてやってきな」

ナカタさんが便所に入っているあいだに青年は部屋をまわって、そこにあるものをひととおり点検してみた。カーネル・サンダーズが言ったように、生活するために必要なものは揃っていた。洗面所にはひげそりクリームから新しい歯ブラシから綿棒からバンドエイドから爪切りにいたるまで、基本的なものはだいたい全部あった。アイロンもアイロン台もあった。

「どうせこういう細かいことは全部秘書にやらせたんだろうけど、神経が行き届いているね。手抜かりっていうものがない」と青年はひとり言を言った。

クローゼットを開けると、着替えの下着や服まで用意されていた。アロハシャツはなく、ごく普通の格子柄のオープンシャツと、ポロシャツがあるだけだった。どちらもトミー・ヒルフィガーのもので、新品だった。「カーネル・サンダーズも、気が利くようで気の利かないやつだな」と青年は誰に言うともなく文句を言った。「俺っちがアロハシャツのファンだってことくらいは、一目見ればわかるだろうに。なにしろ冬だってアロハで通しているくらいのものだ。どうせここまでやるんなら、アロハの1枚くらい用意しておけよな」

しかしこれまで着ていたシャツはさすがに汗臭くなっていたので、彼はあきらめてポロシャツを頭からかぶった。サイズは彼にぴったりだった。

二人は海岸まで歩いた。松林を抜け、防波堤を越え、砂浜に降りた。静かな瀬戸内海の海だった。二人は砂浜に並んで座って、長いあいだ何も言わずに、小さな波が、まるでシーツを持ち上げるように上がり、小さな音を立てて崩れるのを眺めていた。沖合いにはいくつか小さな島も見えた。二人とも普段は海というものを見慣れていなかったので、どれだけ見ていても見飽きることがなかった。

「ホシノさん」とナカタさんは言った。

「なんだい?」

「海というのはいいものですね」

「そうだな。見ていると心が安らかになるよ」

「どうして海を見ていると心が安らかになるのでしょうか」

「たぶん広くて何もないからだろうね」、青年はそう言って、海原の上を指さした。「だってさ、あのへんにもしセブン‐イレブンがあって、あのへんに西友があって、あのへんにパチンコ屋があって、あのへんに吉川質店の広告板があったら、そんなに安らかな気持ちにはなれないんじゃねえかな。見渡すかぎりなんにもないってのはいいもんだ」

「はい。そうかもしれません」とナカタさんは言ってしばらく考え込んでいた。「ホシノさん?」

「なんだい?」

「つかぬことをおうかがいしますが」

「言ってみなよ」

「海の底にはいったい何があるのでしょう?」

「海の底には、海の底の世界があって、そこでは魚とか貝とか海草とか、そういういろんなものが暮らしをたてているんだよ。水族館って行ったことないの?」

「ナカタは生まれてから、スイゾッカンというところに行ったことは一度もありません。ナカタのずっと住んでおりました松本というところには、スイゾッカンはありませんでした」

「まあそうだろうな。松本は山の中だもんな、せいぜいキノコ博物館くらいしかねえだろうぜ」と青年は言った。「とにかく海底にはいろんなものがいるんだ。たいていのやつは水の中から酸素をとって呼吸している。だから空気がなくても生きていけるんだ。俺たちとは違う。きれいなものもいるし、うまそうなやつもいるし、危険なやつ、気色悪いものもけっこういる。実際に見たことのない人に、海底がどういうものか口で説明するのはむずかしいけど、とにかくここととはまったく別の世界だ。深いところまでいくと、日の光もほとんど射し込まない。そこにはとびっきり気色の悪いやつらが住んでいるんだ。よう、ナカタさん、今回のこのごたごたが無事に終わったら、二人でどっかの水族館に行ってみようぜ。俺っちも長いあいだ行ってねえけど、なかなかおもしれえところだよ。海の近くだから、高松のへんにもひとつくらいあるかもしれない」

「はい。ナカタもスイゾッカンというところに是非行ってみたいです」

「それでさ、ナカタさん」

「はい、なんでしょう、ホシノさん」

「俺たちはおとといの昼頃に石を持ち上げて、入り口を開けたよな」

「はい、ナカタとホシノさんとで入り口の石を開けました。そのとおりであります。そのあとでナカタはぐっすりと寝てしまいました」

「で、俺が知りたいのはさ、入り口を開けたことで何かが実際に起こったんだろうか、ということだ」

ナカタさんはこっくりとうなずいた。「はい。起こったと思います」

「でもそれが何なのかはまだわからねえわけだ」

ナカタさんはきっぱりと首を振った。「はい。まだわかりません」

「それはたぶん……どっかで今、起こりつつあるんだろうね？」

「はい。そういうことであると思います。ホシノさんがおっしゃるように、まだ起こりつつある途中であるようです。そしてナカタはそれが起こり終わるのを待っているのです」

「そうすれば、つまりそれが起こり終わっちまえばということだけど、いろんなことはみんな無事に解決するんだろうね」

ナカタさんはもう一度きっぱりと首を振った。「いいえ、ホシノさん、それはナカタにはわかりません。ナカタがやっておりますのは、つまりやるべきことであります。それをやることによって、どのようなことが起こるのかまでは、ナカタにはわかりません。ナカタは頭が悪いので、そういうむずかしいことには思い至らないのであります。先のことはわかりません」

「いずれにせよ、物事が起こり終わって、結論みたいなものが出るまでには、もう少し時間がかかるってことなのかい？」

「はい。そういうことであります」

「そしてそのあいだは、俺たちは警察に捕まるわけにはいかない。まだやんなくちゃいけねえことが残っているから」

「はい、ホシノさん。そういうことであります。ナカタはお巡りさんのところに行くのはかまいません。なんでも知事さんのおっしゃるとおりにします。しかし今はちょっと困ります」

「なあ、おじさん」と青年は言った。「あいつらはナカタさんのそのわけのわからない話を聞いたら、そんなもんはぽいして、適当な供述書をでっちあげる。つまり適当な話を向こうで作っちまうんだ。たとえば、盗みに家に入ったら人がいたので、包丁をつかんで刺し殺したとかさ。そういう誰にでもわかりやすい話にしちまう。真実が何か、正義が何かなんて、あいつらにとっちゃどうでもいいことなんだ。てめえの検挙率をあげるために犯人をでっちあげるなんて朝飯前だ。そしてナカタさんは刑務所だか、重警備の精神病院だかに放り込まれる。どっちにしてもひでえところだ。たぶんそっから一生出てこられない。どうせまともな弁護士も雇うような金もねえだろうし、お義理みてえなしけた国選弁護人がつくだけだ。そうなるのは目に見えてる」

「ナカタにはそういうむずかしいことはよくわかりません」

「とにかくそれが警察のやることだ。俺はよく知っている」と青年は言った。「だからさ、ナカタさん、俺っちは警察ともめたくねえんだよ。警察とはもっぱら相性が悪くてね」

「はい。ホシノさんにはご迷惑をおかけします」

星野青年は深い溜息をついた。「でもさ、おじさん、世の中には『毒くわば皿まで』って言葉がある」

「どういうイミでありましょうか？」

「毒を食っちまったら、ついでだから皿まで食えということだよ」

「しかしホシノさん、お皿なんかを食べたら人は死んでしまいます。歯にもよくありませんし、喉も痛いです」

「たしかにそうだよな」と青年は首をひねった。「なんでまた皿なんか食べなくちゃいけねえんだろう」

「ナカタは頭が悪いのでよくわかりませんが、毒はともかくとして、お皿は食べるには固すぎます」

「うん。そのとおりだ。なんか俺も、だんだんわけがわからなくなってきたよ。自慢じゃねえけど、俺っちもけっこう頭が悪いからな。しかしともかく俺が言いたいのはだね、ここまで来ちまったんだから、ついでだ、これからもナカタさんを護って逃げてやるよってことだ。ナカタさんが悪いことをしたとは、俺にはどうしても思えねえ。おじさんをここで見捨てるわけにはいかない。それではホシノくんの信義が廃る」

「ありがとうございます。ホシノさんにはほんとうにお礼の申し上げようもありません」とナカタさんは言った、「そのお言葉にさらに甘えるようでありますが、ナカタにはもうひとつお願いがあります」

「言ってみなよ」

第 36 章

「おそらくは自動車が必要になると思うのですが」

「自動車って、レンタカーでいいのかい？」

「ナカタにはレンタカーというもののことはよくわかりませんが、どんなものでもかまいません。小さくても大きくても、とにかく車が一台あればそれでいいのです」

「おやすいご用だ。車のことなら俺っちの専門だ。あとでひとつ借りてきてやるよ。それでどっかに行くのかい？」

「はい。たぶんどこかに行くことになります」

「なあ、ナカタさん、おじさん」

「はい。ホシノさん」

「おじさんと一緒にいると飽きないよ。わけのわからんことは多いけどさ、少なくともそれだけはいえる。おじさんと一緒にいると飽きねえよな」

「ありがとうございます。そう言っていただけるとナカタもひと安心です。しかし、ホシノさん」

「なんだい？」

「飽きるというのがどういうことなのか、正直に申し上げまして、ナカタにはよくわからないのです」

「おじさんは、何かに飽きるってことがねえんだ」

「はい。ナカタはそういうことは一度もありませんでした」

「そうか。そんなこっちゃないかって前から思ってたんだ」

第37章

途中の少し大きな町で車をとめて簡単に食事をし、スーパーマーケットに入って前と同じように食料品とミネラル・ウォーターを買いこみ、山の中の未舗装道路をとおってキャビンに着く。キャビンの中は、1週間前に僕があとにしたときのままだ。僕は窓を開け、中にこもった空気を入れかえる。そして買ってきた食料品を整理する。

「少しここで眠りたい」と大島さんは言う。そして両手で顔をつつむようにしてあくびをする。「ゆうべはあまり寝られなかったからね」

よほど眠かったのだろう、大島さんはベッドに簡単に布団(ふとん)をセットし、そのままのかっこうで潜りこみ、壁のほうを向いてすぐに眠ってしまう。僕はミネラル・ウォーターを使って彼のためにコーヒーをつくり、携帯用の魔法瓶に入れておく。それから空のポリタンクをふたつもって、森の中の小川に水を汲(く)みにいく。森の風景も前に来たときのままだ。草の匂(にお)い、鳥の声、小川のせせらぎ、木々のあいだを抜けていく風、ちらちらと揺れる木の葉の影。頭上を流れていく雲はとても近くに見える。僕はそういったものごとを懐(なつ)かしいものとして、僕自身の自然な一部分として感じる。

大島さんがベッドで眠っているあいだ、ポーチに出て椅子に座り、お茶を飲みながら本を読む。1812年のナポレオンのロシア遠征について書かれた本だ。この実質的な意味をほとんど持たない大がかりな戦争のおかげで、おおよそ40万人のフランス軍兵士が見知らぬ広大な土地で命を落とすことになった。戦闘はもちろん残酷ですさまじいものだった。医師の数がじゅうぶんではなく、医薬品も不足していたために、深い傷を負った兵士のおおかたは、そのまま苦痛の中で死んだ。ひどい死にかただ。しかしもっと多くの死が飢えと寒さによってもたらされた。それもやはり同じくらい残酷ですさまじい死にかただ。僕は山の中のポーチで鳥のさえずりを聞き、温かいハーブ茶を飲みながら、吹雪の舞うロシアの戦場を頭に思い浮かべる。

三分の一ほど読んでしまったところで心配になり、本を置いて大島さんの様子を見にいく。いくら熟睡しているとしても、ちょっと静かすぎる。気配というものが感じられない。でも彼は薄い布団をかぶったまま、とてもひっそりと息をしている。近くに寄ってみると、肩が小さく上下していることがわかる。僕は横に立って、その肩をしばらく眺めている。そして大島さんが女性であったことをとつぜん思いだす。僕はその事実をたまにしか思いださない。ほとんどの場合僕は大島さんを男性として受けいれている。大島さんももちろんそうされたがっているはずだ。でも眠っているときの大島さんは、不思議に女性であることに戻っているみたいに感じられる。

それからまたポーチに出て、本のつづきを読む。僕の心は凍りついた死体がつづくスモレンスク郊外の街道へと戻っていく。

大島さんは2時間ほど眠って起きる。ポーチに出て、自分の車がそこにあることをたしかめる。緑色のロードスターは乾燥した未舗装道路を走ってきたおかげで、ほとんど真っ白になっている。彼は大きな伸びをしてから、僕のとなりの椅子に腰をおろす。

「今年の梅雨は雨がそんなに降らないな」と大島さんは目をこすりながら言う。「あまりいいことじゃない。梅雨に雨が少ないと、高松は夏にきまって水不足になるんだ」

僕は質問する。「佐伯さんは僕が今どこにいるかを知っているの？」

大島さんは首を振る。「じつを言うと、彼女には今回のことはなにも話していない。彼女は僕がここに小屋を持っていることも知らないはずだ。あの人はいろんなことをできるだけ知らないほうがいいと思ったんだ。知らなければ隠す必要はないし、そのぶん面倒にも巻きこまれずにすむ」

僕はうなずく。それは僕の望んでいたことでもある。

「あの人はもうこれまでにじゅうぶん面倒に巻きこまれてきたからね」と大島さんは言う。

「僕は佐伯さんに父親がつい最近死んだことを話した」と僕は言う。「誰かに殺されたってことも。でも警察が僕を追っていることまでは話していない」

「でもたとえ君が言わなくても、僕が言わなくても、佐伯さんにはおおよその察しはついているんじゃないかという気がする。頭のいい人だからね。だからもし僕が明日の朝、図書館で顔をあわせたときに、たとえば『田村くんは用事があって、しばらく旅行に出たようです。佐伯さんによろしくと言っていました』と報告しても、それについてあれこれ問いただしたりはしないだろうと思う。僕がそれ以上の説明をしなければ、彼女はうなずいて、黙ってそれを受けいれるだろう」

僕はうなずく。

「でも君としては彼女に会いたいんだろう?」

僕は黙っている。どう表現すればいいのか僕にはわからない。でも答えはとてもはっきりしている。

「かわいそうだとは思うけど、さっきも言ったように、君たちはしばらく離れていたほうがいい」と大島さんは言う。

「でも僕はもうこのまま二度とあの人に会うことができないかもしれない」

「あるいはそういうことになるかもしれない」、少し考えたあとで大島さんは認める。「でも当たり前の話だけれど、ものごとはじっさいに起こってみて、そこで初めてそれが起こったことになる。そして往々にして、ものごとは見かけどおりのものではない」

「ねえ、佐伯さんはいったいどう感じるんだろう?」

大島さんは目を細めて僕の顔を見る。「なにについて?」

「つまり……もし僕に二度と会えないということがわかったら、僕が今感じているのと同じようなことを、佐伯さんは僕に対してやはり感じてくれるんだろうか?」

大島さんは微笑(ほほえ)む。「どうして僕にそんなことをたずねるんだい?」

「僕にはまったくわからないんだ。だから大島さんにたずねているんだよ。今までこんなふうに誰かを好きになったり、求めたりした経験がないから。そして僕にはこれまで誰かに求められたという経験もないから」

「だから混乱し、途方にくれている?」

僕はうなずく。「混乱して途方にくれている」

「自分が相手に対して感じているような強い純粋な気持ちを、相手もやはり君に対して抱いているかどうか、それが君にはわからない」と大島さんは言う。

僕は首を振る。「そのことについて考えはじめるとすごく苦しくなる」

大島さんはしばらくのあいだなにも言わず、目を細めて森のほうを眺めている。鳥たちが枝から枝へと飛び移っている。彼の両手は首のうしろで組まれている。

「君が感じている気持ちは僕にもよくわかる」と大島さんは言う。「にもかかわらず、それはやはり君が自分で考えて、自分で判断しなくてはならないことだ。誰も君のかわりに考えてあげることはできない。恋をするというのは要するにそういうことなんだ、田村カフカくん。息をのむような素晴らしい思いをするのも君ひとりなら、深い闇（やみ）の中で行き惑うのも君ひとりだ。君は自分の身体（からだ）と心でそれに耐えなくてはならない」

大島さんは2時半に車に乗って山をおりる。

「節約すればそこにある食料品で、たぶん1週間くらいはもつはずだ。それまでには僕はここに戻ってくる。もしなんらかの事情で来られないときには、兄に連絡して食料品の追加を持ってきてもらう。彼の住んでいるところからは1時間もあれば来られる。兄には君がここにいることを話してある。だから心配しなくていい。わかった？」

「わかった」と僕は言う。

「それからこの前も言ったように、森に入るときにはくれぐれも気をつけるようにね。いったん迷うと出られなくなる」

「気をつけるよ」

「第二次大戦の始まる少し前のことだけど、ちょうどこのあたりで帝国陸軍の部隊が大がかりな演習をした。シベリアの森林でのソビエト軍との戦闘を想定しておこなわれた。その話はしなかったっけ？」

「してない」と僕は言う。

「僕はしばしば大事なことを言い忘れるみたいだ」と大島さんはこめかみを指でつつきながら言う。

「でもここはシベリアの森林みたいには見えないけど」

「たしかに。このあたりは広葉樹林だし、シベリアの森は針葉樹林だ。まあ軍はそんな細かいことは気にしなかったんだろう。要は深い森の中を完全軍装で行軍し、戦闘訓練をすることにあった」

彼は魔法瓶から僕のつくったコーヒーをカップに注いで、砂糖を少しだけ入れ、うまそうに飲む。

「軍からの要請があり、うちのひいおじいさんが山を貸したんだ。どうぞご自由にお使いくださいって。どうせ使っていない山だからね。部隊は僕らが車でやってきた道路を歩いてやってきた。そして森の中に入った。でも数日にわたる演習が終わって点呼がおこなわれたとき、二人の兵隊がいなくなっていた。彼らは森の中で展開しているとき、完全軍装のまま消えてしまったんだ。どちらも徴兵されたばかりの新兵だった。もちろん軍は大々的な捜索をおこなった。しかし二人はとうとう見つからなかった」

大島さんはまたコーヒーをひとくち飲む。

「森に迷ったのか、それとも脱走したのか、それは今に至るまでわかっていない。しかしこのあたりの山はとても深いし、森の中には食べられるものなんてほとんどない」

僕はうなずく。

「この僕らの住んでいる世界には、いつもとなり合わせに別の世界がある。君はある程度まではそこに足を踏み入れることができる。そこから無事に戻ってくることもできる。注意さえすればね。でもある地点をこえてしまうと、そこから二度と出てこられなくなる。帰り道がわからなくなってしまう。迷宮だ。迷宮というのはそもそもどこから発想されたものか知っているかい？」

僕は首を振る。

「迷宮という概念を最初につくりだしたのは、今わかっているかぎりでは、古代メソポタミアの人々だ。彼らは動物の腸を――あるいはおそらく時には人間の腸を――引きずりだして、そのかたちで運命を占った。そしてその複雑なかたちを賞賛した。だから迷宮のかたちの基本は腸なんだ。つまり迷宮というものの原理は君自身の内側にある。そしてそれは君の外側にある迷宮性と呼応している」

「メタファー」と僕は言う。

「そうだ。相互メタファー。君の外にあるものは、君の内にあるものの投影であり、君の内にあるものは、君の外にあるものの投影だ。だからしばしば君は、君の外にある迷宮に足を踏み入れることによって、君自身の内にセットされた迷宮に足を踏み入れることになる。それは多くの場合とても危険なことだ」

「森に入っていったヘンゼルとグレーテルみたいに」

「そう。ヘンゼルとグレーテルみたいに。森は罠をしかけている。君がどれだけ用心して工夫しても、目ざとい鳥たちがやってきて目じるしのパンくずを食べてしまう」

「気をつけるよ」と僕は言う。

大島さんはロードスターの幌を下ろしてオープンにし、運転席に乗りこむ。サングラスをかけ、シフトノブに手を置く。それからお馴染みのエンジン音が森の中に響く。前髪を指でうしろにやり、小さく手を振って、去っていく。土埃がしばらくそこに舞っているが、それもやがて風がどこかに運んでいってしまう。

僕はキャビンの中に入り、さっきまで大島さんが眠っていたベッドに横になり、目を閉じる。考えてみれば僕も昨夜はろくに眠っていない。僕は枕や布団に大島さんの気配を感じる。いや、それは大島さんの気配というよりはむしろ、大島さんの眠りが残していった気配だ。僕はその気配の中に自分の身体を潜りこませる。30分くらい眠ったところで、キャビンの外でどすんという大きな音がする。樹木の枝がなにかの重みに耐えかねて折れて、地面に落ちたような音だ。その音で僕は目を覚ます。起きあがってポーチに出てあたりを見まわしてみるが、目が届くかぎり変わったところはなにもない。それは森がときおりたてる謎(なぞ)めいた物音のひとつなのかもしれない。あるいはそれは僕の眠りの中で起こったことなのかもしれない。その境目を見きわめることができない。

僕はそのままポーチに座って、太陽が西に傾くまで本を読む。

簡単な食事をつくり、ひとりで黙ってそれを食べる。食器をかたづけたあとで、僕は古いソファに身を沈め、佐伯さんのことを考える。

「大島さんが言っていたように、佐伯さんは頭のいい人だ。そして自分のスタイルというものを持っている」とカラスと呼ばれる少年は言う。

彼はソファの僕のとなりに座っている。父親の書斎にいたときと同じように。

「彼女は君とはずいぶんちがう」と彼は言う。

彼女は君とはずいぶんちがう。佐伯さんはこれまでにさまざまな状況を——それもあまり普通とはいえないものを——くぐり抜けてきた。彼女は君の知らない多くのものごとを知っているし、君のまだ味わったことのない多くの感情を経験している。人が生きていくうえでなにが大事なことで、なにがそれほど大事なことではないかをよりわけることができる。彼女は今までに多くの大事な判断をくだし、それによってもたらされた結果を目にしてきた。でも君はそうじゃない。そうだよね？　結局のところ君は、狭い世界でかぎられた経験しかしたことのないひとりの子どもにすぎない。君は強くなろうとずいぶん努力してきた。そしてじっさいにある部分では強くなった。それは認めよう。でもこの新しい世界の新しい局面の中で、君はやはり途方にくれてしまうことになる。それらのものごとは君がはじめて経験することだからだ。

君は途方にくれている。女性に性欲があるのかというのも、よく理解できない問題のひとつだ。理論的に考えれば、女性にももちろん性欲はあるはずだ。それくらいは君にだってわかる。でもそれがいったいどんななりたちのものなのか、じっさいにどんな感じのするものなのかということになると、君にはまったく見当がつかない。君自身の性欲についていえば、それは簡単にわかる。とてもシンプルだ。でも女性の性欲となると、とりわけ佐伯さんの性欲となると、君はさっぱりわけがわからなくなる。彼女は君と抱きあいながら、君と同じような肉体的な快感を感じていたのだろうか？　それともそれは君が感じていたのとはまったくちがう性質のものなのだろうか。

考えれば考えるほど、君は自分が15歳であることにうんざりしてくる。絶望的な気持ちにさえなる。もし君が今20歳であれば、いや18歳だっていい、とにかく15歳でさえなければ、君は佐伯さんという人間や、そのことばや行為の意味をもっとただしく理解することができたはずだ。それに対してもっとただしく反応できたはずだ。君は今、とても素晴らしいものごとの中にいる。こんな素晴らしいことはこの先もう二度とめぐってこないかもしれない。それくらい素晴らしいことだ。それなのに今そこにある素晴らしさを、君はじゅうぶんに理解することができない。そのもどかしさが君を絶望的にさせる。

君は彼女が今なにをしているのかを想像する。今日は月曜日で、図書館は閉まっている。休みの日に佐伯さんはいったいなにをしているのだろう？　君は彼女がひとりで部屋にいるところを想像する。彼女が洗濯をし、料理をし、掃除をし、買い物に出る光景をひとつひとつ想像する。想像すればするほど、自分が今ここにいることが息ぐるしく思えてくる。君は一羽の精悍なカラスになって、この山小屋を抜けだしたいと思う。空を飛び、山を越え、彼女の住んでいる部屋の外にとまり、そこにいる彼女の姿をいつまでも眺めていたいと思う。

あるいは佐伯さんは図書館にやってきて、君の部屋をたずねるかもしれない。ドアをノックする。返事はない。ドアに鍵はかかっていない。そして彼女は君がそこにいないことを発見する。荷物も残されていない。ベッドはきれいにととのえられている。君はどこに行ったんだろうと彼女は考える。部屋の中でしばらく君の帰りを待つかもしれない。そのあいだおそらく机の前の椅子に座り、頬杖をつき、『海辺のカフカ』を眺めているだろう。そこにふくまれている過去の時間について考えることだろう。でもどれだけ待っても君は帰ってこない。やがて彼女はあきらめて部屋を出る。駐車場に行って、フォルクスワーゲン・ゴルフに乗りこみ、エンジンをかける。君はそんなふうに彼女を帰したくない。君はそこにいて、やってきた彼女をしっかりと抱きしめ、彼女の身体の動きのひとつひとつの意味を知りたいと思う。でも君はそこにはいない。君は誰からも切り離された場所にひとりぼっちでいる。

　君はベッドに入り、明かりを消し、佐伯さんが部屋の中に現れてくれることを望む。現実の佐伯さんでなくてもいい。あの15歳の少女の姿でもいい。とにかくどんなかたちであれ、生き霊であれ幻であれ、彼女を目にしたいと思う。君のそばにいてほしいと願う。君の頭はその想いではちきれそうになる。身体がばらばらにほどけてしまいそうだ。でもどれだけ願っても待っても、彼女は現れない。窓の外にかすかな風の音が聞こえるだけだ。そしてときおり夜の鳥が低く啼く。君は息をとめ、暗闇の中にじっと目を凝らす。風の音に耳をすませる。その中になにかの意味を読みとろうとする。なにかの示唆を感じとろうとする。しかし君のまわりにはただ、闇のいくつかの段階があるだけだ。君はやがてあきらめて目を閉じ、眠りにつく。

第38章

星野さんは部屋にあったタウンページで市内のレンタカー・オフィスを調べ、適当なところを選んで電話をかけた。

「普通のセダンでいいんだけど、たぶん2、3日借りたいんだ。それほど大きくなくて、なるったけ目立たないものがいい」

「あのですね、お客さま」と相手は言った。「うちはマツダの車を扱うレンタカー会社です。こう言ってはなんですが、目立つセダンなんてひとつもありません。ご安心ください」

「よかった」

「ファミリアでよろしいでしょうか。信頼できる車ですし、目立たないことは神仏かけて保証いたします」

「うんそれでいいよ。ファミリアで」。オフィスは駅の近くにあった。1時間ほどで取りにいく、と青年は言った。

彼は一人でタクシーに乗ってそこまで行き、クレジット・カードと免許証を見せ、車をとりあえず2日間借りた。駐車場に停まっている白のファミリアは、たしかに目立たなかった。それは匿名性という分野におけるひとつの達成であるようにさえ思えた。一度目をそらしたら、どんなかたちをしていたかほとんど思い出せなかった。

ファミリアを運転してマンションに戻る途中で書店に寄って、高松の市内地図と四国道路地図を買った。その近くにCDショップを見かけたので立ち寄り、ベートーヴェンの『大公トリオ』を探した。街道沿いのCDショップのクラシック音楽の売場はそれほど大きなものではないし、そこには『大公トリオ』は廉価盤1枚しか置いてなかった。残念ながら百万ドル・トリオの演奏ではなかったが、とにかく青年はそれを1000円で買い求めた。

部屋に帰ると、ナカタさんは台所に立って、馴れた手つきで大根と油揚げの煮物を作っていた。心優しい匂いが部屋の中に漂っていた。「暇でありましたので、ナカタはあれこれと料理を作っておりました」とナカタさんは言った。

「そりゃいいや、ここんところずっと外食だったものな。そろそろあっさりとした手料理を食べたいと思っていたんだ」と青年は言った。「ところでさ、おじさん、車は借りてきたよ。表に停めてある。これからすぐに使うのかい?」

「いいえ、それは明日になってからでかまいません。今日のところはもう少し石さんと話をしていようと思います」

「うん。それがいいと思う。話し合うことは大事だ。相手が誰であっても、何であっても、話し合わないよりは話し合った方がいい。俺っちもトラックを運転しているときには、よくエンジンと話をするよ。注意して耳を澄ませていると、いろんなことが聞き取れるものだ」

「はい。ナカタもそう考えます。ナカタはエンジンさんとは話ができませんが、相手が誰でありましても、話し合うのはいいことです」

「それで、石とも話がいくらか通じるようになったかい？」

「はい。少しずつ気持ちが通いあってきたような気がいたします」

「そいつは何よりだ。それでさ、ナカタさん、その石さんは勝手にここに連れてこられたことを怒ったり、不愉快に思ったりはしてない？」

「いいえ。そういうことはありません。ナカタの感じますところでは、石さんは場所のことはとくに気にしてはおられないようです」

「そりゃよかった」、青年はそれを聞いてほっとした。「このうえ石にまで祟られたりしちゃ立つ瀬がねえもんな」

　夕方まで青年は、買ってきた『大公トリオ』を聴いて過ごした。百万ドル・トリオほど華麗で伸びやかな演奏ではなく、どちらかというと地味で堅実な演奏だったけれど、それはそれで悪くない。彼はソファに寝ころんで、ピアノと弦の響きに耳を澄ませた。その深く美しい旋律は彼の胸に染みこみ、フーガの精緻な絡みは心をかきたてた。

　1週間前だったら、俺はこんな音楽を聴いても、たぶんただの一切れも理解できなかっただろう、と青年は思った。理解しようという気持ちにだってなれなかっただろう。しかしふとした巡り合わせでたまたまあの小さな喫茶店に入って、座り心地のいいソファに座ってうまいコーヒーを飲み、おかげでこの音楽を自然に受け入れることができるようになった。それは彼にとってずいぶん意味のある出来事みたいに思えた。

　彼は自分が取得した新しい能力をたしかめるように、そのCDを何度も聴き返した。CDには『大公トリオ』のほかに同じ作曲者の手になる『幽霊トリオ』と呼ばれるピアノ・トリオも入っていた。それも悪くない曲だ。でも青年はやはり『大公トリオ』の方が好きだった。こちらの方が深みがある。そのあいだナカタさんは部屋の隅に座って、丸い白い石に向かってなにごとかをぶつぶつと語りかけていた。ときどきうなずいたり、手のひらで頭をごしごしと撫でたりした。二人はひとつの部屋の中で、それぞれの作業に没頭していた。

「石さんと話すのに音楽は邪魔にならないか？」と青年はナカタさんに声をかけた。

「いいえ、大丈夫であります。音楽はナカタの邪魔にはなりません。音楽はナカタにとりましては風のようなものであります」

「ふうん」と星野さんは言った。「風かあ」

　6時になると、ナカタさんは夕食の支度をした。鮭を焼き、野菜サラダを作った。作っておいたいくつかの煮物を皿に盛った。星野さんはテレビをつけて、ニュースを見た。ナカタさんが嫌疑を受けているという中野区の殺人事件の捜査に、何か進展があったのではないかと思ったのだが、それについてはまったく言及はなかった。幼女誘拐と、イスラエルとパレスチナの相互報復と、中国自動車道における大規模な交通事故と、外国人が中心になった自動車の窃盗団と、大臣の差別的失言と、情報産業関連大手企業のレイオフについての報道があっただけだ。明るいニュースはひとつもなかった。

二人はテーブルをはさんで食事をした。

「うん。とてもうまいぜ」と星野さんは感心して言った。「おじさんはなかなか料理の才能があるね」

「ありがとうございます。でもナカタの作ります食事を、このように誰かに食べていただいたのは初めてであります」

「おじさんには一緒にご飯を食べるような、友だちとか家族とかはいなかったんだ」

「はい。猫さんはおりましたが、猫さんとナカタとでは、食べるものがずいぶん違います」

「そりゃそうだな、まあ」と青年は言った。「とにかく、でも、とてもうまいよ。とくにこの煮物がいいね」

「気に入っていただけて、何よりであります。字が読めませんので、ナカタはときどきとんでもない間違いをすることがあります。そういうときにはとんでもないものができあがります。ですからナカタは、いつも使う材料を使って、いつも同じ調理をするしかありません。字が読めるようになれば、もっといろんなものがつくれるのですが」

「でも俺はこれでぜんぜんかまわないよ」

「ホシノさん」、ナカタさんは姿勢を正して真剣な声で言った。

「なんだい？」

「字が読めないというのは、なかなかつらいことであります」

「たぶんそうなんだろね」と青年は言った。「でもこのCDの解説によれば、ベートーヴェンは耳が聞こえなかったんだ。ベートーヴェンはとても偉い作曲家で、若い頃はピアニストとしてもヨーロッパでいちばんと言われていた。演奏家としてもとても大きな名声を得ていたんだな。しかしある日、病気のせいで耳が聞こえなくなった。ほとんどぜんぜん聞こえなくなったんだ。作曲家が耳が聞こえなくなるってのは、大変なことだ。それはわかるよな？」

「はい、なんとなくわかるような気がします」

「作曲家が耳が聞こえなくなるってのは、つまりコックが味覚を失うようなもんだ。蛙が水掻きをなくすようなもんだ。長距離トラックの運転手が免停くらうようなもんだ。誰だって目の前が真っ暗になっちまう。そうだよね？　でもベートーヴェンはめげなかったね。まあそりゃ少しくらいは落ちこんだとは思うけど、そんな不幸には負けなかった。なんだ坂、こんな坂、ってなもんだ。それからもどんどん作曲を続け、前よりも更に深い内容を持つ立派な音楽をつくり出すようになった。たいしたもんだ。たとえばさっき聴いていた『大公トリオ』だって、耳がずいぶん聞こえなくなってから作曲されたものだ。だからさ、おじさんも字が読めねえってのはきっと不便だろうけど、つらいこともあるだろうけど、それがすべてじゃないんだ。たとえ字が読めなくたって、おじさんにはおじさんにしかできないことがある。そっちの方を見なくちゃいけない。たとえばほら、おじさんは石とだって話ができるじゃないか」

「はい。たしかにナカタは、石さんと少しは話ができます。前は猫さんとも話ができました」

「それはたぶんナカタさんにしかできねえことだ。どれだけいっぱい本を読んでも、普通の人は石や猫とは話せないものなんだ」

「しかしホシノさん、ナカタはここのところよく夢に見るのです。夢の中ではナカタは字が読めます。何かの加減で字が読めるようになったのであります。ナカタはもうそれほど頭が悪くありません。ナカタは嬉しくて、図書館に参りまして、本をいっぱい読んでいます。本が読めるというのはこんなに素晴らしいことなのかと思っております。次から次へと本を読んでいきます。とところがそのとき部屋の明かりがぱっと消えて真っ暗になります。誰かが明かりを消しました。何も見えません。もう本は読めません。そこで目が覚めます。たとえ夢の中でのことではありましても、字が読める、本が読めるというのは素晴らしいことであります」

「ふうん」と青年は言った。「俺は字は読めるけど、本なんてさっぱり読みやしない。世の中ってうまくいかねえもんだよな」

「ホシノさん」とナカタさんが言った。

「なんだい？」

「今日は何曜日でありましょうか？」

「今日は土曜日だね」

「明日は日曜日でありますか？」

「普通はそうなるね」

「明日は朝から車を運転していただけますでしょうか？」

「いいけど、どこに行くんだい？」

「それはナカタにもわかりません。乗ってから考えます」
「信じてくれないかもしれないけど」と青年は言った。「きっとそういう返事が返ってくるだろうとわかっていたよ」

翌日の朝、7時過ぎに青年は目を覚ました。ナカタさんは既に起きて、台所に立って朝食の支度をしていた。青年は洗面所に行って冷たい水でごしごしと顔を洗い、電気剃刀で髭を剃った。熱いご飯と茄子の味噌汁と、アジの干物と漬け物という朝食だった。青年はご飯のおかわりをした。

ナカタさんが食事の後かたづけをしているあいだに、青年はまたテレビのニュースを見た。今度は中野区の殺人事件の報道が少しだけあった。「事件発生後10日が経過しておりますが、いまだ有力な手がかりは得られておりません」とＮＨＫのアナウンサーは淡々と述べていた。画面には立派な門のついた家が映し出されていた。門の前には警官が立ち、立入禁止のロープがはられている。

「事件直前に行方のわからなくなった15歳の長男の捜索は依然として続けられておりますが、まだ足どりはつかめていません。また事件直後に交番を訪れ、殺人事件についての情報を提供した、近所に住む60代の男性についての捜索も行われています。この二人のあいだに何らかの関係があるのかどうかは、まだ判明していません。家の中が荒らされた形跡もないことから、個人的な怨恨による犯行ではないかと見られており、警察では被害者である田村さんのこれまでの交友関係などを詳しく調べています。また田村さんの生前の芸術的功績を讃えて、東京国立近代美術館では——」

「よう、おじさん」と青年は台所に立っているナカタさんに声をかけた。

「はい。なんでしょう?」

「おじさん、ひょっとして中野区で殺された人の息子って知っているかい? 15歳なんだそうだけどさ」

「ナカタはその息子さんのことは知りません。ナカタが知っておりますのは、このあいだも申し上げましたとおり、ジョニー・ウォーカーさんと、犬さんだけです」

「ふうん」と青年は言った。「警察はおじさんとはべつに、その息子の行方も探しているらしい。一人息子で兄弟はいない。母親もいない。息子は事件の前に家出をして、行方不明になっているんだって」

「そうでありますか」

「よくわからん事件だ」と青年は言った。「でも警察はもっと多くをつかんでいるね。あいつらは情報を小出しにしかしない。カーネル・サンダーズの情報によれば、あいつらはおじさんが高松にいることを知っている。そしてこのホシノくんらしきハンサムな青年が、おじさんと連れだって行動していることもつかんでいる。でもそこまではマスコミに公表しない。俺たちが高松にいることがわかっていると世間に公表しちまうと、俺たちがどっかべつの場所に逃げちまうと思っているからだ。だから表向きは俺たちがどこにいるかわからないということにしているんだ。

性格の悪いやつらだ」

8時半に二人は、前の通りに路上駐車していたファミリアに乗り込んだ。ナカタさんは熱いほうじ茶を作って、それを魔法瓶に入れた。いつものくしゃくしゃの登山帽をかぶり、傘とズックの鞄を持って、車の助手席に身を落ちつけた。星野青年も例のごとく中日ドラゴンズの帽子をかぶろうとしたが、玄関の壁にかかった鏡を見てはっと気づいた。警察は「若い男」が中日ドラゴンズの帽子をかぶり、緑のレイバンをかけ、アロハシャツを着ているという事実をつかんでいるはずだ。中日ドラゴンズの帽子をかぶっている人間は香川県にはほとんどいないだろうし、そこにアロハシャツと緑のレイバンが加われば、これはみごとに特徴的な外見になる。カーネル・サンダーズはそこまで考えて、アロハシャツではなく、この目立たない紺色のポロシャツを用意していたのだ。抜かりのないやつだ。レイバンと帽子は部屋に置いていくことにした。

「さて、どこに行けばいいんだい?」と青年は尋ねた。

「どこでもかまいません。市内をぐるぐるまわってください」

「どこでもいい?」

「はい。ホシノさんの好きなところでかまいません。ナカタは窓からずっと外を見ておりますので」

「ううむ」と星野さんはうなった。「俺っちは自衛隊でも運送会社でも、車をずっと運転していたから、運転にはいささか自信がある。しかしね、ハンドルを握っているときにはいつもどっかに向かっていたんだ。まっすぐ一直線に目的地に向かっていた。そいつが習性みたいになっている。『どこでもいいから適当に行ってくれ』なんて一度も言われたことがねえんだ。そう言われると途方に暮れちまうね」

「申しわけありません」

「まあいいや、なにも謝ることはない。なんとか全力を尽くしてみよう」と星野さんは言った。『大公トリオ』をカーステレオのCDプレイヤーに入れた。「俺がぐるぐると市内をどこでもいいから好きに運転してまわり、おじさんが窓の外を眺めている。それでいいんだね？」

「はい。それでけっこうです」

「捜し物が見つかったら、そこで車をとめる。そして話はするすると新しいテンカイを見せる。そういうことかい？」

「はい。そういうことになるかもしれません」とナカタさんは言った。

「そうなるといいんだけどね」、星野青年はそう言って市内地図を膝の上に拡げた。

二人は高松市内をまわった。星野青年は市内地図にマーカーでしるしをつけていった。ひとつのブロックをくまなくまわり、すべての道を通過したことを確認してから、次のブロックに移った。ときどき車を停めてほうじ茶を飲み、マールボロを吸った。『大公トリオ』を繰り返し聴いた。昼どきになると食堂に入ってカレーライスを食べた。

「でもさ、ナカタさんはいったいどんなものを探しているんだい？」と青年は食事のあとで尋ねてみた。

「それはナカタにもわかりません。それは──」

「──実際に見てみればわかるし、実際に見ないうちはわからない」

「はい、そのとおりであります」

青年は力なく首を振った。「最初から答えはわかっていたんだ。いちおうたしかめたかっただけだよ」

「ホシノさん」

「なんだい？」

「それが見つかるまでには、あるいは時間がかかるかもしれません」

「まあいいや。できるだけのことはやってみよう。乗りかかった船だ」

「これから船に乗るのでありましょうか？」とナカタさんは尋ねた。

「いや、まだ今のところ船には乗らない」と青年は答えた。


3時になって二人はコーヒーショップに入り、青年はコーヒーを飲んだ。ナカタさんはずいぶん迷ってからアイスミルクを頼んだ。そのころには青年は疲れ切っていて、口をきく気にもなれなかった。『大公トリオ』もさすがに聴き飽きた。同じ場所をぐるぐると運転してまわることは、彼の気性にはあわなかった。退屈だし、スピードも出せないし、注意力を維持するのに努力が必要だった。ときどき警察の車とすれ違ったが、星野さんはできるだけ警官と目を合わせないようにした。交番の前はなるべく避けて通るようにした。いくらマツダ・ファミリアが目立たない車だからといって、あまり何度も見かけたら職務質問をしてくるかもしれない。またうっかりほかの車と接触事故を起こしたりしないように、いつも以上に神経も使わなくてはならなかった。

彼が地図を点検しながら運転しているあいだ、ナカタさんはまるで子どもかしつけのいい犬みたいに両手を窓にかけ、姿勢を変えずにじっと外の風景を見ていた。彼は本当に真剣に何かを探し求めているようだった。夕方が来るまで二人はそれぞれの作業に没頭し、ほとんど無言で過ごした。

「探し物はなんですかあ――」と青年は運転しながら、やけっぱちで井上陽水の歌を歌った。あとの歌詞は忘れたので、適当に自分でこしらえた。

「まだまだ見つかりませんかあ、
そろそろ日が暮れていきますう
ホシノはおなかが減りましたあ
ぐるぐるまわって、目もまわりましたあ」

6時になって二人はマンションに戻った。

「ホシノさん、また明日に続きをやりましょう」とナカタさんは言った。

「今日いちにちでずいぶん市内をまわったよ。明日にはたぶん残りをまわれると思う」と青年は言った。「で、ちょっと訊(き)きたいんだが」

第 38 章

「はい、ホシノさん、なんでありましょう?」

「もし高松市内でそいつがみつからなかったらさ、そのあとどうするつもりなの?」

ナカタさんは手のひらで頭をごしごしとこすった。「もし高松市内でそれが見つからなかったなら、たぶん範囲を広げて探すことになると思います」

「なるほど」と青年は言った。「それで、それでもまだ見つからなかったら、俺たちはどうするの?」

「はい。それでもまだ見つからなかったなら、もっといっそう範囲を広げることになると思います」とナカタさんは言った。

「つまり、見つかるまでどんどん範囲を広げていくんだね。犬も歩けば棒にあたるってやつだ」

「はい。そういうことになると思います」とナカタさんは言った。「しかしホシノさん、ナカタにはよくわからないのですが、どうして犬さんが歩いていて棒にあたったりするのでしょう? 犬さんは前に棒があったらよけて通るような気がいたしますが」

ホシノ青年はそう言われて首をひねった。「そういえばそうだな。これまで一度も気にしなかったが、なんで犬が棒にあたらなくちゃならねえんだろう?」

「不思議であります」

「まあそれはいい」と星野さんは言った。「そんなことを考えだすと、話がますますややこしくなる。犬と棒の問題は今はとりあえずわきにどけておこうや。俺が知りたいのはさ、いったいどこまで捜索の範囲を広げてやるのかってことだ。放っておくとどんどん範囲が広がって、お隣の愛媛県とか高知県まで行っちまうかもしれないぜ。夏が過ぎて秋になっちまうかもしれない」

「そうなるかもしれません。しかしホシノさん、秋になり冬になりましても、ナカタはそれをなんとか探し当てねばなりません。もちろんホシノさんにいつまでも手伝っていただけるわけもありませんし、あとはナカタがひとりで歩いて探します」

「まあそれはともかく……」と青年は口ごもった。「しかし、石さんももう少し詳しい親切な情報を与えてくれねえもんかね。だいたいどのあたりとかさ、だいたいでいいんだけどね」

「申しわけありませんが、石さんは無口なのです」

「そうか、石は無口ときたね——見かけからしてだいたいの想像はつくよ」と星野青年は言った。

「石さんはきっと無口で、水泳がことのほか苦手なんだろう。まあいい。今更なにも考えるまい。ぐっすり眠って、明日になったらまた続きをやろう」


翌日も同じことの繰り返しだった。青年は市内の西側の半分を、昨日と同じ手順で運転してまわった。市内地図は黄色いマーカーで一筋一筋塗りつぶされていった。違っているのは、青年のあくびの数がいくらか増えたことくらいだ。ナカタさんは相変わらず窓に顔をくっつけるようにして、真剣な目つきで何かを探し求めていた。二人はやはりほとんど会話を交わさなかった。青年は警官の姿に気を配りながらハンドルを握り、ナカタさんは飽きることなく捜索をつづけた。

でも探し物は見つからなかった。

「今日は月曜日でありますね？」とナカタさんが尋ねた。

「うん、昨日が日曜日だったから、今日は月曜日だ」と青年は言った。そしてほとんどやけっぱちで、思いついた言葉に適当なメロディーをつけて歌った。

「今日が月曜日ならば、
明日はきっと火曜日だ。
蟻（あり）は名うての働き者で、
つばめはいつもおしゃれだ。
煙突は高くて、夕日は赤い」

「ホシノさん」と少しあとでナカタさんは言った。

「なんだい」

「アリさんが働いているところはいくら見ていても見飽きませんね」

「そうだね」と青年は言った。

昼になると二人はウナギ屋に入って、ランチ・サービスのウナ丼（どん）を食べた。3時には喫茶店に入ってコーヒーを飲み、昆布茶を飲んだ。6時までには地図は黄色く塗りつぶされ、市内の道路はマツダ・ファミリアのすぐれて匿名的なタイヤによってほぼ隈（くま）なく踏破された。しかし探し物は依然としてみつからなかった。

「探し物はなんですかあ――」と青年はまた、力のない声ででまかせの歌を歌った。

「まだまだ見つかりませんかあ、
　市内はほとんどまわりましたあ
　おケツも痛くなりましたあ
　そろそろうちに帰りませんかあ」

「こんなことを続けていると、俺はそのうちにいっぱしのシンガーソングライターになっちまいそうだな」と星野さんは言った。

「それはなんでありましょうか？」とナカタさんが尋ねた。

「なんでもないよ。ただの罪のない冗談だよ」

　二人はあきらめて高松市内を離れ、国道をとおってマンションに戻ろうとした。しかし青年は考え事をしていたので、左に曲がる地点を間違えてしまった。なんとかもとの国道に復帰しようと試みたのだが、道路は奇妙な角度に曲がりくねり、おまけに一方通行が多くて、そのうちに方向がわからなくなってしまった。気がついたときには、見覚えのない住宅地域に二人は入り込んでいた。まわりには高い塀に囲まれた古い上品な町並みがつづいていた。通りは不思議なほど静まり返って人の姿も見えない。

「距離的にはたぶん俺たちのマンションからそれほど遠くじゃないはずなんだけど、何がなんだかさっぱりわからねえや」、青年は適当な空き地に車を寄せ、エンジンを切ってサイドブレーキを引き、地図を広げた。電柱に書いてある町名と番地を調べ、その場所を地図の上で探した。しかし目が疲れているせいかなかなかみつからない。

「ホシノさん」とナカタさんが声をかけた。

「なんだい？」

「お忙しいところをなんですが、あそこの門にかかっておりますす看板には、なんと書いてありますでしょうか？」

星野青年はそう言われて地図から目を上げ、ナカタさんが指さす方を見た。高い塀が続き、少し先に古風な門があり、門の脇（わき）には木製の大きな看板がかかっていた。黒い門扉はぴたりと閉じられている。

「甲村記念図書館……」と青年は読んだ。「こんな人気のない静かなところに図書館があるんだね。だいいち図書館にも見えねえや。普通のお屋敷みてえだ」

「コウムラキネントショカン？」

「そのとおり。たぶん甲村って人を記念してつくられた図書館なんだろうぜ。甲村ってのがどういう人なのか俺にはさっぱりわからねえけどさ」

「ホシノさん」

「なんだい？」と星野さんは地図を調べながら答えた。

「あそこでありますす」

「あそこって、何が？」

「ナカタがこれまでずっと探しておりましたのは、あの場所であります」

星野さんは地図から顔をあげ、ナカタさんの目を見た。それから眉を寄せて図書館の門を見た。看板の文字をもう一度ゆっくりと読んだ。マールボロの箱を取り、一本を振り出して口にくわえ、プラスチックのライターで火をつけた。煙をゆっくりと吸い込んで、開いた窓から外に吐き出した。

「ほんとに？」

「はい。間違いありません」

「たまたまというのは恐ろしいもんだね」と青年は言った。

「まことにそのとおりであります」とナカタさんも同意した。

第39章

山の中での二日めはいつもと同じように、ゆっくりと継ぎめもなく過ぎていく。ある一日とべつの一日とのあいだにあるちがいといえば、ほとんど天候のちがいだけだ。もし天候が似たようなものなら、日付の感覚はみるみる失われていく。昨日と今日の、今日と明日の区別がうまくつかなくなってくる。時間は碇をうしなった船みたいにあてもなく広い海をさまよいだす。

今日は火曜日だと僕は計算する。佐伯さんはいつものように――もちろん希望する人がいればということだけど――図書館内の簡単なツアーをおこなうはずだ。僕がはじめて甲村記念図書館の門をくぐった日のように……。彼女は細いヒールの靴で、階段をのぼっていく。その音がしんとした館内に響く。ストッキングの光沢、まっ白なブラウス、小さな真珠のピアス、机の上のモンブランの万年筆。穏やかな（そしてあきらめの長い影を落とす）微笑み。それらはみんなずいぶん遠くにあるもののように思える。というか、ほとんど現実じゃないことのように感じられる。

僕はキャビンのソファの上で、その色あせた布地の匂いをかぎながら、もういちど佐伯さんとのセックスのことを考える。記憶を順ぐりにたどり、頭の中に浮かびあがらせる。彼女はゆっくりと服を脱ぐ。そしてベッドに入ってくる。言うまでもないことだけど、僕のペニスはまた勃起をはじめる。とても硬くなる。でもそこにはもう昨日までの痛みはない。亀頭の赤みもいつのまにか消えてしまっている。

性的な妄想にふけることに疲れると僕は外に出て、いつもやっている運動のメニューをこなす。ポーチの手すりをつかって腹筋の運動をする。速いペースでスクワットをやり、ハードなストレッチをこなす。たっぷりと汗をかき、森の中の流れにタオルをひたして、それで身体を拭く。水は冷たく、僕の感情のたかまりをいくらかしずめてくれる。それからポーチに座ってMDウォークマンでレイディオヘッドを聴く。僕は家を出てから、ほとんど同じ音楽ばかり繰りかえし聴いている。レイディオヘッドの『キッドA』とプリンスの『グレーティスト・ヒッツ』、そしてときどきジョン・コルトレーンの『マイ・フェヴァリット・シングズ』。

午後の2時に――ちょうど図書館のツァーの時間だ――僕はまた森の中に入る。前と同じ小径をたどり、しばらく歩いて前と同じ開けた場所に出る。そこの草の上に腰をおろす。木の幹にもたれかかり、張りだした枝のあいだに丸く開けている空を見あげる。夏の雲の白い端っこが見える。ここまでが安全地帯だ。ここからなら問題なくキャビンに戻ることはできる。初心者向きの迷宮、テレビ・ゲームでいえば「レベル1」、簡単にクリアできる。しかしここから先に進もうとすれば、僕はより深くより挑戦的な迷宮に足を踏み入れることになる。小径はますます狭くなり、羊歯の海にあやふやに呑みこまれていく。

第 39 章

それでも僕はあえて、もう少し先まで進んでみることにする。

この森のどれくらい奥まで入りこめるものか、ためしてみようと思う。そこになにかしらの危険があることはわかっている。でもそれがどれくらい危険なものか、その危険がどんな種類のものなのか、自分の目でじっさいにたしかめ、肌でじっさいに感じてみたい。そうしないわけにはいかない。なにかが背後から僕を駆りたてる。

僕は注意深く、その先につづく道らしきものをたどっていく。樹木はますます堂々としたものになり、まわりの空気の密度は濃く重くなっていく。頭上は折りかさなる枝に覆(おお)われて、空はほとんど見えなくなってしまう。さっきまであたりに漂っていたかすかな夏の気配も既(すで)に消えてしまった。季節なんて、もともとそこには存在しないみたいだ。やがて僕の歩いている道がほんとうに道なのかどうか、自信が持てなくなってくる。それは道のようにも見えるし、道のようなかっこうをしてはいるけれどじっさいは道ではないものにも見える。むっとする緑の匂いの中ですべてのものごとの定義が曖昧(あいまい)になっていく。正当なものと正当じゃないものとが入り混じっていく。頭の上で一羽のカラスがひとしきり鋭く鳴く。とても鋭く。それはひょっとしたら僕にあてた警告なのかもしれない。僕は立ちどまり、用心深くあたりを見まわす。じゅうぶんな装備なしでこれ以上先に進むのは危険だ。引きかえさなくてはと僕は思う。

でもそれは簡単じゃない。前に進むよりももっとむずかしいかもしれない。ナポレオンの軍隊の撤退戦と同じように。道がまぎらわしい上に、まわりの樹木がかさなりあい、黒々とした壁となって僕のまえにたちはだかる。僕の息づかいが耳もとで妙に大きく聞こえる。それは世界の隅っこから吹きわたってくるすきま風のようだ。手のひらくらいの大きさの真っ黒な蝶が、ひらひらと僕の視界を横切っていく。そのかたちは僕の白いシャツについていた血のあとに似ている。蝶は樹木のかげから現れ、ゆっくりと空間を移動して、また樹木のかげに消えていく。蝶（ちょう）の姿が見えなくなってしまうと、あたりの気配はいっそう重々しくなり、空気がいちだんと冷ややかになる。正しい道を見うしなってしまったのかもしれないという恐怖に僕は襲われる。カラスが真上でまたひとしきり鋭く鳴く。さっきと同じ鳥、さっきと同じメッセージみたいだ。僕は立ちどまってもういちど上を見あげる。でもやはり鳥の姿は見えない。ふと思いだしたようにときどき現実の風が吹いて、暗い色あいの葉が足もとでさわさわと不穏な音をたてる。いくつかの影が背後をすばやく移動する気配みたいなのがある。でもさっと振りかえると、彼らはすでにどこかに身を隠している。

　でも僕はなんとかもとの円形の広場に——そのひそやかな安全地帯に——戻りつくことができる。草の上にもういちど腰をおろし、深呼吸をする。まるく区切られた明るい本物の空を見あげ、自分がもとの世界にたどりついたことを何度もたしかめる。そこにはなつかしい夏の気配がある。太陽の光が僕をフィルムのように包み、温めてくれる。しかし帰り道で感じた恐怖の感覚は、庭の隅に溶け残った雪のように、長いあいだ僕の身体に残っている。心臓がときおり不規則な音をたて、肌はまだかすかに粟（あわ）だっている。

第39章

その夜、僕は息をひそめて闇(やみ)の中に横たわり、目だけをしっかりと開き、誰かが闇の中に姿を見せるのを待つ。姿を見せてくれることを念じる。念じることがなにかの効果をもたらすのかどうか、それはわからない。しかしとにかく気持ちをひとつに集中し、それを強く望む。強く望むことによって、そこになにかの作用が生じることを、僕は願う。

しかし願いはかなえられない。僕の望みは却下される。昨夜と同じように、佐伯さんは現れない。ほんものの佐伯さんも、幻影としての佐伯さんも、あるいは15歳の少女としての佐伯さんも現れない。闇はいつまでも闇のままだ。眠りに入る前に僕は激しい勃起に悩まされる。それはいつもよりずっと強く硬い。でもマスターベーションはしない。僕は佐伯さんとのセックスの記憶を、しばらくのあいだ手つかずのまま護(まも)ろうと心をきめる。両手を握りしめたまま、眠りにはいっていく。できることなら佐伯さんの夢を見たいと願う。

でも僕はさくらの夢を見る。

あるいはそれは夢じゃないのかもしれない。すべてはあまりにもクリアで、一貫している。曖昧なところはぜんぜんない。それをなんと呼べばいいのかわからない。しかし現象としてみれば、それはもちろん夢以外のなにものでもない。僕は彼女のアパートの部屋にいる。彼女はベッドの中で眠っている。僕は寝袋の中に横になっている。この前泊めてもらったときと同じ状況だ。時間が巻き戻っていて、僕は分岐点のようなところに立っている。

僕は夜中に激しい喉(のど)の渇きで目を覚まし、寝袋から出て水を飲む。グラスに何杯も水を飲む。5杯か6杯か、それくらい。僕の皮膚には薄く汗の膜がかかり、やはりひどく勃起している。ボクサーショーツの前は硬く持ちあがっている。それは僕とはべつの意識を持ち、べつのシステムにしたがって機能しているべつの生き物のように見える。僕が水を飲むと、その一部は自動的にそいつが受けとることになる。そいつが水を吸いこむ音をかすかに耳にすることができる。

僕はグラスを流し台に置き、しばらく壁にもたれかかっている。時刻をたしかめようとするのだけど、時計は見あたらない。たぶん夜のいちばん深い時刻だ。時計さえどこかにうしなわれてしまう時刻だ。僕はさくらのベッドの横に立つ。街灯の明かりがカーテン越しに部屋に入っている。彼女は背中を向けてぐっすりと眠りこんでいる。薄い布団から小さなかたちのいい足の裏がふたつのぞいている。僕の背後で誰かがこっそりとなにかのスイッチを入れたようだ。乾いた小さな音が聞こえる。樹木が折りかさなって、僕の視界はさえぎられている。そこには季節さえない。僕は心をきめて、さくらのとなりに潜りこむ。二人ぶんの体重に小さなシングル・ベッドが軋む。僕は彼女のうなじの匂いをかぐ。かすかな汗の匂いがする。うしろからそっと彼女の腰に手をやる。さくらは声にならない小さな声をあげるが、それでもまだ眠りつづけている。カラスがひとしきり鋭く鳴く。僕は上を見あげる。しかし鳥の姿は見えない。空だって見えない。

僕はさくらの着ているTシャツを持ちあげ、その柔らかい乳房に手を触れる。乳首を指でつまむ。ラジオのダイアルを調整するみたいに。僕の勃起したペニスが彼女の太ももの裏側に強くあたっている。しかしさくらは声もあげない。呼吸も乱さない。きっと彼女は深い夢を見ているのだ、と僕は思う。またカラスが鳴く。その鳥は僕にまたメッセージを送っている。でもその内容を読みとることができない。

第39章

さくらの身体は温かく、僕と同じように汗で湿っている。僕は思いきって、彼女の姿勢を変えてみる。ゆっくりと手前に引き寄せてあおむけのかっこうにする。彼女は息を大きく吐く。それでもまだ目を覚ます気配はない。僕はその画用紙のように平たいおなかに耳をつけ、その下にある迷路の中に夢の響きを聞きとろうとする。

勃起はまだつづいている。それはほとんど永遠につづきそうに思える。彼女のつけている小さな木綿の下着をとる。時間をかけて足から抜きとる。それから露出された陰毛に手のひらをあて、その奥の部分にそっと指をあてる。それは温かく、誘いかけるように湿っている。僕はゆっくりと指を動かす。まださくらは目を覚まさない。深い夢の中でまたひとつ大きく息をつくだけだ。

それと同時に、僕の中にあるくぼみのような場所で、なにかが殻から抜けだそうとしている。いつのまにか僕には、自分の内側に向けられた一対の目がそなわっている。だからその光景が観察できる。そのなにかが良いものなのか悪いものなのか、僕にはまだわかっていない。しかしどっちにしても僕には、そのなにかの動きを後押しすることもとめることもできない。それはまだ顔を持たないぬるぬるとしたものだ。それはやがて殻を出て、あるべき顔を持ち、身体からゼリー状の衣を落とすことだろう。そうすればその正体を僕は知ることになる。でも今のところ、まだそれはかたちがさだまらないただのしるしみたいなものに過ぎない。それは手にならない手をのばし、殻のいちばん柔らかな部分をうち破ろうとしている。僕はその胎動を目にする。

僕は決心する。

いや、そうじゃない。じつのところなにひとつ決心してなんかいない。だって僕には選びようはないのだから。僕はボクサーショーツを脱ぎ、ペニスを外にむきだしにする。さくらの身体を抱き、彼女の脚を広げて中に入る。それはむずかしくない。彼女はとても柔らかく、僕はとても硬い。僕のペニスはもう痛みを感じていない。亀頭はこの数日のあいだにずっとハードになっている。さくらはまだ夢の中にいる。僕は彼女の夢の中に身体を埋める。

さくらが突然目を覚ます。そして僕が彼女の中に入っていることを知る。

「ねえ、田村くん、いったいなにをしているんだよ？」

「さくらさんの中に入っているみたいだ」と僕は言う。

「どうしてそんなことするのよ」とさくらはひどく乾いた声で言う。「そんなことしちゃダメだって、ちゃんと言ったじゃないか」

「でもどうしようもなかったんだ」

「いいからもうやめて。早くそれを外に出して」

「出せない」と僕は言う。そして首を振る。

「田村くん、よく聴いてね。まずだいいちに私には決まった恋人がいるの。第二に君は勝手に私の夢の中に入っている。それは正しいことじゃない」

「知ってるよ」

「まだ手遅れじゃない。たしかに君はこうして私の中に入っているけど、まだ動かしていないし、射精もしていない。静かにそこにいるだけ。考えごとをするみたいに。そうだね？」

僕はうなずく。

「抜いて」と彼女は諭すように言う。「そしてこのことは忘れちゃおうよ。私も忘れるから、君も忘れなさい。私は君のお姉さんで、君は私の弟なの。たとえ血はつながっていないにしても、私たちはまぎれもない姉と弟なのよ。それはわかってるよね？　私たちは家族としてつながっている。こんなことはするべきじゃない」

「もう手遅れなんだ」と僕は言う。

「どうして？」

「僕がそうきめたからだよ」と僕は言う。

「君がそうきめたからだよ」とカラスと呼ばれる少年は言う。

君はもういろんなものに好き勝手に振りまわされたくない。混乱させられたくない。君はすでに父なるものを殺した。すでに母なるものを犯した。そしてこうして姉なるものの中に入っている。もしそこに呪(のろ)いがあるのなら、それを進んで引きうけようと思う。そこにある一連のプログラムをさっさと終えてしまいたいと思う。一刻も早くその重荷を背中からおろして、そのあとは誰かの思惑の中に巻きこまれた誰かとしてではなく、まったくの君自身として生きていく。それが君の望んでいることだ。

彼女は両手で顔を覆い、少し泣く。君は彼女のことを気の毒に思う。でも今となってはもうそこから出ていくことはできない。君のペニスは彼女の中でますます大きく、硬くなっている。まるでそこに根を生やしたみたいに。

「わかったわ。もうなにも言わない」と彼女は言う。「でもこれだけは覚えていてね。君は私をレイプしているのよ。君のことは好きだけど、これは私の望んでいるかたちじゃない。私たちはもう二度と会えないかもしれない。先になってどれくらい強く会いたいと思っても。それでいいんだね？」

君はそれには答えない。君は思考のスイッチを切る。そして彼女を抱き寄せ、腰を動かしはじめる。ていねいに注意深く、それから激しく。君は戻るときのために、通り過ぎる樹木のかたちを記憶にとどめようとするが、樹木はみんな同じかっこうをしていて、すぐに匿名の海に呑みこまれていく。さくらは目を閉じて動きに身をゆだねる。彼女はなにも言わない。抵抗もしない。彼女は表情をころし、横を向いている。でも君は彼女が感じている肉体的な快感を、君自身の延長にあるものとして感じることができる。君には今ではそれがわかる。樹木はかさなりあい、黒々とした壁となって君の視界をさえぎる。鳥はもうメッセージを送らない。そして君は射精する。

僕は射精する。

僕は目を覚ます。僕はベッドの中にいて、まわりには誰もいない。真夜中だ。闇はどこまでも深く、そこからはあらゆる時計がうしなわれている。僕はベッドを出て下着を脱ぎ、台所の水でそこについた精液を洗い落とす。それは闇が産み落とした私生児のように、白く重く、どろりとしている。僕は何杯もつづけて水を飲む。でもどれだけ飲んでも、僕の中にある渇きは収まることがない。僕はたまらなく孤独になる。真夜中の深い闇の中で、森にまわりを取りかこまれて、それ以上孤独になれないくらい孤独になる。そこには季節もなく、光もない。ベッドに戻り、そこに腰かけ、大きく息をする。闇が僕を包む。

君の中でそのなにかは、今では姿をはっきりと現している。それは黒い影としてそこに身を休めている。殻はもうどこにも見えない。殻は完全に破られ、捨て去られている。君の両手にはどろりとしたものがついている。どうやら人の血のようだ。君は手を目の前にかざす。しかしなにかを見るには、明かりの量が足りない。内側も外側もあまりにも暗すぎる。

第40章

「甲村記念図書館」という看板の隣に案内板があり、そこには休館日が月曜日、開館時刻は11時から5時まで、入場は無料、希望者があれば火曜日の午後2時から館内の見学があると書いてあった。星野青年はそれをナカタさんに読んで聞かせた。

「今日は月曜日だから、ちょうど閉まってたわけだ」と青年は言った。そして腕時計に目をやった。「まあ今日が何曜日であれ、もうとっくに閉館時刻を過ぎてしまっているから、同じことなんだけどさ」

「ホシノさん」

「なんだい？」

「この前ホシノさんと行きました図書館とは、ずいぶん見かけが違うものでありますね」とナカタさんは言った。

「うん、あっちは大きな公立の図書館だし、こっちは私立の図書館だからな。そりゃぜんぜん規模が違う」

「ナカタにはよくわからないのですが、シリツの図書館というのは、どのようなものでありましょうか?」

「つまりだね、どっかの本の好きな資産家が場所をつくって、自分の集めているたくさんの本を世間に公開しているわけだ。お好きに読んでくださいってさ。たいしたもんだよな。門構えからしてずいぶん立派だ」

「シサンカというのは何でありましょうか?」

「お金持ちのことだ」

「お金持ちとシサンカはどう違うのでありましょうか?」

星野さんは首をひねった。「さあどう違うのかな、俺っちにもよくわからねえよ。でもただ金持ちっていうより、シサンカのほうがなんとなく教養みたいなのがありそうな気がするね」

「教養でありますか」

「つまりさ、誰でも金さえあれば金持ちにはなれる。俺っちだってナカタさんだって、金さえあればお金持ちにはなれるんだ。しかしシサンカにはなかなかなれない。シサンカになるにはもうちっと時間がかかる」

「むずかしいものでありますね」

「ああ、むずかしいもんだ。どっちにしても俺たちには関係ねえ話だけどさ。俺たちはただの金持ちにだってなれるみこみはないんだからさ」

「ホシノさん」

「なんだい？」

「月曜日が休館日でありますから、明日の11時にここに参りますと、図書館は開いているわけでありますね？」とナカタさんは言った。

「そういうことになるね。明日は火曜日だ」

「ナカタも図書館の中に入れるのでしょうか？」

「誰でも入れるっていちおう看板に書いてある。だからナカタさんも入れる」

「字が読めなくても、入っていいわけですね」

「ああ。大丈夫だよ。字が読めるとか読めねえとか、そんなこといちいち入り口で調べやしないさ」と青年は言った。

「それではナカタはこの中に入りたいと思います」

「いいよ。明日の朝いちばんでここに来て、二人で中に入ろうじゃないか」と青年は言った。「で、おじさん、ひとつ確認しておきたいんだが、ここがその場所なんだね？ この図書館の中に何かその、大事な探していたものがあるんだね？」

ナカタさんは登山帽を脱ぎ、手のひらで何度かごしごしと短い髪をこすった。「はい。あるはずであります」

「じゃあもう探さなくていいんだね？」

「はい。これ以上探すべきものはありません」

「そいつはよかった」と青年はほっとした声で言った。「秋までかかったらどうしようかって思ってたんだ」

二人はカーネル・サンダーズのマンションに戻ってぐっすりと眠り、翌朝の11時に甲村図書館に出かけた。マンションから歩いて20分ほどの距離だったので、二人は歩くことにした。朝のうちに星野さんは駅前にレンタカーを戻しに行った。

二人が図書館に着いたとき、門は大きく開かれていた。蒸し暑い一日になりそうだった。あたりには水が打ってあった。門の奥にはよく手入れされた庭が見えた。

「で、おじさん」と青年は門の前で言った。

「はい。なんでありましょう?」

「図書館の中に入って、それから俺たちはどうすればいいんだい? 急に何かとんでもないことをもち出されても困っちまうから、いちおう前もって聞いておきたいんだ。俺としても、心の準備みたいなものをしとかなくちゃならねえからさ」

ナカタさんは考え込んだ。「中に入って何をすればいいのか、それはナカタにもわかりません。しかしここは図書館でありますから、ひとまず本を読もうかと思います。ナカタも写真か絵の本を選びますので、ホシノさんも何か本を選んで読んでください」

「わかった。図書館だからひとまず本を読む。理屈はあっている」

「何をすればいいのか、それについてはまたあとでおいおい考えようと思います」

「いいよ。あとのことはまたあとでおいおい考える。それもまた健全な考え方だ」と青年は言った。

二人は丁寧に手の入った美しい庭を抜け、古い造りの玄関から中に入った。入ってすぐのところにカウンターがあり、ほっそりとしたハンサムな青年がそこに座っていた。白い木綿のボタンダウン・シャツ。小さな眼鏡。額に落ちかかった長い繊細な前髪。フランソワ・トリュフォーの白黒映画に出てきそうなタイプだ、と星野さんは思った。そのハンサムな青年は二人の顔を見ると、にっこりと微笑(ほほえ)んだ。

「こんちは」と星野さんは明るい声で言った。

「こんにちは」と相手も言った。「ようこそ」

「あの、本が読みたいんだけど」

「もちろん」と大島さんはうなずいて言った。「もちろん、ご自由にお読みください。この図書館は一般に開放されています。書架は開放式ですので、そこからご自由に選んでください。検索はカード式のものがあります。コンピュータでも検索できます。わからないことがありましたらご遠慮なく申しつけてください。喜んでお手伝いいたします」

「それはありがとう」

「とくべつに興味を持っておられる分野とか、お探しの書籍とかがおありですか?」

星野さんは首を振った。「いや、今のところとくにはないんだ。というかつまり、本というよりは、この図書館そのものに興味があったんだ。たまたま前を通りかかって、面白そうだからちょっと入ってみようかなと思ってね。なかなか立派な建物だし」

第 40 章

大島さんは小さく優雅に微笑んで、きれいに先の尖(とが)った長い鉛筆を手に取った。「そういう方はたくさんいらっしゃいます」

「よかった」と星野さんは言った。

「もしお時間があればということですが、2時から館内の簡単なツァーがあります。みなさんのご希望があれば、いつも火曜日の午後に行っているんです。この図書館の由来などを館長がご説明します。たまたま今日は火曜日です」

「そいつはなかなか面白そうだ。よう、どうだい、行ってみるかい、ナカタさん？」

青年と大島さんがカウンター越しに会話を交わしているあいだ、ナカタさんは脱いだ登山帽を手に握りしめ、あたりをぼんやり見まわしていたが、青年に自分の名前を呼ばれてはっと我に返った。

「はい、なんでありましょうか？」

「あのね、2時から館内の見学があるらしいんだけど、どうだい、見学したい？」

「はいホシノさん、ありがとうございます。ナカタは見学をしたいと思います」とナカタさんは言った。

大島さんは二人のやりとりを興味深く眺めていた。ナカタさんとホシノさん——いったいこの二人はどういう関係なんだろう？　親戚(しんせき)というのでもなさそうだ。年齢からしても外見からしても、なかなか不思議な組み合わせだ。共通点というものがどこにも見いだせない。それにしてもこのナカタさんという年輩の男は、いささか風変わりなしゃべり方をする。何かがひっかかるような感覚が彼の中にあった。でもそれは悪い感じのものではなかった。

「遠くからお見えになったのでしょうか？」と大島さんは尋ねてみた。

「うん、俺たちは名古屋から来たんですよ」と星野青年はナカタさんが口を開く前に、あわてて早口で答えた。もしナカタさんに「中野区からまいりました」みたいなことを言われたら、話がちょっとややこしくなってしまう。中野区の殺人事件にナカタさんらしき老人がかかわっていることは、すでにテレビのニュースで流されているのだ。しかし幸いなことに彼が知る限りにおいては、ナカタさんの顔写真はまだ出されていなかった。

「ずいぶん遠くですね」と大島さんは言った。

「はい。橋をわたって参りました。とても大きな立派な橋でありました」とナカタさんは言った。

「そうですね。とても大きな橋です。僕はまだ一度もわたったことはありませんが」と大島さんは言った。

「ナカタは生まれてから、あのように大きな橋を見たことがありませんでした」

「あの橋を作るには」と大島さんは言った。「非常に長い時間と非常にたくさんのお金がかかりました。新聞によりますと、橋と高速道路を管理する道路公団は、年間におおよそ１０００億円の赤字を出しているということです。それはだいたいにおいて私たちの税金で補われています」

「１０００億円というのがどんなものだか、ナカタにはよくわかりません」

「正直なところ僕にもわかりません」と大島さんは言った。「どんなものでも、数量があるポイントを越えると、リアリティーが失われてしまいます。要するにたくさんのお金です」

「どうもいろいろありがとう」と星野さんは横から口を出した。このまま放っておいたら、ナカタさんが何を言い出すかわかったものではない。「見学をするには、2時にここにくればいいんだね？」

「そうです。2時にここにお越し下さい。館長がみなさんをご案内いたします」と大島さんは言った。

「それまであっちで本を読んでるよ」と星野青年は言った。

大島さんは手の中で鉛筆をまわしながら、二人のうしろ姿をしばらく見ていた。それからやりかけていた仕事に戻った。

二人は書架から適当な本を選んだ。星野青年は『ベートーヴェンとその時代』という本を選んだ。ナカタさんは家具の写真集を何冊かもってきて、机の上に置いた。それから用心深い犬のように部屋の中を細かく観察し、あちこちさわったり、匂（にお）いを嗅（か）いだり、ある一カ所をじっと見つめたりしていた。12時を過ぎるまではほかに閲覧者は一人もいなかったので、ナカタさんのそんな行動を目にとめる人もいなかった。

「よう、おじさん」と星野さんは小さな声で言った。

「はい。なんでありましょう？」

「あのさ、急な頼みなんだけど、中野区から来たってことは、できるだけ口に出さないようにしてほしいんだ」

「どうしてでありましょうか?」

「話し出すと長い話になるんだけど、要するに、そのほうがいいと俺は思うんだよ。ナカタさんが中野区から来たってわかると、ほかの人にちっと迷惑がかかっちまうかもしれねえからさ」

「わかりました」とナカタさんは深くうなずいた。「迷惑をかけるのはよろしくありません。ホシノさんのおっしゃるとおり、ナカタが中野区から来たことは黙っているようにいたします」

「そうしてもらえるとありがたい」と青年は言った。「ところでさ、その探してた大事なものはみつかったのかい?」

「いいえ、ホシノさん。まだ何もみつかってはおりません」

「でも場所がここであることは間違いないんだね?」

ナカタさんはうなずいた。「はい。ゆうべ寝る前に石さんともよくお話をしました。ここがその場所であることには間違いがないと思います」

「そりゃよかった」

星野さんはうなずいて、またベートーヴェンの伝記に戻っていった。ベートーヴェンは誇りが高く、自分の才能に対して絶対的な自信を持ち、貴族階級には一切おもねらなかった。芸術こそが、情念の正しき発露こそが、この世界でもっとも崇高なものであり、敬意を払われるべきものであり、権力や財力はそれに奉仕するものだと考えていた。ハイドンは貴族の家に寄宿しているときは(だいたいにおいて寄宿していた)、召使いたちと一緒に食事をとった。音楽家たちはハイドンの生きていた時代には、使用人の階層に属していたのだ(もっとも気さくで人の好いハイドンは、貴族と堅苦しい食事をするよりは、使用人たちと食事をともにする方を好んだが）。

しかしベートーヴェンはそんな侮辱的な目にあわされると激怒し、ものを壁に投げつけ、貴族とともに対等にテーブルに就くことを主張した。ベートーヴェンは気が短く（ほとんど癇癪持ちだった）、いったん怒り出すと手がつけられなかった。政治的にもラディカルな考えを持っていたし、それを隠そうともしなかった。耳が遠くなると、そのような気性のきつさはますます強くなっていった。彼の音楽は歳をとるとともに、飛躍的に広がりを増し、それと同時に稠密に内部に集中していった。そんな背反的なことを同時にやれるのはベートーヴェンくらいだった。しかしそのような人並みではない作業は、彼の現実の人生をどんどん破壊していった。人の肉体や精神はあくまで限りのあるものであり、そんな激務に耐えられるように作られてはいないのだ。

「偉人というのもずいぶん大変なものなんだ」と星野さんは途中で本を置き、ため息をつき、深く感心した。学校の音楽室にはベートーヴェンのブロンズの胸像が置いてあって、その苦虫を嚙み潰したような顔つきだけはよく覚えていたが、その男がこれほど苦難に満ちた人生を送ったとは知らなかった。これじゃあんな気むずかしい顔になってもまあしょうがないよな、と青年は思った。

「こういっちゃなんだけど、俺はとても偉人なんかになれそうにないや」と青年は思った。彼はそれからナカタさんの方を見た。ナカタさんは民芸家具の写真をじっと見ながら、ノミを打ったり、小さなかんなをかける動作をしていた。家具を見ていると、習性で勝手に身体が動いてしまうのだろう。

「あの人ならひょっとして偉人になれるかもしれないね」と青年は思った。「普通の人はなかなかああはなれないもんな。たいしたもんだ」

12時過ぎにほかの閲覧者（二人の中年婦人）がやってきたので、二人はひと息つくために外に出た。青年は昼食のためのパンを用意していた。ナカタさんはまたいつものように、ほうじ茶を入れた小さな魔法瓶を鞄（かばん）の中に持参していた。星野さんはカウンターにいた大島さんに、このあたりのどこかで食事をとってもかまわないだろうかと尋ねた。

「もちろん」と大島さんは言った。「そこに縁側があります。庭をごらんになりながら、ゆっくり食事をなさるといいと思います。もしよろしければ、あとでコーヒーでも召し上がってください。ここに用意してありますので、ご遠慮なくどうぞ」

「どうもありがとう」と星野さんは礼を言った。「ここはずいぶん家庭的な図書館なんだね」

大島さんは微笑んで、前髪を後ろにやった。「はい。普通の図書館とはちょっと違っていると思います。たしかに家庭的と言えるかもしれません。我々が望んでいるのは、心静かに本を読める親密な空間を作ることとです」

とても感じがいい、と星野さんは思った。知的で、清潔で、育ちも良さそうだ。それにとても親切だ。ひょっとしてゲイかもしれないな、と彼は思った。でも星野さんはゲイに対してとくに偏見を持ってはいなかった。人間にはそれぞれいろんな好みがある。石と話せる人間がいるんだ。男と寝る男がいたっておかしくない。

食事をすませたあと、星野さんは立ち上がって大きく伸びをし、それから一人でカウンターに行って、温かいコーヒーを飲ませてもらった。コーヒーの飲めないナカタさんは縁側に座って、庭に来る鳥たちを眺めながら魔法瓶のほうじ茶を飲んでいた。

「いかがですか、なにか興味のある本はみつかりましたか？」と大島さんは星野さんに尋ねた。

「うん、ずっとベートーヴェンの伝記を読んでいたんだ」と星野さんは言った。「なかなか面白い本だ。ベートーヴェンの人生をたどっていると、考えさせられることがいろいろとある」

　大島さんはうなずいた。「はい。ごく控えめに言って、ベートーヴェンの人生はかなり大変な人生ですから」

「うん、あれはずいぶん大変な人生だ」と青年は言った。「でも、俺は思うんだけどさ、だいたいは本人の責任なんだよな。ベートーヴェンってのは、もともと協調性というようなものはほとんどなくて、自分のことしか考えてない。自分のことと、自分の音楽のことしか頭にない。そのためには何を犠牲にしたってかまわないと思っている。あんなのが現実に近くにいたら、そりゃたまんないよな。俺だって『おいおい、ルートウィッヒ、勘弁してくれよなあ』と言いたくなるかもしれない。甥が精神的におかしくなっちまったのも無理ないよ。でも音楽はみごとだ。人の心を打つ。不思議なもんだね」

「そのとおりです」と大島さんは同意した。

「しかしどうしてわざわざ、あんなにきつい人生を送らなくちゃならなかったのかね。もう少しまともに、人並みに生きてもよかったような気がするね」

　大島さんは手の中で鉛筆をくるくるとまわした。「そうですね、しかしベートーヴェンの時代にはエゴの発露が重要なこととして捉えられていたのでしょう。そのような行為は以前の時代には、つまり絶対王政の時代には、不適当なこととして、社会的な逸脱として、厳しく抑圧されてきました。そんな抑制が19世紀に入って、ブルジョワジー階級が社会の実権を握るとともに、一斉に解き放たれました。多くの部分で自我がむき出しにされたわけです。自由と、自我の放散が同義であったわけです。芸術、とくに音楽がそのような変動の波を正面から受けました。ベートーヴェンのあとを追うようにして出てきた人々、ベルリオーズ、ワグナー、リスト、シューマン……、みんなそれぞれにエキセントリックな、波瀾万丈の生涯を送りました。そのようなエキセントリシティーこそが生き方のひとつの理想型であると、当時は考えられていました。とてもシンプルに。ロマン派の時代と呼ばれています。たしかに本人たちにとっては、そのような生き方はときにはかなりきついものであったと思います」と大島さんは言った。「ベートーヴェンの音楽がお好きなんですか?」

「好きかどうかと言えるほどベートーヴェンを詳しく聴いたわけでもないんだ」と星野青年は正直に言った。「ていうか、ほとんど聴いたことないと言ってもいいくらいだ。俺はただ『大公トリオ』っていう曲が好きなんだよ」

「僕もあの音楽は好きです」

「百万ドル・トリオのものが、俺は気に入っているんだけどね」と青年は言った。

大島さんは言った。「僕の個人的な好みはチェコのスーク・トリオです。美しくバランスがとれていて、緑の草むらをわたる風のような匂いがします。でも百万ドル・トリオのものも聴いたことがあります。ルービンシュタイン＝ハイフェッツ＝フォイアマン、あれも心に残る優雅な演奏です」

「ええと、大島さん」と青年はカウンターにある名前の表示を見ながら言った。「あんたは音楽に詳しいんだね？」

大島さんは微笑んだ。「詳しいというほどではありませんが、好きですし、一人の時にはよく聴いています」

「じゃあひとつ訊きたいんだけどさ、音楽には人を変えてしまう力ってのがあると思う？ つまり、あるときにある音楽を聴いて、おかげで自分の中にある何かが、がらっと大きく変わっちまう、みたいな」

大島さんはうなずいた。「もちろん」と彼は言った。「そういうことはあります。何かを経験し、それによって僕らの中で何かが起こります。化学作用のようなものですね。そしてそのあと僕らは自分自身を点検し、そこにあるすべての目盛りが一段階上にあがっていることを知ります。自分の世界がひとまわり広がっていることに。僕にもそういう経験はあります。たまにしかありませんが、たまにはあります。恋と同じです」

星野さんにはそんな大がかりな恋をした経験はなかったが、とりあえずうなずいた。

「そういうのはきっと大事なことなんだろうね？」と彼は言った。「つまりこの俺たちの人生において」

「はい。僕はそう考えています」と大島さんは答えた。「そういうものがまったくないとしたら、僕らの人生はおそらく無味乾燥なものです。ベルリオーズは言っています。もしあなたが『ハムレット』を読まないまま人生を終えてしまうなら、あなたは炭坑の奥で一生を送ったようなものだって」

「炭坑の奥で……」

「まあ、19世紀的な極論ですが」

「コーヒーをありがとう」と星野さんは言った。「話せてよかったよ」

大島さんはにっこりと感じよく微笑んだ。

2時になるまで青年とナカタさんは本を読んだ。ナカタさんは相変わらず動作入りで、熱心に家具の写真集を見ていた。二人の婦人のほかに、午後になると三人の閲覧者がやってきた。でも館内の見学を希望したのは青年とナカタさんだけだった。

「参加者は二人だけだけど、かまわねえのかな？　俺たちだけのために手間をかけてもらうみたいで、悪い気がするよ」と青年は大島さんに言った。

「気になさることはありません。たとえお一人でも、館長が喜んでご案内いたします」と大島さんは言った。

2時になると、顔立ちのいい中年の女性が階段を下りてきた。背筋がまっすぐにのびたきれいな歩き方だった。シャープなカットのダークブルーのスーツを着て、黒いヒールの靴を履いていた。髪は後ろで束ねられて、大きく開いた首筋には細い銀のネックレスが見える。とても洗練されていて、どこにも無駄がなく、趣味がいい。

「こんにちは。佐伯と申します。この図書館の館長をいたしております」と彼女は言った。そして穏やかに微笑んだ。「と申しましても、ここには私とこの大島の二人しかおりませんが」

「ホシノです」と青年は言った。

「ナカタは中野区から参りました」とナカタさんは登山帽を両手で握りしめながら言った。

「遠くからようこそ」と佐伯さんは言った。星野青年はひやっとしたが、佐伯さんはまったく気にしていないようだった。ナカタさんももちろんまったく気にしていなかった。

「はい。ナカタはとても大きな橋を渡ってまいりました」

「ずいぶん立派な建物ですね」と星野青年が隣から口をはさんだ。橋のことになると、また話が長くなりそうだったからだ。

「はい。この建物は明治の初期に、そもそもは甲村家の書庫兼、来客用の離れとして建造されたものです。多くの文人墨客がここを訪れ、寄宿いたしました。高松市の貴重な文化遺産となっております」

「ブンジンボッカク?」とナカタさんが尋ねた。

佐伯さんは微笑んだ。「文芸に携わる人々——書をものしたり、歌を詠(よ)んだり、小説を書いたりする人々のことです。かつては各地の資産家がそういう芸術家たちを援助しました。芸術というのは今とは違って、それで生活するべきものではありませんでした。甲村家も当地にあって、長年にわたりそうした文化を保護する資産家のひとつでした。この図書館はそのような歴史を後世に残すために作られ、運営されています」

「シサンカのことはナカタも知っております」とナカタさんは言った。「シサンカになるには時間がかかります」

佐伯さんは微笑みを浮かべたままうなずいた。「そうですね。資産家になるには時間がかかります。どれだけお金を積んでも、時間を買うことはできません。それではまず二階からご案内いたします」


彼らは二階の部屋を順番にまわった。佐伯さんはいつものように部屋に泊まった文人たちについて説明し、彼らの残していった書や作品を見せた。佐伯さんが現在、執務室として使っている書斎の机には、やはりいつものように佐伯さんの万年筆が置いてあった。ツァーのあいだ、ナカタさんはそこにあるすべてのものをひとつひとつ興味深そうに眺めた。説明はほとんど耳に入っていないようだった。佐伯さんの説明に相づちを打つのは星野さんの役目だった。彼は相づちを打ちながら、ナカタさんが何か変なことを始めるのではないかと、ひやひやしながら横目で見ていた。しかしナカタさんはただ、そこにあるいろんなものを子細に眺めているだけだった。佐伯さんの方は、ナカタさんが何をしようとほとんど気にとめていない様子だった。彼女は要領よく、にこやかに館内を案内してまわった。とても落ちついた人だと星野青年は感心した。

ツァーは20分ほどで終わった。二人は佐伯さんに礼を言った。佐伯さんは案内をしているあいだ、一度として微笑みを絶やさなかった。しかし彼女を見ていると、星野青年はいろんなことが少しずつわからなくなってきた。この人はにこやかに俺たちの顔を見ている。しかし同時に何も見ちゃいない。つまり俺たちを見ているんだけど、同時に違うものを見ている。この人は説明をしながら、頭の中でべつのことを考えている。彼女は申しぶんなく礼儀正しく、親切だった。質問をすれば親切にわかりやすく答えてくれた。しかし彼女の心はそこにはないように見えた。もちろんいやいややっているわけではない。彼女はそのような実際的な役割を的確にこなすことを、ある部分では喜んでもいる。ただ心がそこにないだけだ。

二人は閲覧室に戻り、ソファの上でそれぞれに黙って本のページを繰った。青年は本のページを繰りながら、佐伯さんのことを考えるともなく考えていた。あの美しい女性にはどこか不思議なところがある。しかし彼はその不思議さをうまく言葉に置き換えることができなかった。青年はあきらめて読書に戻った。

3時になると、ナカタさんが前触れもなく立ち上がった。それはナカタさんの動作にしては珍しくきっぱりとして力強かった。手には登山帽をぎゅっと握りしめている。

「よう、おじさん、どっかに行くの?」と青年は小さな声で尋ねた。でもナカタさんは返事をしなかった。彼は唇をまっすぐに結んだまま、急ぎ足で玄関の方に向かった。荷物は足もとの床に置かれたままだ。星野さんも本を閉じて立ち上がった。どうも様子がおかしい。

「よう、ちょっと待ちなって」と彼は言った。そしてナカタさんが待たないのがわかると、あわててあとを追った。ほかの閲覧者が顔を上げて彼らを見た。

ナカタさんは玄関の手前を左に曲がって、躊躇(ちゅうちょ)することなく階段を上り始めた。階段の上り口には「関係者以外の立ち入りをお断りします」という札が立っていたが、ナカタさんはそれを無視した――というか彼にはそもそも字が読めないのだ。テニスシューズのすり減ったゴム底が踏み板の上できゅっきゅっきゅっという音を立てた。

「あの、すみません」と大島さんがカウンターから身を乗り出すようにして、ナカタさんの背中に声をかけた。「今はそちらに入ることはできないんです」

しかしその声はナカタさんの耳には届かないようだった。星野さんがあとを追って階段を上がった。「おじさん、そっちは駄目だよ。行っちゃいけねえんだったら」。大島さんもカウンターの外に出てきて、青年のあとから階段を上がった。

ナカタさんはためらうことなく廊下を進み、書斎に入った。書斎のドアはいつものように開いていた。佐伯さんは窓を背中にして、机に向かって本を読んでいた。彼女は足音を耳にして顔を上げ、ナカタさんを見た。彼は机の前まで来るとそこに立ち、佐伯さんの顔を正面から見おろした。ナカタさんは何も言わず、佐伯さんも何も言わなかった。すぐあとから星野青年がやってきた。大島さんも顔を見せた。

「おじさん、よう」と星野さんが言った。そしてナカタさんの肩にうしろから手をかけた。「ここは勝手に入っちゃいけねえんだよ。そう決まってんだ。だからさ、元んところに帰ろうぜ」

「ナカタにはお話があります」とナカタさんが佐伯さんに向かって言った。

「どのようなお話でしょう？」と佐伯さんは穏やかな声で尋ねた。

「石についてのお話であります。入り口の石についてお話ししたいのです」

佐伯さんはしばらくのあいだナカタさんの顔を無言で見ていた。その目にはひどく中立的な光が浮かんでいた。それから何度かまばたきをし、読んでいた本を静かに閉じた。机の上に両手をそろえて置き、あらためてナカタさんを見あげた。彼女はどうするべきか決めかねているように見えたが、一度だけ小さくうなずいた。彼女は星野青年を見て、次に大島さんを見た。

「少し二人だけにしておいてくれませんか」と彼女は大島さんに言った。「私はこの方とここでお話をします。ドアは閉めておいてくれませんか」

大島さんは一瞬迷ったが、結局うなずいた。そして星野青年の肘(ひじ)をそっととり、廊下に出て書斎のドアを閉めた。

「大丈夫なの？」と星野さんは尋ねた。

「佐伯さんは判断ができる人です」と大島さんは青年を連れて階段を下りながら言った。「彼女がいいと言えば、いいんです。彼女についていいえば、心配することはありません。下に行ってコーヒーでも飲みましょう、ホシノさん」

「ナカタさんについて言えばだね、心配するだけ無駄なんだ。まったくの話」と星野青年は首を振りながら言った。

第41章

今度は準備をととのえて森に入る。コンパスとナイフ、水筒と非常用の食料、軍手、道具入れの中でみつけた黄色いスプレー・ペイントと小型の鉈。それを小さなナイロンのデイパック（これもやはり道具入れの中にあった）に入れ、森に入る。肌のむきだしになった部分に防虫スプレーをかける。長袖のシャツを着て、首のまわりにはタオルを巻き、大島さんにもらった帽子をかぶる。空はどんよりと曇って蒸し暑く、そのうちに雨が降りだしそうに見える。デイパックの中には雨天用のポンチョを入れていくことにする。鳥の群が互いを呼びあいながら、低い灰色の雲を背景に空を横切っていく。

いつものように丸く開けた場所までは簡単に進む。おおむね北に向かっていることを磁石でたしかめ、それからさらに森の奥へと足を踏みいれる。今度はとおり過ぎた樹木の幹に、スプレー・ペイントでところどころ黄色いしるしをつけておく。それをたどれば、もとの場所に戻れるはずだ。『ヘンゼルとグレーテル』に出てくる目じるしのパンとはちがって、スプレー・ペイントが鳥に食べられる心配はない。

第 41 章

いちおうの用意をしてきたことで、僕の感じる恐怖は前ほど強いものではなくなっている。もちろん緊張はしている。でも心臓の鼓動はずいぶん落ちついている。僕を動かしているのは好奇心だ。この小径の先になにがあるのか、それを知りたいと思う。もしそこになにもないとしたら、なにもないんだということを知りたい。僕はそれを知らなくてはならない。僕は注意深くまわりの風景を頭にとどめながら、一歩一歩確実に前に歩を進めていく。

ときどきどこかでわけのわからない物音が聞こえる。どさっという、なにかが地面に落下するような音、床が重みで軋むときのみしりという音。そのほか言葉ではうまく表現することのできない不思議な音。でもそれらがなにを意味しているのかはわからない。想像することさえむずかしい。そんな物音はずいぶん遠くから聞こえてくるようでもあるし、すぐそばで聞こえるようでもある。そこでは距離感が伸びたり縮んだりしているみたいだ。頭上に鳥の羽ばたきが響きわたることもある。その音は奇妙に大きく、おそらくじっさいより誇張されている。そんな音が聞こえると、僕は歩くのをやめ、耳を澄ませる。息をころしてなにかが起こるのを待つ。でもなにごとも起こらない。僕はまた歩きつづける。

そんなときおりの突発的な物音をべつにすれば、あたりはだいたい静まりかえっている。風はなく、頭上で葉が揺れる音もない。耳にとどくのは、草をかきわけて前に進んでいく僕の足音だけだ。足もとに落ちている枯枝を踏みつけると、ぱきっという乾いた音があたりに響く。

僕は砥石でとぎあげたばかりの鉈を右手にもっている。手袋をはめていない手のひらに、鉈の柄のあらい感触がある。その刃物がじっさいに役にたつような状況は、今のところはまだない。

でもそのしっくりとした重みが、自分は護(まも)られているという感覚を僕にあたえてくれる。僕は護られている——でもいったいなにから？　この四国の森には熊(くま)も狼(おおかみ)もいないはずだ。毒蛇、それなら少しはいるかもしれない。しかしよく考えてみれば、森の中にいるもっとも危険な生きものは、おそらくこの僕自身じゃないかという気がする。僕は結局のところそんな僕自身の影におびえているだけなんじゃないか？

　それでも森の中を歩いていると、自分が見られている、聴かれているという気配がある。なにかがどこかから僕を監視している。息をひそめ、姿を背景の中に隠しながら、僕の動きを見つめている。なにかが遠くのどこかで、僕のたてる物音に耳をすませている。そして僕がなにを目的としてどこに向かっているのかをおしはかっている。でも僕は彼らについてできるだけ考えないようにしようとする。それはたぶん錯覚だし、錯覚というのは、それについて考えれば考えるほど大きく膨らみ、よりしっかりとしたかたちをとっていくものなのだ。そしてそのうちにそれは錯覚であることをやめてしまうかもしれない。

　僕は沈黙を埋めるために口笛を吹く。『マイ・フェヴァリット・シングズ』、ジョン・コルトレーンのソプラノ・サックス。もちろん僕のたよりない口笛では、びっしりと音符を敷きつめたその複雑なアドリブをたどることはできない。頭の中に思いだすその音の動きに、ある程度の音を添えるだけだ。でもなにもないよりはいい。腕時計に目をやる。朝の10時半。今ごろ大島さんはきっと図書館を開ける準備をしているだろう。今日は……水曜日だ。彼が庭に水を撒(ま)き、雑巾(ぞうきん)でテーブルを拭(ふ)き、お湯をわかしてコーヒーをつくっているところを思い浮かべる。ふだんは僕がやっている仕事だ。でも僕は今こうして深い森の中にいる。そしてもっと深いところに向けて歩きつづけている。誰も僕がここにいることを知らない。知っているのは僕と、そして彼らだけだ。

僕はそこにある道をたどる。それを道と呼ぶのはむずかしいかもしれない。たぶん水の流れが時間をかけてつくりあげた自然の通路だ。森に大量の雨が降ると、速度のある水流が土を激しくえぐり、草を押し流し、樹木の根をむきだしにする。大きな岩があれば、まわり道をする。雨がやんで水がひくとそれは乾いた河床になり、人がたどれる道のようなものができあがる。その道筋の多くの部分は羊歯（しだ）や、緑の草に覆（おお）われている。注意していないとすぐに見うしなってしまいそうになる。ところによってはきつい傾斜があり、僕は木の根を手がかりにしてそれをのぼる。

いつのまにかジョン・コルトレーンはソプラノ・サックスのソロを吹きやめている。そして今ではマッコイ・タイナーのピアノ・ソロが、耳の奥で鳴り響いている。左手が刻む単調なリズムのパターンと、右手が積みかさねるぶ厚いダークなコード。それは、誰か（名前をもたない誰か、顔をもたない誰か）のうす暗い過去が、臓物みたいにずるずると暗闇（くらやみ）の中からひきずりだされていく様子を細部までありありと、まるで神話の場面のように描写している。少なくとも僕の耳にはそんなふうに聞こえる。我慢強いくりかえしがわずかずつ現実の場を切り崩し、組みかえていく。そこにはかすかに催眠的な、危険の匂（にお）いがある。それは——森に似ている。

僕は左手にもったスプレー・ペイントで樹木の幹に小さくしるしをつけながら、前に進みつづける。ときどきうしろを振りかえって、その黄色いマークがちゃんと見えることをたしかめる。大丈夫。そこには帰りの道筋を示すしるしが、海上のブイのように不揃（ぞろ）いにつづいている。僕は念のために鉈をつかって、樹木の幹のところどころに刻みめを入れる。それもひとつのしるしだ。どんな樹木にもうまく刻みめがつくわけじゃない。僕のもっている小さな鉈ではぜんぜん歯がたたないものもある。あまり太くない、柔らかそうな樹木があると、僕はそこに鉈をいれ、ま新しい傷あとをつける。樹木は黙ってその一撃をうけとめる。

大きな黒い蚊がときどき、まるで偵察者のようにやってくる。それは僕の目のあたりの露出した肉を刺そうとする。ぶうんという羽ばたきが耳もとに聞こえる。それを手で追いはらい、あるいはたたきつぶす。たたきつぶすと、ぐしゃりというしっかりした手ごたえがある。ときにはそれはすでにたっぷりと僕の血を吸っている。痒(かゆ)みはあとになってやってくる。僕は手のひらについた血を、首に巻いたタオルでぬぐう。

この山の中を行軍した昔の兵隊たちも、もし季節が夏であったら、蚊には悩まされたことだろう。でも「完全軍装」というのはいったいどれくらい重さのあるものなのだろう？　鉄のかたまりのような旧式の小銃と、たくさんの弾薬、銃剣、鉄のヘルメット、手榴弾(しゅりゅうだん)がいくつか、もちろん食料と水、塹壕(ざんごう)を掘るための携帯シャベル、飯ごう……たぶん20キロくらいにはなるんじゃないか。とにかくすごく重いはずだ。僕のナイロンのデイパックとはわけがちがう。すぐ先の茂みを曲がったところで、そんな兵隊たちと鉢あわせするんじゃないかという妄想に僕は襲われる。でも兵隊たちがここで消えたのはもう60年以上も前の話だ。

僕はキャビンのポーチで読んだナポレオンのロシア遠征のことを思いだす。１８１２年の夏にモスクワまでの長い道のりを進軍したフランス軍の兵士たちも、おそらく蚊には悩まされたはずだ。いうまでもないことだけど、蚊だけが彼らを悩ましたものではない。フランス軍兵士はほかの多くのものごとと命をかけて戦わなくてはならなかった。飢えや渇き、泥だらけの悪路、伝染病、厳しい暑さ、長く延びた補給線を襲うコサックの遊撃部隊、医療品の不足、そしてもちろんロシア正規軍を相手にしたいくつかの大規模な会戦。住民が逃げだして無人になったモスクワにようやく入城した兵士の数は、最初の50万人から10万人にまで激減していた。

僕は足をとめて、水筒の水で喉（のど）をうるおす。腕時計の数字は11時ちょうどをさしている。図書館を開ける時刻だ。僕は大島さんが門を開け、カウンターの椅子（いす）に座るところを想像する。机の上にはいつものように尖（とが）った長い鉛筆が置かれているはずだ。彼はときどきその鉛筆を持ちあげ、手の中でくるくるとまわす。消しゴムの部分でこめかみをそっと押さえる。そういう光景は頭の中にすごくリアルに浮かんでくる。しかしその場所はひどく遠いところにある。

大島さんは言う。僕には生理はありません。乳首は感じませんが、クリトリスは感じます。性交は膣ではなく、肛門でおこないます。

キャビンのベッドで、顔を壁に向けて眠っていた大島さんの姿を僕は思いだす。そしてそのあとに残っていた彼の／彼女の気配を思いだす。僕は同じベッドでその気配に包まれるようにして眠った。でもそのことについてこれ以上考えるのはやめよう。

そのかわり、戦争について考える。ナポレオンの戦争について考え、日本軍の兵士たちが戦わなくてはならなかった戦争について考える。鉈のたしかな重みを手の中に感じる。その研いだばかりの鋭利な白い刃がなまなましく僕の目を射る。僕は思わず目をそらせる。どうして人々は戦うのだろう。なぜ数十万の、数百万の人々が集団となって互いを殺しあわなくてはならないのだろう。そのような戦いは怒りによってもたらされるものなのか、それとも恐怖によってもたらされるものなのか。それとも恐怖も怒りも、ひとつの魂のべつべつの側面にすぎないのだろうか。

　樹木の幹に鉈を打つ。樹木は聞こえない声をあげ、見えない血を流す。僕は歩きつづける。ジョン・コルトレーンがまたソプラノ・サックスを手にとる。反復が現実の場を切り崩し、組みかえる。

　僕の心はいつのまにか夢の領域に足を踏み入れている。それは静かに戻ってくる。僕はさくらを抱いている。彼女は僕の腕の中にいて、僕は彼女の中に入っている。

　僕はもういろんなものに好き勝手に振りまわされたくない。混乱させられたくない。僕はすでに父を殺した。すでに母を犯した。そしてこうして姉の中に入っている。もしそこに呪（のろ）いがあるのなら、それを進んで引きうけようと思う。それを早く終えてしまいたいと思う。一刻も早くその重荷を背中からおろしてしまいたい。そしてそのあとは誰かの思惑の中に巻きこまれた誰かとしてではなく、僕自身として生きていきたい。それが僕の望んでいることだ。そして僕は彼女の中で射精する。

「たとえ夢の中であったにせよ、君はそんなことをするべきではなかったんだ」とカラスと呼ばれる少年が僕に声をかける。

　彼はすぐ背後にいる。彼は僕と一緒に森の中を歩んでいる。

「僕はそのときずいぶんとめようとしたんだ。君もそれはわかっていたはずだ。僕の声はちゃんと聞こえたはずだ。でも君は僕の言うことを聞かなかった。君はそのまま前に進んだ」

　僕は返事もせず、振りかえることもなく、ただ黙々と前に歩を運ぶ。

「君はそうすることによって、自分にかけられた呪いを乗り越えることができると考えたわけだ。そうだよな？　でも果たしてそうなっただろうか？」とカラスと呼ばれる少年は問いかける。

　でも果たしてそうなっただろうか？　君は父なるものを殺し、母なるものを犯し、姉なるものを犯した。君は予言をひととおり実行した。君のつもりでは、それで父親が君にかけた呪いは終わってしまうはずだった。でもじっさいにはなにひとつとして終わっちゃいない。乗り越えられてもいない。その呪いはむしろ前よりも色濃く君の精神に焼きつけられている。君には今それがわかるはずだ。君の遺伝子は今でもその呪いに満たされている。それは君の吐く息となり、四方から吹く風に乗って、世界にばらまかれている。君の中の暗い混乱はかわらずそこにある。そうだね？　君の抱いてきた恐怖も怒りも不安感も、ぜんぜん消え去ってはいない。それらはまだ君の中にあって、君の心をしつこく苛(さいな)んでいる。

「いいかい、戦いを終わらせるための戦いというようなものはどこにもないんだよ」とカラスと呼ばれる少年は言う。「戦いは、戦い自体の中で成長していく。それは暴力によって流された血をすすり、暴力によって傷ついた肉をかじって育っていくんだ。戦いというのは一種の完全生物なんだ。君はそのことを知らなくちゃならない」

　お姉さん、と僕は口に出す。

　僕はさくらを犯したりするべきではなかったのだ。たとえ夢の中であれ。

「僕はどうすればいいんだろう？」と僕は前方の地面に目をやったまままたずねる。

「そうだな、君がやらなくちゃならないのは、たぶん君の中にある恐怖と怒りを乗り越えていくことだ」とカラスと呼ばれる少年は言う。「そこに明るい光を入れ、君の心の冷えた部分を溶かしていくことだ。それがほんとうにタフになるということなんだ。そうすることによってはじめて君は世界でいちばんタフな15歳の少年になれるんだ。僕の言うことはわかるよね？　今からでもまだ遅くはない。今からならまだ君はほんとうに自分を取り戻すことができる。頭をつかって考えるんだ。どうすればいいか、考えるんだよ。君はけっして馬鹿じゃない。考えることはできるはずだ」

「僕は父親をほんとうに殺したんだろうか？」と僕はたずねる。

　返事はない。僕はうしろを振りかえる。カラスと呼ばれる少年はもうそこにはいない。僕の問いかけは沈黙の中に吸いこまれていく。

　深い森の中で、ひとりぼっちで、自分という人間がひどくからっぽに感じられる。自分がいつか大島さんの言っていた〈うつろな人間〉になってしまったような気がする。僕の中には大きな空白がある。そしてその空白は今でも少しずつ膨らんでいって、それが僕の中に残されている中身をどんどん食い破っていく。その音を僕は耳にすることができる。自分という存在がますますわからなくなっていく。僕はほんとうに途方に暮れている。そこには方向もなく、空も地面もない。僕は佐伯さんのことを思い、さくらのことを思い、大島さんのことを思う。でも僕は彼らのいる場所から何光年も離れている。双眼鏡を逆にのぞいたときのように、どれだけ遠くに手を差し伸べても、彼らに触れることができない。僕は孤独で、うす暗い迷宮の中にいる。風の音に耳をすませるんだ、と大島さんは言った。僕は耳をすませる。しかしそこには風なんて吹いていない。カラスと呼ばれる少年だってどこかに消えてしまった。

頭をつかって考えるんだ。どうすればいいか、考えるんだよ。

でももうなにも考えることができない。なにを考えたところで、僕が行き着くところは結局、迷宮のつきあたりでしかないのだ。でも僕の中身とはいったいなんだろう？　それは空白と対立するものなんだろうか？

ここでこのまま、自分という存在を抹殺してしまうことができたらな、と僕は真剣に考える。この樹木の厚い壁の中で、道ではない道の上で、息をすることをやめ、意識を静かに闇に埋め、暴力をふくんだ暗い血を最後の一滴まで流し去り、すべての遺伝子を下草のあいだで腐らせてしまうんだ。そうすることによってはじめて僕の戦いは終わるんじゃないか。僕はそう考える。そうしないことには、僕はいつまでも永遠に父なるものを殺し、母なるものを汚し、姉なるものを汚し、世界そのものを損ないつづけることになるんじゃないか。目を閉じて、自分の中心を見つめる。そこを覆（おお）う闇はひどく不揃いで、ざらざらとしている。暗い雲が切れると、ハナミズキの葉が月の光を受けて千の刃物のように光る。

そのとき皮膚の奥でなにかが組み替えられるような感覚がある。頭の中でかちんという音が聞こえる。僕は目を開け、深く息を吸いこむ。そしてスプレー・ペイントの缶を足もとに捨てる。鉈を捨て、コンパスを捨てる。すべてが音をたてて地面に落ちる。それらの音はずっと遠くのほうから聞こえてくる。自分がすごく身軽になったような感覚がある。背中にかけていたデイパックをはずし、それも地面に捨ててしまう。僕の触覚はさっきよりはるかに鋭敏になっている。まわりの空気が透明感を増している。森の気配はより濃密なものになっている。耳の奥でジョン・コルトレーンはまだ迷宮的なソロをつづけている。そこには終わりというものがない。

それから思いなおして、デイパックの中から狩猟用のナイフを取りだし、ポケットに入れる。父親の机の中から持ちだしてきた鋭利なナイフだ。もし必要があればそれで手首の血管を切り裂き、僕の中にあるすべての血を地面に流し去ることができる。そうすることによって、僕は装置を破壊するのだ。

僕は森の中核へと足を踏み入れていく。僕はうつろな人間なのだ。僕は実体を食い破っていく空白なんだ。だからこそもう、そこには恐れなくちゃならないものはないんだ。なにひとつ。

そして僕は森の中核に足を踏み入れていく。

第42章

部屋の中に二人きりになると、佐伯さんはナカタさんに椅子(いす)を勧めた。ナカタさんは少し考えてから、そこに腰を下ろした。二人はしばらくのあいだ何も言わずに、机越しに互いを見ていた。ナカタさんは揃(そろ)えた膝(ひざ)の上に登山帽を置き、いつものように手のひらで短い髪をごしごしと撫(な)でた。佐伯さんはテーブルの上に両手を載せ、ナカタさんのそんな様子を静かに見ていた。

「もし思い違いでなければ、たぶん私は、あなたがいらっしゃるのを待っていたのだと思います」と彼女は言った。

「はい。たぶんそうであろうとナカタも考えます」とナカタさんは言った。「しかし時間がかかりました。お待たせしすぎたのではないでしょうか？　ナカタもナカタなりに急ぎはしたのですが、これが精いっぱいでありました」

佐伯さんは首を振った。「いいえ、そんなことはありません。これより早くても、これより遅くても、私はもっと戸惑うことになったのではないかと思います。私にとっては、今がいちばん正しい時間です」

「ホシノさんにずいぶん親切に手伝っていただきました。もしあの方がおられなかったら、ナカタ一人ではもっとずいぶん時間がかかっただろうと思います。なにしろナカタは字も読めませんので」

「ホシノさんはお友だちなんですね？」

「はい」とナカタさんは言った。うなずいた。「そういうことになるかもしれません。しかし正直に申し上げまして、ナカタにはその辺のところがよくわからんのです。猫さんをべつにいたしまして、ナカタには生まれてこのかた、お友だちというようなものは一人もありませんでしたから」

「私にもずいぶん長いあいだお友だちというようなものはありませんでした」と佐伯さんは言った。「思い出をべつにすれば、ということですが」

「サエキさん」

「はい」と佐伯さんは答えた。

「実を申しますと、ナカタには思い出というものもひとつもありません。それといいますのも、ナカタは頭が悪いからです。思い出というのは、いったいどのようなものでありましょうか？」

佐伯さんは机の上に置いた自分の両手を見て、それからまたナカタさんの顔を見た。「思い出はあなたの身体（からだ）を内側から温めてくれます。でもそれと同時にあなたの身体を内側から激しく切り裂いていきます」

ナカタさんは首を振った。「むずかしい問題です。思い出のことは、ナカタにはまだよくわかりません。ナカタには現在のことしかよくわからないのです」

「私はどうやらその逆のようです」と佐伯さんは言った。

深い沈黙がひとしきり部屋に降りた。その沈黙を破ったのはナカタさんだった。彼は小さく咳(せき)払いをした。

「サエキさん」

「なんでしょう？」

「あなたは入り口の石のことをご存じなのですね」

「はい。知っています」と彼女は言った。彼女の手の指は机の上にあるモンブランの万年筆に触れた。「ずっと昔に私はあるところでそれに巡り合ったのです。あるいは知らないままでいた方がよかったのかもしれません。でもそれは私には選びようのないことだったのです」

「ナカタは何日か前にそれをもう一度開けました。雷さんの鳴っておりました午後です。たくさんの雷さんが街に落ちました。ホシノさんに手伝っていただきました。ナカタ一人ではそれはできません。雷さんの鳴った日のことをご存じでしょうか？」

佐伯さんはうなずいた。「覚えています」

「ナカタがそれを開けましたのは、それを開けなくてはならなかったからです」

「わかっています。いろんなものをあるべきかたちに戻すためですね」

ナカタさんはうなずいた。「そのとおりです」

「あなたにはその資格がある」

「ナカタには資格ということがよくわかりません。しかし、サエキさん、いずれにせよそれは選びようのないことでありました。実を申しますと、ナカタは中野区でひとりのひとを殺しもしました。ナカタはひとを殺したくはありませんでした。しかしジョニー・ウォーカーさんに導かれて、ナカタはそこにいたはずの15歳の少年のかわりに、ひとりのひとを殺したのであります。ナカタはそれを引き受けないわけにはいかなかったのであります」

佐伯さんは目を閉じ、それからまた目を開けてナカタさんの顔を見た。「そのような様々なことは、私が遠い昔にあの入り口の石を開けてしまったから起こったことなのですか？　それがまだ尾を引いて、今でもあちこちに歪みのようなものを作り出しているのですか？」

ナカタさんは首を振った。「サエキさん」

「はい」と彼女は言った。

「ナカタにはそこまではわかりません。ナカタの役目はただ、今ここにあります現在、ものごとをあるべきかたちにもどすことであります。そのためにナカタは中野区を出て、大きな橋を渡って、四国まで参りました。そしてたぶんおわかりでしょうが、サエキさんはここに残ることはできません」

佐伯さんは微笑む。「けっこうです」と彼女は言う。「それは私が長いあいだ求めてきたことです、ナカタさん。過去において私が求め、現在においても私が求めていることです。でもどのようにしても手に入れることができなかったものです。私はそのときがやって来るのを――つまり今が来るのを――ただじっと待たなくてはなりませんでした。それは多くの場合において耐え難いことでした。でももちろん苦しむことが私に与えられた責任のようなものだったのでしょう」

「サエキさん」とナカタさんは言った。「ナカタには半分しか影がありません。サエキさんと同じようにです」

「はい」

「ナカタはそれを前の戦争のときになくしました。どうしてそんなことが起こったのか、なぜそれがナカタでなくてはならなかったのか、ナカタにはよくわかりません。いずれにいたしましても、それからずいぶん長い時間がたちました。私たちはそろそろここを去らなくてはなりません」

「わかっています」

「ナカタは長く生きて参りました。しかし先ほども申し上げましたように、ナカタには思い出というものはありません。ですからサエキさんがおっしゃる『苦しい』という気持ちは、ナカタにはうまく理解できないものであります。しかしナカタは考えるのですが、どれだけそれが苦しくありましても、サエキさんはその思い出を手ばなしたくはなかったのでありましょう？」

「はい」と佐伯さんは言った。「そのとおりです。それを抱えていることがどんなに苦しくても、生きている限り私はその記憶を手ばなしたいとは思いません。それが私の生きてきたことの唯一(ゆいいつ)の意味であり証(あかし)でした」

　ナカタさんは黙ってうなずいた。

「私は必要以上に長く生き続けることによって、多くの人々やものごとを損なってきました」と彼女は続けた。「私はその、あなたのおっしゃる15歳の少年と性的な関係を持ちました。つい最近のことです。私はその部屋でもう一度15歳の少女に戻り、彼と交わりました。それが正しいことであれ正しくないことであれ、私はそうしないわけにはいかなかったのです。でもそうすることによって、また別の何かが損なわれてしまったかもしれません。それだけが私の心残りなのです」

「ナカタには性欲のことはわかりません」とナカタさんは言った。「ナカタには思い出がありませんように、性欲というものもありません。でありますから、正しい性欲と正しくない性欲の違いもよくわかりません。しかしそれが起こったことであるのなら、もうそれは起こったことです。正しいことであれ、正しくないことであれ、すべての起こったことをそのままに受け入れて、それによって今のナカタがあるのです。それがナカタの立場であります」

「ナカタさん」

「はい。なんでありましょう？」

「あなたにお願いしたいことがあります」

佐伯さんは足もとのバッグを手に取り、そこから小さな鍵(かぎ)を出した。そしてその鍵をつかって机の引き出しを開けた。引き出しの中から数冊の分厚いファイルを取り出し、机の上に置いた。

彼女は言った、「私はこの街に戻ってきて以来ずっと、机に向かってこの原稿を書いてきました。私がたどった人生について書き記したのです。私はこのすぐ近くに生まれて、この家に暮らしていた一人の男の子を深く愛しました。これ以上深くは愛せないほど愛しました。彼も私のことを同じように愛してくれました。私たちは完全な円の中に生きていました。すべてはその円の内側で完結していました。しかしもちろんそんなことはいつまでも続きません。私たちは大人になり、時代は移ろうとしていました。円はあちこちでほころびて、外のものが楽園の内側に入り込み、内側のものが外に出ていこうとしていました。当然のことです。でもそのときの私には、それが当然のことだとはどうしても思えませんでした。だから私はそのような侵入や流出を防ぐために入り口の石を開きました。どうやってそんなことができたのか、今となってはよく思い出せません。でも彼を失わないために、外なるものに私たちの世界を損なわせないために、何があろうと石を開かなくてはならないと私は心を決めたのです。それが何を意味するのか、そのときの私には理解できていませんでした。そして言うまでもなく、私は報いを受けました」

　彼女はそこで言葉を切り、万年筆を手に取り、目を閉じた。

「私にとっての人生は20歳のときに終わりました。それからあとの人生は、延々と続く後日談のようなものに過ぎません。それは薄暗く曲がりくねった、どこにも通じない長い廊下のようなものです。しかし私はそれを生き続けなくてはなりませんでした。空虚な一日いちにちを受け入れて、空虚なままに送り出していくだけです。そのような日々に、私は多くの間違ったこともしました。いいえ、正直に言うと私はほとんど間違ったことしかしなかったような気さえします。ある時には私は一人で内側に引きこもって生きました。深い井戸の底で一人で生きているようなものでした。外にあるすべてを呪い、すべてを憎みました。ある時には外に出て、生きる真似事をしました。何もかもを受け入れ、無感覚に世界をくぐり抜けました。多くの男と寝たこともあります。ある時には結婚のようなことさえしました。そして——でも、すべては意味のないことでした。すべてがあっと言う間に過ぎ去ってしまい、あとには何も残りませんでした。私が貶め、損なったものごとのいくつかの傷跡が残されただけでした」

彼女は机の上に重ねた三冊のファイルの上に手を置いた。

「私はそのような出来事のすべてを、ここに細かく書き記しました。私は私自身を整理するためにこれを書いてきました。私は自分がなにものであり、どのように人生を送ってきたのか、それをもう一度隅々まで確認したかったのです。もちろん私以外の誰を責めることもできないのですが、それは身を切るようにつらい作業でした。しかしその作業もようやく片づきました。私はすべてを書き終えました。こんなものは私にはもう必要ではありません。またほかの誰にも読まれたくはありません。もし誰かの目に触れたら、また新たに何かを損なってしまうことになるかもしれません。ですから、これをどこかで完全に焼き捨てていただきたいのです。あとかたも残らないように。それを、もしできることなら、ナカタさんにお願いしたいのです。私にはナカタさんしか頼るべき人はいません。勝手なお願いですが、よろしいでしょうか？」

「わかりました」とナカタさんは言った。そして何度か強くうなずいた。「サエキさんの望まれることであるならば、ナカタはそれをしっかりと焼いてしまいます。ご安心ください」

「ありがとう」と佐伯さんは言った。

「書くということが大事だったのですね？」とナカタさんは尋ねた。

「はい。そのとおりです。書くということが大事だったのです。書いてしまったものには、その出来上がったかたちには、何の意味もありません」

「ナカタは読み書きができませんので、何も書き記すことはできません」とナカタさんは言った。

「ナカタは猫さんたちと同じであります」

「ナカタさん」

「なんでありましょう？」

「ずいぶん昔からあなたを知っているような気がするんです」と佐伯さんは言った。「あなたは、あの絵の中にいませんでしたか？　海辺の背景にいる人として。白いズボンをたくしあげて、足を海につけている人として」

ナカタさんは静かに椅子から立ち上がり、佐伯さんの座っている机の前に行った。そしてファイルの上に置かれた佐伯さんの手の上に、自分の硬く日焼けした手を重ねた。そして何かにじっと耳を澄ませるようなかっこうで、そこにある温かみを自分の手のひらに移した。

「サエキさん」

「はい」

「ナカタにも少しだけわかります」

「何がですか？」

「思い出というのが、どのようなものであるかがです。サエキさんの手を通して、ナカタにもそれは感じられます」

佐伯さんは微笑んだ。「よかった」と彼女は言った。

ナカタさんはいつまでも彼女の手に自分の手を重ねていた。佐伯さんはやがて目を閉じ、思い出の中に静かに身を沈めていった。そこにはもう痛みはなかった。誰かが痛みを永遠に吸い上げてくれたのだ。円はもう一度完結した。彼女は遠い部屋のドアを開け、そこの壁に、二つの美しい和音がとかげのようなかっこうで眠っているのを目にした。彼女はそのとかげたちにそっと指を触れる。彼らの安らかな眠りを指先に感じとることができる。かすかに風が吹いている。古いカーテンがときおり揺れることでそれがわかる。それはまるで何かのたとえのように意味深く揺れる。彼女は裾(すそ)の長い蒼(あお)い服を着ている。ずっと昔どこかで着たことがあるドレスだ。歩くとその裾がかすかな音を立てる。窓の外には浜辺がある。波の音が聞こえる。誰かの声も聞こえる。風の中に潮の匂(にお)いが感じられる。季節は夏だ。季節はいつでも夏だ。空にはくっきりとした輪郭をもった白い小さな雲がいくつか浮かんでいる。

ナカタさんはその三冊の分厚いファイルを抱えて階段を下りた。大島さんはカウンターに座って、閲覧者と何か話をしていた。彼は階段を下りてくるナカタさんの顔を見ると、にっこりと微笑んだ。ナカタさんは律儀(りちぎ)な会釈(えしゃく)を返した。それから大島さんはまた会話の続きに戻った。星野青年は閲覧室で熱心に本を読んでいた。

「ホシノさん」とナカタさんは言った。

青年は本をテーブルに置き、ナカタさんを見上げた。「よう、けっこう長かったね。それで用事は終わったのかい？」

「はい。ここでのナカタの用事はもう終わりました。もしホシノさんさえよろしければ、そろそろ帰ろうかと思います」

「ああ、俺はもういいよ。読みかけの本ももうだいたい読んじまったからさ。もうベートーヴェンは死んじまってね、今は葬式のところだよ。立派な葬式だ。なにしろ2万5000人のウィーン市民が墓地までの行列にくわわり、学校はやすみになった」

「ホシノさん」

「なんだい?」

「あとひとつだけ、ナカタはホシノさんにお願いがあるのです」

「言ってみなよ」

「これをどこかで焼いてしまいたいのですが」

星野青年はナカタさんが抱えたそのファイルを眺めた。「うむ、そいつはけっこう量があるね。それだけ量があると、そのへんでちょちょっと燃やすってわけにはいかねえよな。どっか広い河原とか、そういうところじゃないとな」

「ホシノさん」

「なんだい」

「それでは河原を探しに行きましょう」

「あらためて訊くだけ野暮かもしれないけどさ、それはすごく大事なものなんだね? そのへんにぽいと捨てちまうとか、そういうんじゃいけねえんだな?」

「はい、ホシノさん。とても大事なものです。焼いてしまわなくてはなりません。煙にして、空に上げてしまわなくてはなりません。それを見届けなくてはなりません」

星野さんは立ち上がり、大きくのびをした。

「わかった、これから二人で広い河原を探しに行こう。どこにあるかは知らねえけど、じっくりと探せば四国にだって河原のひとつくらいはあるだろう」

いつになく忙しい午後だった。たくさんの閲覧者がやってきて、そのうちの何人かが専門的な質問をした。大島さんはその答えや、閲覧を求められた資料探しに追われていた。コンピュータで検索しなくてはならないこともいくつかあった。普段ならもちろん佐伯さんに応援を頼むのだが、今日はそれもできそうにない。そんなこんなで何度か席を外していて、ナカタさんが帰ったのにも気がつかないくらいだった。忙しさが一段落し、あたりを見回して二人がもう図書館の中にいないらしいことがわかったとき、大島さんは階段を上がって二階の佐伯さんの執務室に行った。珍しくドアは閉まっていた。彼は短く二回ノックをしてしばらく待った。しかし返事はない。もう一度ノックした。「佐伯さん」と彼はドアの外から声をかけた。「大丈夫ですか?」

やはり返事はない。

彼はドアノブをそっとまわしてみた。鍵はかかっていない。大島さんはドアを小さく開け、中をのぞき込んだ。そして佐伯さんが机に突っ伏しているのを目にした。髪が前に落ちかかって、顔を隠していた。大島さんは少し迷った。ただ疲れて眠っているだけかもしれない。しかし彼は

第 42 章

佐伯さんが昼寝をしているところを、これまで一度も見たことがなかった。仕事中に居眠りをするタイプの人ではないのだ。部屋の中に入り、机の前まで歩いた。そして身をかがめ、耳元で佐伯さんの名前を呼んでみた。反応はない。彼は佐伯さんの肩に手を触れ、それから手首をとって、指をあてた。脈拍はない。温もりはまだかすかに肌に残っていたが、それもひどく頼りなくよそよそしいものだった。

　彼は佐伯さんの髪を持ち上げ、顔をたしかめた。両方の目は薄く開かれていた。彼女は眠っているのではない。死んでいるのだ。でもそこには、まるで穏やかな夢を見ている人が浮かべるような表情が浮かんでいた。口もとには微笑みの淡い影が残されていた。死ぬときでさえこの人は端正さを失わなかったんだ、大島さんはそう思った。髪をもとに戻し、それから机の上の電話をとった。

　このような日が近いうちに訪れることを、覚悟はしていた。しかしこうして、現実に死者となった佐伯さんと二人きりで静かな部屋に残されると、どうすればいいのかわからなくなった。心の中がひどく乾いていた。僕はこの人を必要としていたんだ、と大島さんは思った。たぶん僕の中にある空白を埋めるために、この人の存在を僕は必要としていた。でも僕にはこの人の抱えていた空白を埋めることはできなかった。最後の最後まで、佐伯さんの空白は彼女だけのものだった。

　誰かが階下で彼の名前を呼んでいた。そんな声が聞こえたような気がした。部屋のドアは開けっ放しになっていて、階下で人が忙しげに行き来する音も聞こえた。電話のベルも鳴った。しかし大島さんはすべてを無視した。彼は椅子に座って佐伯さんの姿を見つづけていた。僕の名前を呼びたければ、いくらでも呼べばいい。電話をかけたければいくらでもかけてくればいい。やがて遠くに救急車のサイレンが聞こえた。それはだんだんこちらに近づいてくるようだった。もう少ししたら人々がやってきて、彼女をどこかに連れていってしまうだろう。永遠に。彼は左腕をあげて、腕時計に目をやった。時刻は4時35分だった。火曜日の午後の4時35分。この時刻を記憶しなくてはならない、と彼は思った。この午後を、この日をいつまでも記憶しなくてはならない。

「田村カフカくん」と彼はすぐ横の壁に向かってささやくように言った。「僕はこのことを君に伝えなくてはならない。もちろん、もし君がまだそれを知らなかったら、ということだけど」

第43章

荷物を捨て、身軽になって森の中を進みつづける。前に進むことだけに気持ちを集中する。もう樹木にしるしをつける必要もない。帰り道を覚えておく必要もない。僕はまわりの光景をまともに眺めることさえやめている。どうせそこにあるのはかわりばえのしない光景だ。かさなりあってそびえ立つ樹木、茂った羊歯、垂れさがった蔦、こぶだらけの根、腐った落ち葉のたまり、なにかの虫のからからに乾いた抜け殻。硬くねばりのある蜘蛛の巣。そして無数の枝――そこはまさに枝の世界だ。威嚇する枝、空間を争いあう枝、巧みに身を隠す枝、ねじくれた枝、思索する枝、枯れて死にかけている枝。そんな光景が終わりなく繰りかえされる。ただ、繰りかえされるたびにすべてが少しずつ深く<u>なっていく</u>。

僕はそこにある道を――あるいは道に似たものを――口を閉ざしたままたどりつづける。道はずっとのぼりだが、今のところそれほど激しい傾斜はない。息が切れるような坂もない。ときおり道は羊歯の海や、刺のある灌木の中にうしなわれそうになるが、見当をつけて進んでいくと、そこにはまた道らしきものがあらわれる。僕はもう森に対して恐怖を感じてはいない。そこにはルールのようなものがある。あるいはパターンのようなものがある。いったん恐れることをやめると、そういうものがだんだん目に見えるようになってくる。僕はその反復性を呑(の)みこんで、自分の一部のようにしていく。

僕はもうなにももっていない。さっきまで大事に手にしていた黄色いスプレー・ペイントも、研いだばかりの鉈(なた)も、もうそこにはない。デイパックも背負っていない。水筒も食料もない。コンパスもない。なにもかも途中途中の道筋に置いて残してきた。そうすることによって僕は、自分がもう怯(おび)えてはいないし、だからこそ無防備になることを選んだんだということを、目に見えるかたちで森につたえようとしている。あるいは僕自身につたえようとしている。僕は硬い殻を捨てた生身の僕として、ひとりで迷宮の中心に向かっている。そしてそこにある空白に身をまかせようとしている。

耳の奥でずっと鳴っていた音楽も、いつのまにか消えている。後に残っているのはかすかなホワイト・ノイズだけだ。それは広大なベッドの上にしわひとつなく張られた白いシーツのようだ。僕はそのシーツに指をつけ、指先で白さをたどる。その白さはどこまでもつづいている。僕はわきの下に汗をかいている。樹木の高い枝のあいだからときおり見える空は、むらのない灰色の雲に切れめなく覆(おお)われている。でも雨が降りだす様子はまだない。雲はぴくりとも動かず、現状はそのままのかたちで保たれている。高い枝にとまった鳥たちが、短く鳴きあって意味ありげな合図をおくる。虫たちが草むらで予言の羽音をたてる。

誰も住むものがいなくなった野方の家のことを僕は考える。それはたぶん今、閉ざされたままになっているはずだ。かまわない、閉ざされたままにしておけばいい、と僕は思う。しみこんだ血はしみこんだままにしておけばいいんだ。僕の知ったことじゃない。もう二度とそこに戻るつもりはない。その家は、つい最近の流血事件が起こる前からすでに、多くのものごとが死んでしまった場所だった。いや、多くのものごとが殺されてしまった場所だった。

森はときには頭上から、ときには足もとから僕を脅そうとする。首筋に冷たい息を吐きかける。千の目の針となって肌を刺す。様々なやりかたで、僕を異物としてはじきだそうとする。でも僕はそんな脅しをだんだんうまくやりすごせるようになる。ここにある森は結局のところ、僕自身の一部なんじゃないか――僕はあるときからそういう見かたをするようになる。僕は自分自身の内側を旅しているのだ。血液が血管をたどって旅するのと同じように。僕がこうして目にしているのは僕自身の内側であり、威嚇のように見えるのは、僕の心の中にある恐怖のこだまなんだ。そこに張られた蜘蛛の巣は僕の心が張った蜘蛛の巣だし、頭上で鳴く鳥たちは僕自身が育んだ鳥たちなんだ。そんなイメージが僕の中に生まれ、根をおろしていく。

巨大な心臓の鼓動にうしろから押し出されるように、森の中の通路を進みつづける。その道は僕自身のとくべつな場所に向かっている。それは暗闇を紡ぎ出す光源であり、無音の響きを生み出す場所だ。僕はそこになにがあるのかを見とどけようとしている。僕はかたく封をされた重要な親書をたずさえた、自らのための密使なのだ。

疑問。

どうして彼女は僕を愛してくれなかったのだろう。

僕には母に愛されるだけの資格がなかったのだろうか？
その問いかけは長い年月にわたって、僕の心をはげしく焼き、僕の魂をむしばみつづけてきた。母親に愛されなかったのは、僕自身に深い問題があったからではないのか。僕は生まれつき汚れのようなものを身につけた人間じゃないのか？　僕は人々に目をそむけられるために生まれてきた人間ではないのだろうか？

　母は出ていく前に僕をしっかりと抱きしめることさえしなかった。ただひときれの言葉さえ残してはくれなかった。彼女は僕から顔をそむけ、姉ひとりをつれてなにも言わずに家を出ていってしまった。彼女は静かな煙のように、ただ僕の前から消えてしまった。そしてそのそむけられた顔は、永遠に僕から遠ざけられている。

　頭上でまた鳥が鋭い鳴き声をあげる。空を見あげる。そこにはのっぺりとした灰色の雲があるだけだ。風はない。僕はただ歩きつづける。意識の波打ちぎわを僕は歩いている。そこには意識の寄せ波があり、意識の引き波がある。それらはやってきて文字を残し、すぐにまたやってきて文字を消し去る。僕はそこに書かれている言葉を、波と波の合間にすばやく読みとろうとする。でもそれは簡単なことじゃない。最後まで読みとる前に、その文章は次の波に洗い流されてしまう。謎（なぞ）めいた単語の切れ端が意識に残されるだけだ。

　心はまた野方の家に引き戻される。母親が姉をつれてそこから去っていった日のことを僕ははっきり覚えている。僕はひとりで縁側に座って庭を見ている。初夏の夕暮れで、樹木の影が長くのびている。家の中には僕しかいない。どうしてかはわからないけれど、自分がすでに捨てられ、そこにひとりで残されたことを僕は知っている。このできごとがこのさき深く決定的な影響を自分に与えていくだろうことがわかっている。誰が教えてくれたわけでもない。僕にはただわかっていたのだ。家の中は見捨てられた辺境の監視所みたいにがらんとして人けがない。日が西にかたむき、いろんな物体の影が世界をじわじわと包んでいくのを、僕は見つめている。時間のある世界では、なにものもあと戻りすることはない。影の触手が新しい地面をひと目盛、またひと目盛と浸食し、さっきまでそこにあった母の顔も、やがてその暗い冷ややかな領域に呑みこまれていく。その顔は固くそむけられたものとして、僕の記憶から自動的に奪いとられ、消し去られていく。

森を歩きながら、佐伯さんのことを考える。彼女の顔を思い浮かべる。その穏やかで淡い微笑みを思い浮かべ、手の温かみを思いだす。その佐伯さんが僕の母親として、4歳になったばかりの僕を置き去りにしていくところを想像してみる。僕は思わず首を振る。それはあまりにも不自然であり、適切ではないことに思える。佐伯さんがどうしてそんなことをしなくてはならないのだろう？　彼女がどうして僕を、そして僕の人生を傷つけ損なわなくてはならないのだろう？　そこにはきっとなにか、明らかにされていない大事な理由があり、深い意味があったはずだ。

彼女がそのときに感じていたことを、同じように感じてみようとする。彼女の立場に寄りそってみようとする。それはもちろん簡単なことじゃない。だって僕は捨てられた側のものであり、彼女は僕を捨てた側のものなのだから。でも時間をかけ、僕は僕自身を離れる。魂は僕というこわばった衣装を抜けだして一羽の黒々としたカラスとなり、庭の松の木の高い枝にとまり、そこから縁側に座っている4歳の僕自身を眺める。

僕は仮定をする一羽の黒いカラスになる。

「君のお母さんは君を愛していなかったわけじゃないんだ」とカラスと呼ばれる少年が背後から語りかける。「もっと正確に言えば、彼女は君のことをとても深く愛していた。君はまずそれを信じなくてはならない。それが出発点になる」

「でも彼女は僕を捨てた。僕をまちがった場所にひとりで残して消えてしまった。僕はそのことでたぶん深く傷ついたし、損なわれてしまった。今では僕にもそれがわかる。もし僕のことをほんとうに愛していたんなら、どうしてそんなことができるんだ?」

「結果的にはたしかにそういうことになってしまった」とカラスと呼ばれる少年は言う。「君はじゅうぶん深く傷つき、損なわれてしまった。そして君はこれからもずっとその傷を負いつづけることだろう。そのことについてはかわいそうだと思う。でもね、それにもかかわらず、君はたぶんこう考えるべきなんだ。君にはまだそれを回復することができるんだってね。君は若いし、タフだ。柔軟性にも富んでいる。傷口をふさぎ、頭をしっかりとあげて、前に進んでいくこともできる。でも彼女にはもうそんなことはできない。彼女はただそのまま失われているしかないんだ。誰がいいとか悪いとか、そういう問題じゃない。現実的なアドバンテージをもっているのは君なんだ。君はそのことを考えてみるべきだ」

僕は黙っている。

「いいかい、それはもうすでに起こってしまったことなんだ」とカラスと呼ばれる少年はつづける。「今さらとりかえしのつかないことだ。彼女はそのとき君を捨てるべきじゃなかったし、君は彼女に捨てられるべきじゃなかった。でも起こってしまったことというのは、粉々に割れてしまったお皿と同じだ。どんなに手を尽くしても、それはもとどおりにはならない。そうだね？」

僕はうなずく。どんなに手を尽くしても、もとどおりにはならない。ほんとうにそのとおりだ。

カラスと呼ばれる少年はつづける、「いいかい、君の母親の中にもやはり激しい恐怖と怒りがあったんだ。今の君と同じようにね。だからこそ彼女はそのとき、君を捨てないわけにはいかなかった」

「たとえ僕のことを愛していたとしても？」

「そうだよ」とカラスと呼ばれる少年は言う。「たとえ君を愛していたとしても、君を捨てないわけにはいかなかったんだ。君がやらなくちゃならないのはそんな彼女の心を理解し、受け入れることなんだ。彼女がそのときに感じていた圧倒的な恐怖と怒りを理解し、自分のこととして受け入れるんだ。それを継承し反復するんじゃなくてね。言いかえれば、君は彼女をゆるさなくちゃいけない。それはもちろん簡単なことじゃない。でもそうしなくちゃいけない。それが君にとっての唯一（ゆいいつ）の救いになる。そしてそれ以外に救いはないんだ」

僕はそれについて考える。考えれば考えるほど僕は混乱してしまう。僕の心は乱れ、身体（からだ）のところどころに皮膚がひきちぎられるような痛みがある。

「ねえ、佐伯さんは僕のほんとうの母親なんだろうか？」と僕は質問する。

カラスと呼ばれる少年は言う。「彼女も言ったじゃないか。それはまだ仮説として機能しているってね。要するにそういうことだよ。それはまだ仮説として機能している。僕にいえるのもそれだけだ」

「有効な反証がまだみつからない仮説」

「そのとおり」とカラスと呼ばれる少年は言う。

「そして僕はその仮説をどこまでも真剣に追究しなくてはならない」

「そのとおり」とカラスと呼ばれる少年はきっぱりとした声で言う。「有効な反証がみつからない仮説は、追究する価値のある仮説だ。そして今のところ、それを追究する以外に君がやるべきことはない。君の手にはそれ以外の選択肢ってものがないんだよ。だから君はたとえ自分の身を捨てても、そいつをとことん追究しなくちゃならない」

「自分の身を捨てる?」。その言葉にはどことなく不思議な響きがある。僕はその響きをうまく呑みこむことができない。

でも返事はない。僕は不安になってうしろを振りむく。カラスと呼ばれる少年はまだそこにいる。彼はすぐうしろを僕と同じ歩調で歩いている。

「佐伯さんはそのとき、どんな恐怖と怒りを心の中にもっていたんだろう? それはどこからやってきたものなんだろう?」、僕は前を向いて歩きながら彼にたずねる。

「彼女がそのとき、いったいどんな恐怖と怒りを心の中に持っていたと君は思う?」とカラスと呼ばれる少年は逆に僕に質問する。「よおく考えるんだな。そいつはね、君が自分の頭でしっかりと考えなくちゃしょうがないことなんだ。頭ってのはそのためにあるんだからさ」

僕は考える。手おくれにならないうちにそれを理解し、受け入れなくてはならない。でも僕はその意識の波打ちぎわに残された細かい文字をまだ読みとることができない。引き波と寄せ波の間隔はひどく短いのだ。

「僕は佐伯さんに恋をしている」と僕は言う。

「知ってるよ」とカラスと呼ばれる少年はぶっきらぼうな口調で言う。

「こんな気持ちを僕はこれまで経験したことがなかった。そしてそれは僕にとって今のところなによりも大きな意味を持つことなんだ」と僕は言う。

「もちろんだ」とカラスと呼ばれる少年は言う。「言うまでもないことだよ。もちろんそれは意味を持つことだ。だからこそ君はこんなところまで来ているんじゃないか」

「でもね、僕にはまだわからないんだ。僕は途方にくれている。母は僕のことを愛していたんだと君は言う。とても深く愛していたんだって。君の言うことを信じたいと思う。でもね、もしほんとうにそうだとしても、どうしてもわからないんだ。なぜ誰かを深く愛するということが、その誰かを深く傷つけるというのと同じじゃなくちゃならないのかということがさ。つまりさ、もしそうだとしたら、誰かを深く愛するということにいったいどんな意味があるんだ？　いったいどうしてそんなことが起こらなくちゃならないんだ？」

僕は返事を待つ。長いあいだ僕は口を閉ざしている。しかし返事はない。

僕はうしろを振り向く。でもそこにはもうカラスと呼ばれる少年はいない。僕の頭上に乾いた羽ばたきの音が聞こえる。

君は途方にくれている。

やがて二人の兵隊が僕の前に姿を見せる。

二人とも旧帝国陸軍の野戦用軍服を着ている。半袖の夏用のものだ。ゲートルを巻き、背嚢を背負っている。ヘルメットではなく、鍔のついた略帽をかぶり、顔に黒い顔料のようなものを塗っている。どちらも若い兵隊だ。一人は背が高く丸い金属縁の眼鏡をかけ、やせている。もう一人は背が低く、肩幅が広く、がっしりとした体格だ。彼らは二人並んで平べったい岩の上に腰をおろしている。戦闘の姿勢はとっていない。三八式歩兵銃は足もとに立てかけられている。背の高いほうは退屈そうに草を口にくわえている。彼らはとても自然に、あたり前のことのようにそこにいる。そして迷いのない穏やかな目で近づいてくる僕を見ている。

あたりは少しひらけていて、平らになっている。まるで階段の踊り場みたいに。

「やあ」と背の高い兵隊が明るい声で言う。

「こんちは」とがっしりとした兵隊が、ちょっとだけ顔をしかめて言う。

「こんにちは」と僕はあいさつをかえす。僕はたぶん彼らの姿を目にして驚くべきなんだろう。でも僕はとくに驚きもしない。不思議にも思わない。それはじゅうぶんにありうることなのだ。

「待っていたんだよ」と背の高いほうが言う。

「僕のことを？」と僕は言う。

ねる。

「あなたがたはずっと昔ここの山の中で行方不明になった人たちですね。演習中に」と僕はたず

「まあ、時間はとくに大事な問題ではないんだけどね」と背の高い兵隊が申し添える。「それでも思ったよりかかったね」

「ずいぶん待ったよ」とがっしりしたほうが言う。

「もちろん」と相手は言う。「今のところ君のほかに、ここに来そうなひとはいないからね」

がっしりした兵隊がうなずく。「そのとおり」

「みんなはずいぶん探したみたいです」と僕は言う。

「それは知っている」とがっしりしたほうが言う。「みんなが探していたのは知っている。この森で起こっていることは、みんなわかっている。でも連中がどれだけ探しまわったって、みつかるわけがない」

「正確に言えば、迷ったというのでもないんだ」と背の高いほうが静かな声で言う。「我々はどちらかといえば、進んで逃げたんだ」

「逃げたというか、たまたまここの場所をみつけて、そのままとどまったというのが近いかもしれんね」とがっしりしたほうが言い添える。「ただ迷ったのとはちがう」

「誰にでもみつけられるものでもない」と背の高い兵隊が言う。「でも我々二人はそれをみつけることができたし、君もそれをみつけることができた。少なくとも我々二人にとってはそれは幸運なことだった」

「あのままでいれば、どうせ兵隊として外地につれていかれたんだ」とがっしりとしたほうが言う。「そして人を殺したり、人に殺されたりしなくちゃならなかった。俺たちはそんなところに行きたくはなかった。俺はもともと百姓で、この人は大学を出たばかりだった。どっちにしても人なんて殺したくなかったし、殺されるのはもっと嫌だった。あたりまえの話だけどな」

「君はどうだい？ 人を殺したり、人に殺されたりしたいかい？」と背の高い兵隊が僕に質問する。

僕は首を振る。僕は誰も殺したくない。誰にも殺されたくない。

「誰だってそうだよ」と背の高いほうが言う。「まあ、ほとんど誰だって、ということだけどね。でも戦争に行きたくないと言ったところで、『そうか、君は戦争に行きたくないのか。わかった行かなくてよろしい』なんてお国が親切に言ってくれるわけがない。逃げることだってできない。この日本には、逃げられる場所なんてどこにもない。どこに行ったってすぐにみつかっちまう。なにしろ狭い島国だからね。だから僕らはここにとどまった。ここがただひとつ身を隠せる場所だった」

彼は首を振り、話をつづける。

「そしてそのままずっとここにとどまっている。君が言うようにずっと昔からね。でもさっきも言ったように、時間というのはここでは大事な問題ではないんだ。今とずっと昔とのあいだにはほとんどちがいはない」

「ぜんぜんちがいはないんだ」とがっしりしたほうが言う。そして手でひゅっとなにかをはねのけるようなかっこうをする。

「僕がここにやってくるのはわかっていたんですね？」と僕はたずねる。

「もちろん」とがっしりしたほうが言う。

「我々はここでずっと番をしているから、誰が来るかはちゃんとわかる。我々は森の一部みたいなもんだから」ともうひとりが言う。

「つまり、ここが入り口なんだ」とがっしりしたほうが言う。「そして俺たち二人がここの番をしている」

「今はこの入り口はたまたま開いている」と背の高いほうが僕に説明する。「でも遠からずまた閉まってしまうはずだ。だからもしほんとうにここに入りたいのなら、今のうちだよ。ここが開いているのは、そうしょっちゅうあることじゃないからね」

「ここに入るのなら、俺たちがこの先を案内することになる。わかりにくい道だから、どうしても案内が必要になる」とがっしりしたほうが言う。

「もし入らないのなら、君はまたもと来た道を引きかえすことになる」と背の高いほうが言う。「ここから引きかえすのは、そんなにむずかしいことじゃない。心配することはない、ちゃんと帰れるよ。そして君はもとの世界で、今までどおりの生活をつづけることになる。どちらにするかはまったく君しだいだ。入るも入らないも、誰も強制はしない。でもいったん中に入ると、あともどりすることはむずかしくなってしまう」

「連れていってください」と僕は迷うことなく返事をする。

「ほんとに？」とがっしりしたほうが言う。

「会わなくちゃいけない人が中にいるんです。たぶん」と僕は言う。

二人はなにも言わずに岩の上からゆっくり腰をあげ、三八式歩兵銃を手にとる。そして一度顔を見合わせてから、僕の先に立って歩きはじめる。

「どうして我々がいまだにこんな重い鉄のかたまりをかついでいるのか、君は不思議に思うかもしれない」と背の高いほうが振りかえって僕に声をかける。「なんの役にもたたないのにね。だいたい弾丸だって入っちゃいないんだ」

「つまり、これはしるしなんだ」とがっしりしたほうが僕のほうを見ずに言う。「俺たちが離れてきたものの、あとに残してきたもののしるしなんだ」

「象徴というのは大切なものだ」と背の高いほうが言う。「我々はたまたま銃をもって、こんな兵隊の服を着ているから、ここでもまた歩哨（ほしょう）みたいな役を引きうけている。役割。それも象徴がみちびいているものだ」

「あんたはなにかそういうものをもっているか？　しるしになるようなものを」とがっしりしたほうが言う。

僕は首を振る。「いいえ、もっていません。僕はなにももっていない。もっているのは記憶だけです」

「ふん」とがっしりしたほうが言う。「記憶か」

「かまわないよ、もちろん」と背の高いほうが言う。「それだって立派な象徴になるはずだ。もっとも記憶なんていうものがいつまでありつづけるのか、それがもともとどれくらいしっかりしたものなのか、よくわからんけどね」

「できればかたちのあるものがいいんだけどな」とがっしりしたほうが言う。「そのほうがわかりやすくていい」

「たとえば小銃のようにね」と背の高いほうが言う。「ところで君の名前は?」

「田村カフカ」と僕は答える。

「田村カフカ」と二人は言う。

「変わった名前だ」と背の高いほうが言う。

「たしかに」とがっしりしたほうが言う。

そのあとの道を、僕らは黙って歩きつづける。

第44章

二人は国道沿いの河原で、佐伯さんから託された三冊のファイルを焼いた。星野青年はコンビニエンス・ストアでライター用のオイルを買い、それをファイルの上にたっぷりとかけ、ライターで火をつけた。二人はそのそばに立ち、一枚一枚の原稿が炎に包まれていくのを黙って眺めていた。風はほとんどなかった。煙はまっすぐ空にたち上って、低く垂れ込めた灰色の雲の中に音もなく紛れ込んでいった。

「今俺たちが燃やしている原稿は、ちっとでも読んじゃいけないんだね？」と星野さんはたずねた。

「はい。読むのは駄目であります」とナカタさんは言った。「一字も読まずに焼いてしまうとナカタはサエキさんに約束いたしました。約束をまもるのはナカタの役目であります」

「うん、そうだ。約束を守るってのは大事なことだ」と星野さんは汗をかきながら言った。「誰にとってもそれは大事なことだ。ただね、シュレッダーにかけりゃ、手間としても時間としても、もっと楽だったと思うんだよ。ちょっとしたコピーショップにいけば、レンタルの大型シュレッダーが置いてある。たいした料金じゃない。文句を言うわけじゃないけど、こんな季節に焚き火をするのは、正直言ってとても暑い。冬場ならこれはこれでなかなかいいものなんだけどさ」

「申し訳ありませんが、ナカタはこれを焼き捨てると、サエキさんに約束したのであります。ですからこれはやはり焼かなくてはなりません」

「まあいいよ。それで。とくに急ぎの用事があるわけでもない。多少の暑さは我慢できないでもない。俺はただ、なんていうかさ、提案をしただけだ」

　二人が川縁で季節はずれの焚き火をしているのを、近くを通りかかった1匹の猫が足を止めて興味深そうに眺めていた。痩せた茶色い縞柄の猫だった。少しだけ尻尾の先が曲がっている。なかなか性格のよさそうな猫だったので、ナカタさんはよほど話しかけてみようかと思ったが、そばにホシノさんがいることを思い出してやめた。猫はナカタさんが一人でいるときでないと気を許さないのだ。それに以前のようにうまく猫と会話ができるかどうか、ナカタさんにはもうひとつ自信がなかった。ナカタさんとしては、妙なことを言って猫を脅かしたくはなかった。猫はそのうちに焚き火を見るのにも飽きたらしく、腰をあげてどこかに行ってしまった。

　長い時間をかけて、三冊のファイルが完全に燃え尽きてしまうと、星野青年は足でその燃え殻を踏みつぶし、こなごなにした。強い風が吹けばそれはどこかにきれいに散っていってしまうはずだった。時刻はもう夕暮れに近く、カラスたちがねぐらに向かって飛んでいく姿が見えた。

「よう、おじさん、これでもう誰にも原稿は読めないよ」と星野青年は言った。「何が書いてあったのか知らないけど、とにかく全部きれいになくなってしまった。世の中からかたちあるものが少し減って、そのぶん無が増えたってわけだ」

「ホシノさん」

「なんだい？」

「ひとつだけうかがいたいのでありますが」

「いいとも」

「無は増えるものなのでありましょうか？」

星野青年はしばらく首をひねって、それについて考えていた。「そいつはむずかしい問題だ」と彼は言った。「無は増えるか？　無に帰するというのはつまりゼロになることだし、ゼロにゼロを加えても、それはゼロだもんな」

「ナカタにもよくわかりません」

「ホシノくんにもよくわかんねえよ。そういうことを考え出すとだんだん頭が痛くなってくる」

「それではもう考えるのをやめましょう」

「それがいいと俺も思う」と青年は言った。「とにかく原稿はすっかり焼いちまった。そこにあった言葉はひとつ残らず消えた。無に帰した――それが俺っちの言いたかったことだ」

「はい。これでナカタもほっといたしました」

「さてそれで、ここでの用事はこれでもうおしまいってことなのかな？」と青年は尋ねた。

「はい。これでだいたいの用事は終わりました。あとは入り口をもとのようにふさぐだけであります」とナカタさんは言った。

「それが大事なことなんだね」

「はい。とても大事なことであります。開けたものはふさがなくてはなりません」

「じゃあさっそくそれをやりにいこう。善は急げだ」

「ホシノさん」

「うん？」

「ところがそうはいかないのです」

「なんで？」

「まだその時期が来ていないからです」とナカタさんは言った。「入り口をふさぐには、ふさぐための時期が来るのを待たなくてはなりません。そしてナカタはその前に、またぐっすりと眠らなくてはなりません。ナカタはひどく眠いのです」

青年はナカタさんの顔を見た。「あのさ、それはまた前みたいに何日もぶっつづけで眠り込むってこと？」

「はい、たしかなことは申し上げられませんが、あるいはそういうことになるのではないかと思います」

「あのさ、長く寝込んじまう前に、ちょっと我慢して用事を済ませるっていうわけにはいかないのかな？　だってさ、おじさんがいったん眠りモードに入っちまうと、ものごとが丸っきり前に進まなくなっちまうんだ」

「ホシノさん」

「なんだい？」

「申し訳ありません。そうすることができたらどんなによかろうと思います。ナカタもやはり、できうることであれば、先に入り口の開け閉めを済ませてしまいたいのです。しかし残念ながら、ナカタはまず眠らなくてはなりません。これ以上うまく目を開けてはいられないのです」

「それは電池切れみたいなものなのかな？」

「そうかもしれません。思ったより時間がかかりました。ナカタの力は今まさに尽きかけております。眠れるところに連れて帰っていただけませんか？」

「いいとも。タクシーをつかまえてすぐにあのマンションに戻ろう。好きなだけ丸太のように眠ればいい」


タクシーの座席に座ると、ナカタさんはすぐにうとうとし始めた。

「おじさん、部屋に着いたらぐっすり好きなだけ寝かしてやるからさ。少しのあいだ我慢しな」

「ホシノさん」

「うん」

「いろいろとご迷惑をおかけいたします」とナカタさんはぼんやりとした声で言った。

「たしかに迷惑はかけられているような気がする」と青年は認めた。「でもな、これまでのいきさつをよく考えてみたら、俺っちが勝手におじさんについてきているんだ。言い換えれば、俺が自分から進んで迷惑を引き受けているようなものなんだ。誰に頼まれたわけでもない。趣味の雪かきみてえなもんだ。だからおじさんがいちいち気にすることはねえよ。気楽にしてなって」

「もしホシノさんがいらっしゃらなかったら、ナカタはずいぶん途方に暮れていたと思います。この半分の用事も済ませられなかったのではないでしょうか」

「そう言ってもらえると、このホシノくんも働きがいがあった」

「ナカタはとても感謝いたしております」

「しかしね、ナカタさん」

「はい」

「俺の方にも、ナカタさんに対して感謝しなくちゃならないことはあると思うんだ」

「そうでしょうか」

「俺たちはもうこれでかれこれ10日以上二人で歩きまわっている」と青年は言った、「そのあいだ俺はずっと仕事を休んでいる。最初の何日かは休むって連絡を会社に入れておいたけど、途中からはものの見事に無断欠勤だ。たぶんもうもとの職場には戻れねえだろう。よくよく謝れば、まあなんとか勘弁してもらえるかもしれねえけどさ。でもさ、それはまあいいんだ。自慢じゃねえけど俺は腕のいいドライバーだし、もともと働き者ではあるから、勤め口くらいはどのみち見つけられる。だからそんなことを気にしちゃいないし、ナカタさんも気にすることはない。いずれにせよ俺っちが言いたいのはね、いいかい、俺はそのことをぜんぜん後悔しちゃいないってことなんだ。この10日間に俺はずいぶんいろんな不思議なことを経験した。ヒルが空から降ってくるだの、カーネル・サンダーズが出てきて、大学で哲学だかをやっているっていう絶世の美女とすげえセックスをするだの、神社から入り口の石をかっぱらうだの、いろんな変てこなことだ。一生ぶんの変てこなことを、この10日間ですっかり経験してしまったような気がするくらいだ。まるで長距離ジェット・コースターの試運転に乗っているような気分だった」

　青年はそこで言葉を切って、続きを考えた。

「でもさ、おじさん」

「はい」

「俺は思うんだけど、その中でもいちばん不思議なのは、なんといってもおじさん自身だ。そう、ナカタさんだよ。なぜおじさんが不思議かってえとだね、おじさんは俺という人間を変えちまったからだ。うん。このたった10日のあいだに、俺は自分がすごく変わっちまったみたいな気がするんだ。なんていうのかね、いろんな景色の見え方がずいぶん違ってきたみたいだ。これまでなんということもなくへろっと見てきたものが、違う見え方がするんだよ。それまでちっとも面白いと思わなかった音楽が、なんていうのかね、ずしっと心に沁みるんだ。で、そういう気持ちを誰か、同じようなことがわかるやつと話せたらいいなとか思っちまうんだ。そういうのはさ、これまでの俺にはなかったことだ。それでだね、どうしてそんなことになったかというとだね、それは俺っちがずっとナカタさんのそばにいたからなんだ。そしてナカタさんの目を通してものを見るようになったからなんだな。もちろん何から何までをナカタさんの目を通して見ていたわけじゃねえよ。でもさ、なんていうのかごく自然に、俺っちはおじさんの目を通していろんなものを見ていたんだね。どうしてそんなことをするかというとだね、俺はおじさんが世界を見る姿勢みたいなのをけっこう気に入っていたからだ。だからこそ俺っちは、このホシノくんは、ずっとここまでおじさんについてきたんじゃねえかな。おじさんから離れることができなかった。そういうのは、俺のこれまでの人生の中で起こった中ではいちばん実のあることのひとつだった。それについちゃ、俺のほうがむしろおじさんに感謝しなくちゃならねえわけだし、だからおじさんが俺に感謝するような必要はないんだ。もちろん感謝してもらって悪い気はしねえけどさ。ただ俺が言いてえのはさ、ナカタさんは俺にすごくいいことをしてくれたってことだよ。よう、わかるかい？」

でもナカタさんはもう話を聞いていなかった。彼はすでに目を閉じて、規則正しい寝息を立てていた。

「この人はまったく気楽でいいや」と言って、星野さんはため息をついた。

ナカタさんを抱えてアパートの部屋に戻ると、青年は彼をベッドに寝かせた。服はそのままにして靴だけを脱がせ、身体（からだ）の上に薄い布団（ふとん）をかけた。ナカタさんはもぞもぞと身体を動かしていつものようにまっすぐ天井を見上げる姿勢になり、静かに寝息を立て、あとは身動きひとつしなかった。

「やれやれ、きっとこのまま2、3日は、またすやすやと寝込んじまうんだろうね」と青年は思った。

しかしものごとは青年の予期したようには運ばなかった。翌日の水曜日の昼前には、ナカタさんは死んでいた。彼は深い眠りの中で静かに息を引き取っていたのだ。顔はいつものようにきわめて穏やかで、一見して眠っているのとかわらなかった。ただ息をしていないだけだ。青年は何度もナカタさんの肩をゆさぶって、名前を呼んでみた。でも間違いなくナカタさんは死んでいた。脈はなく、念のために口もとに手鏡をあてても白くならなかった。呼吸が完全に停止している。彼がこの世界で目覚めることは、もう二度とないのだ。

　死者とともにひとつの部屋にいると、ほかの音が少しずつ消えていくことに気づく。まわりの現実の音が、次第に現実性を失っていく。意味のある音は、やがて沈黙だけになる。その沈黙が海底に積もる泥のように、だんだん深くなっていく。足もとに積もり、腰まで積もり、胸まで積もる。それでも青年は長いあいだナカタさんと二人でその部屋に留まって、そこに積み上がっていく沈黙の深さを目で測っていた。彼はソファに腰をおろし、ナカタさんの横顔を眺め、その死を実感として受けとめていった。すべてを受け入れるには長い時間がかかった。空気が独特の重みを持つようになり、自分が今感じていると思えることが、本当に今自分が感じていることなのかどうか、うまく見極めることができなくなってきた。でもそのかわりに、いくつかのものごとは自然に理解できた。

　ナカタさんは死ぬことによって、やっと普通のナカタさんに戻ることができたのだろう、と青年は感じた。ナカタさんはあまりにもナカタさんでありつづけたから、ナカタさんが普通のナカタさんになるには、死ぬしかなかったんだ。

「ようこそ、おじさん」と青年はナカタさんに声をかけた。「こんなことを言うのはなんだけどさ、まあ悪い死に方じゃねえよな」

ナカタさんは深い眠りの中で、おそらく何を考えることもなく、静かにそのまま死んでいった。死に顔も穏やかで、見たところ苦しみもなく、後悔もなく、迷いもなさそうだ。ナカタさんらしくていいや、と青年は思った。ナカタさんの人生がいったい何だったのか、そこにどんな意味があったのか、それはわからない。でもそんなことを言い出せば、誰の人生にだってそんなにはっきりとした意味があるわけじゃないだろう。人間にとってほんとうに大事なのは、ほんとうに重みを持つのは、きっと死に方のほうなんだな、と青年は考えた。死に方に比べたら、生き方なんてたいしたことじゃないのかもしれない。とはいえやはり、人の死に方を決めるのは人の生き方であるはずだ。ナカタさんの死に顔を見ながら、青年はそんなことを考えるともなく考えた。

ただひとつ大事な問題があとに残されている。それは誰かが入り口の石を閉じなくてはならないということだ。ナカタさんはほとんどの用件を済ませたものの、それだけをし残していった。石はソファの足もとにたしかにある。俺は時間が来たらそれをひっくり返して、入り口を閉めなくてはならない。でもナカタさんが言ったように、石は扱い方によってはものすごく危険なものになる。そこにはきっと正しいひっくり返し方があるはずだ。力まかせに変な風にひっくり返したりしたら、世界がむちゃくちゃなことになってしまうかもしれない。

「よう、おじさん、死んじゃうのはまあしょうがないけどね、こんな風に大事な仕事をあとに残していかれちゃ困るんだよな」と青年は死者に向かって声をかけた。しかしもちろん返事はない。

もうひとつ、ナカタさんの遺体をどう始末するかという問題があった。もちろんここからすぐに警察なり病院なりに電話をかけて、遺体を病院に運んでもらうというのが正統的なやり方だ。世間の人々の99パーセントまでがそのように行動することだろう。できることなら青年だってそうしたかった。しかしナカタさんはいちおう、殺人事件に関連して警察が探している重要参考人である。そんな人間と10日も行動をともにしていたとわかったら、青年自身かなり微妙な立場に立たされることになる。警察につれていかれて、長い尋問を受けることになるだろう。それだけはなんとしても避けたかった。いちいちこれまでの事情を説明するのが面倒だし、だいたいにおいて警察が苦手なのだ。そんなものとはできるだけかかわり合いになりたくない。

「それにだね」と青年は思う、「このマンションの部屋のことは、いったいどう説明すればいいんだ？」

カーネル・サンダーズのかっこうをした老人が、この部屋を俺たちに貸してくれたんです。君たちのためにわざわざ用意した部屋だから、いつまでも好きなだけ使ってくれていいよって、そのおじさんが言ってくれたんです——警察がそんな話をすんなりと信用してくれるだろうか？　まさか。カーネル・サンダーズって誰だ？　米軍関係者か？　いや、ほら、あの、ケンタッキー・フライド・チキンの看板のおじさんですよ。刑事さんだって知ってるでしょう。ええ、そうです、眼鏡をかけて白い髭（ひげ）をはやして……その人が高松の裏通りでポンビキをしていたんです。そこで知り合ったんです。女を世話してくれたんです。そんなことを言ったら、「馬鹿（ばか）やろう、ふざけるんじゃねえ」って、ぶん殴られるのがおちだ。あいつら国から給料をもらってるヤクザみてえなもんだものな。

青年は深いため息をついた。

俺がやるべきことは、ここからできるだけ早く、できるだけ遠く離れることだ。駅から警察に匿名電話をかける。このマンションの住所を教え、そこで人が死んでいると言う。そしてそのまますっと列車に乗って、名古屋に帰るんだ。そうすりゃ俺はこの件に関係のないままでいられる。どう考えたって自然死だから、警察だってそんなにうるさく追及はしないだろう。ナカタさんの親戚が遺体をひきとって、簡単な葬儀くらいは出してくれるだろう。そして俺は会社に行って社長にへいこらと頭を下げる。すみません、これからは真面目に働きます。そしてなんとか平常復帰。

彼は荷物をまとめた。バッグに着替えを詰めた。中日ドラゴンズの帽子をかぶり、ポニーテールを後ろの穴から出し、緑色のサングラスをかけた。喉が渇いていたので、冷蔵庫からダイエットペプシを取り出して飲んだ。冷蔵庫の扉にもたれかかってそれを飲んでいるときに、ソファの足もとに置かれた丸い石がふと目についた。裏返しになったままの「入り口の石」だ。それから彼は寝室に行って、ベッドの上に横になっているナカタさんの姿をもう一度眺めた。ナカタさんは死んでいるようには見えなかった。まだ静かに呼吸をしているように見えた。そのまますっと起きあがって「ホシノさん、ナカタが死んでいたのは間違いでありました」と言い出しそうに見えた。でもそんなことはない。ナカタさんはちゃんと死んでいるのだ。奇跡は起こらない。彼は既に生命の分水嶺を越えてしまったのだ。

青年はコーラの缶を手に持ったまま首を振った。だめだ、と彼は思った。石をこのままあとに残していくことはできない。そんなことをしたら、ナカタさんはたぶんうまく死にきれないだろう。ナカタさんは最後まで律儀（りちぎ）に物事を片づけなくては納得できない性格だった。でもその前に電池が切れてしまったのだ。だから心ならずも、最後の大事な仕事を片づけることができなかったのだ。彼はアルミ缶を手の中で握りつぶし、ごみ箱に捨てた。それでもまだ喉が渇いていたので台所に戻り、冷蔵庫から二本めのダイエットペプシを出してプルリングをむしりとった。

　ナカタさんは死ぬ前に一度でいいから字を読めるようになりたかったと俺に言った。そうすれば図書館に行って、好きなだけ本が読めるのにと言った。でもそれを果たせないままに死んでしまった。もちろん死んでしまって、べつの世界に行って、そこでは普通のナカタさんとして字が読めるようになっているかもしれない、しかしこの世界にいるあいだは、最後まで字を読むことができなかった。というか、ナカタさんが最後にやったことは逆に、字を燃やすことだった。そこにあるたくさんの言葉をひとつ残らず無の中に送り込むことだった。皮肉なことだ。だとしたら、俺としては、この人のもうひとつの最後の願いはなんとかかなえてあげなくちゃならない。入り口を閉めることだ。それはとても大事なことなのだ。結局、映画館にも水族館にもつれていってやれなかったもんな。

　彼は二本めのダイエットペプシを飲み終えると、ソファの前に行って身をかがめ、ためしに石を持ち上げてみた。石は重くはなかった。決して軽くはないけれど、ちょっと力を入れれば簡単に持ち上げることができた。カーネル・サンダーズと一緒に神社の祠（ほこら）から持ち出してきたときと同じくらいの重さだ。漬け物の重しに使うのに手頃な程度の重さだ。ということは、今のところこれはただの石ころなんだ、と青年は思った。これが入り口の役目を果たすときには、そんじょそこらの力では持ち上がらないくらい重くなる。軽いうちは、ただのそのへんの石に過ぎない。何かとくべつなことが起こって、その状況の中でこの石は初めて尋常ではない重さを獲得し、〈入り口の石〉としての役割を果たす。たとえば町中に雷が落ちるみたいなことが起こって……。

　青年は窓辺に行ってカーテンを引き、ベランダから空を見上げた。空は昨日と同じようにくすんだ灰色に曇っていた。しかし雨が降り出しそうな気配は感じられなかった。雷も鳴り出しそうにない。耳を澄まし、空気の匂(にお)いもかいでみた。でも変わったところはひとつもない。今日の世界の中心的なテーマは「現状維持」であるようだった。

「よう、おじさん」と彼は死んでいるナカタさんに声をかけた。「つまり俺は、この部屋の中で、おじさんと二人きりで、そのとくべつなことがやってくるのを神妙に待ってなくちゃならないってことなのかね。でもとくべつなことって、いったいどんなことなんだい。俺っちにはさっぱり見当がつかねえよ。おまけにそれがいつやってくるのかもわからない。なおも具合の悪いことに、今は6月で、ほうっておけばおじさんの身体はちびっとずつ腐敗していくんだ。臭(にお)いだって出てくる。おじさんだってそういう話はあんまり聞きたくねえだろうけど、それが自然の摂理ってもんだ。そして時間がたてばたつほど、警察への通報が遅れれば遅れるほど、俺っちの立場はますますまずいものになっていくんだ。まあなんとか俺は俺でできるところまでがんばってはみるけどさ、そのへんの事情もわかってもらえるとありがたいんだよ」

しかしもちろん返事はない。

青年は部屋の中をあてもなく歩き回った。そうだ、ひょっとしたらカーネル・サンダーズが連絡をしてくるかもしれない。あのおっさんなら石をどうすればいいか、きっと知っているはずだ。心温まる有益な忠告を与えてくれるかもしれない。しかしどれだけ電話機を眺めていてもベルは鳴らなかった。それはじっと沈黙を守っていた。沈黙している電話機は必要以上に内省的に見えた。あるいはドアをノックするものもなかった。一通の郵便も届けられなかった。とくべつなことは何ひとつ起こらなかった。天候の異変もなく、虫の知らせもなかった。時間はただ無表情に通り過ぎていった。昼がやってきて、午後が静かに夕方へと手繰り寄せられていった。壁の電気時計の針が水すましのように滑らかに時の水面を滑り、ベッドの上でナカタさんは死に続けていた。食欲はなぜかまったく湧(わ)いてこない。青年は夕方に三本めのコーラを飲み、クラッカーをお義理のように数枚かじった。

6時になると青年はソファに腰を下ろし、リモコンを手にとってテレビをつけてみた。NHKの定時ニュースを見たが、注意を引くようなニュースはひとつもなかった。いつもと同じ、かわりばえのしない一日だった。ニュースが終わると彼はテレビを消した。アナウンサーの語る声がひどくうるさく感じられた。外が少しずつ暗さを増し、最後には完全な夜がやってきた。夜はより深い静寂を部屋にもたらした。

「よう、おじさん」と星野青年はナカタさんに声をかけた。「ちらっとでいいから起きてくれねえかなあ。ホシノくんは今いささか困り果てているんだよ。それにおじさんの声も聞きたい」

第 44 章

しかしナカタさんはもちろん返事をしなかった。ナカタさんは相変らず分水嶺の向こう側にいた。彼は無言のまま、ただ死に続けていた。沈黙は深く、耳を澄ませば地球の回転する音まで聞こえそうだった。

彼は居間に行って『大公トリオ』のCDをかけた。最初の楽章の主題を聴いているときに、両方の目から涙が自然にこぼれ落ちてきた。とてもたくさんの涙だった。やれやれ、この前に俺が泣いたのはいつのことだっけな、と星野さんは思った。でも思い出せなかった。

第45章

たしかに〈入り口〉から先の道はすごくわかりにくくなっている。というか、それはまったくのところもう道であることをやめてしまっている。森は前にも増して深く巨大になる。足もとの傾斜はずっと急になり、茂みや下草が地面を厳しく覆(おお)っている。空はほとんど姿を消し、あたりは夕暮れどきのように暗くなっている。蜘蛛(くも)の巣がぶ厚くなり、植物の放つ匂(にお)いも濃厚になる。沈黙はますます重みをもち、森は人間の侵入をきびしく拒んでいる。でも兵隊たちは小銃を背中にたすきがけにして先に立ち、苦労もなく森のすきまを抜けていく。二人の足どりは驚くほど速い。低く垂れた枝をかいくぐり、岩をよじのぼり、くぼみをとび越え、刺(とげ)のある灌木(かんぼく)の茂みを上手にわけて抜ける。

二人の背中を見うしなわないように、必死にあとをついていかなくてはならない。兵隊たちは僕がついてきているかどうかを確認することさえしない。彼らはまるで僕の力をためしているみたいだ。僕がどこまで耐えられるかをはかっている。あるいは（どうしてかはわからないけれど）僕に対していくらか腹を立てているようにさえ感じられる。彼らはひとことも口をきかない。

僕とのあいだだけではなく、二人のあいだでも会話は交わされない。彼らは前をむいて一心不乱に歩きつづける。二人はどちらが言いだすともなく、交代で先にたったりうしろについたりする。兵隊たちが背中にかけた小銃の黒い銃身が、目の前で規則正しく左右に揺れる。それはまるで一対のメトロノームのようだ。それを目標に歩いていると、だんだん催眠術にかかったような気分になってくる。意識がべつの場所に向けて、氷の上を滑るみたいに移っていく。でもとにかく僕は彼らのペースに遅れないことだけを考え、汗をかきながらただ黙々と歩きつづける。

「歩くのが速すぎるか?」、がっしりしたほうの兵隊がやっとうしろを振りむいて、僕にたずねる。その声には息の乱れは聞きとれない。

「いいえ」と僕は言う。「大丈夫です。ついていけます」

「君は若いし、丈夫そうだものな」、背の高い兵隊が前を向いたまま言う。

「俺たちはここの道の行き来にふだんからなれているもんだから、ついつい足が速くなっちまうんだ」とがっしりした兵隊が弁解するように言う。「だから速すぎたら速すぎるって言ってくれ。遠慮することはない。そうすればもう少しゆっくりと歩くようにする。ただね、俺たちとしては必要以上にゆっくり歩きたくはないっていうだけなんだ。わかるだろう」

「ついていけなくなったら、そう言います」と僕は答える。むりに息をととのえ、疲労していることを相手に気づかれないようにする。「まだ先は長いんですか?」

「そんなに長かないよ」と背の高いほうが言う。

「あともうちっとだね」ともう一人が言う。

でも彼らの意見はあまりあてにできないような気がする。彼ら自身が言ったように、ここでは時間はそれほど大事な要素じゃないのだ。

しばらくのあいだ、僕らはまた黙って歩きつづける。しかしその速度は前ほど猛烈なものじゃない。どうやらテストはすでに終了したみたいだった。

「この森には毒蛇のようなものはいないんですか?」と僕は気になっていたことを質問してみる。

「毒蛇ねえ」と背の高い眼鏡をかけた兵隊が背中をむけたまま言う。彼は常に前方に目をむけたまま話をする。いつなんどき目の前になにか大事なものがとびだしてくるかもしれないという感じで。「それについては考えたことがなかったなあ」

「いるかもしれん」、がっしりしたほうが振りむいて言う。「見かけた覚えはないけど、あるいはいるかもしれん。でももしいたとしても、俺たちには関係ない」

「我々の言いたいことはだね」、背の高いほうがどことなくのんびりした口調で言う。「この森には君を傷つけるつもりはないということだ」

「だから毒蛇とかそんなものは気にしなくていい」、がっしりした兵隊が言う。「それで気が楽になったか?」

「はい」と僕は言う。

「毒蛇も毒蜘蛛も毒虫も毒キノコも、どのようなタシャも、ここで君に害を及ぼすことはない」と背の高い兵隊がやはり前をむいたまま言う。

「タシャ?」と僕は聞きかえす。疲れているせいか、言葉が頭の中でうまく像を結ばない。

「他者。ほかのなにものも」と彼は言う。「どのような他者もここで君に害を及ぼすことはない。なにしろここは森のいちばん奥の部分だからね。誰も、あるいは君自身も、君に害を及ぼすことはない」

僕は彼の言ったことを理解しようとつとめる。でも疲労と汗と、反復のもたらす催眠的な効果がかさなって、思考能力はずいぶん低下している。まとまったことはなにも考えられない。

「兵隊だったときに、銃剣で相手の腹を刺す訓練をさんざんやらされた」とがっしりした兵隊が言う。「あんた、銃剣の刺しかたを知ってるかい?」

「いいえ」と僕は言う。

「まず銃剣をぐさっと相手の腹に突き刺しておいてからだね、それを横にねじるんだ。そしてはらわたをずたずたに裂いてしまう。そうすれば相手はそのまま苦しんで死ぬしかない。そういう死にかたは時間がかかるし、苦痛もそりゃあひどいもんだ。しかし突き刺すだけでねじらないと、相手はすぐに起きあがって、今度は逆にあんたのはらわたを裂いてしまう。それが俺たちの置かれていた世界だった」

はらわた、と僕は思う。それは迷路のメタファーだと大島さんは僕に教えてくれた。僕の頭の中でいろんなものごとがからみあい、もつれている。なにかとなにかじゃないものとをうまくよりわけることができなくなっている。

「どうして人が人に対して、そんな酷(むご)いことをしなくちゃいけないのか、君にわかるかな?」、背の高い兵隊が言う。

「わかりません」と僕は言う。

「僕にもよくわからないよ」、背の高い兵隊が言う。「相手が中国兵であれ、ロシア兵であれ、アメリカ兵であれ、はらわたをずたずたに裂きたいなんて思えなかった。でもとにかく我々はそのような世界に住んでいた。だから我々は逃げだしてきたんだ。でも誤解されると困るんだけど、我々は決して弱い人間じゃない。むしろ兵隊としては優秀なほうだったと思う。ただそんな暴力的な意志に含まれることに耐えられなかっただけなんだ。君だってべつに弱い人間じゃないだろう?」

「自分ではよくわかりません」と僕は正直に言う。「でも少しでも強くなろうと思ってずっと生きてきました」

「それは大事なことだ」、がっしりした兵隊が僕のほうを振り向いて言う。「とても大事なことだ。強くなろうという意志をもって努力するってことが」

「君が強いってことは言われなくてもよくわかるよ」と背の高いほうが言う。「それくらいの歳で、なかなかここまで来ることはできないものな」

「とてもしっかりしている」、がっしりしたほうが感心したように言う。

二人はそこでやっと足をとめる。背の高い兵隊は眼鏡をとり、指で鼻のわきを何度かごしごしとこすり、それからまた眼鏡をかける。二人は息を切らせてもいないし、汗もかいていない。

「喉は渇いた?」と背の高い兵隊が僕にたずねる。

「少し」と僕は言う。正直に言えば、喉はひどく渇いていた。水筒を入れたデイパックを捨ててしまっていたからだ。彼は腰につけたアルミニウムの水筒をとって、僕に手渡す。僕はその生温い水を何くちか飲む。水は僕の身体（からだ）の隅々をうるおす。水筒の口を拭（ふ）いて彼にかえす。「ありがとう」と僕は言う。背の高い兵隊は黙ってうなずく。

「ここが尾根だ」とがっしりした兵隊が言う。

「一気におりるから転ばないように」と背の高い兵隊が言う。

そして僕らは足場の悪い坂道を注意深く降りはじめる。

長い急な坂道を半分ばかり下り、大きく角を曲がって森を抜けたところで、その世界は出し抜けに僕らの目の前に出現する。

二人の兵隊はそこで歩を止め、振りかえって僕の顔を見る。彼らはなにも言わない。でも彼らの目は無言のうちに僕に語りかける。これがその場所だ、君はここに入っていくんだ。僕も立ち止まり、その世界を眺める。

自然の地形をうまく利用して切りひらかれた平らな盆地だ。そこにどれくらいの数の人々が暮らしているのか、僕にはわからない。でも規模からいって、それほど多くの数じゃないことはたしかだ。数本の通りがあり、通りに沿ってぽつぽつと建物が並んでいる。小さな通りで、小さな建物だ。通りには人影は見えない。建物はどれも無表情で、外見の美しさよりも、雨風をしのぐことを基準としてつくられたもののように見える。「町」と呼べるほど大きなものではない。そこには店もないし、公共の大きな施設もない。看板も立て札もない。ただ同じくらいの大きさの、同じようなかたちをした簡素な建物が思いついたように集落をつくっているだけだ。どの建物にも庭はなく、通りには一本の樹木も見あたらない。まるで植物ならまわりの森にじゅうぶんあるだろうといわんばかりに。

かすかに風が吹いている。風は森を抜け、僕のまわりのあちこちで木の葉をふるわせる。そのさらさらという匿名的な音は、僕の心の肌に風紋を残していく。僕は樹木の幹に手をついて目を閉じる。その風紋はなにかの暗号のように見えなくもない。でも僕にはまだその意味を読みとることはできない。それは僕のまったく知らない外国語のように見える。僕はあきらめて目を開け、その場所をじっと眺めていると、僕の中にある風紋がさらに移ろっていくのが感じられる。それにしたがって暗号が組み替えられ、メタファーが転換していく。僕が僕自身を遠く離れて、漂っていくような感覚がある。僕は蝶になって世界の周縁をひらひらと飛んでいる。周縁の外側には、空白と実体がぴったりとひとつにかさなりあった空間がある。過去と未来が切れ目のない無限のループをつくっている。そこには誰にも読まれたことのない記号が、誰にも聞かれたことのない和音がさまよっている。

僕は息を整える。僕の心はまだうまくひとつのかたちになりきっていない。でもそこには怯えはない。

兵隊たちはなにも言わずにふたたび歩き始め、僕も黙ってそのあとにしたがう。坂を下りるにつれて、町が近づいてくる。石垣で土手をつくった小さな川が、通りに沿って流れている。心地

第 45 章

よい水音が聞こえてくる。美しく澄んだ水だ。あらゆるものがここでは簡素で、こぢんまりとしている。ところどころに細い電柱がたって、そのあいだに電線が張られている。ということは、電気はここまで来ているらしい。電気？　それは僕に違和感のようなものをいだかせる。

　その場所は四方を高い緑の尾根に囲まれている。空はまだ一面の灰色の雲に覆われている。僕と兵隊たちは通りを歩いていくのだが、そのあいだ僕らは誰ともすれ違わない。あたりはしんと静まりかえり、もの音ひとつない。人々は家の中にこもって息をひそめ、僕らが通り過ぎてしまうのを待っているのかもしれない。

　二人の兵隊は僕を、建物のひとつにつれていく。それは大島さんのキャビンに大きさもかたちも不思議なくらい似ている。まるでどちらかをモデルにしてもうひとつがつくられたみたいに思えるくらいだ。正面にポーチがあり、そこに椅子(いす)が置かれている。平屋建てで、屋根からは暖炉の煙突が出ている。ちがうのは、寝室が居間とはべつになっていることと、中に洗面所がついていること、そして電気が使えることだ。台所には電気冷蔵庫がある。それほど大きくない古い型の電気冷蔵庫だ。天井からは電灯も下がっている。テレビもある。テレビ？

　寝室には飾りのないシングル・ベッドがひとつ置かれ、ベッドには寝支度がととのえられている。

「とりあえず落ちつくまでここにいることになる」とがっしりしたほうが言う。「そんなに長いあいだじゃないだろう。とりあえずだ」

「さっきも言ったように、ここでは時間はそれほど大事な問題にはならないんだ」と背の高いほうが言う。

「ぜんぜん大事じゃない」、がっしりしたほうがうなずく。

電気はどこからやって来るんですか?

二人は顔を見あわせる。

「小さな風力発電所だけど、森の奥のほうで電気をつくっている。そこでは風はいつも吹いている」と背の高いほうが説明する。「電気がないと困るだろう」

「電気がないと冷蔵庫もつかえないし、冷蔵庫がないと食料品も保存できない」とがっしりしたほうが言う。

「なきゃないでなんとかやっていくわけだけど——」と背の高いほうが言う。「あればあったで便利なものだ」

「もしおなかがすいたら、冷蔵庫の中にあるものをなんでも食べればいい。たいしたものはないけどな」とがっしりしたほうが言う。

「ここには肉もないし、魚もないし、コーヒーも酒もない」と背の高いほうが言う。「最初のうちはちょっとつらいかもしれないけど、すぐになれるさ」

「卵とチーズと牛乳はある」とがっしりした兵隊が言う。「動物性蛋白質もある程度は必要だから」

背の高いほうが言う、「そういうものはここではつくれないから、手に入れるためにはよそに行かなくちゃならない。物物交換っていうやつだよ」

よそ？

背の高いほうがうなずく。「そうだよ。ここは世界から孤立してあるわけじゃない。ちゃんとよそもある。君も少しずついろんなことを知るようになる」

「夕方になったら誰かが食事の用意をするはずだ」とがっしりした兵隊が言う。「それまでもし退屈だったらテレビを見ていればいい」

テレビはなにか番組をやっているんですか？

「さあ、なにをやっているのかなあ」と背の高いほうが困ったように言う。そして首をひねり、がっしりした兵隊のほうを見る。

がっしりした兵隊も首をひねる。そしてむずかしい顔をする。「実はテレビのことってよく知らないんだ。いちども見たことないからな」

「来たばかりの人のために、役にたつかもしれないからということで、とにかくそこに置いてあるんだ」と背の高いほうが言う。

「でもたぶんなにかは見られるはずだよ」とがっしりしたほうが言う。

「とりあえずここで休んでいてくれ」、背の高いほうが言う。「我々はまたもち場に戻らなくちゃならないんだ」

つれてきてくれてありがとう。

「いや、簡単なものだった」、がっしりしたほうが言う。「あんたはほかの人たちよりずっと足が丈夫だったしね。うまくついてこれない人だっていっぱいいるんだ。おぶってこなくちゃならないことだってあった。あんたなんて楽なもんだ」

「君は、ここに会いたい人がいるって言ってたね、たしか」、背の高い兵隊が言う。

はい。

「たぶんそのうちに会えると思うよ」、背の高いほうが言う。そして何度かうなずく。「ここは狭い世界だからさ」

「はやくなれるといい」とがっしりした兵隊が言う。

「一度なれてしまえば、あとは楽なもんだ」と背の高い兵隊が言う。

どうもありがとう。

二人は足をそろえて姿勢よく敬礼をする。また小銃をたすきがけに背中にかけ、外に出ていく。そして足早に通りを歩き去り、もち場に戻っていく。彼らは昼も夜もあの入り口で番をしているのだろう。


僕は台所に行って冷蔵庫の中をのぞいてみる。そこにはトマトとチーズのかたまりが入っている。卵もある。蕪(かぶ)と人参(にんじん)もある。大きな陶製の瓶に牛乳がはいっている。バターもある。戸棚の中にはパンがあったので、端っこを切って食べてみる。少し硬くなっているが、味は悪くない。

台所には流しがあり、水道の蛇口もある。蛇口をひねると水が出る。きれいな冷たい水だ。電気があるのだから、たぶん井戸からモーターポンプで汲(く)みあげているのだろう。コップに汲んで飲んでみる。

第 45 章

僕は窓辺に行って外を眺める。空はあいかわらず灰色に曇っているが、雨が降りだす気配はない。僕は長いあいだ窓の外を見ているが、やはり人の姿を目にすることはできない。町はすっかり死んでしまっているように感じられる。あるいは人々はなんらかの理由で僕の目につくことを避けているのかもしれない。

僕は窓辺から離れて、椅子に座る。まっすぐなかたちをした硬い木の椅子だ。椅子は全部で三脚あり、前には食卓がある。正方形のテーブルで、何度もニスが塗りなおされているようだ。部屋をかこむ漆喰の壁には絵も写真もカレンダーもかかっていない。ただの白い壁だ。天井から電球がひとつ下がっている。電球には簡単なガラスの傘がついている。傘は熱で黄ばんでいる。

部屋はきれいに掃除されている。僕は指をはわせて、テーブルの上にも、窓枠にもほこりがまったく積もっていないことをたしかめる。窓のガラスにも曇りひとつない。鍋（なべ）も食器も調理器具も、どれも新しいものではないけれど、よく手入れされ、清潔にたもたれていることがわかる。調理台のわきには、昔ふうの電気こんろがふたつ置いてある。僕はためしにスイッチを入れてみる。コイルはすぐに赤くなり熱をもつ。

テーブルと椅子をべつにすれば、大きな木製の枠のついた、古いかたちのカラーテレビがこの部屋にあるただひとつの家具だ。製造されてから15年か20年はたっているだろう。リモコンはついていない。どこかに捨ててあったものを拾ってきたみたいに見える（小屋の中にある電気器具はどれも粗大ごみの置き場からもってこられたように見える。不潔じゃないし、用は足りるのだけど、どれも色あせてかたちが時代遅れだ）。スイッチを入れてみると、テレビでは古い映画をやっている。『サウンド・オブ・ミュージック』だ。小学生のときに学校の先生につれられて、映画館の大きなスクリーンで見た。僕が子どものころに見た数少ない映画のひとつだ（映画につれていってくれるような大人はまわりにいなかったから）。気むずかしい規則一点張りのお父さん、トラップ大佐がウィーンに出張しているあいだに、家庭教師のマリアは子どもたちを山に遠足につれていく。そして草原に座り、ギターを弾きながら罪のない歌をいくつか歌う。有名なシーンだ。僕はテレビの前に座って、引きこまれるようにその映画を見る。もし僕の少年時代にマリアのような人がそばにいてくれたら、僕の人生はもっとちがったものになっていたことだろう（はじめてその映画を見たときにもそう思った）。でも言うまでもないことだけど、そんな人は僕の前には現れなかった。

それからふと現実に戻る。どうして今こんなところで僕は『サウンド・オブ・ミュージック』を真剣に見なくてはならないのだろう？　そもそもなぜ『サウンド・オブ・ミュージック』なんだ？　ここの人々は衛星放送のアンテナを使って、どこかの放送局の電波を受けているのだろうか。それともべつの場所でビデオテープのようなものを流しているのだろうか？　たぶんテープだろうと僕は思う。チャンネルを変えてみても、『サウンド・オブ・ミュージック』以外にはなにもやっていなかったからだ。ひとつのチャンネル以外はどれも、ただサンドストームが映るだけだ。そのざらざらとしたまっ白な画像と無機質な雑音は、僕に文字どおりはげしい砂嵐を想像させる。

『エーデルワイス』が歌われたところで僕はテレビのスイッチを切る。もとの静けさが部屋に戻ってくる。喉が渇いていたので台所に行って、冷蔵庫から大きな瓶に入った牛乳を出して飲む。濃厚で新鮮な牛乳だ。コンビニエンス・ストアで買って飲む牛乳とはずいぶん味がちがう。その牛乳をグラスに何杯もたてつづけに飲んでいるうちに、僕はふとフランソワ・トリュフォーの映画『大人は判ってくれない』を思いだす。映画の中にアントワーヌ少年が家出をしておなかを減らせ、早朝にどこかの家に配達されたばかりの牛乳を盗み、こそこそと歩いて逃げながら飲むシーンがあった。大きな牛乳瓶で、飲みきってしまうのにずいぶん時間がかかる。哀しくせつないシーンだ。ものを食べたり飲んだりするのが、それほど哀しくせつないことになりうるなんて、信じられないくらいだ。それも僕が子どものころに見た数少ない映画のひとつだった。小学校5年生のとき、題に引かれてひとりで名画座にその映画を見にいったのだ。電車に乗って池袋まで行き、映画を見て、また電車に乗って戻ってきた。映画館を出ると、すぐに牛乳を買って飲んだ。飲まずにはいられなかったのだ。

　牛乳を飲み終えたとき、ひどく眠くなっていることに気づく。ほとんど気分が悪いくらいの圧倒的な眠さだ。頭の動きがそろそろとスピードをゆるめ、列車が駅に停まるときのように停止し、やがてまともにものを考えることができなくなってしまう。身体の芯がどんどんかたまっていくみたいだ。僕は寝室に行き、もつれる動作でズボンと靴を脱ぎ、ベッドに横になる。そして枕に顔を埋め、目を閉じる。枕には太陽の光の匂いがする。なつかしい匂いだ。それを静かに吸いこみ、吐きだす。眠りはあっというまにやってくる。

目を覚ましたとき、あたりはまっ暗だ。僕は目を開け、見覚えのない闇の中で、自分が今どこにいるかについて考える。僕は二人の兵隊にみちびかれて森を抜け、川のある小さな町にやってきたのだ。記憶が少しずつ戻ってくる。情景が焦点を結んでいく。耳には聞き覚えのあるメロディーが響いている。『エーデルワイス』だ。台所のほうでは鍋がかたかたと、小さな親密な音をたてている。寝室のドアのすきまから電灯の光がこぼれ、床にまっすぐな黄色い線を引いている。光は古めかしく、粉っぽい。

ベッドから起きあがろうとするが、身体はしびれている。とても均等なしびれかただ。僕は大きく息を吸いこみ、天井に目をやる。食器と食器のふれあう音がする。誰かが床の上を忙しそうに移動する音も聞こえる。たぶん僕のために食事の支度をしているのだろう。僕はようやくベッドを出て、床に立つ。時間をかけてズボンをはき、靴下と靴をはく。静かにドアノブをまわし、ドアを開ける。

台所ではひとりの少女が料理をつくっている。背中を向けて鍋の上にかがみこみ、スプーンで味見をしていたが、僕がドアを開けると顔をあげ、こちらを振りむく。甲村図書館で毎夜僕の部屋を訪れ、壁の絵を見つめていた少女だ。そう、15歳のときの佐伯さんだ。彼女はそのときと同じ服を着ている。淡いブルーの長袖のワンピース。ピンで髪をまとめているところだけがちがっている。僕の顔を見ると、少女は小さく温かく微笑む。まわりの世界がそっくり入れかわってしまうようなはげしい揺れを僕は感じる。かたちあるものがいったんばらばらに分解されて、それからまたかたちを取り戻していく。でもそこにいる彼女は幻影じゃないし、幽霊でもない。彼女はほんものの肉体をそなえた少女として、触れることのできるものとしてそこにある。夕暮れに現実の台所に立って、僕のために現実の食事をつくっている。彼女は小さな胸のふくらみを持ち、その首筋はつくりたての陶器のように白い。

「起きたのね？」と彼女は言う。

　声は出てこない。僕はまだ自分をひとつにまとめているところだ。

「ずいぶんぐっすり眠っていたみたい」と彼女は言う。それからまた背中をむけて味見のつづきをする。「もしずっと起きなかったら、食事だけ残していこうと思っていたんだけど」

「こんなに深く眠るつもりはなかったんだ」と僕はやっと声を取り戻す。

「森を抜けてきたんだもの」と彼女は言う。「おなかは減ってる？」

「よくわからない。でもたぶん減ってると思う」

　彼女に手を触れてみたいと思う。ほんとうに手を触れることができるものなのかどうかをただたしかめるために。でもそんなことはできない。僕はそこに立って、ただじっと彼女を見ている。彼女の身体の動きがたてる音に耳を澄ませている。

　少女は鍋で温めたシチューを白い無地の皿に入れ、テーブルに運んでくれる。深いボウルにトマトと青菜のサラダがついている。それから大きなパン。シチューにはじゃがいもと人参が入っている。なつかしい匂いがする。その匂いを肺に吸いこむと、ずいぶんおなかがすいていたことに思いあたる。なにはともあれ、その空腹を埋めなくちゃならない。僕が傷だらけの古いフォークとスプーンを使ってそれを食べているあいだ、彼女は少し離れたところに椅子を置いて座り、僕が食事をするのを眺めている。まるでそれも仕事の大事な一部であるみたいに、とてもきまじめな顔つきで。そしてときどき髪に手をやる。

「あなたは15歳だって聞いたけれど」と彼女はたずねる。

「うん」と僕はパンにバターをつけながら言う。「ついこのあいだ15歳になったばかりだよ」

「私も15歳なの」と彼女は言う。

僕はうなずく。知っているよ、ともう少しで言ってしまいそうになる。でもそんなことを口にするのはまだ早すぎる。僕はそのまま黙って食事をする。

「私がしばらくのあいだ、ここで食事の仕度をすることになる」と少女は言う。「掃除とか洗濯もする。着替えは寝室のたんすに入っているから、好きに使ってかまわないわよ。洗濯物はバスケットに入れておいてくれれば、私が済ませるから」

「そういう役を誰かに割りあてられたの?」

彼女は僕の顔をじっと見ている。答えはない。僕の質問は回路をまちがえたみたいに、どこかの名もない空間に呑みこまれ、そのまま消えてしまう。

「君の名前は?」と僕はべつの質問をする。

彼女は小さく首を振る。「名前はないの。私たちはここでは名前をもたないの」

「でも名前がないと、君を呼ぶときに困るかもしれない」

「呼ぶ必要もないのよ」と彼女は言う。「もし必要があれば、私はそこにいる」

「ここでは僕の名前もたぶん必要ないんだね」

彼女はうなずく。「だってあなたはあなたであり、ほかの誰でもないんだもの。あなたはあなたなんでしょう?」

「そうだと思う」と僕は言う。でもそれほど確信は持てない。僕はほんとうに僕なんだろうか?

彼女はじっと僕の顔を見ている。

「図書館のことは覚えている?」と僕は思いきって質問する。

「図書館?」彼女は首を振る。「いいえ、覚えてないわ。図書館は遠くにあるの。ここからずいぶん離れたところに。でもここにはない」

「図書館があるの?」

「ええ。でもその図書館には本は置いてないの」

「図書館に本が置いてないとなると、なにが置いてあるんだろう?」

彼女は返事をしない。ただかすかに首をかしげるだけだ。その質問もまたまちがった回路に呑みこまれてしまう。

「君はそこに行ったことがあるの?」

「ずっと昔に」と彼女は言う。

「でもそれは本を読むためじゃなかった」

彼女はうなずく。「そこには本は置いてないから」

僕はそのあとしばらく黙って食事をする。シチューを食べ、サラダを食べ、パンを食べる。彼女もなにも言わず、僕が食事をする様子をあいかわらずきまじめな目で見ている。

「食事はどうだった？」、僕がすべてを食べ終えると、彼女は僕にたずねる。

「おいしかったよ。とても」

「肉も魚もなくても？」

僕は空っぽになった皿を示す。「ほら、なにも残っていないだろう」

「私がつくったの」

「とてもおいしかった」と僕は繰りかえす。そしてそれはほんとうのことなのだ。

少女を前にしていると、僕の胸は凍ったナイフの刃先を突きたてられたような痛みを感じる。はげしい痛みだが、僕はむしろそのはげしさに感謝する。僕はその凍(い)てついた痛みに、自分の存在をかさねることができる。その痛みは碇(いかり)となって、僕をここ(ヽ)に(ヽ)つなぎとめてくれる。彼女は席をたって湯をわかし、熱いお茶をいれる。そして僕がテーブルでそれを飲んでいるあいだに、食べ終えた食器を台所に運び、流しの水で洗いはじめる。僕はその姿をうしろからじっと眺めている。僕はなにかを言おうと思う。でも彼女の前では、すべてのことばがすでにことばとしての本来の働きをうしなってしまっていることに気づく。あるいはことばとことばを結びあわせるための意味のようなものが、そこから消えてしまっている。僕は自分の両手を見つめる。そして窓の外の、月光に光るハナミズキのことを思う。僕の胸を刺している凍った刃物がそこにある。

「君にまた会えるのかな？」と僕はたずねる。

「もちろん」と少女は答える。「さっき言ったことだけど、あなたが私を必要とすれば、私はそこにいる」

第45章

「君は突然どこかに行ってしまったりしないの？」

彼女はなにも言わず、ただ不思議そうな目で僕を見る。だいたい私がどこに行くの、というみたいに。

「僕は以前君に会ったことがある」と僕は思いきって言う。「べつの土地で、べつの図書館で」

「もしあなたがそう言うのなら」、少女は手を髪にやり、ピンがそこにあることをたしかめる。少女の声にはほとんど感情がこめられていない。その話題にとくに興味が持てないことを僕にしめすみたいに。

「そして僕はたぶん君にもう一度会うためにここにやって来た。君と、それからもうひとりの女性に会うために」

彼女は顔をあげてきまじめにうなずく。「深い森を抜けて」

「そう。僕は君とそのもうひとりの女の人に、どうしても会わなくちゃならなかったんだ」

「そしてここであなたは私に会った」

僕はうなずく。

「言ったでしょう」と少女は僕に言う。「あなたが必要とすれば、私はそこにいるんだって」

彼女は洗い物を終えると、食品を入れてきた容器をズックの袋に入れ、肩にかける。

「また明日の朝」と彼女は僕に言う。「早くここになれるといいわね」

僕は戸口に立ち、少女の姿が少し先にある暗闇に消えていくのを見まもっている。僕はまたひとりで小屋に残される。僕は閉じた円の中にいる。時間はここでは重要な要素じゃない。誰もここでは名前を持たない。僕が必要とするかぎり彼女はそこにいる。ここでは彼女は15歳だ。おそらく永遠に。でも僕はいったいどうなるのだろう？　僕もやはりここで永遠に15歳のままとどまるのだろうか？　それとも年齢もまたここでは重要な要素ではないのだろうか？

少女の姿が見えなくなったあとも、僕はまだひとりで戸口に立ち、あてもなく外の風景を眺めている。空には月も星もない。建物のいくつかには明かりがともっている。窓からその光がこぼれている。この部屋を照らしているのと同じ古めかしい黄色い光だ。でもやはり人の姿は見えない。見えるのは明かりだけだ。その外側にはまっ暗な影の領域がひろがっている。そしてその奥に、闇よりもさらに黒々とした尾根がそびえ、深い森が壁となってこの町をかこんでいることを僕は知っている。

第46章

ナカタさんが死んだことがわかってから、星野青年はそのマンションの部屋を離れることができなくなってしまった。〈入り口の石〉はそこにあったし、いつなんどき何が起こるかわからないし、その何かが起こったときには、石の近くにいて素早く対応する必要がある。それは彼に割り当てられた責任のようなものだった。ナカタさんの割り当てを、そのまま引き継いだのだ。彼はナカタさんの死体が横たわっている部屋のエアコンの設定温度をいちばん低いところまで下げ、風量を最大にし、窓がぴったり閉まっていることを確認した。

「よう、おじさん、寒すぎなきゃいいんだけどね」と青年はナカタさんに向かって声をかけた。ナカタさんはもちろんそれについて何も意見を述べなかった。部屋に漂っている空気の特殊な重みは、間違いなく死者の身体(からだ)から時間をかけてにじみ出てきたものだった。

青年は居間のソファに座って、何をするともなく時間を過ごした。音楽を聴く気にもなれなかったし、本を読む気にもなれなかった。夕暮れがやってきて部屋の隅々がだんだん暗くなっていっても、立ち上がって明かりをつけることさえしなかった。身体じゅうから力が抜けてしまったみたいで、一度そこに座り込んでしまうと、うまく立ち上がれなくなった。時間はゆっくりとやってきて、ゆっくりと過ぎ去っていった。ときどき、目を盗んでこっそり後戻りをしているんじゃないかという気がしたほどだ。

じいちゃんが死んだときもたしかにきつかったけど、これほどじゃなかったよな、と彼は思った。じいちゃんの場合は長患(わずら)いだったし、そのうちに死ぬというのはわかっていた。だから実際に死んだときには、心の準備はある程度できていた。そういう予備段階があるかないかで、大きな違いは出てくる。でもただそれだけのことでもない、と彼は思う。ナカタさんの死にはなにかしら青年を深くまっすぐ考え込ませるものがあった。

少し腹が減ってきたような気がしたので、台所に行って冷蔵庫から冷凍のチャーハンを取り出し、電子レンジで解凍して半分だけ食べた。そして缶ビールを一本飲んだ。食べ終えると、隣室にまたナカタさんの様子を見に行った。ひょっとして生き返っているかもしれないと思ったからだ。でもナカタさんはやはり前と同じように死に続けていた。部屋は冷蔵庫みたいに冷えていた。これだけ寒ければアイスクリームだって簡単には溶けないだろう。

死者と二人きりで、同じ屋根の下で夜を過ごすのは初めての経験だった。そのせいか、心がうまくひとところに収まらなかった。べつにおっかないというわけじゃないんだ、と青年は思った。気味が悪いというんでもない。ただ死んだ人とのつきあいかたに馴(な)れていないだけだ。死んだものと生きているものとでは、時間の流れ方からして違ってくる。音の響き方も違ってくる。だからなんかこう、落ちつかないんだ。それはしかたないことだろう。だってナカタさんは今では死んだ人の世界にいるし、俺は生きている人の世界にいるんだものな。そりゃ、ずれってものがあるさ。彼はソファから降りて、石の隣に座った。そして猫を撫でるように、丸い石を手のひらで撫でた。

「まったくどうすりゃいいのかね」と彼は石に話しかけた。「ナカタさんをどこかまともなところに引き渡したいんだが、君をどうにかしないことには、それができねえわけだ。それでいささか困っちまっている。ホシノくんがどうすればいいのか、もし知っていたら、ちょいと教えてくれないだろうか」

しかし返事はなかった。今のところそれはただの石だった。そのことは星野さんにも理解できた。何を相談したところで返事がかえってくる見込みはまずない。でも青年はその石の隣に座って、石を撫で続けた。いくつかの質問を投げかけ、理屈を並べて説得をした。同情心にも訴えた。無駄なことはもちろんわかっている。でもほかにやるべきこともとくに思いつかなかった。それにナカタさんだってしょっちゅうこの石に、こんな風に話しかけていたじゃないか。

「しかし石に向かって同情してくれって訴えるってのも、情けねえもんだよな」と青年は思った。「なにしろ石のように非情っていう表現があるくらいのものだ」

テレビでニュースを見ようと思って床から立ち上がったが、思い直してやめた。そしてまた石の隣に腰をおろした。たぶん今は静けさというものが大事なんだ、と青年は感じた。俺は耳を澄ませて、何かを待っていなくちゃならないんだ。でもさ俺はね、待つのはあんまり得意な方じゃないんだ、と青年は石に向かって言った。考えてみれば、昔から一貫してせっかちで損をしていた。よく考えないで、思いついたままにばたばたと行動して、それでいつだって失敗していた。お前は春先の猫みたいに落ちつきがないって、じいちゃんにも言われたもんだ。しかしここはひとつ、腰を据えて待つしかない。我慢だ、ホシノくん、と青年は自らに言い聞かせた。

全開にした隣室のエアコンのうなりのほかには、耳に届く音はない。時計はやがて9時をまわり、10時をまわった。でも何ごとも起こらなかった。ただ時間が過ぎて、夜が深くなっていくだけだった。青年は自分の部屋から毛布をもってきて、ソファに横になり、それを身体にかけた。たとえ眠るときでも、できるだけ石の近くにいた方がいいという気がしたからだ。彼は明かりを消し、ソファの上で目を閉じた。

「よう、石くん、俺はこれから寝ちまうよ」と青年は足もとの石に声をかけた。「また明日の朝、話のつづきをしよう。今日は長い一日だった。ホシノくんも眠りたい」

そうだよな、と彼はあらためて思った。長い一日だった。一日のうちに実にいろんなことが起こった。

「よう。おじさん」と星野青年は大きな声で隣室のドアに声をかけた。「ナカタさん。聴いているかい?」

返事はない。青年はため息をついて目を閉じ、枕の位置をなおし、そのまま眠りについた。夢ひとつ見ることなく、朝が来るまで切れ目なく眠った。隣の部屋ではやはりナカタさんが夢ひとつ見ることなく、石のように硬く深く眠っていた。

第46章

朝の7時過ぎに目を覚ますと、彼はすぐに隣室にナカタさんの様子を見に行った。エアコンは相変わらず、うなりを立てながら、冷たい風を部屋の中に送り込んでいた。その冷気の中でナカタさんはやはり死に続けていた。そこにある死の気配は昨夜見たときよりも更に濃く強くなっていた。肌はずいぶん青白かったし、目の閉じ方もどことなく他人行儀だった。ナカタさんがはっと息を吹き返して起きあがり、「すみません、ホシノさん。ナカタはすっかり寝込んでしまいました。申し訳ありませんでした。あとのことはこのナカタが引き受けます。どうかご安心ください」とか言って、入り口の石をうまく処理してくれるというようなことは、もう絶対に起こるまい。ナカタさんはまったく死んでしまったし、それはもう誰にも動かすことのできない決定的な事実なんだ。青年はそう思った。

　青年は寒さに身震いし、部屋を出てドアを閉めた。それから台所に行ってコーヒーメーカーでコーヒーをつくり、二杯飲んだ。そしてトーストを焼いて、バターとジャムをつけて食べた。食事が終ると台所の椅子（いす）に座って、窓を眺めながら煙草（たばこ）を何本か吸った。夜のあいだに雲はどこかに去ってしまい、窓の外には夏のまっすぐな青空が広がっていた。ソファの足もとには相変わらず石があった。石は昨夜から眠りもせず、目覚めもせず、ただそこにじっとうずくまっていたようだった。彼はためしにそれを持ち上げてみた。石は簡単に持ち上がった。

「よう」と青年は石に明るく声をかけた。「俺だよ。お馴染（なじ）みのホシノくんだよ。覚えているだろう？　今日もいちにち君とつきあうことになりそうだな」

　石は相変わらず無言だった。

「まあいいんだ。覚えてなくてもさ。時間はあるから、お互い気長にやろうぜ」

彼はそこに腰を下ろし、右手でゆっくりと石を撫でながら、石を相手にいったいどんな話をすればいいのだろうと、考えをめぐらせた。これまで石と話した経験なんて一度もないわけだから、適当な話題といってもそう簡単には思い浮かばない。しかし朝っぱらからあまりかた苦しい話題を持ち出してもしょうがないだろう、と彼は思った。一日は長いんだから、思いつくまま気楽に話せるような話題がいい。

しばらく考えた末に、女について話をすることにした。これまでに性的な関係をもった女性一人ひとりについて、青年は語ることにした。名前がわかっている相手だけに限れば、それほどの数ではない。青年は指を折って数えてみた。6人だ。名前のわからない相手を加えるともっとたくさんになるが、それはこの際省くことにしよう。

「石を相手にこれまで寝た女の話をしてもしょうがないだろうっていう気もする」と青年は言った。「石くんにしたところで、朝っぱらからそんな話は聞きたくないかもしれない。でもほかに何を話せばいいのか、俺っちにはぜんぜん思いつけねえんだ。それに石くんだってたまにはこういう柔らかい話を聞くのもいいんじゃないのかな。後学のためっていうかさ」

彼女たちについて、青年は記憶をたどり、思い出せるかぎり細かく具体的なエピソードを話した。最初は高校生のときだ。バイクに乗ってあれこれ悪さをしているころ。相手は3歳歳(とし)上の女だった。岐阜市内のスナックで働いている女の子。短い期間だったが、同棲(どうせい)のようなこともした。でも向こうが真剣にのめりこんできて、死ぬの生きるのという話まで出てきて、実家に電話はかかってくるわ、親から文句は言われるわ、それで面倒くさくなり、ちょうど学校も卒業するところだったので、何もかも放り出して自衛隊に入った。入隊してすぐに山梨の駐屯地(ちゅうとんち)に連れていかれて、彼女とのあいだはそれでおしまい。二度と会っていない。

「だからさ、面倒くさいというのがホシノくんの人生のキーワードなんだ」と青年は石に説明した。「話がちょっと込みいってくるとすぐにすたこら逃げちまう。自慢じゃないが、逃げ足だけは速い。だからこれまで、何かを最後までとことんつきつめたということがないんだね。それがホシノくんの問題点だ」

二人目は山梨の駐屯地の近くで知り合った女の子。非番の日に道路わきでスズキ・アルトのタイヤ交換を手伝ってやって、それがきっかけで仲良くなった。ひとつ歳上で、看護学校の生徒だった。

「気だてのいい子だったね」と青年は石に向かって言った。「おっぱいが大きくて情が深かった。あれをするのも好きだった。俺もまだ19だったからさ、そりゃ、会ったら一日布団をかぶってやりまくったね。ところがこれがとんでもねえくらい焼きもちやきでね、非番の日に一日でも会わないとさ、どこへ行った、何をした、誰と会った、うるさくってしかたねえんだ。とにかく質問責めだ。こっちが正直に答えても、なかなか信用してくれない。結局それが原因で別れちまった。1年くらいはつきあってたかなあ……。石くんはどうだか知らんけどさ、俺はさ、あれこれうるさく問いつめられるのって苦手なんだよ。息が詰まって気が滅入(めい)ってくる。で、逃げたんだな。自衛隊に入っていてよかったのはね、何かあると中に逃げ込めたことだ。ほとぼりが冷めるまで塀の外に出なきゃいいだけだ。向こうからは手が出せねえ。女とすんなり別れたきゃ自衛隊に入るのがいちばんだね。石くんもこいつは覚えておくといいぜ。穴掘りと土嚢積みばかりやらされたのはめげたけどね」

石を相手に思いつくまま話しているうちに、これまで自分がほとんどろくでもないことしかしてこなかったという事実を、青年はあらためて実感した。つきあった6人のうち、少なくとも4人は気だてのいい女の子だった（あとの2人については、客観的に言って性格にいささかの問題があったような気がする）。彼女たちはおおむね青年に親切にしてくれた。息を呑むような美人とは言えないにせよ、みんなそれなりに可愛かった。セックスだって好きなだけやらせてくれた。面倒だから前戯を適当に省いても、文句ひとつ言わなかった。休みの日には食事をつくってくれたし、誕生日がくればプレゼントを買ってくれたし、給料前にはお金も貸してくれたし（返した記憶はほとんどない）、とくに見返りも要求しなかった。それでも俺はちっとも感謝しなかった。そんなのは当たり前のことだと考えていた。

一人の女とつきあっているときには、その相手としか寝なかった。浮気は一度もしなかった。そのへんのところはまあまともだ。しかし相手の女が少しでも苦情を言ったり、正論を持ち出して諭したり、焼きもちをやいたり、貯金を勧めたり、定期的に軽いヒステリーを起こしたり、あるいは将来の不安について語り始めたりすると、はいさようならだ。女とのつきあいでいちばん大事なのはあとくされのないことだと思っていた。何か面倒なことが出てきたら、さっさと逃げちまう。それで次の女を見つけて、また最初から同じことをやりなおす。それがふつうの人間のながらよくわからねえよな」

　彼はマールボロに火をつけ、煙をゆっくりと吐き出しながら、片手で石を撫でた。

「だってそうだろ？　ごらんの通り、ホシノくんはべつにハンサムなわけでもねえし、セックスがとくべつうまいわけでもない。金があるわけでもない。性格がいいわけでもない。頭がいいわけでもない――どっちかといえばかなり問題があるほうだ。それなのに思い返してみると、俺はこれまでけっこう女には恵まれていた。とくにもてるってほどでもないけどさ、女に不自由したという記憶もねえんだな。やらせてくれて、飯をつくってくれて、金まで貸してくれた。でもね、石くん。良いことはいつまでも続かないかもしれない。ここんところ、だんだんそういう気がしてきたんだ。おい、ホシノくん、そのうちにツケがまわってくるぞってさ」

　青年はそんな風に石を相手に過去の女性関係について語りつづけ、そのあいだずっと石を撫でていた。石を撫でるのに馴れると、だんだんそれをやめることができなくなってきた。正午になると、近くの学校のチャイムが聞こえた。彼は台所に行って、うどんをつくって食べた。葱（ねぎ）をきざみ、卵を割って入れた。

食事のあとで青年はまた『大公トリオ』を聴いた。

「よう、石くん」、青年は一楽章の終わりのところで石に声をかけた。「どうだい、素敵な音楽じゃないか。聴いていると心が広がっていくような気がしねえかい？」

石は黙っていた。石が音楽を聴いているのかいないのか、それもわからない。でも青年は気にせずに話し続けた。

「朝から話してきたように、俺はずいぶんこれまでひでえことをしてきた。身勝手なことをしてきた。それは今更ちゃらにはできない。そうだよな？　でもこの音楽をじっと聴いているとだね、ベートーヴェンが俺に向かってこう話しかけているみたいな気がするんだ。〈よう、ホシノちゃん、それはそれとして、まあいいじゃんか。人生そういうことだってあるわな。俺だってこう見えてけっこうひでえことして生きてきたんだ。しょうがねえよ、そういうのってさ。成りゆきってもんがあるんだ。だからさ、これからまたがんばりゃいいじゃん〉ってさ。もちろんベートーヴェンはなにしろああいうやつだから、実際にはそんなこと言わねえんだろうけどさ、なんとなくそういう気持ちみたいなのがじわじわこっちに伝わってくるってことだよ。そういう感じってしないか？」

石は黙っていた。

「まあいいや」と青年は言った。「それはあくまで俺っちの個人的な意見に過ぎねえわけだ。とやかく言わず、黙って音楽を聴こう」

第 46 章

2時過ぎに窓の外を見ると、太った黒猫がベランダの手すりに乗って、部屋の中をのぞき込んでいた。青年は窓を開けて、退屈しのぎに猫に声をかけた。

「よう、猫くん。今日はいい天気だな」

「そうだね、ホシノちゃん」と猫は返事をかえした。

「参ったなあ」と青年は言った。そして首を振った。

カラスと呼ばれる少年

カラスと呼ばれる少年は森の上を、大きな円を描くようにゆっくりと飛んでいた。ひとつの円を描き終えると、少しだけ離れたべつの場所でまた同じような律儀(りちぎ)な円を描いた。そのようにしていくつもの円が空に描かれ、描かれては消えていった。視線は、まるで偵察する飛行機のように、ずっと眼下に注がれていた。彼はそこになにかの姿を探し求めているようだった。しかし簡単にはみつからない。森は陸のない海のように大きくうねりながら、眼下に広がっていた。緑の枝がからみあい、かさなりあい、森は深い匿名(とくめい)の衣をまとっていた。空は灰色の雲におおわれ、風はなかった。恩寵(おんちょう)の光はどこにも見あたらない。カラスと呼ばれる少年はその時点では、世界でもっとも孤独な鳥だったかもしれない。しかし彼にはそんなことを気にとめている余裕はなかった。

カラスと呼ばれる少年はようやく、それらしい樹海の切れ目を探しあて、そこをめがけてまっすぐ下降していった。切れ目の下には、小さな広場のようにまるく開けた場所があった。地面にはわずかに日があたり、なにかのしるしのように緑の草が茂っていた。端っこに丸い大きな石があり、その上にひとりの男が腰をおろしているのが見える。彼は鮮やかな赤いジャージのトレーニング・ウェアの上下を着込み、頭には黒いシルクハットをかぶっていた。靴は底のあつい登山靴で、足もとにはカーキ色のズックの袋が置かれていた。かなり奇妙なかっこうだったが、カラスと呼ばれる少年にとってはそんなことはどうでもよかった。それがまさに彼の探し求めていた相手だった。どんなかっこうをしていたところでかまいはしない。

　男は突然の羽ばたきを聞いて目をあげ、近くの大枝にとまっているカラスと呼ばれる少年を見た。「やあ」と男は少年に向かって明るい声で言った。

　カラスと呼ばれる少年はまったく返事をしなかった。彼は枝にとまったまま、瞬きをしない目で無表情に男の様子をじっと眺めていた。ときどきほんの少し首をかしげるだけだ。

「君のことは知っているよ」と男は言った。そして片手をのばしてシルクハットを軽く持ちあげ、またもとに戻した。「そろそろここにやってくるんじゃないかとも思っていた」

　男はひとつ咳払いをし、顔をしかめ、地面に唾を吐いた。靴の底でそこをごしごしとこすった。

「ちょうど休憩中といおうか、話相手がなくていささか退屈していたところだ。どうだい、ちょっとこっちに来ないか？　二人並んで話でもしようじゃないか。君を見かけたのは初めてだが、まんざら縁がないというわけでもないだろう」と男は言った。

　カラスと呼ばれる少年は口をじっと閉ざしていた。翼もぴたりと身体に重ねられていた。

シルクハットの男は軽く首を振った。

「そうかい、なるほど、君は口がきけないのか。じゃあいいや。ここはひとつ、私がひとりで話させてもらおう。私としちゃ、べつにどっちだってかまやしないんだ。たとえ口がきけなくとも、君がこれからなにをしようとしているのか私にはわかっている。つまりだね、君は私をこの先にいかせたくないんだろう？　そうだよな？　それくらいは私にもわかるんだ。お見通しだ。君は私をこれ以上先に進ませたくない。いっぽうの私としちゃもちろん前に進みたい。どうしてかっていうと、こいつはまたとない機会だからね。みすみす逃すわけにはいかないんだ。千載一遇っていうのはまさにこのことだからね」

彼は手のひらで登山靴のくるぶしのあたりをぴしゃりと叩いた。

「で、結論から言うならばだね、君には私の進行をとめることができない。なぜかといえば、その資格が君にはないからだ。たとえば私はここでちょいと笛を吹いてみてもいい。すると君はとたんに私の近くには近寄れなくなってしまう。それが私の笛だ。君が知っているかどうかわからんが、なかなかとくべつな笛なんだ。そんじょそこらの笛とはものが違っている。笛はこの袋の中にいくつも詰まっている」

男は手をのばして、足もとのズックの袋を大事そうにとんとんと叩いた。そしてカラスと呼ばれる少年がとまっている大枝をもう一度見あげた。

「私は猫たちの魂を集めて笛をつくった。生きたまま切り裂かれたものたちの魂が集まってこの笛をつくっている。切り割かれた猫たちには気の毒だとは思わないでもないが、私としちゃそうしないわけにはいかなかった。こいつはね、善とか悪とか、情とか憎しみとか、そういう世俗の規準を超えたところにある笛なんだ。それをこしらえるのが長いあいだ私の天職だった。私はその天職をそれなりにうまくこなし、ひととおりの役目をまっとうした。誰に恥じることもない人生だ。妻をめとり、子どもをつくり、じゅうぶんな数の笛をこしらえた。だからもうこれ以上笛はつくらない。君と私とのあいだだけの、ここだけの話だけどね、私はここに集めた笛を使って、もっと大きな笛をひとつこしらえようと思っているんだ。もっと大きくて、もっと強力な笛をね。それだけでひとつのシステムになってしまうような特大級の笛だ。そして私はその笛をこしらえるための場所に今から行こうとしている。その笛が果たして結果的に善となるか悪となるか、そいつを決定するのは私じゃない。もちろん君でもない。私がいつどこの場所にいるかによって、それは違ってくるわけだ。そういう意味では私は偏見のない人間だ。歴史や気象と同じで、偏見というものがないんだよ。偏見がないからこそ、私はひとつのシステムになることができる」

　彼はシルクハットをとり、てっぺんのあたりが薄くなった髪をしばらくのあいだ手のひらで撫(な)で、それからまた帽子をかぶった。つばを指ですっとならした。

「この笛を吹けば、君なんぞひょいひょいと追い払うのは造作もない。でもできることなら今は笛を吹きたくはない。この笛を吹くのはそれなりに力を要することだからね。私としてはあまり無駄な力は使いたくないんだ。力は先のためにできるだけセーブしておきたい。それに、笛を吹こうが吹くまいが、どう転んだところで、君には所詮(しょせん)私の行動を阻止することはできないんだから。それはもう、誰がなんといおうと明々白々なことであるわけだ」

男はもう一度咳払いをした。そしてジャージの服の上から、ふくらみ始めた腹を何度か撫でた。

「なあ、君はリンボというものを知っているかい？　リンボというのは、生と死の世界のあいだに横たわる中間地点だ。うすぼんやりとしたもの淋しいところだ。それがつまり、私が今いるところだ。今のところはこの森だ。私は死んだ。私は私の意志によって進んで死んだ。しかし私はまだ次の世界には入っていない。つまり私は移行する魂だ。移行する魂にかたちというものはない。私はただこうして仮のかたちをとっているだけだ。だから君には今の私を傷つけることはできないんだ。わかるかい？　たとえ私が激しく血を流しても、それはほんとうの血ではない。たとえ私がはげしく苦しんでも、それはほんとうの苦しみではない。今の私を抹殺することができるのは、それだけの資格をもったものだけだ。残念ながら君にはその資格がない。君はなんといってもただの未成熟な、寸足らずの幻想にすぎないわけだからね。どのような強固な偏見をもってしても、君には私を抹殺することはできない」

男はカラスと呼ばれる少年に向かってにっこりと微笑んだ。

「どうだい、ひとつためしてみるかね？」

そのことばを合図とするかのように、カラスと呼ばれる少年は羽を大きく広げ、足を蹴って枝を離れ、男に向かってまっすぐとびかかった。一直線の素早い飛翔だった。彼は男の胸に両脚の爪をたてて降りたち、頭をぐっとうしろに引くと、まるでつるはしをふるうみたいに、鋭いくちばしの先端を相手の右目の中に思い切りたたきこんだ。そのあいだ漆黒の翼は空中でばたばたと大きな音をたてていた。男はまったく抵抗をしなかった。なすがままになり、腕一本、指一本動かさなかった。悲鳴もあげなかった。男はむしろ声をあげて笑っていた。帽子が地面に落ち、眼球があっという間に切り割かれ、眼窩からはみだしてこぼれた。カラスと呼ばれる少年は男の両目を執拗に攻撃した。目のあった部分を穴のようにからっぽにしてしまうと、今度は顔のいたるところに休みなくくちばしを突きたてた。男の顔はみるみる傷だらけになり、あちこちから血が噴き出した。顔は赤く染まり、皮膚は切り裂かれ、肉が飛び散り、ただの肉のかたまりのようなものになってしまった。さらに髪の薄くなった部分にも容赦なくくちばしを立てた。しかし男はそれでも休みなく笑いつづけていた。おかしくてたまらないというみたいに。カラスと呼ばれる少年が激しく攻撃を加えれば加えるほど、その笑い声はますます大きくなっていった。

　男は眼球のうしなわれた空虚な目を、カラスと呼ばれる少年からいっときもそらせることなく、笑いのあいまにむせかえりながら言った。

「おいおい、だから言ったじゃないか。そんなに笑わせないでくれ。どのような力をもってしても、君には私を傷つけることなんてできないんだ。君にはその資格はないんだからな。君はただの薄っぺらな幻影にすぎないんだ。安もののこだまみたいなものにすぎないんだ。なにをやったところで無駄だ。まだわからんのかい？」

　カラスと呼ばれる少年は今度は、その語りかける口の中にくちばしを突き立てた。その大きな翼は相変わらず激しくうち振られ、黒い艶やかな羽根が何本も抜け落ちて、魂のかけらのように宙を舞っていた。カラスと呼ばれる少年は男の舌を裂き、そこに穴をうがち、くちばしの先にかけて、渾身の力をこめて外にひきずりだした。ひどく太く、そして長い舌だった。喉の奥からひきずりだされてからも、それはまるで軟体動物のようにずるずるとあたりを這いまわり、そこに闇のことばをかたちづくった。舌をなくした男は、さすがにもう笑うことはできなくなった。息をすることもできなくなったようだった。しかしそれでもなお、男は無音のうちに腹をかかえて笑いつづけていた。カラスと呼ばれる少年はその音のない笑いを耳にした。遠い乾いた砂漠を吹き渡る風のような不吉でうつろな笑い声は、いつまでたってもやまなかった。それはべつの世界から聞こえてくる笛の音に似ていなくもなかった。

第47章

夜が明けてまもなく目を覚ます。電気のヒーターで湯を沸かし、お茶をつくって飲む。窓際の椅子に座って、外の様子を眺める。通りにはやはり人影はなく、どんな音も聞こえない。早朝の鳥たちが鳴きだす気配もない。まわりを高い山にかこまれているために、夜が明けるのは遅く、日が暮れるのは早い。東の山の端がほんのりと明るくなっているだけだ。時刻をたしかめるために寝室に行って、枕もとの腕時計を手にとって見る。時計は止まっている。ディジタル時計の表示スクリーンは消えてしまっている。ためしにいくつかのスイッチをやみくもに押してみるが、まったく反応しない。まだ電池が切れる時期ではないはずだ。でも眠っているあいだに時計はなぜか動くことをやめてしまったのだ。腕時計を机の上に戻し、いつも時計をはめている左手の手首を、右手で何度かさすってみる。**この場所では時間というのはそれほど重要な問題ではないのだ**。

鳥の姿さえない外の風景を眺めながら、なにか本が読めればいいのだけどと思う。どんな本でもいい。活字が印刷してあって、本のかたちになっていればそれでいい。それを手にとってページを繰り、そこに並んだ活字を目で追いたいと思う。でも本は一冊もない。いや、活字そのものがここにはまったく存在しないみたいだ。もう一度部屋の中をぐるりと見渡してみる。しかし目につくかぎり、字で書かれたものはひとつとして見あたらない。

寝室のタンスをあけて、中に入っている服を調べてみる。服は折り目正しく畳まれて、引き出しの中に収められている。どれも新しい服ではない。色も褪せているし、何度も洗濯されたせいで生地は柔らかくなっている。でもいかにも清潔そうだ。丸首のシャツと下着。靴下。襟の付いた木綿のシャツ。やはり木綿のズボン。どれもだいたい――ぴたりと正確というのではないにせよ――僕のサイズだ。どの服にも柄がはいっていない。ひとつの例外もなく無地だ。世の中に模様のついた服が存在したことなんて一度もないとでもいうみたいに。ざっと見た限りでは、衣服のどれにもメーカーのしるしはついていない。どのような文字も書かれてはいない。これまで着ていた、汗の匂いのするTシャツを脱ぎ、引き出しの中にあったグレーのTシャツに着替える。シャツには太陽と石鹸の匂いがする。

しばらくあとで――どれくらいあとだろう――少女がやってくる。彼女は小さくノックをし、返事を待たずにドアを開ける。ドアには鍵というようなものはついていない。彼女はやはり大きなズックの袋を肩から下げている。彼女の背景に見える空は、もうすっかり明るくなっている。

少女は昨夜と同じように台所に立って、小さな黒いフライパンを使って卵の料理をつくってくれる。油を熱したフライパンに卵を割り入れると、じゅうっという小気味のいい音がする。新鮮

第 47 章

な卵の匂いが部屋の中に漂う。昔の映画に出てくるようなずんぐりとしたかたちのトースターでパンを焼く。彼女は昨夜と同じ淡いブルーのワンピースを着て、髪も同じようにヘアピンで後ろでまとめられている。彼女は滑らかな、美しい肌をしている。そのほっそりとした陶器のような二本の腕が、朝の光を受けて輝く。開け放しにした窓から、世界をすこしでも完璧(かんぺき)なものにするために、小さな蜂(はち)が入りこんでくる。彼女は食事をテーブルに運ぶと、近くの椅子に座って、僕が食べる様子を横から見ている。僕は野菜の入ったオムレツを食べ、新鮮なバターをパンにつけて食べる。ハーブ茶を飲む。彼女自身はなにも食べないし、なにも飲まない。すべてが昨夜と同じことの繰りかえしだ。

「ここにいる人たちはみんな自分で食事をつくるんだろう?」と彼女に尋ねてみる。「君はこうして僕のために食事をつくってくれるけど」

「自分でつくる人もいるし、誰かにつくってもらう人もいる」と少女は言う。「でもだいたいのところ、ここにいる人たちはあまりものを食べないの」

「あまり食べない?」

彼女はうなずく。「ときどきでいいの。ときどき食べたくなったら食べる」

「つまり、僕が今食べているみたいには、ほかの人は食べないということ?」

「あなたはまる一日なにも食べないでいられる?」

僕は首を振る。

「ここにいる人たちはまる一日なにも食べなくてもとくに苦痛は感じないし、じっさいよく食べるのを忘れてしまうの。ときには何日も」

「でも僕はまだここに馴れていないから、ある程度は食べなくちゃならない」

「たぶん」と彼女は言う。「だから私があなたのために食事をつくってあげることになっているの」

僕は彼女の顔を見る。「この場所に僕が馴れるまでに、どれくらいの時間がかかるんだろう?」

「どれくらいの時間?」と彼女は復唱する。そしてゆっくりと首を横に振る。「それはわからないわ。時間の問題じゃないの。時間の量とは関係なく、そのときが来れば、あなたは既に馴れている」

僕らは今ではテーブルをはさんで語りあっている。彼女はテーブルの上に両手を置いている。手の甲が表になって揃えられている。迷いのないしっかりとした十本の指が、現実のものとしてそこにある。僕は彼女をまっすぐ正面から見ている。彼女のまつげの微妙な動きを見つめ、彼女のまばたきの数を数えている。彼女の前髪のかすかな揺れをうかがっている。僕は彼女から目を離すことができない。

「そのとき?」

彼女は言う。「あなたはなにかを切りとったり捨てたりするようなことはしないの。私たちはそれを捨てるんじゃなくて、自分の中に呑みこむだけ」

「僕はそれを自分の中に呑みこむ」

「そう」

「それで」と僕はたずねる。「僕がそれを呑みこんだとき、いったいなにが起こるんだろう？」

少女は少しだけ首を傾けて考える。とても自然な傾けかただ。それにあわせて彼女のまっすぐな前髪もかすかに傾く。

「たぶんあなたはすっかりあなたになるの」と彼女は言う。

「つまり、僕は今のところまだすっかり僕ではないんだね」

「あなたは今でもじゅうぶんにあなたよ」と彼女は言う。それから少し考えこむ。「でも、私の言ってるのはそれとは少しちがうの。うまくことばで説明することができないんだけど」

「実際にそうなってみないと本当のことはわからない？」

彼女はうなずく。

彼女を見ているのがつらくなると、僕は目を閉じる。そしてまたすぐに開ける。彼女がまだそこにいることを確かめるために。

「ここではみんなは共同生活のようなことをしているの？」

彼女はまた少し考える。「そうね、みんなはこの場所で一緒に暮らしているし、たしかにいくつかのものは共同で使っている。たとえばシャワー場や発電所、交易所――そういうものについては、簡単な取りきめのようなものはたぶんいくらかあると思う。でもそれはたいしたことじゃないの。いちいち考えなくてもわかるようなこと。いちいちことばがなくても伝えられるようなこと。だから私があなたに『これはこうやればいいのよ』とか『ここではこうしなくちゃいけないのよ』とか、そういうふうに教えるようなことはほとんどなにもないの。いちばん大事なのは、私たちはみんな一人ひとり、ここに自分を溶けこませているということ。そうしているかぎり、なにも問題は起きないのよ」

「自分を溶けこませる?」

「つまりあなたが森の中にいるとき、あなたはすきまなく森の一部になる。あなたが雨降りの中にいるとき、あなたはすきまなく雨降りの一部になる。あなたが朝の中にいるとき、あなたはすきまなく朝の一部になる。あなたが私の前にいるとき、あなたは私の一部になる。そういうこと。簡単に言ってしまえば」

「君が僕の前にいるとき、君はすきまなく僕の一部になっている」

「そう」

「それはどんな気持ちのすることなんだろう。君がすっかり君でありながら、しかもすきまなく僕の一部になるっていうのは?」

彼女はまっすぐ僕を見ている。そしてヘアピンに手をやる。「私が私でありながらすきまなくあなたの一部になるのは、とても自然なことだし、一度馴れてしまえばとても簡単なことなの。空を飛ぶのと同じように」

「君は空を飛べるの?」

「たとえば、よ」と彼女は言って微笑(ほほえ)む。そこには深い意味はなく、含みもない。ただの微笑みのための微笑みだ。「空を飛ぶのがどういうことなのかは、実際に空を飛んでみないと本当にはわからないでしょう。それと同じ」

「とにかくそれは自然で、考えるまでもないことなんだね」

彼女はうなずく。「そう。それはとても自然で、穏やかで、静かで、考えるまでもないことなの。すきまのないことなの」

「ねえ、僕は君に質問しすぎるかな?」

「そんなことはないわ、ちっとも」と彼女は言う。「もっとうまく説明してあげられるといいんだけれど」

「君には記憶というものはある?」

彼女はまた首を振る。そしてテーブルの上にもう一度両手を置く。今度は手のひらが表になる。彼女はその手のひらに少しだけ目をやる。でもその目にはとくに表情は浮かんでいない。

「私には記憶はない。時間が重要じゃないところでは、記憶もやはり重要ではないの。もちろん昨夜の記憶はあるわよ。私はあなたのためにここに来て、野菜のシチューをつくった。そしてあなたはそれをきれいに食べた。そうよね? その前の日のこともいくらかは覚えている。でもそれより前のことになると、よくわからない。時間は私の中に溶けこんでしまっていて、ひとつのものと、そのとなりにあるものとの区別がつかなくなる」

「記憶はここではそんなに重要な問題じゃない」

彼女はにっこり笑う。「そう、記憶はここではそんなに重要な問題じゃない。記憶は私たちとはべつに、図書館が扱うことなの」

少女が帰ってしまったあと、僕は窓際に行って、朝の太陽の光に手をかざしてみる。窓枠の敷居に手の影が落ちる。五本の指のかたちもはっきりと見える。蜂は飛びまわることをやめて、窓ガラスの上に静かにとまっている。蜂は僕と同じようになにかについて真剣に考えこんでいるみたいに見える。

太陽が中空をすぎて少したったころに彼女が僕の住居を訪れる。でもそれは少女としての佐伯さんではない。彼女は小さくノックをして、入り口のドアを開ける。一瞬僕は少女と彼女をうまく識別することができなくなる。光のあたりかたのかすかな変化で、あるいは風の吹き具合の変化で、ものごとは簡単に転換してしまうように思える。彼女は次の瞬間に少女になったり、また次の瞬間に佐伯さんに戻ったりするような気がする。しかしそんなことは起こらない。僕の前にいるのはあくまで佐伯さんであって、ほかの誰でもない。

「こんにちは」と佐伯さんは、とても自然な声で言う。まるで図書館の廊下ですれちがったときのように。彼女は紺色の長袖のブラウスに、やはり紺色の膝までのスカートをはいている。細い銀のネックレスと、耳に真珠の小さなピアス。見慣れたかっこうだ。彼女のヒールがポーチの板張りの床にこつこつという短く乾いた音をたてる。その音にはほんの少しだけ場所にそぐわない響きがふくまれている。

佐伯さんは戸口に立ったまま、距離を置いて僕の姿を眺めている。僕がほんものの僕かどうかをたしかめるみたいに。でもそれはもちろんほんものの僕だ。彼女がほんものの佐伯さんであるのと同じように。

第 47 章

「中に入ってお茶を飲みませんか？」と僕は言う。

「ありがとう」と佐伯さんは言う。そしてやっと決心したように部屋の中に足を踏み入れる。

僕は台所に行って電熱器のスイッチを入れ、お湯をわかす。そしてそのあいだに呼吸を整える。

佐伯さんは食卓の椅子に座る。さっきまで少女が座っていたのとまったく同じ椅子に。

「こうしていると、まるで図書館にいるみたいだわ」

「そうですね」と僕は同意する。「コーヒーがなくて、大島さんがいないだけで」

「そして本が一冊もないだけで」と佐伯さんは言う。


ハーブ茶をふたつつくり、カップに入れて食卓に持っていく。僕らは食卓をはさんで向かいあう。開いた窓から鳥の声が聞こえてくる。蜂はまだガラス窓の上で眠っている。

佐伯さんが最初に口を開く。「今ここに来るのも、ほんとうのことをいえば、そんなに簡単なことじゃなかった。でもどうしてもあなたと会って話をしたかったの」

僕はうなずく。「会いに来てくれてありがとう」

彼女はいつもの微笑みを口もとに浮かべる。「それは私があなたに言わなくてはならないことよ」と彼女は言う。その微笑みは少女の微笑みとほとんど同じだ。でも佐伯さんの微笑みのほうが少しだけ深みがある。そのわずかな違いが僕の心を揺らせる。

佐伯さんは両手の手のひらでカップを包みこむようにして持っている。僕は彼女の耳の真珠の白い小さなピアスを眺める。彼女は少し考えている。いつもに比べると、考えるのに時間がかかる。

「私は記憶をぜんぶ燃やしてしまったの」と彼女はゆっくりことばを選びながら言う。「すべては煙になって空に消えてしまった。だからそんなに長くはいろんなことを覚えていられない。いろんなこと、すべてのこと。あなたとのことをも含めて。だから少しでも早くあなたに会って話をしたかったの。私の心がまだいろんなことを覚えているうちに」

僕は首を曲げて窓ガラスの上の蜂を見る。窓の敷居に黒い蜂の影が、点となってぽつんと落ちている。

「まずなによりも大事なこと」と佐伯さんは静かな声で言う。「遅くならないうちにここを出なさい。森を抜けて、ここから出ていって、もとの生活に戻るのよ。入り口はそのうちにまた閉じてしまうから。そうするって約束して」

僕は首を振る。「ねえ佐伯さん、あなたにはよくわかっていないんだ。僕が戻る世界なんてどこにもないんです。僕は生まれてこのかた、誰かにほんとうに愛されたり求められたりした覚えがありません。自分自身のほかに誰に頼ればいいのかもわかりません。あなたの言う『もとの生活』なんて、僕にとってはなんの意味もないものなんです」

「それでもやはりあなたは戻らなくちゃいけないのよ」

「たとえそこになにもなくても？　誰ひとりとして僕がそこにいることを求めていなくても？」

「そうじゃないわ」と彼女は言う。「私がそれを求めているのよ。あなたがそこにいることを」

「でもあなたはそこにはいない。そうですね？」

佐伯さんは両手に包んでいる茶碗を見下ろす。「そうね、残念ながら私はもうそこにはいない」

「じゃあ佐伯さんはそこに戻った僕にいったいなにを求めているんですか?」

「私があなたに求めていることはたったひとつ」と佐伯さんは言う。そして顔をあげ、僕の目をまっすぐに見る。「あなたに私のことを覚えていてほしいの。あなたさえ私のことを覚えていてくれれば、ほかのすべての人に忘れられたってかまわない」

沈黙が僕らのあいだに降りる。深い沈黙だ。僕の胸の中でひとつの質問がふくれあがる。それは喉を塞いで、呼吸を困難なものにしてしまうくらい大きなものになる。でも僕はそれをなんとか奥に呑みこむ。

「記憶というのはそんなに大事なものなんですか?」と僕は別の質問をする。

「場合によっては」と彼女は言う。そして軽く目を閉じる。「それは場合によってはなによりも大事なものになるのよ」

「でもあなた自身はそれを焼いてしまった」

「私にはもう使いみちのないものになってしまったから」、佐伯さんは両手を、甲を上にしてテーブルの上に揃える。少女がやったのとまったく同じように。「ねえ、田村くん。あなたにお願いがあるの。あの絵を持っていって」

「図書館の僕のいた部屋にかかっていた、あの海辺の絵のことですか?」

佐伯さんはうなずく。「そう。『海辺のカフカ』。あの絵をあなたに持っていってほしいの。どこでもかまわない。これからあなたが行くところに」

「でもあの絵は誰かの所有物でしょう」

彼女は首を振る。「あれは私のものなの。彼が東京の学校に行くときに、私にプレゼントしてくれたの。それ以来私はずっと、肌身はなさずあの絵をもち歩き、どこに行っても自分の部屋の壁にかけていた。甲村図書館で仕事をするようになって、一時的にあの部屋に戻しておいただけなの。もとあった場所にね。そして私はあの絵をあなたにゆずりわたすという手紙を大島さんあてに書いて、図書館の私の机の引き出しに入れておいたわ。それにだいたい、あの絵はもともとあなたのものだったのよ」

「僕のもの？」

彼女はうなずく。「だってあなたはそこにいたのよ。そして私はそのとなりにいて、あなたを見ていた。ずっと昔、海辺で。風が吹いていて、真っ白な雲が浮かんでいて、季節はいつも夏だった」

僕は目を閉じる。僕は夏の浜辺にいる。デッキチェアに横になっている。僕はそのざらりとしたキャンバス地を肌に感じることができる。僕は潮の香りを胸に吸いこむことができる。たとえ瞼（まぶた）を閉じていても光は眩（まぶ）しい。波の音が聞こえる。その音は時間に揺すぶられるように遠くなったり、近くなったりする。誰かが少し離れたところで僕の絵を描いている。そのとなりには淡いブルーの半袖のワンピースを着た少女が座って、こちらを見ている。彼女は白いリボンのついた麦わら帽子をかぶり、指で砂をすくっている。まっすぐな髪と、しっかりとした長い指。ピアニストの指だ。太陽の光を浴びて、その陶器のように艶（つや）やかな二本の腕が輝く。まっすぐな唇の両端には自然な微笑みが浮かんでいる。僕は彼女を愛している。彼女は僕を愛している。

それが記憶だ。

「あの絵をずっとあなたに持っていてもらいたいの」と佐伯さんは言う。

彼女は立ちあがり、窓辺に行く。そして外を眺める。太陽はさっき中空を過ぎたばかりだ。蜂はまだ眠っている。佐伯さんは右手をあげ、ひさしをつくるようにして遠くを眺める。それから僕のほうを振りかえる。

「もう行かなくては」と彼女は言う。

僕は立ちあがって彼女のそばに行く。彼女の耳が僕の首に触れる。ピアスの硬い感触がある。僕は彼女の背中に両方の手のひらを置く。そしてそこにしるしを読みとろうとする。彼女の髪が僕の頬を撫でる。彼女の両手が僕を強く抱きしめる。その指の先が僕の背中に食いこむ。それは時間という壁にしがみつく指だ。潮の香りがする。波の砕ける音が聞こえる。誰かが僕の名前を呼んでいる。ずっと遠くで。

「あなたは僕のお母さんなんですか?」、僕はやっとそう尋ねる。

「その答えはあなたにはもうわかっているはずよ」と佐伯さんは言う。

そう、僕にはその答えはわかっている。でも僕にも彼女にも、それを言葉にすることはできない。言葉にすれば、その答えは意味を失ってしまうことになる。

「私は遠い昔、捨ててはならないものを捨てたの」と佐伯さんは言う。「私がなによりも愛していたものを。私はそれがいつかうしなわれてしまうことを恐れたの。だから自分の手でそれを捨てないわけにはいかなかった。奪いとられたり、なにかの拍子に消えてしまったりするくらいなら、捨ててしまったほうがいいと思った。もちろんそこには薄れることのない怒りの感情もあった。でもそれはまちがったことだった。それは決して捨てられてはならないものだった」

僕は黙っている。

「そしてあなたは捨てられてはならないものに捨てられた」と佐伯さんは言う。「ねえ、田村くん、あなたは私のことをゆるしてくれる?」

「僕にあなたをゆるす資格があるんですか?」

彼女は僕の肩に向かって何度かうなずく。「もし怒りや恐怖があなたをさまたげないのなら」

「佐伯さん、もし僕にそうする資格があるのなら、僕はあなたをゆるします」と僕は言う。

お母さん、と君は言う、僕はあなたをゆるします。そして君の心の中で、凍っていたなにかが音をたてる。

佐伯さんは黙って抱擁を解く。そして髪をまとめていたピンをはずし、迷うことなく、鋭い先端を左腕の内側に突き立てる。とても強く。そして右手でその近くの静脈をぐっと強く押さえる。やがて傷口から血液がこぼれはじめる。最初の一滴が床に落ちて、意外なほど大きな音をたてる。それから彼女はなにも言わずその腕を僕のほうに差しだす。また一滴の血が床に落ちる。僕は身をかがめて、小さな傷口に唇をつける。僕の舌が彼女の血をなめる。僕は目を閉じてその味を味わう。僕は吸った血を口にふくみ、ゆっくりと飲みこむ。僕は喉の奥に彼女の血を受け入れる。それは僕の心の乾いた肌にとても静かに吸いこまれていく。自分がどれほどその血を求めていたか、はじめてそのことに思いあたる。僕の心はひどく遠い世界にある。でもそれと同時に僕の身体はここに立っている。まるで生き霊のように。僕はこのまま彼女のすべての血を吸いつくしてしまいたいとさえ思う。でもそんなことはできない。僕は彼女の腕から唇を離し、彼女の顔を見る。

「さよなら、田村カフカくん」と佐伯さんは言う。「もとの場所に戻って、そして生きつづけなさい」

「佐伯さん」と僕は言う。

「なあに？」

「僕には生きるということの意味がよくわからないんだ」

彼女は僕の身体から手を離す。そして僕の顔を見あげる。手を伸ばして、僕の唇に指をつける。

「絵を見なさい」と彼女は静かな声で言う。「私がそうしたのと同じように、いつも絵を見るのよ」

彼女は去っていく。ドアを開け、振り向かずに外に出る。そしてドアを閉める。僕は窓辺に立ち、彼女の後ろ姿を見おくる。彼女は足早にどこかの建物の陰に姿を消してしまう。僕は窓枠に手を置いたまま、彼女が消えてしまったあたりをいつまでも眺めつづける。彼女はなにか言い忘れたことを思いだして、また戻ってくるかもしれない。でも佐伯さんは戻ってこない。そこにはただ不在というかたちが、くぼみのように残されているだけだ。

眠っていた蜂が目を覚まし、僕のまわりをしばらく飛びまわる。そしてやがて思いだしたように、開いた窓から外に出ていく。太陽は照りつづけている。僕は食卓に戻り、椅子に腰掛ける。テーブルの上の彼女のカップには、まだ少しハーブ茶が残っている。僕はカップには手を触れず、そのままにしておく。そのカップは、やがて失われるはずの記憶の隠喩(いんゆ)のように見える。

着ていたシャツを脱いで、もとの汗くさいTシャツに着替える。そして死んだままの腕時計をとって、左の手首にはめる。大島さんにもらった帽子をうしろ向きにかぶり、スカイブルーのサングラスをかける。長袖のシャツを着る。台所に行って、蛇口の水をグラスに注いで一息に飲む。グラスを流しに置き、振りかえって部屋の中をぐるりと見まわす。そこには食卓があり、椅子がある。それは少女が座っていた椅子であり、佐伯さんが座っていた椅子だ。テーブルの上にはまだ飲みかけのカップが残されている。目を閉じて一度だけ深呼吸をする。その答えはあなたにはもうわかっているはずよ、と佐伯さんは言う。

ドアを開け、家の外に出る。ドアを閉める。ポーチの階段を下りる。地面には僕の影がくっきりと落ちている。その影は僕の足もとにしがみついているように見える。まだ日は高い。

森の入り口では二人の兵隊が木の幹にもたれるようにして僕を待っている。僕の姿を目にしても、彼らはなにひとつ質問しない。彼らは僕がなにを考えているのか、既に承知しているようだ。前と同じように小銃を背中にたすき掛けにしている。背の高い兵隊は草を口にくわえている。

「まだ入り口は開いているよ」と背の高いほうの兵隊が草を口にくわえたまま言う。「少なくともついさっき見たときは開いていた」

「前と同じくらいの速さで進んでかまわないよな」とがっしりしたほうが言う。「ついてこれるよな？」

「大丈夫です。ついていきます」

「向こうに着いたらもう入り口が閉まっていたというのでは、君だってきっと困るだろうしね」と背の高いほうが言う。

「それじゃ戻った甲斐がない」もうひとりが言う。

「はい」と僕は言う。

「ここを去ることに迷いはないんだね？」と背の高い兵隊が言う。

「ありません」

「じゃあ急ごう」

「うしろは振りかえらないほうがいいぞ」とがっしりした兵隊が言う。

「うん、そのほうがいい」と背の高い兵隊が言う。

そして僕らは再び森を抜ける。

しかし僕は坂をのぼりながら、一度だけちらりとうしろを振りかえってしまう。振りかえらないほうがいいと兵隊たちは言った。でも振りかえらないわけにはいかなかった。それは町を見おろすことができる最後の地点だった。その地点を過ぎれば、樹木の壁にさえぎられて、そこにある世界はおそらく永遠に僕の前から消えてしまうのだ。

通りにはやはり人の姿は見えない。盆地を横切って美しい川が流れ、通りに沿って小さな建物が並び、等距離を置いて並んだ電柱が地面に濃い影を落としている。僕は一瞬そこに凍りついてしまう。たとえなにがあろうとそこに引きかえさなくてはと思う。せめて夕暮れまでそこにとどまろう。夕暮れになれば、ズックの袋を持った少女が僕の部屋にやってくる。僕が必要とすれば、彼女はいつもそこにいる。胸が急に熱くなり、強い磁力が僕をうしろに引き戻す。足がまるで鉛を埋めこまれたみたいに動かなくなる。ここを過ぎてしまえばもう二度と彼女に会うことはできないんだ。僕は立ち止まる。僕は時間の足どりを見失ってしまう。前を歩いていく兵隊たちの背中に声をかけようとする。僕は戻らない、やっぱりここにとどまります、と。でもそれは声にならない。言葉は生命をうしなってしまっている。

　僕はそのとき空白と空白とのあいだにはさみこまれている。なにが正しくなにが正しくないのか見きわめることができない。自分がなにを求めているのかさえわからない。僕は激しい砂嵐の中にひとりで立っている。自分がのばした手の先だって見えない。どちらに行くこともできない。骨を砕いたような白い砂が僕をすっぽりと包んでいる。でも佐伯さんがどこかから僕に語りかける。「それでもあなたは戻らなくちゃいけないのよ」と佐伯さんはきっぱりと言う、「私がそれを求めているのよ。あなたがそこにいることを」。

呪縛（じゅばく）がとける。僕はもう一度ひとつになる。僕の身体に温かい血が戻ってくる。それは僕が彼女からゆずられた血だ。彼女の最後の血だ。次の瞬間には僕は前を向いて、兵隊たちのあとを追っている。僕は角を曲がり、そして山あいの小さな世界は視界から消える。それは夢と夢のはざまに飲みこまれてしまう。そのあとは森の中を抜けることだけに意識を集中する。道を見失わないこと。道からはずれないこと。それがなによりも重要だ。

入り口はまだ開いている。夕暮れまでには時間がある。僕は二人の兵隊に礼を言う。彼らは銃を下ろし、前と同じように大きな平べったい石の上に腰かける。背の高い兵隊は草を口にくわえる。彼らはやはり息ひとつ切らしていない。

「銃剣のことは忘れないようにね」と背の高い兵隊が言う。「相手を刺したら、それをぎゅっと横にねじるんだ。そしてはらわたを裂く。そうしないと、君が同じことをやられる。それが外の世界だ」

「でもそれだけでもない」とがっしりしたほうが言う。

「もちろん」、背の高い兵隊が言う。そしてひとつ咳払いする。「僕は暗い側面を語っているだけだ」

「それに善悪を判断するのはとてもむずかしい」とがっしりした兵隊が言う。

「しかしそれはやらなくちゃならないことだ」と背の高い兵隊が言う。

「たぶん」とがっしりしたほうが言う。

「もうひとつ」と背の高いほうが言う。「ここをいったん離れたら、目的地に着くまで、君は二度とうしろを振りかえっちゃいけないよ」

「それはとても大事なことだ」とがっしりしたほうが言う。

「さっきはなんとか切り抜けられた」と背の高いほうが言う。「でも今度はほんとうに真剣な話だ。そこに着くまで、うしろは振り向いちゃいけない」

「ぜったいに」とがっしりしたほうが言う。

「わかりました」と僕は言う。

僕はもう一度礼を言い、二人に別れを告げる。「さよなら」と僕は言う。

彼らは立ちあがり、かかとを合わせて敬礼をする。僕が彼らに会うことはもう二度とないだろう。僕はそれを知っている。彼らもそれを知っている。そのようにして僕らは別れる。


兵隊たちと別れてから、大島さんのキャビンまでの道筋をひとりでどのようにたどって戻ってきたのか、ほとんど覚えていない。深い森を抜けながら、そのあいだずっとなにかほかのことを考えていたような気がする。でも僕は道を見失わなかった。うっすらと記憶しているのは、行きに道ばたに捨てていったデイパックを目にして、ほとんど反射的に手に取ったことくらいだ。同じようにコンパスと鉈(なた)とスプレー・ペイントの缶を拾いあげる。通路沿いの木の幹に僕がつけていった黄色い目じるしが現れたときのことも覚えている。それは巨大な蛾(が)があとに残していった鱗粉(りんぷん)みたいに見えた。

キャビンの前の広場に立ち、空を見あげる。気がついたとき、僕のまわりには自然の音が鮮やかに満ちている。鳥の声、小川の水音、風が木の葉を揺らす音――どれもささやかな音だ。でもまるで耳に詰まっていた栓がなにかの拍子にとれたみたいに、それらの音ははっとするほど生々しく、そして親密に僕の耳に届く。すべてがつながりあい、入りまじっているのに、それでいながらひとつひとつの音がはっきり聞き分けられる。僕は左腕にはめた腕時計に目をやる。時計はいつのまにか動いている。緑色の画面にディジタル数字が浮かびあがり、なにごともなかったように刻々と数字を変えつづけている。4:16、それが今の時刻だ。

キャビンに入って、服を着たままベッドに横になる。深い森を抜けてきたあとでは、身体が激しく休息を求めている。僕は仰向けになって目を閉じる。１匹の蜂が窓ガラスの上でやすんでいる。少女の二本の腕が朝の光の中で陶器のように輝く。「たとえば、よ」と彼女は言う。

「絵を見なさい」と佐伯さんが言う。「私がそうしたように」

少女の細い指のすきまから真っ白な時の砂がこぼれていく。波が小さく砕ける音が聞こえる。それは持ちあがり、落下し、砕ける。それは持ちあがり、落下し、砕ける。そして僕の意識はうす暗い廊下のような場所に吸いこまれていく。

第48章

「参ったなあ」と青年は繰り返した。

「参ることはないだろう、ホシノちゃん」と黒猫は大儀そうに言った。顔が大きく、かなり歳（とし）をとっているように見えた。「だって一人で退屈していたんじゃないのか？　石と一日話をしているくらいだもの」

「でも、どうして人間の言葉がしゃべれるんだい？」

「人間の言葉なんてしゃべっておらんぜ」

「よくわからないな。じゃあなんで俺たちはこうやって会話できるんだよ？　猫と人間のあいだで」

「わしらは世界の境めに立って共通の言葉をしゃべっておる。それだけのことだよ」

青年は考え込んだ。「世界の境め？　共通の言葉？」

「わからんならわからんでいいよ。説明すると話が長くなる」と猫は言って、面倒さを唾棄（だき）するように尻尾（しっぽ）を何度か短く振った。

「あんた、ひょっとしてカーネル・サンダーズじゃないだろうな？」と青年は言った。

「カーネル・サンダーズ？」と猫は不機嫌そうに言った。「そんな奴は知らんぜ。わしはわし、ほかの誰でもない。普通の市井の猫だよ」

「名前はあるの？」

「名前くらいある」

「どんな名前？」

「トロ」と猫は言いにくそうに言った。

「トロ？」と青年は言った。「鮨のトロ？」

「そうだ」と猫は言った。「実を言うと、近所の鮨屋で飼われているんだ。犬も飼っていて、そっちの名前はテッカっていう」

「で、トロさんは俺の名前を知ってるんだ？」

「きみはなかなか有名なんだよ。ホシノちゃん」と黒猫のトロは言った。そして一瞬にやっと笑った。猫が笑うのを目にしたのはそれが初めてだった。でもその笑いはすぐに消え、猫はまたもとの神妙な顔つきに戻った。

猫は言った、「猫はなんでも知っている。ナカタさんが昨日のうちに死んじまったことも、そこに大事な石があることも。このへんで起こったことで、わしの知らないことはない。けっこう長く生きているから」

「ふうん」と青年は感心して言った。「あのさ、立ち話もなんだから、中に入らないか、トロさん」

猫は手すりの上に横になったまま首を振った。「いや、わしはここでいい。中に入ると落ちつかないっていうか、天気もいいし、ここで話をしようじゃないか」

「べつに俺っちはどっちでもかまやしないんだけどさ」と青年は言った。「どう、腹は減ってない？　なにか食べるものはあると思うけど」

猫は首を振った。「はばかりながら食い物に不自由はしてないっていうか、むしろ減量に苦労しているくらいだ。なにしろ鮨屋に飼われているから、コレステロールとかがたまるんだ。太ると、高いところの上り下りがつらくなる」

「それで、トロさん」と青年は言った。「今日はひょっとして何か用事があってここに来たのかい？」

「ああ」と猫は言った。「きみはたぶん困っているんだろう。一人であとに残されて、そんなややこしい石まで抱え込んで」

「そのとおりだ。おっしゃる通りだよ。そういうことで、にっちもさっちもいかねえんだよ」

「で、困ってるなら少し助けてやろうかなとか思ってさ」

「そうしてもらえると俺っちとしてもありがたいね」と青年は言った。「猫の手も借りたいとはよく言ったもんだ」

「問題は石だ」とトロは言った。それからぶるぶると頭を振って、寄ってきた蠅（はえ）を追い払った。

「石をもとに戻せば、きみの役目は終わる。どこでも好きなところに帰ることができる。そういうことじゃないかい」

「うん、そういうことだ。入り口の石を閉めてしまえば、それで話はしっかり終わるんだ。ナカタさんが言っていたように、一度開けたものは、また閉めなくちゃならない。それが決まりだ」

「だからどうすればいいか、わしが教えてやろうじゃないか」

「どうすればいいか、知ってるんだ？」と青年は言った。

「もちろん知っておるよ」と猫は言った。「さっきも言ったじゃないか、猫はなんでも知っているんだ。犬とは違うよ」

「で、どうすりゃいいんだい？」

「あいつを殺すんだよ」と猫は神妙な声で言った。

「殺す？」と青年は言った。

「そう。ホシノちゃんが、あいつを殺すんだ」

「あいつって誰だ？」

「実際に見ればわかる。これがあいつだって」と黒猫は言った。「しかし実際に見なければなんもわからない。もともとしっかりとしたかたちのないものだからね。そのときによって違うんだ」

「それは人なのか？」

「人じゃない。それだけはたしかだ」

「じゃあどんなかっこうをしてるんだよ？」

「そんなことわしは知らん」とトロは言った。「さっきも言ったじゃないか。一目見ればわかる。見なきゃわからん。わかりきったことだよ」

星野さんはため息をついた。「で、そいつのそもそもの正体はいったい何なんだい？」

「きみはそんなことを知らなくていいんだ」と猫は言った。「説明するのはとてもむずかしいし、というかむしろ、きみは知らない方がよろしい。とにかくそいつは今はじっとしている。暗いところで息をひそめてあたりの様子をうかがっている。でもいつまでもじっとしていられない。早晩出てくる。たぶん今日あたりってとこじゃないかな。そしてそいつは必ずきみの前をとおりかかる。千載一遇の好機だ」

「センザイイチグウ？」

「千年に一度しかないチャンスってことだよ」と黒猫は説明した。「きみはじっと待っていて、そいつを殺せばいいんだ。そうすれば話は終わる。そのあとできみはどこでも好きなところに行ける」

「それを殺すことには法律的な問題はないんだろうね？」

「法律のことはよく知らん」と猫は言った。「なにしろわしは猫だからな。でもそいつは人間じゃないんだから、法律にはおそらく関係ないんじゃないのかね。何はともあれ、そいつを殺すことが必要なんだ。それくらいのことは市井の猫にだってわかる」

「しかし、どうやって殺せばいいんだい？　どんな大きさでどんなかっこうをしているのかわからねえんだぜ。それじゃ殺し方だって予定がつかないじゃないか」

「なんだってかまわん。金槌でたたいてもいい。包丁で刺してもいい。首を絞めてもいい。火で焼いてもいい。かみ殺してもいい。きみの好きな方法をつかってかまわん。とにかく息の根をとめろ。圧倒的な偏見をもって強固に抹殺するんだ。だいたいきみは自衛隊に入っていたんだろう。国民の税金をつかって鉄砲の撃ち方も教わっただろう。銃剣の研ぎ方だって教わっただろう。兵隊さんじゃないか。殺し方くらい自分の頭で考えろ」

「自衛隊で教わったのはふつうの戦争のやりかただよ」と青年は力なく抗弁した。「人間じゃない大きさもかたちもわからないものを待ち伏せして、トンカチで殺す訓練なんて受けちゃいねえんだ」

「そいつは『入り口』から中に入りこもうとするはずだ」とトロは青年の言いぶんを無視して言った。「しかし中に入れちゃいけないぞ。何があっても絶対に入れちゃだめだ。そいつが『入り口』の中に入る前に確実にしとめるんだ。それが何よりも大事なことなんだ。わかったかね？今を逃すとあとがない」

「千年に一度のチャンスなんだ」

「そのとおり」とトロは言った。「千年に一度ってのはもちろん、言葉のあやみたいなもんだけどな」

「でもさ、トロさん、そいつはひょっとしてすごく危険なやつじゃないの？」と星野さんはおそるおそる質問した。「殺そうと思ったけど、逆にこっちが返り討ちにあったとかさ」

「移動しているあいだはたぶんそんなに危険じゃないはずだ」と猫は言った。「移動を終えたときにそいつははじめて危険になる。すごく危険になる。だから移動しているときを逃しちゃいけない。そのときにとどめをさすんだ」

「たぶん？」と星野さんは言った。

黒猫はそれには答えなかった。彼は目を細め、手すりの上でひとつ伸びをしてから、ゆっくりと立ちあがった。「じゃあまたな、ホシノちゃん。そいつを間違いなく殺すんだぞ。そうしないと、ナカタさんは死んでも死にきれないんだからな。きみはナカタさんのことが好きだったんだろう？」

「ああ、あの人はいい人だったよ」

「だったらそいつを殺すんだ。圧倒的な偏見をもって断固抹殺するんだ。それがナカタさんの求めていたことだった。ナカタさんのために、きみはそれをやるんだ。資格をひきつぐんだ。きみはこれまでずっと人生の責任を回避していい加減に生きてきた。今がその借りを返すときだ。どじるんじゃないぞ。わしもかげながら応援しておるからね」

「それは心強い話だ」と青年は言った。「で、今ちょっと思ったんだけどさ」

「なんだい？」

「入り口の石がまだ閉まらずに開けっ放しになっているのは、ひょっとしてそいつをおびき寄せるためなんじゃないのかね？」

「あるいはそうかもしれんね」と黒猫のトロはどうでもよさそうに言った。「おっと、ホシノちゃん、ひとつ言い忘れておった。そいつは夜にしか動かない。おそらくは夜の深い時刻に行動を起こす。だから昼間のうちによく眠っておくんだね。居眠りして見逃すとたいへんだからな」

　黒猫は手すりからひらりと隣の屋根に飛び降り、尻尾をまっすぐに立てて、歩いて行ってしまった。身体（からだ）が大きなわりに、猫はとても身軽だった。青年はその後ろ姿をベランダから見送っていた。猫は一度も後ろを振り返らなかった。

「やれやれ」と青年は言った。「参ったな」


　猫が姿を消してしまうと、青年は台所に行ってとりあえず武器になりそうなものを探した。刃先の鋭い刺身包丁と、鉈（なた）のようなかたちをした重い包丁があった。台所には簡単な調理用具しか置いていなかったが、包丁だけはずいぶん種類が揃（そろ）っていた。包丁のほかに、重みのある大ぶりな金槌と、ナイロンのロープもみつかった。アイスピックもみつかった。

「こういうとき、自動小銃があればたすかるんだけどな」と星野さんは台所を物色しながら思った。自動小銃なら自衛隊にいたときに撃ち方を教わったし、射撃訓練ではいつも良い成績をとった。でももちろん台所には自動小銃なんてものはなかった。それにだいたいこんな静かな住宅地で自動小銃を撃ちまくったら、えらい騒ぎになってしまう。

　彼は居間のテーブルに二本の包丁と、アイスピックと、金槌とロープを並べた。懐中電灯も置いた。そして石の隣に腰をおろし、石を撫（な）でた。

「やれやれ、まったくね」と星野さんは石に向かって言った。「トンカチと包丁をつかってわけのわからないものと闘わなくちゃならないなんて、とんでもない話じゃないか。それもさ、近所の話」

しかしもちろん石は返事をかえさなかった。

「そいつはたぶん危険なものじゃないって黒猫トロくんは言ってたけどさ、それもあくまでたぶんだ。ただの楽観的な予測に過ぎねえわけだよ。もしなんかの間違いで『ジュラシック・パーク』みたいなやつがひょいと出てきたら、ホシノくんはいったいどうすりゃいいんだよ？　いっかんの終わりじゃねえか」

無言。

星野さんは金槌を手に取り、何度か空中で振ってみた。

「でも考えてみりゃ、これもすべて行きがかりだ。だいたい俺が富士川サービスエリアでナカタさんを車に乗せてやったときから、最後にこうなるってことは運命として既に決まっていたんだろうね。知らないのはホシノくんばかりなりってさ。まったく運命ってのは変てこりんなもんだよ」と星野さんは言った。「なあ、石くん。石くんだってそう思うだろう？」

無言。

「まあ、しょうがねえよ。なんのかんの言ったって、俺が自分で選んじまった道だもんな。最後までつきあうしかない。どんな気色の悪いやつが出てくるか見当もつかねえけど、まあいい、ホシノくんとしても全力をつくそうじゃないか。短い人生だったが、ときどきは楽しい思いもした。面白い目にもあった。黒猫トロくんの言うところによれば、これは千年に一度のチャンスってことだ。ここでホシノくん華と散るってのもなかなか悪くないかもしれない。すべてはナカタのおじさんのためだ」

石は相変わらず沈黙をまもっていた。

青年は猫に言われたとおり、夜にそなえてソファの上で仮眠をとった。猫の言いなりになって昼寝をするというのも奇妙なものだったが、実際に横になってみると1時間ばかりぐっすりと眠ることができた。夕方になると台所に行って、冷凍の海老カレーを解凍してご飯にかけて食べた。そしてあたりが暗くなり始めると、石の隣に座り、包丁と金槌を手の届くところに置いた。

部屋の照明は消し、小さな卓上ライトだけをつけておいた。そのほうがいいと思ったからだ。夜にしか動かないやつなんだ。なるべく暗くしておいてやろうじゃないか。ホシノくんとしてもなるべく早くことを終えてしまいたいんだ。さあ、出てくるんなら出てこいよ。さっさとけりをつけちまおうぜ。それから俺っちは名古屋のアパートに帰って、どっかの女の子に電話でもかけるんだ。

青年はもう石にもほとんど話しかけなかった。彼はじっと沈黙をまもり、ときどき時計に目をやった。退屈すると包丁と金槌を手に取り、空中で振ってみた。何かが起こるとしたら、それはたぶん本当の真夜中だろうと彼は思った。しかしひょっとしてそれより前に起こることだってあるかもしれないし、彼としてはそれを見逃すわけにはいかない。なにしろ千年に一度のチャンスなんだ。いい加減なことはできない。口がさびしくなるとクラッカーをかじり、ミネラル・ウォーターをほんの少し飲んだ。

「よう、石くん」、真夜中になると星野さんは小さな声で言った。「これでやっと12時を過ぎたぜ。これからが魔物の時刻だ。正念場だ。何が起こるか、二人でしっかりと見とどけようぜ」

星野さんは石に手を触れた。石の表面はいつもより少しだけ温かみが増しているような気がした。でもそれはただの気のせいかもしれない。彼は自分を励ますように、手のひらで何度か石の表面を撫でた。

「石くんもかげながら俺のことを応援してくれよな。ホシノくんにはそういうちょっとした精神的な支援が必要なんだ」

ナカタさんの死体のある部屋からざわざわというかすかな物音が聞こえてきたのは、午前3時を少し過ぎたころだった。何かが畳の床を這っているような音だった。でもナカタさんのいる部屋には畳はない。床にはカーペットが敷いてある。青年は顔をあげ、その音に耳を澄ませた。間違いない。何の音かはわからないけれど、ナカタさんが横になっている部屋で明らかに何かが起こっている。彼の胸の中で心臓が大きな音を立て始めた。青年は右手に刺身包丁を握りしめ、左手に懐中電灯を持った。そして金槌をズボンのベルトに差し込み、床から立ち上がった。

「さて」と彼は誰に言うともなく言った。

青年は足音を殺してナカタさんの部屋に通じるドアの前に行き、そっと開けた。そして懐中電灯のスイッチを入れ、光をナカタさんの死体のあるところに素早く向けた。ざわざわという音はまちがいなくそのあたりから聞こえてきたからだ。懐中電灯の光は白く細長い物体を照らし出した。物体は死んだナカタさんの口から、もぞもぞと身をくねらせながら出てくるところだった。そのかたちはウリを思わせた。太さは大柄な男の腕くらいある。全体の長さはよくわからないが、だいたい半分近く外に出てきたというところだろう。身体は粘液のようなものでぬめぬめとして、白く光っている。ナカタさんの口は、そいつを通すために、まるで蛇の口のようにかっと大きく開けられていた。たぶん顎の骨ははずれてしまっているはずだ。

星野さんは大きな音をたててつばを呑み込んだ。懐中電灯を持つ手が細かく震えていた。震えにあわせて光線が揺れる。やれやれ、こいつをどうやって殺せばいいんだ、と彼は思った。見たところ手も足もなく、目も鼻もない。ぬるぬるしてつかみどころもない。こんなやつの息をどうやってとめればいいんだ？　それにいったいどういう種類の生き物なんだ？

こいつは寄生虫みたいに、これまでずっとナカタさんの身体の中に隠れていたんだろうか。それともこれはナカタさんの魂みたいなものなんだろうか？　いや、そうじゃあるまい。そんなことがあるはずはない。青年は直観的にそう確信した。こんな気色の悪いやつがあのナカタさんの中にいたわけがないんだ。俺にだってそれくらいはわかる。こいつはたぶんどっかからやってきて、ナカタさんを抜けて、入り口の中に入り込もうとしているだけなんだ。好きなときにやってきて、ナカタさんを通路みたいに都合よく利用しているだけなんだ。ナカタさんはそんな具合に利用されちゃいけないんだ。だから俺はこいつをなんとしてでもしとめなくちゃならない。黒猫のトロが言ったように、圧倒的な偏見をもって強固に抹殺するんだ。

彼は思い切ってナカタさんのそばに寄り、その白いものの頭とおぼしきあたりに、刺身包丁をしかし刺した手応えはほとんどなかった。まるで柔らかな野菜に包丁を突き立てているようなさくさくという感触があっただけだった。ぬるぬるとした白い表面の下には肉もなく、骨もない。内臓もなく、脳もない。包丁を引き抜くと傷口は粘液によってすぐにふさがれてしまった。そこからは血も体液も出てこなかった。こいつはまったく無感覚なんだ、と青年は思った。その白いものはどれだけ星野さんの攻撃を受けても、まったく意に介することなく、ナカタさんの口の中からずるずると確実に外に這いだしつづけていた。

星野さんは刺身包丁を床に放り出し、居間にもどって、テーブルの上に置いてあった鉈に似た大ぶりな包丁をもって戻ってきた。そしてそれを白いものに向かって力の限り振り下ろした。その一撃で白いものの頭のあたりがざっくりと割れた。思ったとおり中には何もない。外皮と同じような白いぼんやりとした物質がつまっているだけだ。それでも何度か包丁を振るって、頭の一部をようやく切断することができた。切り離された一部は床の上でなめくじのようにしばらく身をくねらせていたが、そのうちに死んだように動かなくなった。しかしそれも残された身体の前進をとめることはできなかった。傷口は粘液によってすぐにふさがり、欠けた部分は膨らんでもとどおりの形に復した。そして何事もなかったみたいにそいつはたゆみなく前進をつづけた。

その白いものはナカタさんの口から着実に抜け出し、ほぼ全体のすがたを外に出していた。体長はぜんぶで1メートル近くもあり、尻尾もついていた。尻尾があるおかげで、やっと前とうしろの見分けがつく。山椒魚のような短く太い尻尾だった。先の方が急に細くなっている。足はない。目もなく口もなく鼻もない。しかしそれが意志をもちあわせたものであることはたしかだった。いや、こいつには意志しかないんだ、と青年は思った。理屈も何もなく彼にはそれがわかった。移動のあいだだけ、こいつは何かの事情でたまたまこういうかたちをとっているだけなんだ。背筋がひどく寒くなった。とにかくなんとしてでもこいつをしとめるしかない。

青年は今度は金槌を試してみた。しかしそれもほとんど効果を発揮しなかった。鉄のかたまりで叩（たた）かれると、その部分は深くへこんだものの、そんなへこみは柔らかな皮膚と粘液によってすぐに補充され、もとあったかたちに戻った。彼は小さなテーブルを持ってきて、脚の部分を持ってそれを白いものの上にたたきつけた。しかしどれだけ強く叩きつけても、その白いものの進行をとめることはできなかった。決して速いスピードではないが、それは不器用な蛇のように身をくねらせながら、着実に隣室の入り口の石に向かって進んでいた。

こいつはどんな生き物とも違っている、と青年は思った。どんな武器をもってしても、とどめを刺すことはできそうにない。突き刺すべき心臓もないし、絞めるべき喉（のど）もないのだ。いったいどうすりゃいいんだ？　でも何があろうとこいつを〈入り口〉の中に入れるわけにはいかない。なぜならこいつは邪悪なものだからだ。黒猫のトロは「一目見ればわかる」と言った。そのとおりだ。たしかに一目見ればわかる。これは生かしてはおけないものだ。

青年は居間にもどって武器になりそうなものを探した。でも何も見あたらない。それからふと足もとの石が目についた。入り口の石だ。ひょっとしてこいつで押しつぶすことができるかもしれない。石は淡い闇（やみ）の中で普段よりいくらか赤みを帯びているように見えた。青年は身をかがめ、ためしにそれを持ち上げてみた。石はひどく重くなっていて、ぴくりとも動かすことができなかった。

「よう、君は入り口の石になったんだ」と青年は言った。「ということは、あいつがここに来るまでに君を閉めちまえば、あいつは中に入れなくなるわけだ」

青年は精いっぱいの力をこめて石を持ち上げようとした。しかし石はやはり動かなかった。

「動かねえよ」と青年は大きく呼吸をしながら石に向かって言った。「よう、石くん、君は前のときよりさらに重くなっているみたいだ。まったくきんたまがこぼれ落っちまいそうに重いぜ」

背後ではざわざわという音がつづいていた。その白いものはこちらに着実に近づいているのだ。時間はもうあまり残されていない。

「もう一回やってみる」と青年は言って、石に手をあてた。そして息を思いきり深く吸い込み、肺をいっぱいにし、呼吸をとめた。意識をひとつに集中し、石の片側に両手を当てた。これで持ち上がらなかったら、もう二度と機会はない。ここだよホシノくん、と青年は自分に声をかけた。これで決めちまうんだ。ひとつ死んだ気でやれ。それから渾身（こんしん）の力を込めて、うなり声とともに石を持ち上げた。石は少しだけ持ち上がった。彼は更に力をこめて、それを床からはがすように持ち上げた。

頭の中が真っ白になった。両腕の筋肉がずたずたに切れてしまったような感じがした。二個のきんたまはもうとっくに床に落ちているだろう。それでも石は離さなかった。彼はナカタさんのことを考えた。ナカタさんはたぶんこの石を開け閉めするために命を縮めたんだ。なんとしてでもナカタさんのかわりにこれを最後までやりとげなくちゃならない。資格をひきつぐんだ、と黒猫のトロは言った。体中の筋肉が新しい血の供給を求めていた。肺はその血を作り出すために必要な新鮮な空気を求めていた。でも息を吸い込むことができない。自分が限りなく死に近接しているのがわかった。すぐ目の前に虚無の深淵(しんえん)が口を広げている。しかし青年はもう一度あらんかぎりの力をかき集めて、石を手前に引き寄せた。石はなんとか持ち上がり、大きな音を立てて、裏返しに床に落ちた。その衝撃で床が揺れた。ガラス戸がぴりぴりと震えた。すさまじい重さだった。青年はそこに座りこんだまま、大きく息をした。

「よくやった、ホシノくん」、少しあとで青年は自分に向かって言った。

いったん入り口を閉めてしまうと、その白いものを片づけるのは思ったよりずっと簡単だった。もう行き場は塞(ふさ)がれてしまったのだ。白いものにもそのことはわかっていた。それは前進することをやめ、隠れ場所をもとめて部屋の中をうろうろとさまよった。ナカタさんの口の中に戻ろうとしていたのかもしれない。でももう逃げきるだけの力は残されてはいなかった。青年は素早くそのあとを追い、鉈のような包丁をふるってそれをいくつかに分断した。そして分断されたものをまたいっそう細かく分断した。それらの白い断片は床の上でしばらくのたうっていたが、そのうちに力をなくして動かなくなっていった。それらは硬く丸くなって死んでいった。カーペットはその粘液で白く光っていた。星野さんはそれらの死体をちりとりで集めてごみ袋に入れ、その口を紐(ひも)できつく縛り、それをまたべつのごみ袋に入れた。そのごみ袋の口も紐できつく縛った。

そしてそれを押入の中にあった厚い布の袋に入れた。

それだけをやってしまうと、青年は気が抜けたように床にしゃがみこんで、肩で大きく息をした。両手がぶるぶると震えていた。何か声を出そうとしたが、うまく言葉にならなかった。

「上出来だ、ホシノくん」と少しあとで青年は自分に向かって言った。

白いものを攻撃したり、石をひっくり返したりするときにあんなに大きな音を出したんだから、マンションの住人が目を覚まして警察に電話でもしたんじゃないだろうかと青年は心配した。しかしありがたいことに何ごとも起こらなかった。サイレンの音もしなかったし、誰もドアをノックしなかった。こんなところを警察に踏み込まれたら、たまったものじゃない。

ばらばらにして袋の中に詰めたその白いものが、もはや息を吹き返さないだろうということは星野さんにもわかっていた。そいつにはもう行き場がないのだ。しかし念には念を入れたほうがいい。夜が明けたら近くの海岸ですっかり焼いてしまおう。灰だけにしてしまおう。そしてそれが終わったら名古屋に帰るんだ。


時刻はもう4時に近くなっていた。やがて夜が明ける。引き上げどきだ。青年は自分のボストン・バッグに着替えを詰め込んだ。用心のためにサングラスも中日ドラゴンズの帽子もバッグの中にしまった。最後の最後で警察に捕まったらもともこもない。火をつけるためのサラダオイルの瓶も持った。思い出して『大公トリオ』のCDもバッグに入れた。それから最後にナカタさんが横になっているベッドに行った。エアコンはまだ最強で動き続けていて、部屋は底冷えしていた。

「よう、ナカタさん、俺はもう行くよ」と青年は言った。「悪いけど、ここにいつまでも残っているわけにはいかねえんだ。駅に着いたら警察に電話をかけて、おじさんの遺体を引き取ってもらうように手配する。あとのことは親切なおまわりさんたちにゆだねよう。これっきりもう二度と会えねえけどさ、おじさんのことは忘れないよ。ていうか、忘れようたってなかなか簡単には忘れられないわけだけどさ」

エアコンがかたんという大きな音を立てて停止した。

「俺はさ、おじさん、こう思うんだよ」と青年は続けた。「これから何かちょっとしたことがあるたびに、ナカタさんならこういうときにどう言うだろう、ナカタさんならこういうときにどうするだろうって、俺はいちいち考えるんじゃねえかってさ。なんとなくそういう気がするんだね。で、そういうのはけっこう大きなことだと思うんだ。つまりある意味ではナカタさんの一部は、俺っちの中でこれからも生きつづけるってことだからね。まああんまりたいした入れ物じゃねえことはたしかだけどさ、でも何もないよりゃいいだろう」

しかし彼が今話しかけている相手は、ただのナカタさんの抜け殻に過ぎなかった。いちばん大事なものは、ずっと前にどこか別の場所に去ってしまっていた。青年にもそれはよくわかっていた。

「よう、石くん」と青年は石にも語りかけた。彼は石の表面を撫でた。石はもとのなんでもない石に戻っていた。冷たく、ざらざらとしていた。

「俺はもう行くよ。これから名古屋に帰るんだ。君のことも、ナカタのおじさんと同じように、おまわりさんの手にゆだねざるをえないみたいだ。ほんとはもとの神社まで連れて帰ってやれるといいんだけどさ、ホシノくんは記憶力がよくないんで、どこの神社だったかぜんぜん思い出せねえんだ。悪いとは思うけど、勘弁してくれ。祟らないでくれ。すべてはカーネル・サンダーズに言われるままにやったことなんだ。だからさ、祟るならどうかあいつに祟ってくれ。でもとにかく君に会えてよかったよ、石くん。君のことも忘れないよ」

それから青年はナイキの厚底のスニーカーを履き、マンションを出た。ドアの鍵も閉めなかった。右手には自分のボストン・バッグを持ち、左手には白いものの死骸を入れた布袋をもっていた。

「諸君、焚き火の時間だ」、彼は明けかけた東の空を見上げながら言った。

第49章

翌朝の9時過ぎに、車のエンジンの音が近づいてくるのを耳にして、僕はおもてに出る。やがて車高を高くして頑丈なタイヤをはいた小型トラックが姿を見せる。四輪駆動のダットサンで、少なくともこの半年くらい洗車された形跡はない。荷台にはよく使いこまれたロング・サーフボードが2枚積んである。トラックはキャビンの前に停まる。エンジンが停止し、あたりに静けさが戻り、ドアが開いて背の高い男が降りてくる。大きめの白いTシャツにカーキ色の半ズボン、かかとのつぶれたスニーカーというかっこうだ。油のしみのついたTシャツには、NO FEARという文字が書かれている。たぶん30歳近く。肩幅が広く、まんべんなく日焼けして、顔には3日分くらいの髭(ひげ)をはやしている。髪は耳が隠れるくらいの長さだ。高知でサーフショップをやっているという大島さんのお兄さんなのだろうと僕は推測する。

「やあ」と彼は言う。

「こんにちは」と僕は言う。

彼は手を出して、僕らはポーチの上で握手をする。大きな力強い手だ。僕の推測は正しい。やはり大島さんのお兄さんだ。みんなにはサダという名前で呼ばれている、と彼は言う。彼はゆっくりと言葉を選んでしゃべる。決して急がない。時間ならいくらでもあるんだから、というふうに。

「高松から電話があって、君をここまで迎えにきて、連れ帰ってくれということだった」と彼は言う。「あちらになにか急ぎの用件があるそうだ」

「急ぎの用件？」

「そう。用件の内容まではわからんけどね」

「わざわざすみません」と僕は言う。

「べつにすまながらなくてもいいよ」と彼は言う。「引き払う用意はすぐにできるかい？」

「5分もあればできます」

僕が荷物をまとめてリュックに詰めこんでいるあいだ、お兄さんは口笛を吹きながら戸じまりを手伝ってくれた。窓を閉め、カーテンを引き、ガスの栓をチェックし、残った食品をまとめ、流し台を簡単に洗った。彼がこのキャビンを自分の身体(からだ)の延長のようにみなしていることは、そのひとつひとつの動作から感じとれた。

「弟は君のことを気に入っていたみたいだ」と大島さんのお兄さんは言う。「弟はあんまり人のことを気に入ったりしないんだ。性格がちょいとむずかしい」

「僕にはとても親切にしてくれました」

サダさんはうなずく。「親切にしようと思うと、とても親切になる」と彼は手みじかに意見を述べる。

僕はトラックの助手席に乗り、リュックを足もとに置く。サダさんはエンジンをかけ、ギアを入れ、最後に窓から首を出してキャビンを外側からもう一度ゆっくりと点検し、それからアクセルを踏む。

「俺たち兄弟の数少ない共通点のひとつはこの山小屋だ」とサダさんはなれた手つきでハンドルを切り、山道を降りながら言う。「二人とも、ときどき気が向くとこの山小屋にやってきて、一人きりで何日かを過ごす」

彼は自分が今口にしたことについてひとしきり考察を加え、それからまた話をつづける。

「ここは俺たち兄弟にとっていつも大事な場所だったし、今でもそれは同じだ。ここに来ると、力のようなものを受けとることができる。静かな力だけどね。俺の言っていること、わかるかい?」

「わかると思います」と僕は言う。

「君にはわかるだろうと弟も言っていた」とサダさんは言う。「わからない人間には永久にわからない」

色褪(あ)せた布製のシートには白い犬の毛がたくさんついている。犬の匂(にお)いに混じって、乾いた潮の香りもした。そしてサーフボードに塗るワックスの匂い。煙草(たばこ)の匂い。エアコンの調整つまみがとれてなくなっている。灰皿には煙草の吸殻がつまっている。ドアのポケットにはむきだしのカセットテープが手当りしだいに突っこんである。

「何度か森に入りました」と僕は言う。

「深く？」

「はい」と僕は言う。「大島さんにはあまり深く入っちゃいけないと注意されていたんですが」

「でも君はかなり深く入った」

「はい」と僕は言う。

「俺も一度決心して、かなり奥深く入ったことがある。そうだな、もう10年以上前のことだけどな」

彼はそれからしばらくのあいだ黙りこんで、ハンドルに置いた両手に意識を集中している。長いカーブがつづく。太いタイヤが小石を崖（がけ）の下にはじきとばしていく。ときどき道ばたにカラスがいた。彼らは車が近づいてきても避けず、僕らが通り過ぎていくのを、珍しいものでも見るようにじっと眺めていた。

「兵隊には会ったかい？」とサダさんはなんでもなさそうに僕にたずねる。まるで時刻でもたずねるみたいに。

「二人連れの兵隊のことですね」

「そうだ」とサダさんは言う。そして僕の横顔をちらりと見る。「君はそこまで行ったんだ」

「はい」と僕は答える。

彼は右手でハンドルを軽くさばきながら、長いあいだ沈黙している。一切の感想を言わない。表情も変化しない。

かえす。

「俺があの兵隊たちに会って、そこでなにをしたか？」と彼は僕の質問をそのままもう一度繰りかえす。

「十何年か前にあの兵隊たちに会って、そのときになにをしたんですか？」と僕は質問する。

「うん？」と彼は言う。

「サダさん」と僕は言う。

僕はうなずいて返事を待つ。彼はバックミラーで後方のなにかを点検し、それからまた前方に視線を戻す。

「俺はその話を今まで誰にもしていない」と彼は言う。「弟にもしてないんだ。弟というか妹というか、なんでもいいけど、まあ弟だ。弟は兵隊たちのことはまったく知らない」

僕は黙ってうなずく。

「そして俺はその話をこの先たぶん誰にもしないだろうと思う。たとえ君に対してもだ。そして君もたぶんその話をこの先誰にもしないだろうと思う。たとえ俺に対してもね。俺の言っている意味はわかるかい？」

「わかると思います」と僕は言う。

「どういうことだと思う？」

「ことばで説明してもそこにあるものを正しく伝えることはできないから。本当の答えというのはことばにはできないものだから」

「そういうことだ」とサダさんは言う。「そのとおりだ。それで、ことばで説明しても正しく伝わらないものは、まったく説明しないのがいちばんいい」

「たとえ自分に対しても？」と僕は言う。

「そうだ。たとえ自分に対してもだ」とサダさんは言う。「自分に対しても、たぶんなにも説明しないほうがいい」

サダさんは僕にクールミント・ガムをすすめる。僕は1枚とって食べる。

「サーフィンをやったことはある？」と彼はたずねる。

「ありません」

「もし機会があったら今度教えてやるよ」と彼は言う。「もちろん君にやる気があればということだけどね。高知の海岸にはとてもいい波が立つんだ。人もそんなに多くない。サーフィンというのは、見かけよりもずっと奥の深いスポーツなんだ。俺たちはサーフィンをすることを通して、自然の力に逆らわないことを覚える。たとえそれがどんなに荒っぽいものであったとしてもだ」

彼はTシャツのポケットから煙草を取りだし、口にくわえ、ダッシュボードのライターをつかって火をつける。

「それもことばでは説明することのできないもののひとつだ。イエスでもノオでもない答えのひとつだ」と彼は言う。

そして目を細め、煙を窓の外にゆっくりと吐きだす。

彼は言う、「ハワイにトイレット・ボウルと呼ばれるスポットがある。そこでは引き波と寄せ波がぶつかって大きな渦ができているんだ。便器の水の渦みたいにぐるぐるとまわっている。だからワイプアウトしていったん底に引きこまれると、なかなか浮きあがってこられない。波の具合しだいでは、ひょっとしたらそのまま二度と浮かびあがれないかもしれない。でもとにかく君は海の底で、波にもまれながらじっとしていなくちゃならないんだ。あわててじたばたしたところでなんともならない。かえって体力を消耗するだけだ。実際にそういう目にあってみると、こんなにおっかないことはちょっとほかにないね。でもそういう恐怖をいったん乗りこえないことには、一人前のサーファーにはなれない。死と二人きりで向かいあって、知りあって、それを乗りこえていくんだ。その渦の底で君はいろんなことを考える、ある意味では死と友だちになり、腹をわって話をすることになる」

彼は塀のところでトラックを降り、ゲートを閉めて鍵(かぎ)をかける。ゲートを何度か揺すって、それが開かないことをたしかめる。

そのあと僕らはずっと黙っている。彼はFMラジオの音楽番組をかけっぱなしにして、運転をする。でも彼がそんなものをろくに聴いていないことはわかる。ただなにかのしるしみたいにかけているだけだ。トンネルに入って放送が途切れ、雑音だけになっても、まったく気にしない。エアコンは壊れているので、高速道路に入ってからも窓はずっと開け放しになっている。

「もしサーフィンを習いたいのなら、俺のところに来るといい」とサダさんは瀬戸内海が見えたあたりで言う。「空いている部屋はあるから、好きなだけ泊まれる」

「ありがとう」と僕は言う。「いつか行きます。いつになるかはわからないけど」

「忙しいのか?」

「解決しなくてはならないことがいくつかあると思うんです」

「それは俺にもある」とサダさんは言う。「自慢じゃないけどな」

そのあとまた長いあいだ僕らは口をきかない。彼は彼の問題について考え、僕は僕の問題について考える。彼はじっと前方に目を据え、ハンドルの上に左手を置き、ときどき煙草を吸う。彼は大島さんとちがってスピードを出さない。右腕の肘を開け放した窓枠に載せ、法定速度でのんびりと走行車線を走っている。ほんとうに遅い車が前にいるときにだけ追い越し車線に移り、面倒そうにアクセルを踏みこみ、すぐにまた走行車線に戻る。

「サダさんはずっとサーファーをやっているんですか？」と僕はたずねる。

「そうだな」と彼は言う。沈黙がつづく。僕がその質問をしたことを忘れたころになって答えがやっと帰ってくる。

「サーフィンは高校時代からやっていたよ。ほんの遊びでね。真剣にやるようになったのは6年くらい前だ。東京で大きな広告代理店に勤めていた。仕事がつまらなくてやめて、こっちに帰ってきて、サーフィンをやりだしたんだ。貯金を使って、親に借金をして、サーフショップをはじめた。一人だから、まずまず好きなことができる」

「四国に戻りたかったんですか？」

「それもある」と彼は言う。「すぐ近くに海があって山がないとどうも気持ちが落ちつかないんだ。人間というのは、もちろんある程度まではということだけど、生まれて育った場所に決定されてしまうところがある。考えかたや感じかたがおそらくは地形や温度や風向きと連動しているんだな。君はどこで生まれた？」

「東京です。中野区野方」

「中野区に戻りたい？」

僕は首を振る。「いいえ」と僕は言う。

「どうして？」

「戻る理由がないから」

「なるほど」と彼は言う。

「地形や風向きともそれほど連動していないと思う」と僕は言う。

「そうか」と彼は言う。

それから僕らはまた黙りこむ。しかし沈黙がつづくことはサダさんにはまるで気にならないようだった。僕もべつに気にならない。僕はなにも考えず、ぼんやりとラジオの音楽を聴いている。彼はいつも道路の先のほうを眺めている。僕らは終点で高速道路を降り、北に向かって高松市内に入る。


甲村図書館に着いたのは午後の1時前だ。サダさんは僕を図書館の前で降ろすと、自分は車から降りず、エンジンも切らず、そのまま高知に引きかえす。

「ありがとう」と僕は言う。

「そのうちにまた会おう」と彼は言う。

そして窓から手を出して短く一度だけ振り、太いタイヤを軋(きし)ませて行ってしまう。大きな波と、彼自身の世界と、彼自身の問題の中に戻っていく。

　僕はリュックを背負い、図書館の門をくぐる。きれいに刈りこまれた庭の草木の匂いをかぐ。図書館を最後に見たのは何カ月も前のような気がする。しかし考えてみれば、それはたった4日前のことなのだ。

　カウンターには大島さんが座っている。彼は珍しくネクタイをしめている。真白なボタンダウン・シャツに、辛子色と緑のストライプのタイ。長袖(そで)を肘まで折って、上着はなし。彼の前には例によってコーヒーカップが置かれ、机の上には削りあげられた二本の長い鉛筆が並んでいる。

「やあ」と大島さんは言う。そしていつもと同じように微笑(ほほえ)む。

「こんにちは」と僕はあいさつする。

「兄がここまで送ってくれたんだね」

「そうです」

「あまりしゃべらなかっただろう」と大島さんは言う。

「でも少しは話しました」と僕は言う。

「それはよかった。君は幸運だ。相手によっては、場合によっては、ただのひとこともしゃべらないときだってあるんだ」

「ここでなにかがあったんですか？」と僕はたずねる。「急ぎの用事があるということだったけど」

大島さんはうなずく。「いくつか君に伝えなくてはならないことがある。まず佐伯さんが亡くなった。心臓発作だ。火曜日の午後に、二階の部屋の机に突っ伏して死んでいるのを僕が見つけた。突然の死だった。見たところ苦痛もなかったようだった」

僕は肩からまずリュックをおろし、床の上に置く。それから近くにあった事務用の椅子のひとつに腰をおろす。

「火曜日の午後？」と僕は尋ねる。「今日は金曜日ですね、たしか？」

「そう、今日は金曜日だよ。佐伯さんは火曜日のツァーが終わったあとで亡くなったんだ。もっと前に君に知らせるべきだったのかもしれないけど、僕もうまく考えをまとめることができなかった」

僕は椅子の中に沈みこんだまま、うまく身体を動かすことができない。僕も大島さんも長いあいだそのまま黙っている。僕の座っている位置からは二階に通じる階段が見える。よく磨きこまれた黒い手すりと、踊り場の正面のステンドグラス。その階段は僕にとっていつも深い意味をもつものだった。そこを上っていけば佐伯さんに会うことができたからだ。でもそれは今では、なんの意味ももたないありきたりの階段になってしまっている。彼女はもうそこにはいない。

「以前も言ったように、それはたぶん前もってきまっていたことだ」と大島さんは言う。「僕にもわかっていたし、彼女にもわかっていた。でも言うまでもないことだけど、じっさいに起こってみると、とても重いことだ」

大島さんはそこでしばらく間を置く。なにかを言わなくてはと僕は思う。でもことばは出てこない。

「故人の遺志によって葬儀はいっさいおこなわれない」と大島さんはつづける。「だからそのままひっそりと火葬された。遺書は二階の部屋の、彼女の机の中に入っていた。彼女の遺産のすべてはこの甲村図書館を運営する財団に寄付されるということだ。僕にはモンブランの万年筆を記念品として遺してくれた。君には油絵が一枚。あの海辺の少年の絵だ。受けとってくれるね？」

　僕はうなずく。

「絵はすぐにもっていけるように、包装してそこに置いてある」

「ありがとう」と僕はようやく声をだす。

「ねえ、田村カフカくん」と大島さんは言う。彼は鉛筆の一本を手にとって、それをいつものようにくるくるとまわしている。「ひとつだけ質問してもかまわないかな」

　僕はうなずく。

「佐伯さんが亡くなったことは、僕が今こうして教えるまでもなく、君にはわかっていたんだろう？」

　僕はもう一度うなずく。「わかっていたと思う」

「そういう気がしたんだ」と大島さんは言う。そしてひとつ大きく息をつく。「水かなにか飲みたい？　率直に言って、君は砂漠みたいな顔をしている」

「お願いします」と僕は言う。たしかに喉（のど）がひどく渇いている。大島さんに言われて、僕ははじめてそのことに気づく。

大島さんがもってきてくれた、氷の入った水を僕はひと息で飲んでしまう。頭の奥が少しだけ痛む。僕は空になったグラスをテーブルの上に戻す。

「もっと飲みたい？」

僕は首を振る。

「君はこれからどうするつもりなんだい？」と大島さんは質問する。

「東京に戻ろうと思います」と僕は言う。

「東京に戻ってどうする？」

「まず警察に行って、これまでの事情を説明します。そうしないとこれから先ずっと警察から逃げまわることになるから。そしてたぶん学校に戻ることになると思います。戻りたくはないけれど、なんといっても中学校は義務教育だから、戻らないわけにはいかないと思う。あと何カ月か我慢すれば卒業できるだろうし、いったん卒業してしまえば、あとは好きなようにできる」

「なるほど」と大島さんは言う。目を細めて僕の顔を見る。「たしかにそれがいちばんいいかもしれない」

「そうしてもかまわないような気が、だんだんしてきたんです」

「逃げまわっていても、どこにも行けない」

「たぶん」と僕は言う。

「君は成長したみたいだ」と彼は言う。

僕は首を振る。僕にはなにも言えない。

大島さんは鉛筆の消しゴムの部分でこめかみを何度か軽く押す。電話のベルが鳴りはじめるが、彼はそれを無視する。

「僕らはみんな、いろんな大事なものをうしないつづける」、ベルが鳴りやんだあとで彼は言う。「大事な機会や可能性や、取りかえしのつかない感情。それが生きることのひとつの意味だ。でも僕らの頭の中には、たぶん頭の中だと思うんだけど、そういうものを記憶としてとどめておくための小さな部屋がある。きっとこの図書館の書架みたいな部屋だろう。そして僕らは自分の心の正確なありかを知るために、その部屋のための検索カードをつくりつづけなくてはならない。掃除をしたり、空気を入れ換えたり、花の水をかえたりすることも必要だ。言い換えるなら、君は永遠に君自身の図書館の中で生きていくことになる」

僕は大島さんの手の中にある鉛筆を見ている。それは僕をひどくつらい気持ちにさせる。しかし僕はまだあと少しは、世界でいちばんタフな15歳の少年でありつづけなくてはならない。少なくともそのふりをしなくてはならない。一度大きく息を吸いこみ、肺を空気で充(み)たし、感情のかたまりをなんとか奥のほうに押しやる。

「またいつかここに戻ってきていいですか?」と僕はたずねる。

「もちろん」と大島さんは言う。そして鉛筆をカウンターの上に戻す。頭のうしろで手を組み、僕の顔を正面から見る。「話の感じでは、しばらくは僕がひとりでこの図書館を運営していくことになりそうだ。たぶん助手も必要になるんじゃないかな。警察やら学校やらから解放されて自由になったら、そして君がもしそうしたいと思ったら、またここに戻ってくればいい。この町も、この僕も、当分はどこにもいかない。人には自分が属する場所というのが必要なんだ。多かれ少なかれ」

「ありがとう」と僕は言う。

「どういたしまして」と彼は言う。

「お兄さんもサーフィンを教えてくれるということです」

「それはよかった。兄が気に入る人間はあまり多くないんだ」と彼は言う。「あのとおり性格がむずかしいからね」

僕はうなずく。そして微笑む。よく似た兄弟だ。

「ねえ、田村君」と大島さんは僕の顔をのぞきこみながら言う。「ひょっとして僕の思いちがいかもしれないけれど、君が少しなりとも笑うのを、僕ははじめて目にしたような気がするな」

「そうかもしれない」と僕は言う。たしかに僕は微笑んでいる。僕は赤くなる。

「いつ東京に帰る?」

「今からもう帰ろうと思います」

「夕方まで待たないか? 図書館を閉めてから、僕の車で駅まで送ってあげるよ」

僕は少し考えてから首を振る。「ありがとう。でもたぶん、今すぐ出ていったほうがいいと思うんです」

大島さんはうなずく。彼は奥の部屋から丁寧に包装した絵を持ってきてくれる。それから『海辺のカフカ』のシングル盤も袋に入れて僕に手渡す。

「これは僕からのプレゼントだ」

「ありがとう」と僕は言う。「最後にもう一度、二階の佐伯さんの部屋を見たいんだけど、かまいませんか？」

「もちろん。好きなだけ見ればいい」

「大島さんもいっしょに来てくれますか？」

「いいよ」

僕らは二階にあがって、佐伯さんの部屋に入る。僕は彼女の机の前に立ち、その表面を手でそっと触ってみる。そしてそこに時間をかけて吸いこまれていったもののことを思う。机の上に顔を伏せていた彼女の最後の姿を、頭の中に思い浮かべる。それからいつも窓に背を向けて、熱心に書き物をしていた彼女の姿を思いだす。僕はいつも佐伯さんのためにコーヒーを運んでいった。ドアが開かれたままの戸口から中に入ると、彼女は顔をあげて僕を見て、いつも同じように微笑んだ。

「佐伯さんはここでなにを書いていたんですか？」と僕は尋ねる。

「彼女がここでなにを書いていたのか、僕は知らない」と大島さんは言う。「ひとつだけ言えるのは、彼女はいろんな秘密を呑みこんだまま、この世界からいなくなってしまったということだ」

いろんな仮説を呑みこんだまま、と僕は心の中でつけ加える。

窓は開けられ、6月の風が白いレースのカーテンの裾を静かに揺らせている。かすかに潮の匂いがする。海岸の砂の感触を手の中に思いだす。僕は机の前を離れ、大島さんのところに行って、その体を強く抱く。大島さんのすらりとした身体は、なにかひどく懐かしいものを思いださせる。大島さんは僕の髪を静かに撫でる。

「世界はメタファーだ、田村カフカくん」と大島さんは僕の耳もとで言う。「でもね、僕にとっても君にとっても、この図書館だけはなんのメタファーでもない。この図書館はどこまで行っても——この図書館だ。僕と君のあいだで、それだけははっきりしておきたい」

「もちろん」と僕は言う。

「とてもソリッドで、個別的で、とくべつな図書館だ。ほかのどんなものにも代用はできない」

僕はうなずく。

「さよなら、田村カフカくん」と大島さんは言う。

「さよなら、大島さん」と僕は言う。「そのネクタイはとても素敵だよ」

彼は僕から離れ、僕の顔をまっすぐ見て微笑む。「いつそれを言ってくれるか、ずっと待っていたんだ」

リュックを背負って駅まで歩き、電車に乗って高松駅まで行く。駅の窓口で東京行きの切符を買う。東京に着くのは夜遅くになる。とりあえずどこかに泊まり、それからたぶん野方の家に戻ることになるだろう。あの誰もいないがらんとした大きな家に戻り、そこで僕はまたひとりきりになる。誰も僕の帰りを待ってはいない。でもそこのほかに帰るべき場所はない。

駅の公衆電話からさくらの携帯電話に電話をかける。彼女はちょうど仕事中だ。でも少しだけならいいよと言う。そんなに長くは話せないけどね。少しだけでいいと僕は言う。

「これから東京に戻ることになったんだ」と僕は言う。「今は高松駅にいる。そのことだけを伝えたかったから」

「家出はもうやめたんだね？」

「そういうことになると思う」

「たしかに15歳は家出するにはちょっと早すぎるものね」と彼女は言う。「でも、東京に戻ってどうするの？」

「たぶん学校に戻る」

「長い目で見れば、それもきっと悪くないことだよ」と彼女は言う。

「さくらさんも東京に戻るんでしょう」

「うん。たぶん9月になったらね。夏のあいだはどっかに旅行に行こうと思うんだ」

「東京で会ってくれる？」

「いいよ。もちろん」と彼女は言う。「君の電話番号を教えてくれる？」

僕は自宅の電話番号を教える。彼女はそれをメモする。

「ねえ、このあいだ君の夢を見たよ」と彼女は言う。

「僕もさくらさんの夢を見た」

「ねえ、それはひょっとしてすごくエッチな夢じゃないの？」

「かもしれない」と僕は認める。「でも結局それはただの夢だよ。さくらさんの夢のほうは？」

「私の夢はエッチな夢じゃなかったよ。田村君が迷路のように広い家の中をひとりで歩きまわっている夢だった。君はなにかとくべつな部屋を探しているんだけど、その部屋はぜんぜん見つからないんだ。でもその家の中には、逆に君のことを探しまわっている誰かがいる。私は叫んで、君に注意を与えようとするんだけど、私の声はうまく届かないんだ。とても怖い夢だったよ。夢の中でずっと大声を出していたもので、目が覚めたらすごく疲れていた。それで君のことがとても気になっていたんだ」

「ありがとう」と僕は言う。「でもそれもただの夢だよ」

「なにも悪いことは起こってないんだね？」

「悪いことはなにも起こっていない」

悪いことはなにも起こっていない、と僕は自分にそう言い聞かせる。

「さよなら。カフカくん」と彼女は言う。「そろそろ仕事に戻るけど、もし私と話したくなったら、いつでもここに電話をしていいよ」

「さよなら」と僕は言う。「お姉さん」と僕はつけ加える。


橋を越え、海を渡り、岡山駅で新幹線に乗り換える。そしてシートの中で目を閉じる。列車の振動に身体を馴染（なじ）ませる。足もとにはしっかりと包装された『海辺のカフカ』の絵が置かれている。僕は足にその感触を感じつづけている。

「あなたに私のことを覚えていてほしいの」と佐伯さんは言う。そして僕の目をまっすぐに見る。
「あなたさえ覚えていてくれたら、ほかのすべての人に忘れられてもかまわない」

比重のある時間が、多義的な古い夢のように君にのしかかってくる。君はその時間をくぐり抜けるように移動をつづける。たとえ世界の縁までいっても、君はそんな時間から逃れることはできないだろう。でも、もしそうだとしても、君はやはり世界の縁まで行かないわけにはいかない。世界の縁まで行かないことにはできないことだってあるのだから。

名古屋を過ぎたあたりから雨が降り始める。僕は暗い窓ガラスに線を描いていく雨粒を眺める。そういえば東京を出るときにも雨は降っていたなと思う。僕はいろんな場所に降る雨のことを思う。森の中に降る雨や、海の上に降る雨や、高速道路の上に降る雨や、図書館の上に降る雨や、世界の縁に降る雨のことを。

目を閉じて身体の力を抜き、こわばった筋肉を緩める。列車のたてる単調な音に耳をすませる。ほとんどなんの予告もなく、涙が一筋流れる。その温かい感触を頬の上に感じる。それは僕の目から溢(あふ)れ、頬をつたい、口もとにとどまり、そしてそこで時間をかけて乾いていく。かまわない、と僕は自分にむかって言う。ただの一筋だ。だいたいそれは僕の涙ではないようにさえ思える。それは窓を打つ雨の一部のように感じられる。僕は正しいことをしたんだろうか？

「君は正しいことをしたんだ」とカラスと呼ばれる少年は言う。「君はいちばん正しいことをした。ほかの誰をもってしても、君ほどはうまくできなかったはずだ。だって君はほんものの世界でいちばんタフな15歳の少年なんだからね」

「でも僕にはまだ生きるということの意味がわからないんだ」と僕は言う。

「絵を眺めるんだ」と彼は言う。「風の音を聞くんだ」

僕はうなずく。

「君にはそれができる」

僕はうなずく。

「眠ったほうがいい」とカラスと呼ばれる少年は言う。「目が覚めたとき、君は新しい世界の一部になっている」

やがて君は眠る。そして目覚めたとき、君は新しい世界の一部になっている。

『マクベス』の引用は、福田恆存訳に拠った。

カバー撮影　大高　隆
装幀　新潮社装幀室

海辺のカフカ（下）

村上春樹

2002年9月10日発行
2003年5月30日12刷

発行者　佐藤隆信
発行所　株式会社新潮社

〒162-8711　東京都新宿区矢来町71
電話　編集部　03-3266-5411
　　　読者係　03-3266-5111

印刷所　二光印刷株式会社
製本所　加藤製本株式会社

乱丁・落丁本は、ご面倒ですが小社読者係宛お送
り下さい。送料小社負担にてお取替えいたします。
価格はカバーに表示してあります。

ISBN4-10-353414-1　C0093

村上春樹の単行本	**エッセイその他**

村上朝日堂ジャーナル
うずまき猫のみつけかた
本体1748円
ボストン近郊の大学町での二年間の生活。
マラソンのこと、隣の猫の消息、通信販売の数々、そして小説……
写真も満載のアットホームな絵日記エッセイ！　画・安西水丸

辺境・近境
本体1400円
考える葦よりカンガルー脚！
ノモンハンの鉄の墓場からメキシコ大旅行、
讃岐のうどん屋、そして震災後の神戸まで、
村上春樹が歩き、思索した八年間の旅の記録。

辺境・近境　写真篇
松村映三／村上春樹
本体2400円
村上春樹とのタフで楽しい旅の写真帖！
モンゴルの大草原、メキシコの港町から瀬戸内海の無人島まで、
作家と旅する写真家がとらえた、もう一つの村上ワールド。

ポートレイト・イン・ジャズ
和田誠／村上春樹
本体2500円
マイルズ、パーカー、エリントン……
和田誠が描く26人のミュージシャンの肖像に、
村上春樹がとっておきのエッセイを寄せる――
ジャズへの熱い想いに満ちた一冊。

ポートレイト・イン・ジャズ　2
和田誠／村上春樹
本体2300円
ロリンズ、オーネット、ＭＪＱにクリフォード・ブラウン……
和田誠が肖像を描き、村上春樹が文章を寄せる、
26組のジャズメンへの熱いオマージュ。待望の第二弾！

表示の価格に消費税は含まれておりません